mtb

Zum Buch:

Der Frühstücksspeck verbrannt, dazu ein Feuermelder, der einen Höllenlärm veranstaltet – wenn das kein gelungenes Katerfrühstück ist. Honey ist genervt, und dann mischt sich auch noch ihr unausstehlicher Nachbar Hal ein und beschimpft sie. Er könnte ja zumindest anbieten, ihr zu helfen. Stattdessen lässt er sie einfach stehen und verschwindet wieder in seine Wohnung. Trotzdem, irgendwie hat Honey das Gefühl, dass sich mehr hinter seiner abweisenden Art verbirgt, und sie beschließt, nicht einfach aufzugeben und sich mit ihm anzufreunden. Schließlich ist er Koch, da kann er ihr bestimmt einiges beibringen. Doch dann erkennt Honey: Hal ist blind. Ist es vielleicht eigentlich er, der ihre Hilfe braucht?

Zur Autorin:

Kat French ist mitten im Black Country geboren und aufgewachsen. Diese Region hat sie nie losgelassen, und so lebt sie auch heute noch gemeinsam mit ihrem Mann und den beiden Söhnen in den englischen Midlands. Kat ist süchtig nach Romantik. Liebt es, davon zu lesen, sie zu sehen und, natürlich vor allem, darüber zu schreiben.

Umwelthinweis:
Dieses Buch wurde auf chlor- und säurefreiem Papier gedruckt.

Kat French

Seit ich dich gefunden habe

Roman

Aus dem Englischen von
Andrea Härtel

mtb

MIRA® TASCHENBUCH
Band 25937
1. Auflage: Juli 2016

MIRA® TASCHENBÜCHER
erscheinen in der HarperCollins Germany GmbH,
Valentinskamp 24, 20354 Hamburg
Geschäftsführer: Thomas Beckmann

Titel der englischen Originalausgabe:
The Piano Man Project

erschienen bei: Avon, an Imprint of HarperCollins

Konzeption/Reihengestaltung: fredebold&partner GmbH, Köln
Umschlaggestaltung: büropecher, Köln
Redaktion: Christiane Branscheid
Titelabbildung: Dollarphotoclub / Seamartini Graphics
Satz: GGP Media GmbH, Pößneck
Druck und Bindearbeiten: GGP Media GmbH, Pößneck
Printed in Germany
Dieses Buch wurde auf FSC®-zertifiziertem Papier gedruckt.
ISBN 978-3-95649-575-5

www.harpercollins.de

1. KAPITEL

„Irgendwie traurig, sich selbst so etwas zum Valentinstag zu schenken, findest du nicht?“ Honey griff nach einem Vibrator-Modell in grellem Pink und beäugte es angewidert.

„Warum?“ Tash lachte. „Mein letzter war der beste Freund, den ich je hatte. Als er den Geist aufgab, hab ich ihn hinten im Garten beerdigt und ihm zu Ehren einen phallischen Kaktus auf das Grab gepflanzt.“

„Wie hast du's überhaupt geschafft, dass er kaputtging?“ Stirnrunzelnd betrachtete Honey das dicke neonfarbene Plastikteil in ihrer Hand, das ziemlich robust aussah.

„Er hat wahrscheinlich überdurchschnittlich viel zu tun bekommen“, meldete sich Nell zu Wort. Mit den großen braunen Rehaugen und dem formvollendeten Haarknoten wirkte sie neben den beiden Freundinnen wie die Verkörperung reinster Perfektion.

„Wir können ja nicht alle unser Leben mit Plätzchenausstechen verbringen, Nelly“, tadelte Tash.

„Bisher habt ihr euch noch nie beklagt, wenn meine Plätzchen in eurem Küchenschrank gelandet sind“, gab Nell schnippisch zurück.

„Stimmt“, lenkte Tash ein. „Aber du solltest nicht gerade hier nach neuen Ausstechförmchen suchen. Obwohl ... warum eigentlich nicht? Ich würde zu gern sehen, wie deine Schwiegermutter einen Kekspenis in ihren Tee tunkt.“

Nell bedachte die Freundin mit einem ironischen Schmunzeln, doch insgeheim traf Tashs gutmütige Neckerei sie trotzdem ein wenig. War ihr Leben wirklich zu durchschnittlich geworden? Beim Anblick all dieser fremdartigen Gestände in den Regalen um sie herum lag der Verdacht durchaus nahe. Nachdenklich starrte sie vor sich hin. Sie hatte genügend Zeitschriften und Bücher gelesen, um zu wissen, dass es von einer schal gewordenen Ehe bis zur endgültigen Katastrophe nur noch ein kleiner Schritt sein würde.

Was Aussehen und Lebensführung betraf, konnten Tash und Nell gegensätzlicher nicht sein, während Honey sich selbst irgendwo zwischen den beiden einordnete. Bemühte man das Bild einer Ampel, hätte Tash wohl das Grün verkörpert – blitzende smaragdgrüne Augen und ein kokettes Lächeln, bei dem ihr die Männer in Scharen zu Füßen lagen. Nell wäre das Rot – stopp, nicht einfach nach vorn streben, wäre ihre direkte, klare Ansage. Für Honey blieb die Farbe Gelb. Warm, nie ganz eindeutig. Ihr durfte Mann sich nur mit Vorsicht nähern. Nun, angesichts des Nichtvorhandenseins anständiger Männer in ihrem Leben vielleicht sogar am besten gar nicht.

„Er ist rostig geworden." Tash, der widerspenstige rote Locken bis über die Schultern fielen, ließ den kundigen Blick über die Regale schweifen. „Fragt mich lieber nicht. Ah, Gott sei Dank, ein wasserfester." Sie griff nach einem leuchtend türkisfarbenen Vibrator und drückte einen Kuss auf die Verpackung. „Hallöchen, mein Hübscher, genau dich brauche ich." Grinsend ließ sie ihn in den Korb fallen. „Was ist mit dir, Honeysuckle? Irgendwas Nettes für das Wochenende?" Mit ausladender Geste deutete sie auf die Armee von Vibratoren, die wie ein Trupp einsatzbereiter Soldaten aufgereiht vor ihnen standen.

„Kein Bedarf." Honey stellte das pinkfarbene Modell wieder zurück.

„Komm schon, du musst ja nicht gleich die Nase rümpfen", meinte Tash. „Immerhin ist ja schon eine ganze Weile vergangen seit deinem letzten … äh …"

„So lange nun auch wieder nicht", gab Honey aufgebracht zurück. Vor mehr als zwölf Monaten hatte sie sich von ihrem letzten Freund getrennt – nicht, dass Mark diese Bezeichnung wirklich verdient gehabt hätte. Sie schien ein Talent dafür zu haben, immer die falschen Männer anzuziehen; Männer, die sich mehr für Fußball und Bier als für Blumen und Romantik interessierten. Oder für den nächsten Orgasmus – natürlich nur den eigenen.

Ihre einzige längere Beziehung hatte sie zu Unizeiten geführt, mit einem Biologiestudenten namens Sean, für den ihr Körper die Erweiterung seiner Fachbücher gewesen war, etwas, an dem man das Ursache- und Wirkungsprinzip studieren konnte. Kein Wunder, dass sich ihr Körper unter einer solch akribischen Begutachtung geweigert hatte zu funktionieren.

„Honey?“ Nell holte sie aus ihren Gedanken, und Honey merkte, dass die beiden Freundinnen gespannt auf eine Antwort warteten.

„Ich weiß nicht. Ein Jahr vielleicht?“ Sie zuckte die Schultern und wandte den Blick ab, als die beiden Frauen sie ungläubig ansahen.

„Verdammt! Ein ganzes Jahr ohne Sex?“ Tash warf einen weiteren Vibrator in den Korb. „Den kauf ich dir. Als Geschenk. Du hast ein bisschen Spaß nötiger als ich.“

„Haha.“ Honey stellte ihn wieder ins Regal. „Vielen Dank, aber verschwende dein Geld nicht. So etwas funktioniert bei mir nicht.“

„Das funktioniert bei jedem, Honey.“

„Nicht bei mir.“

„Hast du's denn schon mal versucht?“

„Das brauche ich nicht, okay?“ Honey kehrte ihr den Rücken zu, es war ihr unangenehm, welche Wendung das Gespräch genommen hatte. „Ich kann einfach nicht ... na ja, ihr wisst schon.“

Zeitgleich drehten die beiden sie wieder zu sich herum.

„Was kannst du nicht?“ Nell runzelte die Stirn.

„Zum Orgasmus kommen?“, flüsterte Tash.

„Starrt mich nicht an, als wäre das ein Verbrechen“, murmelte Honey. Ein Sexshop war kaum der richtige Ort, um darüber zu diskutieren. Sie fühlte sich wie eine Atheistin in der St. Paul's Cathedral. „Ich bin nicht prüde, ich mag Sex. Ich hab nur nie einen Orgasmus dabei. Nicht weiter wichtig.“

Tash starrte Honey an, als hätte diese plötzlich zwei Köpfe. „Nicht weiter wichtig? Es ist sogar verdammt wichtig! Ich würde sterben, wenn ich nicht wenigstens einmal am Tag komme!“

„Gilt das auch, wenn du mit *echten* Männern zusammen bist?", fragte Nell. Ihr mit Brillanten besetzter Ehering funkelte, als sie am oberen Knopf ihrer gepunkteten Seidenbluse zu spielen begann.

Tash tippte mit dem Finger auf die Schachtel in ihrem Korb. „Hiermit stelle ich euch meinen *echt* tollen neuen Freund vor."

Honey wandte den Blick ab. Glitzernde rote Herzen hingen überall von der Decke, aber in Reizwäsche gekleidete Puppen, die überall herumstanden, ließen den Laden eher wie eine Lasterhöhle denn wie ein romantisches Liebesnest wirken.

„Was ist das bloß alles für ein Zeug?", murmelte Nell und machte große Augen, als sie durch den Spalt eines schweren Samtvorhangs traten. Schon schlang sie sich eine dunkle Perlenschnur ums Handgelenk. „Ich wusste gar nicht, dass es hier auch Schmuck gibt." Bewundernd betrachtete sie das Armband. „Das würde perfekt zu meinem neuen violetten Kleid passen."

Tash lachte. „Wie umsichtig von den Herstellern, dass man ihre Analketten so vielseitig verwenden kann."

Nell nahm die Schnur hastig ab und lief dunkelrot an. „Das ist ja widerlich!"

„Kein vorschnelles Urteil, solange du es nicht selbst probiert hast, mein Liebe." Wissend zog Tash die Augenbrauen hoch.

Nell setzte sich hin und schlug züchtig wie eine Schulmeisterin die Beine übereinander. „Ich glaube, ich warte hier auf euch, bis ihr fertig seid."

„Tu das. Aber nur zu deiner Information, du sitzt auf einer Sexcouch." Tash zwinkerte ihr zu.

„Du liebe Güte!" Nell sprang auf und strich sich den dunkelblauen Bleistiftrock glatt. „Ist denn hier gar nichts normal?"

„Das *ist* normal, Nell. Simon wäre wahrscheinlich entzückt, dich in einem Ouvert-Slip zu sehen."

„Ganz sicher nicht. Er würde mich auffordern, das Ding umzutauschen, weil daran etwas fehlt."

Seufzend schüttelte Tash den Kopf. „Weißt du, damit hast du wahrscheinlich sogar recht."

Honey streifte die Handschellen ab, die sie anprobiert hatte, und schmunzelte. Simon und Nell waren das perfekte Paar. Eine Sandkastenliebe. Mr. und Mrs. Blümchensex. Er würde vermutlich einen Herzinfarkt bekommen, wenn Nell etwas Gewagteres als ein weißes Höschen anzog. „Komm, Nell, wir gehen. Tash, wir treffen uns in fünf Minuten nebenan."

„Also, Honey, was die Sache mit den Orgasmen angeht ...", begann Tash, als sie sich zehn Minuten später in der gut besuchten Bar zu den anderen an den Tisch setzte.

Honey seufzte. „Um Himmels willen, fang bloß nicht damit an. Ich muss wirklich nicht darüber reden."

„Also gut, wie du willst", beschwichtigte Nell. „Aber ... als du sagtest, du könntest nicht ... hast du doch nicht gemeint, du hättest noch nie ... oder?"

Honey griff resigniert nach ihrem Weinglas. „Es macht mir wirklich nichts aus."

„Oha, das sollte es aber. Unter anderem ist es nicht gut für die Gesundheit."

„Nein, Tash. Es wäre wohl eher nicht gut für *deine* Gesundheit. Ich kann doch nichts vermissen, was ich nie gehabt habe."

„Bist du hundertprozentig sicher, dass du noch nie ...?", wollte Nell wissen.

„Liebe Güte, Nell, wenn sie einen gehabt hätte, ohne es zu bemerken, dann würde mit ihr in der Tat etwas nicht stimmen!"

Honey räusperte sich. „Falls ihr es vergessen habt: Ich bin noch da, ja?"

„Ich verstehe nur einfach nicht, warum es nicht einmal im Eifer des Gefechts klappt, wenn ich ehrlich sein soll." Tash sah aufrichtig verblüfft aus. „Du musst mit den falschen Männern geschlafen haben."

„Es gibt keinen Grund", erwiderte Honey gleichgültig.

„Möglicherweise bist du einfach zu verkrampft, um dich richtig zu entspannen." Nell sah sie nachdenklich an.

Honey schüttelte den Kopf. „Könntet ihr bitte damit aufhören? Ich bin nicht verkrampft, sondern *absolut* entspannt. Ich rechne nicht damit, dass es passiert, und es passiert auch nicht. Anderes Thema?"

„Ich kann nicht fassen, dass wir seit zehn Jahren befreundet sind und du uns noch nie davon erzählt hast!"

„Das liegt daran, dass es keine große Sache ist."

Nell und Tash griffen nach ihren Gläsern, mit einem Gesichtsausdruck, der verdächtig nach Mitleid aussah.

Tash runzelte die Stirn. „Wann hast du das letzte Mal mit einem Mann geflirtet?"

Honey spielte mit ihren Armreifen, einer klimpernden Ansammlung von Gold und buntem Metall. Männer, die einen Flirt wert gewesen wären, waren ziemlich dünn gesät in ihrem Alltag. Sie hatte flüchtig daran gedacht, mit Eric zu flirten – dem Lüstling, der gelegentlich in ihren Wohlfahrtsladen kam –, aber schon bei dem Gedanken daran wurde ihr schlecht. Er versuchte ohnehin dauernd, ihr den Hintern zu tätscheln. Nur die allerkleinste Ermutigung ihrerseits, und sie konnte in seiner betreuten Wohngemeinschaft die Bekanntschaft mit seinen alten Feinrippunterhosen machen. Nein, beim besten Willen nicht.

„Du kannst dich gar nicht mehr daran erinnern, oder?"

Honey schüttelte seufzend den Kopf. „Ich treffe einfach keine Männer, mit denen ich flirten könnte. Ich bediene den ganzen Tag über liebe alte Leutchen. Und die halbwegs interessanten Typen, denen ich begegne, erweisen sich ziemlich schnell als Idioten."

„Du bist eben immer mit den Falschen zusammen gewesen", tröstete Nell.

Dem konnte Honey nicht widersprechen. Die wenigen Männer, mit denen sie geschlafen hatte, hätten nicht gerade Preise in der Kategorie „Wie man eine Frau am besten glücklich macht" gewonnen, doch tief im Innern wusste sie, dass es nicht allein an ihnen gelegen hatte. Sie war einfach ohne das Orgasmus-Gen zur Welt gekommen, daran gab es nichts zu rütteln.

„Lass uns einen Mann für dich aussuchen", schlug Tash vor.

„Kommt nicht infrage!“ Honey konnte sich die Typen genau vorstellen, die ihre Freundinnen ihr präsentieren würden – dauergebräunte Playboys oder aber Lehramtsreferendare in Jesuslatschen.

„Weißt du, was du brauchst?“ Tash schwenkte ihr Glas in Honeys Richtung. „Ein ganz bestimmtes Kriterium, um zwischen all den Muttersöhnchen die waschechten Kerle herauszupicken.“

„Ich kann dir nicht ganz folgen.“

„Nun, nimm mich, zum Beispiel. Mein Kriterium ist Geld. Kein Geld, keine Tash.“

„Du bist so was von oberflächlich!“, rief Nell.

Tash tat gleichmütig. „Ich würde es eher *realistisch* nennen.“

„Also, Geld ist für mich nicht wichtig.“

„Nein, aber irgendetwas, was dir an dem Mann fürs Leben wichtig ist, muss es doch geben?“

„Ein guter Vater sollte er sein. Das war bisher mein Kriterium.“ Ein verträumtes Lächeln lag auf Nells Lippen; zweifellos dachte sie an Simon und ihre kleine einjährige Tochter. Ihren eigenen Vater hatte sie nie kennengelernt, daher war Simon für sie Geliebter, Freund und Held in einem.

Michael Bublés schmachtende Stimme erscholl gerade aus dem Lautsprecher hinter Honey. „Glaubt ihr, ihr könnet mich vielleicht mit Michael Bublé verkuppeln?“

„Ein bisschen viel verlangt, Süße.“ Mit einem Mal saß Tash kerzengerade. „Aber das bringt mich auf eine großartige Idee für dein Kriterium!“ Sie legte eine bedeutungsvolle Pause ein, und ihre Augen funkelten. „Du musst dir einen Pianisten suchen.“

Nell lachte. „Und wo zum Teufel soll sie hier bitte schön einen Pianisten auftreiben?“

„Halt, wenn ihr mich mit Bublé oder Robert Downey Junior verkuppelt, bin ich dabei“, warf Honey ein.

„Überlegt doch nur mal: Wer von früh bis spät Tonleitern übt, der weiß seine Hände in gewissen Stunden garantiert äußerst geschickt einzusetzen." Tash erwärmte sich immer mehr für ihren Einfall. „Und nur kluge, sensible Männer machen sich die Mühe, Klavierspielen zu lernen."

„Tash hat recht, Honey", pflichtete Nell der Freundin bei. „Du solltest dir einen Pianisten angeln."

„Tja, ich kenne aber keinen."

„Noch nicht …" Tash zwinkerte. „Aber bald."

„Und wie soll ich das anstellen?" Honey griff nach der Weinflasche, um Tashs Glas aufzufüllen.

„Keine Ahnung." Nell schmunzelte. „Wir müssen uns eben mal ein paar Datingseiten im Internet ansehen."

„Auf keinen Fall!" Vor Schreck verschüttete Honey ein wenig Wein. „Ich werde mich bestimmt nicht bei einem dieser Flirtportale anmelden!"

Die zwei Komplizinnen sahen sich an. „Natürlich nicht", erwiderte Nell, und Tash räusperte sich.

Honey warf beiden einen misstrauischen Blick zu. „Kreuzt ihr etwa die Finger hinterm Rücken?"

Nell schüttelte den Kopf, löste aber erst danach die gekreuzten Finger wieder.

„Mir fällt noch nicht mal ein berühmter Klavierspieler ein, geschweige denn ein ganz gewöhnlicher." Honey runzelte die Stirn.

„Elton John?", schlug Tash vor.

„Der ist schwul. Und verheiratet. Ich will aber weder einen verheirateten noch einen, der auf Männer steht."

„Liberace?"

„Toll. *Tot* und schwul."

„Stimmt", schaltete Nell sich ein. „Wir suchen also einen ganz normalen lebenden Pianisten mit einem Faible für etwas ausgeflippte Blondinen."

„Und einen wahnsinnig attraktiven", warf Honey ein. „Er muss wahnsinnig gut aussehen."

„Genial", bemerkte Tash, „es ist dir mit einem Schlag gelungen, neunundneunzig Prozent der männlichen Bevölkerung aus dem Rennen zu werfen und nur einen winzigen Teich übrig zu lassen, um den Fang des Tages rauszufischen."

Honey lachte und schüttelte den Kopf, um das Bild von sich selbst in Anglerhosen zu vertreiben, wie sie einen widerstrebenden Michael Bublé an Land zog. „Ein Pianistenfisch. Der Traum eines jeden Mädchens."

Hal vernahm das Gelächter mehrerer Frauen draußen im Hausflur vor der Wohnung, eine Türe knallte. Es war bereits weit nach Mitternacht. Seufzend zog er sich das unbequeme Kissen über den Kopf.

Großartig. Seine neue Nachbarin lachte wie eine Straßenkatze und hatte obendrein keinerlei Respekt vor anderen Bewohnern des Hauses. Wäre er in milderer Stimmung gewesen, hätte er vielleicht eingeräumt, dass sie von seinem Einzug am Nachmittag noch gar nichts wissen konnte, aber ihr Lachen ging ihm mächtig auf die Nerven. Genau wie Menschen im Allgemeinen. Lachende Menschen aber waren ein ganz besonderer Albtraum. Er wohnte hier noch nicht einmal einen Tag, aber er hasste dieses Haus jetzt schon.

2. KAPITEL

Honey blinzelte in der grellen Morgensonne. Tatsächlich war es bereits Nachmittag. Nachdem sie die Vormittagsstunden auf dem Sofa verbracht hatte, wich ihr Kater allmählich dem dringenden Bedürfnis nach einem Sandwich mit gebratenem Speck und nach einem riesigen Pott Kaffee.

Wenig später brutzelte Speck in der Pfanne, und Honey fühlte sich gleich etwas weniger schrecklich. Als das Telefon klingelte, beeilte sie sich, abzunehmen, ehe sich der Anrufbeantworter einschalten konnte.

„Hallo?"

„Du hörst dich so schlimm an, wie ich mich fühle", brummte Tash. „Was haben wir gestern Abend bloß in uns reingeschüttet? Crystal Meth?"

„Der Tequila war deine Idee." Honey verzog das Gesicht. „Bist du gut nach Hause gekommen?"

„Klar doch. Der Taxifahrer hat mich zwar gezwungen, während der ganzen Fahrt für den Fall der Fälle den Kopf aus dem Fenster zu halten, aber ich bin gut gelandet."

Honey lachte, als sie sich Tash vorstellte, wie sie wie ein Familienhund während eines Ausflugs aus dem geöffneten Autofenster sah. „Ich frage mich, wie es Nell wohl geht."

„Ganz sicher bestens. Sie wird vor dem Schlafengehen zwei Liter Wasser getrunken haben, und heute Morgen stand bestimmt schon Simon mit Alka-Seltzer und einer Schale selbst gemischtem Müsli parat. Die Glückliche."

Honey kannte Tash gut genug, um echte Zuneigung aus der brummigen Bemerkung herauszuhören. „Wir sind selbst schuld", gab sie schmunzelnd zu. „Nell hat keinen Tequila getrunken. Das Durcheinandertrinken ist es, was einen umbringt."

„Muss sie denn immer so furchtbar vernünftig sein?"

„Na ja, aber in wessen Haut möchtest du heute lieber stecken?"

„Und neben Simon aufwachen, dem langweiligsten Kerl der Welt?“, gab Tash zu bedenken. „Nein, da bleibe ich bei Tequila und Kopfschmerzen, vielen Dank.“

Erschrocken stieß Honey einen Schrei aus, als ein Kreischen ertönte.

„Was zum Teufel ist das für ein Lärm?“, rief Tash.

„Verdammt, der Rauchmelder! Ich muss auflegen, Tash, Küsschen!“

Honey stürzte in die Küche. Rauch *und* verbrannter Speck. Schon wieder, verdammt! Wenigstens waren noch keine Flammen zu sehen. Sie schleuderte die Pfanne in die Spüle und verzog das Gesicht, weil der ohrenbetäubende Lärm des Rauchmelders ihre Kopfschmerzen noch zusätzlich verstärkte. Hastig kletterte sie auf einen Stuhl und drückte den Reset-Knopf. Sie fühlte sich ganz schwach vor Erleichterung, als der Lärm verstummte. Halt – er war nicht vollständig abgeebbt. Donnerwetter, sie hatte ganze Arbeit geleistet. Als sie die Wohnungstür öffnete, gellte der Alarm in voller Lautstärke im Flur, und an diesen Rauchmelder an der hohen Decke kam sie nicht heran.

Sie hielt sich die Ohren zu und erschrak fast zu Tode, als die Tür der Wohnung gegenüber plötzlich aufgerissen wurde.

„Brennt etwa das verdammte Haus?“

Hoppla, wo kam der denn her?

„Nein, Entschuldigung. Ich hab nur meinen Speck anbrennen lassen. Gib mir eine Minute …“ Honey versuchte, sich nichts von ihrer Überraschung darüber anmerken zu lassen, dass ein zerzauster Typ, der Johnny Depp ähnelte, sie in ihrem eigenen Flur anbrüllte. Nun ja, genau genommen gehörte der Flur zu beiden Wohnungen, aber da die andere monatelang leer gestanden hatte, war er fast zu ihrem eigenen geworden.

Sie betrachtete den Mann eingehend. Dunkle Sonnenbrille zur Mittagszeit – oha, das ließ auf einen Leidensgenossen in Sachen Kater schließen. Vielleicht war er ein berühmter Rockstar, der sich hier verstecken wollte. *Träum weiter.* Wer immer er auch sein mochte, das verblichene schwarze T-Shirt schmiegte sich an seinen durchtrainierten Körper. Irgendwie sexy, dachte sie, als ihr die Tätowierungen auf seinen Armen auffielen. Ausgesprochen schade, dass er eine Art an sich hatte, die einfach durch und durch abstoßend war.

„Jetzt stell gefälligst diesen verdammten Krach ab, ja? Ich versuche nämlich zu schlafen."

„Hm ..." Mit einer gewissen Panik starrte Honey den Rauchmelder an. Sie hatte hämmernde Kopfschmerzen, hier draußen war das Ding sogar noch lauter als in ihrer Küche. „Das würde ich ja gern, aber ich komme nicht dran. Könntest du eventuell ...?" Er war über eins achtzig groß, wenn er sich etwas streckte, würde er es problemlos schaffen.

„Nein, ich kann verdammt noch mal nicht! Welche erwachsene Frau schafft es denn nicht, Speck zu braten? Löffel die Suppe gefälligst selbst aus, die du dir da eingebrockt hast!" Damit knallte er ihr die Tür vor der Nase zu.

Honey fühlte sich etwas benommen. Sie kannte einen Haufen Leute, die im Großen und Ganzen freundliche menschliche Wesen waren. Einem derart unausstehlichen Typen zu begegnen versetzte sie geradewegs in einen Schockzustand.

„Also gut", rief sie laut. „Dann mache ich es eben selbst." Sie unternahm einen halbherzigen Versuch, hochzuspringen und auf den Melder zu schlagen. Aussichtslos. Mit einer Körpergröße von eins sechzig und ohne sportliches Talent war das Unterfangen von vornherein zum Scheitern verurteilt gewesen.

Plan B musste her. Honey zog sich einen Schuh aus und warf ihn hoch, aber er verpasste den Melder um bestimmt dreißig Zentimeter. Ihr Blick fiel auf den langen, rot gepunkteten Regenschirm im Schirmständer neben ihrem Eingang. *Bingo!* Ob sie mit der Metallspitze den Reset-Knopf erreichen konnte? Sie versuchte es, aber das verdammte Ding schwankte zu sehr, sie traf den Knopf einfach nicht. Außerdem verstärkte sich langsam, aber sicher das Gefühl, dass ihr jeden Moment die Trommelfelle platzen würden.

Mist! Wenn sie das nächste Mal Appetit auf Speck hatte, würde sie ins Café an der Ecke gehen. Honey seufzte und bereitete sich auf die letzte Option vor, die ihr noch blieb. Sie schwang den Schirm über dem Kopf und schlug den Rauchmelder kurzerhand von der Decke. Er prallte gegen die Wohnungstür des neuen Nachbarn, landete mit einem quäkenden Ton auf dem Boden und verstummte schließlich ganz. Erleichtert schloss Honey die Augen.

Johnny Depp riss erneut die Tür auf. „Was?“, grollte er.

„Wie *was*?“

„Du hast an meine Tür geklopft.“

„Ich habe nicht geklopft. Der Rauchmelder ist beim Runterfallen gegen die Tür gedonnert.“

„Du hast ihn heruntergeschlagen?“

Tatsache, Sherlock.

„Ich schlage vor, du lässt das mit dem Kochen in Zukunft, sonst fackelst du womöglich noch das ganze Haus ab.“ Seine versteinerte Miene verriet ihr, dass er das alles ganz und gar nicht lustig fand. Die erneut zugeschlagene Tür verriet ihr dasselbe. Schon wieder. Was für ein Ekel!

„Ich kann sehr gut kochen, vielen Dank“, schrie sie wütend. Das hier war *ihr* Zuhause, er befand sich auf ihrem Terrain! Wenn dieser Kerl sich einbildete, er könne sich hier wichtigmachen, hatte er sich geirrt.

Mit einem letzten tapferen Aufbäumen klappte der Rauchmelder auseinander, und die Batterie rollte langsam gegen Honeys Fuß. Honey musste plötzlich lachen. Sie hatte das Ding brutal ermordet.

Ihr Blick fiel auf die Tür gegenüber.

Hallo, neuer Nachbar. Hat mich ebenfalls gefreut, dich kennenzulernen.

Eines stand fest – der Typ war definitiv kein Mann wie Simon. An ihm war nichts, aber auch gar nichts Gütiges oder Mildes. Tash würde ihn lieben – vorausgesetzt, er war auch noch stinkreich. Das weinlastige Gespräch vom vergangenen Abend fiel ihr wieder ein. Ihr Kriterium.

Sie klopfte an seine Tür. „Ähm … du spielst nicht zufällig Klavier, oder?“, rief sie und wusste, Tash und Nell würden sich kringeln vor Lachen, wenn sie ihnen davon erzählte.

Er brauchte gar nicht öffnen, sein gebrülltes „Hau endlich ab!“ war nicht zu überhören.

Auf der anderen Seite der Tür ging Hal langsam durch den Flur. Zehn Schritte zur Küchenanrichte, wo er letzte Nacht die halb leere Whiskyflasche hatte stehen lassen. Das kühle Glas in seiner verschwitzten Hand beruhigte seine strapazierten Nerven. Das Heulen des Rauchmelders hatte ihn in höchste Alarmbereitschaft versetzt.

Diese dumme Gans! „Könntest du vielleicht …?“ Ihre Frage schien ihn immer noch zu verspotten. Er setzte die Flasche an die Lippen, und das rauchige Brennen in der Kehle glättete die Wogen seines Zorns vorerst.

Sie hatte nach Erdbeer-Shampoo und verbranntem Speck gerochen, und das versteckte, aber allgegenwärtige Lachen in ihrer Stimme ließ darauf schließen, dass sie das Leben nicht sonderlich ernst zu nehmen schien.

Nun, das sollte sie aber.

Er tastete sich vor in sein Schlafzimmer und ging weiter, bis er mit dem Schienbein ans Bett stieß. Das zerknitterte Laken fühlte sich kratzig an, als er sich ausstreckte, die Whiskyflasche in der einen Hand, die andere frustriert zur Faust geballt. Er hasste dieses Haus! Und dieses Erdbeermädchen hasste er noch viel mehr.

3. KAPITEL

Am Montagmorgen leerte Honey die neu eingetroffenen Müllsäcke aus und wühlte in getragenen Polyesterblusen und Röcken aus Elastan. Zu Beginn ihrer Arbeit im Wohlfahrtsladen war es ihre Lieblingsbeschäftigung gewesen, die unscheinbar aussehenden schwarzen Müllsäcke auszukippen – in der Hoffnung, dabei auf irgendwelche Schätze zu stoßen; vielleicht hatte ja irgendein Model seine gesamte Prada-Sommerkollektion ausgemustert, um Platz für die Winterklamotten zu schaffen.

Doch schon bald hatte die Ernüchterung eingesetzt, als Honey darauf gekommen war, dass die edlen Spender im Durchschnitt um die achtzig sein mussten – oder Familien, die die Habseligkeiten eines verstorbenen Verwandten weggaben. Röcke, Blusen und Hosen aus billigen Kaufhäusern. Mottenzerfressene Kleider und Anzüge, aufbewahrt aus sentimentalen Gründen, die nun mit ihren Besitzern gestorben waren. Billiger Schmuck mit abgebrochenen Verschlüssen. Angeschlagene Teetassen, zu denen es schon lange keine Untertassen mehr gab. Steife Handtaschen aus Kunstleder, in denen vielleicht noch eine Eintrittskarte lag oder ein vergilbter Brief, den die Verwandten achtlos darin zurückgelassen hatten. Honey brachte es nie übers Herz, solche Erinnerungsstücke einfach wegzuwerfen, daher verstaute sie sie in der Schublade des alten Schreibtisches, den sie sich im kleinen Hinterzimmer des Ladens hergerichtet hatte.

„Tee?“ Lucille, ein Traum in braunen Stützstrumpfhosen und dottergelbem Sommerkleid, einen Strassgürtel um die etwas füllige Taille geschnallt, kam aus der Teeküche. Sie und ihre Schwester Mimi waren die guten Seelen des Wohlfahrtsladens; Vollzeitfreiwillige, die für ihre Arbeit nichts verlangten außer Gesellschaft und dass gelegentlich einige bunte Perlenschnüre für sie abfielen. Wie Elstern waren sie hinter allem her, was auffällig war oder glitzerte. Man hätte sie auch mit einem bunten

Kanarienvogelpärchen vergleichen können, das Schlager aus alten Kriegszeiten zwitscherte – so, wie die zwei von einem Kunden zum anderen flatterten und jeden mit gekonntem Augenaufschlag zu einem Kauf anregen wollten.

Honey vergötterte die beiden; sie waren ein fabelhafter Tantenersatz geworden. „Vielen Dank." Sie nahm Lucille die zierliche Teetasse und den Unterteller ab. „Mimi ist heute Morgen nicht in Sicht?"

Lucille bückte sich und zog ein paillettenbesetztes Kleid aus dem Stapel zu Honeys Füßen. Sie schüttelte es aus und hielt es auf Armeslänge vor sich, um es zu begutachten. „Sie war gestern Abend aus." Kritisch spitzte die Trophäenjägerin die perfekt geschminkten Lippen, sodass diese aussahen wie eine kleine säuerliche Himbeere, und suchte nach dem Markenetikett des Kleides.

„Tatsächlich?" Honey stieß einen leisen Pfiff aus. „Etwa wieder mit Billy, dem Kerl mit den Ringelsocken?"

Lucille schnaubte. Für ihren Geschmack war ihre Schwester viel zu hingerissen von Billy. Was Mimi an ihm fand, mit seiner lächerlichen Haartolle und der violetten Röhrenhose, die geradezu unanständig eng war für einen Mann von über achtzig, blieb ihr ein Rätsel.

Honey sah zu Boden, um ein Schmunzeln zu verbergen. Sowohl Lucille als auch Mimi lebten in der beständigen Furcht, die andere könnte eines Tages einfach fortgehen, doch die eigenen Erfahrungen hätten sie eigentlich eines Besseren belehren sollen. Männer waren gekommen und gegangen in ihrer beider Leben, doch dem festen Band zwischen den Geschwistern hatten romantische Verstrickungen nie etwas anhaben können. Honey kannte die Kraft einer solchen Verbindung, hatte sie doch ihre prägenden Jahre warm und geborgen zwischen ihrer älteren Schwester Bluebell und der jüngeren, auf den nicht minder fantasievollen Namen Tigerlily getauften Schwester verbracht. Ihre Mutter Jane Jones, eine gescheiterte Schauspielerin, die früher sehr unter dem Spitznamen „unscheinbare Jane" litt, hatte dafür gesorgt, dass ihre Töchter niemals diese Würdelosigkeit der Anonymität ertragen mussten.

Honey sortierte die Kleidungsstücke zu zwei Stapeln, einen zum Waschen, einen zum Bügeln, und machte sich dann daran, das Klebeband von einem alten, eingedrückten Karton abzuziehen. Der moderige Geruch nach schon lange ausrangierten Habseligkeiten schlug ihr entgegen, als sie den Deckel hochklappte. Gerade wollte sie die oberste Lage vergilbten Zeitungspapiers entfernen, als im Büro das Telefon klingelte.

„Das ist wahrscheinlich Mimi, die sagen will, dass sie immer noch unpässlich ist", vermutete Lucille und zog empört die Augenbrauen hoch.

Honey musste schmunzeln bei der Vorstellung, dass jemand sich im reifen Alter von dreiundachtzig Jahren so sehr von der Leidenschaft hatte mitreißen lassen, dass er deshalb nicht zur Arbeit gehen konnte. „Das will ich doch schwer hoffen."

Doch als sie den Hörer abnahm, wurde sie gleich doppelt enttäuscht. Erstens war keine liebestrunkene Mimi am Apparat, sondern – und das bescherte ihr die zweite Enttäuschung – Christopher, der Leiter des Ladens und der daran angeschlossenen Seniorenresidenz. Ein Mann mit großem Einfluss und keinerlei Charisma, was er hinter einer Fassade schon beinahe krankhaften, unhöflichen Arbeitseifers verbarg.

„Personalsitzung. Siebzehn Uhr. Kommen Sie pünktlich, sonst fange ich ohne Sie an."

„Aber wir schließen erst um fünf."

„Dann schließen Sie eben früher. Sie sind schließlich nicht gerade ein Supermarkt, oder? Und bringen Sie die beiden alten Frauen nicht mit. Nur bezahltes Personal. Verstanden?"

„Laut und deutlich, Christopher, laut und deutlich." Honey seufzte, nachdem er einfach aufgelegt hatte. „Jawohl, machen Sie's auch gut", murmelte sie ins Nichts. Würde es den Mann umbringen, wenn er wenigstens so tat, als besäße er einen Funken Anstand? Der Himmel wusste, wie er es schaffte, dass Menschen ihre gebrechlichen Verwandten in seine Obhut gaben; Honey hätte ihm nicht einmal einen Hamster anvertraut. Eine Schande, dass ihre finanzielle Sicherheit ausgerechnet in seinen kleinen, verschwitzten Händen lag.

Einige lange und ereignisreiche Stunden später stellte Honey zwei Einkaufstüten draußen auf der Stufe vor der Haustür ab und rieb sich die schmerzenden Finger. Konservendosen mit Baked Beans und Tomaten waren zwar nicht sonderlich leicht zu tragen, aber dennoch unverzichtbar auf der Einkaufsliste einer nicht kochenden Köchin.

Sie erschrak, nachdem sie die Tüten wieder aufgenommen hatte und die Tür beim Aufdrücken über knirschendes Glas schrammte. Verdammt, hatte man bei ihr eingebrochen? Honey betrachtete verwirrt die intakten Buntglasscheiben der Haustür, bis sie die rosa Tulpen entdeckte, die überall auf dem Boden verstreut lagen – dieselben Tulpen, die sie in ihrer Lieblings-Glasvase erst vor ein paar Tagen in den Flur gestellt hatte, damit er etwas einladender wirkte. Zumindest *war* es ihre Lieblingsvase gewesen – bis jetzt, denn sie ließ sich garantiert nicht mehr zusammenkleben. Wer auch immer sie zerbrochen hatte, hatte ganze Arbeit geleistet.

Der großen Wasserpfütze auf dem Boden nach zu urteilen, musste das Ganze erst vor kurzer Zeit passiert sein, und da alles andere auf dem gemeinsamen Flur tipptopp aussah, kam wohl nur ein potenzieller Täter infrage. Nur einer würde hier hereinkommen und die Vase zerschlagen, ohne sich die Mühe zu machen, hinterher den Schaden zu beseitigen oder wenigstens einen Entschuldigungszettel zu hinterlassen.

Tausend Dank, Johnny Depp.

Honey schob die Haustür mit dem Rücken zu und lehnte sich dagegen. Dieser Tag war von Stunde zu Stunde immer schrecklicher geworden. Christophers Worte während der Personalversammlung hallten in ihr nach: „Mittelkürzungen. Drohende Schließung. Sechs Monate Frist."

Dem Laden stand das Wasser bis zum Hals, und wenn sie nicht

bald neue Mittel auftrieben, würden sie schon innerhalb weniger Monate schließen müssen. Nicht nur der Wohlfahrtsladen, das ganze Seniorenheim war davon betroffen: Den über dreißig Bewohnern drohte die Zwangsräumung. Was sollte man tun, wenn man mit siebenundneunzig plötzlich obdachlos wurde? Honey hatte keine Ahnung, und Christopher hatte darauf auch keine Antworten geben können.

Der Tag war noch schlimmer geworden, als sie mit den schweren Einkaufstüten im überfüllten Bus neben einem betrunkenen Teenager gestanden hatte, der mindestens zweimal ihr Hinterteil begrapscht hatte. Zu seinem Glück war keine Bohnendose an seinem Kopf gelandet, Honey hatte einfach keine Kraft mehr zum Streiten gehabt. Bis jetzt.

Der Anblick der im Flur verstreuten vertrocknenden Blumen und ihrer kaputten Vase wurden für sie zum berühmten Tropfen, der das Fass zum Überlaufen brachte.

„Hey, Rockstar!", brüllte Honey zur Wohnung des neuen Nachbarn hinüber, während sie sich vorsichtig einen Weg über die Scherben bahnte. Sie stellte die Tüten vor ihrer Wohnungstür ab. „Das war meine Lieblingsvase, nur damit du Bescheid weißt!"

Sie hielt inne. Stille, obwohl sie sich sicher war, eine Bewegung hinter der Tür wahrgenommen zu haben.

„Also gut, ich schicke dir die Rechnung, ja?" Eigentlich hatte sie die Vase im Laden entdeckt und für nur fünfzig Pence gekauft, aber sie war hübsch gewesen. Dass der neue Nachbar es offensichtlich vorzog zu schweigen, machte sie umso wütender. Sie war davon überzeugt, dass er zu Hause war, obwohl sie sich nicht erinnern konnte, ob sie Licht in seiner Wohnung gesehen hatte, als sie vorhin an seinen Fenstern vorbeigegangen war. Neuer Tag, neue Katerbekämpfung. So ein Pech aber auch.

„Du bist nicht der Einzige, der heute einen miesen Tag hatte, weißt du. Ich verliere womöglich meinen Job!" Sie verzog das Gesicht, kaum dass ihr die Worte über die Lippen gekommen waren. Weshalb gestand sie einem völlig Fremden ihre Sorgen? Schlimmer noch, sie *brüllte* jemandem zu, der eindeutig vom

Scheitel bis zur Sohle arrogant war und sich garantiert nicht im Geringsten dafür interessierte.

Hal lag auf dem Sofa, die Augen hinter der dunklen Brille geschlossen. Obwohl er hellwach war, bemühte er sich krampfhaft, ganz ruhig zu bleiben. Viel lieber wäre er nach draußen gestürmt und hätte das Erdbeermädchen in Stücke gerissen. Diese bescheuerten, verdammten Blumen!

Nach draußen stürmen. Sehr lustig. Am Nachmittag hatte er fast zehn Minuten gebraucht, um über den Flur zu gehen. Er hatte nur die verdammte Haustür aufmachen wollen, um den Vertreter draußen davon abzuhalten, weiterhin so lautstark dagegenzuhämmern, dass einem fast die Schädeldecke zersprang.

Wer zum Teufel stellte überhaupt frische Blumen in einen öffentlichen Hausflur? Woher hätte er wissen sollen, dass sie da waren? Regel Nummer eins im Zusammenleben mit einem Blinden: Stelle nie unerwartete Hindernisse in den Weg. Andererseits hatte das Erdbeermädchen wahrscheinlich noch gar nicht bemerkt, dass er blind war. Ein Glück, denn sonst hätte sie sicher sofort in den gleichen Modus geschaltet wie die meisten anderen Leute heutzutage in seiner Umgebung: in diese Übelkeit erregende Mischung aus Anteilnahme und den verzweifelten Versuchen, ihm bei jeder kleinsten Kleinigkeit zu helfen. Er wollte nicht das Stocken ihrer Stimme hören, wenn ihr klar wurde, dass er nicht sehen konnte, also blieb er still auf dem Sofa liegen und hörte stattdessen zu, wie sie ihn beschimpfte. Aber selbst wenn er gewollt hätte, sollte er sich besser nicht draußen sehen lassen. Nicht mit einer nassen Hose und blutverschmierten Händen, die er sich völlig zerschnitten hatte beim Versuch, die Scherben aufzusammeln.

Hal wusste ganz genau, was sie denken würde. Er roch nach Whisky und sah zweifellos so aus, als hätte er versucht, sich die Pulsadern aufzuschneiden. Und obendrein erweckte er sicher den Eindruck, als hätte er sich in die Hose gemacht. Ein neuer Tiefpunkt, selbst in seinem neuen Leben.

Und sie glaubte, einen schlechten Tag gehabt zu haben! Sie hatte ja keine Ahnung, wie ein *wirklich* schlechter Tag aussah.

Honey stellte ihre Einkäufe auf die Arbeitsplatte in der Küche und kehrte mit Besen und Kehrschaufel in den Flur zurück. Kurz hatte sie gehofft, ihr kleiner Wutausbruch hätte vielleicht das schlechte Gewissen des Mannes gegenüber geweckt und ihn dazu veranlasst aufzuräumen, aber sie hatte kein Glück. Seine Wohnungstür blieb weiterhin geschlossen, und die Blumen lagen noch immer verstreut herum. Honey sammelte sie vorsichtig auf und fing dann an, die Scherben zusammenzufegen. Auf nassem Boden war das ein etwas schwieriges Unterfangen.

Etwas Rotes fiel ihr auf, das sich mit Wasser und Glassplittern vermischte. Sie runzelte die Stirn und hielt inne. Wenn das Blut war, hatte er vielleicht doch versucht aufzuräumen. Oder, o Gott, er hatte sich vielleicht verletzt und ihre Blumen versehentlich umgeworfen; vielleicht hatte er irgendeinen Anfall gehabt oder sich an den Scherben die Schlagadern aufgeschnitten und lag in diesem Moment sterbend in seiner Wohnung, und dann waren allein ihre Tulpen daran schuld. So, wie sich dieser Tag entwickelte, erschien es ihr keineswegs unmöglich, dass sie selbst aus Versehen ihren Nachbarn ermordet hatte.

Als der Boden wieder sauber war, trat sie ein paar Schritte auf seine Tür zu und lauschte. Nichts. Sie hob die Hand, um anzuklopfen, hielt aber im letzten Augenblick inne. Was sollte sie denn sagen, wenn er öffnete? *Wenn Sie tot oder verletzt sind, tut mir das leid, aber wenn nicht, scheren Sie sich zum Teufel?*

„Hallo?“, rief sie zögerlich. Weiterhin blieb alles still, und sie geriet langsam, aber sicher in Panik. „Hallo?“ Sie versuchte es noch einmal, diesmal etwas energischer. Immer noch keine Reaktion. Kraftvoll hämmerte sie mit der Faust an seine Tür. „Ist alles in Ordnung mit dir?“

Sie presste ein Ohr an die Tür und lauschte angestrengt. War das ein Rascheln?

Hal fluchte lautlos vor sich hin und richtete sich mühsam auf. Das Erdbeermädchen entpuppte sich langsam als echte Nervensäge. Warum hämmerte die Frau unentwegt an seine Tür? Wollte sie allen Ernstes Geld für diese bescheuerte Vase?

„Hallo, ich weiß, dass du da bist! Ich habe gerade gehört, wie du dich bewegt hast."

Hal schüttelte den Kopf. Das war ja, als wohnte man Tür an Tür mit Miss Marples übereifriger Enkelin! Sie musste unmittelbar an seiner Tür lauschen.

„Antworte bitte, ja? Ist alles in Ordnung?"

Verdammt. Sie mischte sich jetzt schon ein und wusste noch nicht einmal, dass er blind war. Er nahm sich fest vor, das auch möglichst lange vor ihr geheim zu halten. Heftiger Schmerz durchzuckte ihn, als er die verspannten Schultern straffte und die verletzten Hände bewegte.

Sie musste ihn auch dabei gehört haben, denn sie hämmerte noch lauter an seine Tür. „Brauchst du Hilfe?", rief sie, während er sich zur Wohnungstür vortastete. Herrje, sie klang, als sorge sie sich um einen alten Nachbarn, der vielleicht über seinen Rollator gestürzt war.

Sein Ärger nahm zu. „Was muss ich tun, damit du verschwindest?", grollte er hinter der geschlossenen Tür und hörte sie pusten, als hätte sie vorher den Atem angehalten. Wie dramatisch.

„Bist du immer so unhöflich?" Ihr Tonfall klang schlagartig nicht mehr besorgt, sondern scharf.

„Nur zu Leuten, die mir auf die Nerven gehen." Sie sog geräuschvoll die Luft ein, und zum ersten Mal seit seinem Umzug musste er lächeln.

„Ich gehe dir auf die Nerven? Hast du deshalb meine Vase zerbrochen und die Blumen auf dem Boden liegen lassen? Weil ich dir *auf die Nerven* gehe?" Die Tatsache, dass sie ihn anbrüllte, bereitete ihm ein geradezu absurdes Vergnügen. Niemand hatte ihn in letzter Zeit mehr angeschrien.

„Ja, das trifft es in etwa."

Diesmal trat sie vor Zorn mit dem Fuß gegen die Tür. „Du Ekel!

Was habe ich dir denn getan? Außer dass ich die Frechheit besessen habe, den Rauchmelder auszulösen und dich dabei zu stören, deinen verdammten Kater auszukurieren?" Ihr unnatürlich schnell gehender Atem verriet, wie wütend sie war. „Nun, du hast dir definitiv den falschen Tag ausgesucht, um dich mit mir anzulegen!"

Hal hätte beinahe laut aufgelacht. Miss Marple Junior hatte sich soeben in Rambo verwandelt. Er verschränkte die Arme, lehnte sich an die Tür und wartete, dass sie fortfuhr.

„Im Gegensatz zu deinem besteht mein Leben nicht nur aus Partys und Katern. Ich trage Verantwortung. Ich habe einen Job. Menschen sind auf mich angewiesen."

Ihre Worte lösten eine so plötzliche Wut in Hal aus, dass er nach der Klinke tastete und die Tür aufriss. „Eine einzige große Party? Sieht *das* für dich danach aus?", schnauzte er sie an und wies mit dem Arm in seine Wohnung.

„Nein", konterte sie bissig, „ich würde eher sagen, das ist deine Höhle. Ein Ort, wo du dich verkriechen und dich von deinem Kater erholen kannst."

Hal hörte die Verachtung aus ihrer Stimme heraus und wusste, dass ihr sein heruntergekommenes Aussehen aufgefallen sein musste.

„Sieh dich doch bloß an! Du stinkst nach Alkohol und was weiß ich wonach noch. Du müsstest dich mal rasieren und dich umziehen …"

Sie verstummte, und ihm war klar, dass sie lauter falsche Schlüsse zog. Das machte ihn rasend. Vor dem Unfall hatte er nicht zu hysterischen Anfällen geneigt, aber seitdem fiel es ihm sehr viel schwerer, Ruhe zu bewahren. Die Vorwürfe dieser Frau wirkten auf ihn, als hätte ihm jemand eine Handgranate mit gezogenem Stift entgegengeschleudert.

„Meine Höhle?", brüllte er. „Meine verdammte *Höhle*?" Er spürte, wie ein Lachen ganz tief in seinem Innern aufstieg, nur fühlte es sich eher wie etwas Dunkles und Hässliches an, das sich den Weg nach oben bahnte, und als es seinen Mund verließ, war es eine Mischung aus Gelächter und einem wütenden Aufschrei.

„Das ist nicht meine Höhle“, stieß er hervor, als er wieder sprechen konnte. „Das ist mein gottverdammtes Gefängnis.“

Das Erdbeermädchen schwieg, aber ihr flacher Atem verriet ihm, dass es immer noch da war und ihn ansah.

„Wie soll ich das bitte verstehen?“, sagte sie irgendwann. Der Zorn war aus ihrer Stimme gewichen, stattdessen schwangen darin jetzt Verwirrung und vielleicht sogar eine Spur von Furcht mit.

Hal hörte das und wusste, dass er sie am Haken hatte. Jetzt würde es ein Leichtes sein, ihr den Rest zu geben, ihr zu enthüllen, dass er blind war – und sie dazu zu bringen, sich tausendfach zu entschuldigen. In seinem früheren Leben hatte er immer danach gestrebt, alles unter Kontrolle zu haben, und dieses Bedürfnis gewann jetzt auch in Bezug auf sie die Oberhand. Seine aggressive Art hatte ihm zu einem kometenhaften Aufstieg zu einem der berühmtesten Starköche des Landes verholfen. Und er hatte alles daran geliebt. Das Geld. Die teuren Autos. Die Mädchen. Ein Mädchen ganz besonders. All das hatte er auf einen Schlag durch einen winzigen Moment der Ablenkung verloren.

Mit einem Schlag war das Leben völlig anders. Es bestand aus den vier Wänden dieser Wohnung, aus dem Tagesprogramm im Fernsehen, das er zum Glück nicht sehen konnte und am liebsten auch nicht hören wollte, und aus Mikrowellenessen, das nach den Behältern schmeckte, in denen es geliefert wurde.

Er rieb sich über das Gesicht und seufzte. Alles, alles hatte er verloren, aber das war nicht die Schuld des Erdbeermädchens. Fast alles hatte sich in seinem Leben verändert, aber Frauen Angst einzujagen war noch nie seine Art gewesen – und er wollte jetzt auch nicht damit anfangen.

„Nein“, befand er schließlich, „du hast recht. Du verstehst das nicht, und ich hoffe dir zuliebe, dass du es nie verstehen musst. Kann ich jetzt gehen, nachdem du die hilfreiche Pfadfinderin gespielt und nach deinem bedürftigen Nachbarn gesehen hast?“

Hal hörte, wie sie Luft holte und um Antwort rang, doch er schloss die Tür, damit er die Erwiderung nicht hören musste.

4. KAPITEL

Es war schrecklich, Nell. Seine Hände waren voller Blut, und er sah hundeelend aus." Honey saß auf dem Barhocker an Nells Küchentresen und hielt deren schlafende Tochter Ava im Arm.

„Vielleicht ist er ein Vampir." Nell machte die Spülmaschine zu und drehte sich erschrocken um. „Gott, glaubst du, er hat versucht, sich …?"

Honey schüttelte den Kopf. „Da waren keine Schnitte an seinen Handgelenken, falls du das meinst. Ich hab nachgesehen. Blutig waren nur seine Hände, aber alle beide. Seltsam, oder? Ich glaube, er hat versucht, die Scherben im Flur aufzusammeln – aber warum hat er sich dabei so ungeschickt angestellt und dann offenbar alles stehen und liegen lassen?"

„Es ist genauso seltsam, die eigene Wohnung mit einem Gefängnis zu vergleichen", bemerkte Nell.

Honey sah sich in der warmen, einladenden Küche um. Nells gepflegtes, wunderschönes Haus schien jeden zu umarmen, der zur Tür hereinkam. Allein schon hier zu sein war wie Balsam für ihre angegriffenen Nerven. „Er sah wütend aus. Richtig wütend."

Nell runzelte die Stirn. „Mir gefällt die Vorstellung nicht, dass du allein Tür an Tür mit ihm wohnst."

„Das ist noch so etwas Seltsames." Honey griff mit der freien Hand nach dem Kaffeebecher vor sich. „Ich habe keine Angst vor ihm. Er tut mir höchstens leid."

Die Freundin lehnte sich gegen die Arbeitsplatte und wärmte die Hände an ihrem dampfenden Becher. „Mir eher nicht. Von dem Tag seines Einzugs an ist er nur unverschämt zu dir gewesen."

„Nun, ich werde ihn gewiss nicht für die Wahl zum Nachbarn des Jahres nominieren." Honey streichelte die zarten Finger des schlafenden Babys. Wie verletzlich und unschuldig die Kleine doch wirkte! Sie konnte sich nicht vorstellen, dass der Mann, mit dem sie nun das Haus teilte, jemals so gewesen sein konnte. Wer immer er war, irgendetwas musste ihm zugestoßen sein. Etwas Schreckliches, das aus ihm den zornigsten, gefühlskältesten Mann gemacht hatte, dem sie je begegnet war.

„Tash hat mir heute Morgen eine Mail aus Dubai geschickt", wechselte Nell das Thema.

Honey sah aus dem Fenster in den Regen hinaus. „Die Glückliche. Sie jammert zwar ständig über ihren Job, aber wenigstens bekommt sie ab und zu die Sonne zu sehen."

„Sie hat einen Pianisten für dich aufgetrieben."

Honey fuhr zu ihr herum. „Liebe Güte, Nell, das war ein Scherz! Sie meint das doch wohl nicht ernst?"

Nell zuckte die Schultern und versuchte offensichtlich, ein Schmunzeln zu unterdrücken. „Ich glaube schon. Sie will dich morgen anrufen, wenn sie wieder zu Hause ist."

„Also im Ernst! Ich verliere vielleicht meinen Job, und Freddy Krueger ist bei mir nebenan eingezogen. Meinst du wirklich, ich könnte im Moment noch mehr Stress gebrauchen?" Ava bewegte sich im Schlaf, wahrscheinlich spürte sie Honeys Erregung.

„Vermutlich nicht", räumte Nell ein. „Aber was, wenn er wie Michael Bublé aussieht?"

Honey grinste. „Dann darf er mich zum Abendessen einladen."

Nell nahm ihr das halb wache Baby ab und nahm es selbst auf den Arm, wo es sofort wieder zufrieden einschlief. „Dann warte doch einfach mal ab, ja?" Sie zwinkerte der Freundin zu und brachte Ava nach oben ins Bett.

Honey seufzte. Das trübe Wetter draußen passte perfekt zu ihrer Stimmung. Ein Blind Date mit irgendeinem Wildfremden ertragen zu müssen, nur um Tashs und Nells lächerlichen Wunsch zu erfüllen, machte ihr das Leben nicht gerade leichter.

Auf dem Nachhauseweg ging Honey erst an der Apotheke vorbei, machte dann aber kehrt und trat ein. Wenig später kam sie mit einer Einkaufstüte wieder heraus. Nachdem sie ihre Haustür aufgeschlossen hatte, ging sie geradewegs zur Tür ihres Nachbarn.

„Hallo?", rief sie, ohne anzuklopfen, denn bestimmt hatte er sie gehört, als sie aufgeschlossen hatte. Musik lief im Hintergrund, dem Klang nach Heavy Metal. Als er nicht öffnete, klopfte sie an; laut genug, dass er es hören musste, aber hoffentlich nicht so laut, dass er sich darüber ärgerte. Sie wartete einen Moment ab, und als er immer noch nicht antwortete, klopfte sie erneut. „Ich habe etwas für dich!", rief sie.

Er jedoch drehte die Musik auf volle Lautstärke und machte damit jeden weiteren Versuch zunichte, ein Gespräch anzufangen. Honey schnaubte und schüttelte frustriert den Kopf. Der neue Nachbar entpuppte sich als wahrer Albtraum. Sie bückte sich und lehnte die Tüte an seine Tür. Ein paar Sekunden verharrte sie noch unsicher, dann drehte sie sich um und schloss ihre Wohnungstür auf. Sollte er doch in seinem eigenen Elend schmoren.

Hal saß auf dem harten, unbequemen Sessel und hielt sich die Ohren zu, um den Lärm auf MTV und das Klopfen des Erdbeermädchens auszublenden. Erst als er kurz davor war, den Fernseher einzutreten, schaltete er ihn ab. Die plötzliche Stille war fast genauso ohrenbetäubend wie die Musik zuvor. Er verhielt sich ganz still und lauschte eine Weile, bis er sicher sein konnte, dass sie wirklich gegangen war. Noch eine Weile blieb er so sitzen, den Kopf in die geschundenen Hände gestützt. Er brauchte etwas zu trinken! Wie er sich nach einem Whisky sehnte – aber die Flasche stand leer auf dem Nachttisch, seit er sie in der vergangenen Nacht ausgetrunken hatte. Im Kopf ging er die verbleibenden Möglichkeiten durch. Ohne Whisky auskommen? Keine Option. Er konnte jemanden anrufen, aber wen?

Seine engsten Freunde fühlten sich bestimmt verpflichtet, seiner besorgten Familie zu verraten, wo er steckte; und für diejenigen, denen er im Grunde gleichgültig war, zählte Klatsch sicher mehr als Freundschaft. Der arme alte Hal – hauste in einer schäbigen Wohnung und hatte niemanden zum Reden außer einer Whiskyflasche. Was für eine Schande.

Nein, jemanden anzurufen, den er kannte, kam nicht infrage. Vielleicht konnte er einfach vor die Haustür gehen und darauf hoffen, dass irgendein freundlicher Passant genug Mitleid zeigte, um seinen Zwanzig-Pfund-Schein zu nehmen und für ihn den Whisky zu besorgen? Wütend schlug er auf die Armlehnen des Sessels. Wie tief musste er denn noch sinken? Es machte ihm Angst, dass er, obwohl er schon so tief gesunken war, durchaus in noch tieferen Abgründen versinken konnte. Genau genommen gab es nur eine Möglichkeit, die ihm schon in den Sinn gekommen war, als er sich andere Alternativen überlegt hatte. *Das Erdbeermädchen.* Er rieb sich die Stirn, setzte seine dunkle Brille auf und stemmte sich aus dem Sessel, bevor er durch den Flur ging, der ihm längst vertraut geworden war.

Er hielt inne, als er die Türklinke ertastet hatte. Seit der Sache mit den Blumen hatte er keinen Fuß mehr vor die Wohnungstür gesetzt. Ein ungutes Gefühl beschlich ihn, aber er schob es beiseite. Ein Feigling wollte er auf keinen Fall werden.

Hal öffnete die Tür, tat einen Schritt nach vorn, stolperte dann jedoch über irgendetwas und fiel der Länge nach hart auf den Fußboden.

Honey hörte das laute Krachen, als sie gerade im Bademantel und mit einem Handtuch-Turban aus ihrem Badezimmer kam. Ohne nachzudenken rannte sie zur Wohnungstür, riss sie auf und sah ihren Nachbarn bäuchlings auf dem Boden liegen, umgeben vom Verbandszeug und den desinfizierenden Salben, die sie für ihn gekauft hatte.

„Geh wieder rein und mach deine verdammte Tür zu!“, herrschte er sie an, ohne den Kopf zu heben, und tastete den Boden nach irgendetwas ab.

„Wie bitte? Nein, lass mich helfen …“ Ratlos hob Honey die Hände. Es widerstrebte ihr zutiefst, ihn einfach allein zu lassen, aber sie gab sich keinen Illusionen hin – er hatte es genau so gemeint, wie er es gesagt hatte. Sie trat einen Schritt nach vorn und stieß gegen irgendetwas. Als sie zu Boden sah, merkte sie, dass sie beinahe auf seine Sonnenbrille getreten wäre, die glücklicherweise heil geblieben war. „Hier." Sie hob sie auf und streckte sie ihm entgegen.

Beim Klang ihrer Stimme hörte er auf, den Boden um sich herum abzutasten, und erstarrte. „Meine Brille?"

Honey nickte, und plötzlich stockte ihr der Atem, als sie begriff, weshalb er ihr diese Frage stellen musste.

Er streckte einen Arm aus, ohne den Kopf zu heben. „Gib sie mir." Honey ging einen Schritt auf ihn zu und legte sie ihm in die Hand. Er nahm die Brille, setzte sie sich auf und drehte sich auf den Rücken. Nachdem er sich aufgerappelt hatte, rutschte er im Sitzen zurück bis zur Wand, wo er die Ellenbogen auf die angewinkelten Knie stützte und den Kopf auf seine Hände sinken ließ.

Schweigend sammelte Honey die Medikamente und das Verbandszeug ein und stellte die Tüte auf den kleinen Tisch im Flur. *Mist.* Sie hätte die Sachen von Anfang an dort hinlegen sollen. „Ich habe dir Verbandszeug und etwas zum Desinfizieren gekauft – für deine Hände", fügte sie unnötigerweise hinzu. „Es tut mir leid."

Er gab einen erstickten Laut von sich und fuhr sich mit den Fingern durchs Haar. „Ich habe mich geirrt, als ich dich eine Pfadfinderin genannt habe. Du bist viel mehr als das. Du bist eine verdammte Mutter Teresa."

Honey zögerte; sie wusste nicht so recht, ob sie gehen oder bleiben sollte. „Kann ich noch irgendetwas für dich tun?"

„Keine weiteren Hindernisse in den Flur zu stellen wäre für den Anfang gar nicht schlecht."

„Abgemacht." In diesem winzigen Moment des Waffenstillstands wurde ihr bewusst, dass sie keinen blassen Schimmer hatte, wie er hieß. „Ich bin übrigens Honey."

„Das ist ja albern. Und wie heißt du richtig?"

„Ich heiße wirklich so. Nun, Honeysuckle, genau genommen."

„Scheiße, das ist ja noch alberner."

Honey war es durchaus gewohnt, sich Bemerkungen wegen ihres Namens anhören zu müssen, doch dieser unverhohlene Spott ärgerte sie. „Dann ist das eben noch eine weitere Seite an mir, über die du dich aufregen kannst, Rockstar."

„Rockstar?"

„Ja. So nenne ich dich. Hauptsächlich, weil du ein arroganter Mistkerl bist, der ununterbrochen flucht und zum Frühstück Whisky in sich hineinschüttet."

„Akzeptiert", sagte er. „Oder auch Hal – nur für den Fall, dass du dich je genötigt fühlst, deinen Eindruck von mir zu revidieren."

„Wo wolltest du eigentlich eben hin?"

„Zu dir."

„Um dich wegen der Blumen zu entschuldigen?"

„Eher unwahrscheinlich. Hast du irgendeinen Whisky?"

Honey überlegte sich ihre Antwort gut. Sie besaß keinen, stattdessen aber eine fast volle Flasche Tequila ganz hinten in ihrem Schrank. Der Gedanke, einen Alkoholiker in seinem Konsum zu unterstützen, fühlte sich jedoch nicht sonderlich gut an. War er überhaupt Alkoholiker? Auf jeden Fall schien er genug zu trinken, um sich für diese Bezeichnung zu qualifizieren. „Keinen Whisky, nein."

„Aber etwas anderes?"

Honey seufzte. Er mochte ihren Gesichtsausdruck nicht sehen können, aber ihre Stimme hatte sie offensichtlich verraten. Zu lügen war ohnehin nicht gerade ihre Stärke. „Ich habe Tequila."

„Gott sei Dank, verdammt. Kann ich den haben?"

„Mutter Teresa würde ihn jemandem wie dir nicht geben."

„Gibst du ihn mir, wenn ich mich entschuldige?"

„Für das Zerschlagen meiner Vase oder dafür, dass du mich Mutter Teresa genannt hast?"

„Was du willst. Beides. Herrje, ich entschuldige sogar, dass deine Mutter dich Honeysuckle genannt hat, wenn du mir den Tequila überlässt."

„Hast du Zitronen und Salz?"

Er hob langsam den Kopf, und obwohl die Brille seine Augen verbarg, konnte Honey seinen ungläubigen Gesichtsausdruck erkennen. Eine Sekunde lang dachte sie, er würde wieder losbrüllen, doch im nächsten Moment fing er zu lachen an. Kein leises Lachen, sondern eins, das tief aus seinem Bauch zu kommen schien. Erst bebten lediglich seine Schultern, dann wurde sein ganzer Körper davon geschüttelt. Er lachte hemmungslos, bis ihm die Tränen über die Wangen liefen.

Honey stimmte nicht in das Gelächter ein, weil ihr geheimnisvoller Nachbar trotz seines momentanen Verhaltens ganz eindeutig nicht amüsiert war. Sie verschwand in ihrer Wohnung, um den Tequila aus dem Schrank zu holen. Als sie in den gemeinsamen Flur zurückkehrte, war Hal aufgestanden und schien sich wieder einigermaßen gefasst zu haben, obwohl seine Wangen immer noch vor Lachtränen glänzten.

„Tequila", Honey berührte ihn leicht am Arm. Mit einem gemurmelten Dank nahm Hal die Flasche entgegen. „Kann ich sonst noch etwas für dich tun? Du weißt schon, bei irgendetwas behilflich sein?"

Er schnaubte. „Fang nicht wieder mit diesem Mutter-Teresa-Gefasel an, nur weil du jetzt weißt, dass ich blind bin."

„Keine Sorge. Ich halte dich immer noch für einen arroganten Mistkerl, der zu viel trinkt."

Ein belustigtes Zucken seiner Mundwinkel folgte. „Und ich halte dich nach wie vor für eine frustrierte Pfadfinderin mit höchst albernem Namen."

„Gut. Dann sind wir uns ja einig."

„Hämmer nie wieder gegen meine Tür."

Honey beobachtete, wie er sich umdrehte und sich in seine Wohnung vortastete. „Einverstanden. Aber ruf, wenn du etwas brauchst."

„Ich brauche nichts von dem, was du mir möglicherweise geben könntest, Honeysuckle“, erwiderte er leise mit rauer Stimme.

Die Tür gegenüber fiel ins Schloss, und Honey blieb allein im Flur zurück – ein wenig klüger als zuvor, ein wenig aufgewühlt und seltsamerweise auch ein wenig leidenschaftlich berührt.

5. KAPITEL

Lucille und Mimi starrten Honey, deren Hände zitterten, fassungslos an.

„Ich fürchte also, wenn keiner kommt und den Laden kauft, wird er geschlossen. Und das Seniorenheim ebenfalls“, schloss Honey ihren Bericht. Sie hatte bis zum Ende des Tages damit gewartet, da sie wusste, die beiden alten Damen würden eine solche Nachricht erst einmal in Ruhe verarbeiten müssen.

„Das können sie uns doch nicht antun!“, rief Lucille mit verängstigter Miene aus.

Honey lächelte traurig. „Bis dahin dauert es ja noch sechs Monate, Lucille. Lass uns einfach auf ein Wunder hoffen.“

„Die schließen unseren Laden nur über meine Leiche.“ Mimi straffte die schmalen Schultern, die sie an diesem Tag in ein zartgrünes Twinset aus Kaschmir gehüllt hatte. Wie so oft hatte Lucille sich passend zu ihrer Schwester gekleidet, sie trug ein identisches Twinset in Pastellgelb. Beide Damen hatten lange Perlenketten um, und an ihren zerbrechlich wirkenden Fingern funkelten große Ringe. Ihre Aufmachung erinnerte an Sonne, Sommertage und süße Zuckerwatte, aber ihre Mienen wollten so gar nicht dazu passen. Lucille standen Tränen in den großen blauen Augen, während Mimi ein so trotziges Gesicht machte, dass die berühmte Suffragette Emmeline Pankhurst stolz auf sie gewesen wäre.

Hoffnungsvoll wandte sich Lucille an ihre Schwester. „Meinst du, wir sollten dagegen vorgehen?“

„Natürlich, was spricht denn dagegen?“, erwiderte Mimi und sah von Lucille zu Honey.

Honey runzelte die Stirn. Sosehr sie die Vorstellung hasste, dass der Laden geschlossen werden sollte – auf die Idee eines aktiven Widerstands war sie noch gar nicht gekommen. Konnte das überhaupt zu ihren Gunsten ausgehen? Trotz seines Geredes, dass über die Schließungen noch beraten werden würde, hatte

Christopher sich am vergangenen Abend ganz so angehört, als sei alles schon beschlossene Sache. Wahrscheinlich hatte man ihm einen guten Anreiz angeboten, um ihn an Bord zu halten; irgendeine Belohnung, damit er sicher dafür sorgte, dass niemand das Boot doch noch zum Kentern brachte. Auf jeden Fall hatte er nicht sonderlich betroffen auf die anstehende Not der Bewohner reagiert. „Umverteilung“ war das Wort, das er benutzt und das Honey geflissentlich vermieden hatte, als sie Lucille und Mimi zu erklären versuchte, dass die Bewohner in anderen Einrichtungen untergebracht werden würden.

„Untergebracht. Das klingt, als wären wir unerwünschte Streuner“, klagte Lucille und rang die zarten Hände. „Niemand will alte Tiere, deshalb werden sie eingeschläfert. Passiert das mit uns auch?“

Lucilles gequälter Gesichtsausdruck tat Honey in der Seele weh. Sie wünschte, sie hätte der Freundin echte Hoffnungen machen können, aber im Moment konnte sie ihr nicht viel mehr bieten als eine Umarmung und eine Tasse mit heißem, süßem Tee.

„Was ist, wenn sie uns nicht zusammen unterbringen können, Mimi?“, fragte Lucille, und Honey nahm ihr die heftig wackelnde Teetasse samt Unterteller ab, damit die alte Dame den Tee nicht auf dem elfenbeinfarbenen Plisseerock verschüttete. Die Schwestern hatten im Heim in den letzten sieben Jahren aneinander angrenzende Zimmer mit einem eigenen Badezimmer bewohnt und sich dort ein neues Leben unter den anderen Bewohnern aufgebaut. Bei der freiwilligen Arbeit im Laden waren sie aufgeblüht. Unvorstellbar der Gedanke, vielleicht bald voneinander getrennt sein zu müssen, als wären sie zur Adoption freigegebene Geschwister, die getrennt wurden, um besser vermittelbar zu sein.

„Ich bin mir sicher, so weit kommt es nicht“, tröstete Honey und hoffte inständig, damit recht zu behalten.

„Natürlich nicht“, sagte Mimi, „weil ich das nämlich nicht zulassen werde, Lucie. Das verspreche ich dir.“ Ganz die beschützende große Schwester, selbst noch mit dreiundachtzig Jahren, setzte Mimi sich neben Lucille und legte den Arm um sie. „Und Honey wird uns helfen, uns zu organisieren, nicht wahr, Liebes? Die Leute werden eher auf dich hören als auf uns."

Beide sahen die junge Freundin an, die eine aus kornblumenblauen Augen, in denen Tränen standen, und die andere aus braunen, vor Empörung blitzenden. Irgendetwas regte sich in Honey – die Entschlossenheit, sich zu erheben und für ihre Freundinnen zu kämpfen.

„Natürlich werde ich das." Sie rutschte auf die andere Seite neben Lucille, legte ihre Hand über die ineinander verschlungenen Hände der beiden alten Damen und versuchte, sich nicht von deren Zerbrechlichkeit aus der Ruhe bringen zu lassen. „Ganz sicher sogar. Wir haben sechs Monate Zeit – mehr als genug, um uns etwas auszudenken."

„Unser guter Engel." Lucille lächelte. „Wo wären wir nur ohne dich?"

„Macht euch darüber keine Gedanken. Erstens gehe ich nirgendwohin, und zweitens könnt ihr immer auf mich zählen."

Ungefähr eine Stunde später schloss Honey ihre Haustür auf und war in Gedanken immer noch bei dem Gespräch mit Lucille und Mimi. Sie hatte nie daran gedacht zu versuchen, für die Rettung des Heims zu kämpfen; erst recht nicht daran, diesen Kampf anzuführen. Und doch blieb ihr vielleicht gar nichts anderes übrig, denn alle anderen Betroffenen waren mindestens achtzig Jahre alt und auf ihre Hilfe angewiesen. Die Verantwortung wog schwer, genau wie die Einkaufstaschen. Unbeholfen drückte sie die Haustür mit einer Hüfte zu und sah sich im Flur um, als erwarte sie, dass Hal jeden Moment seine Wohnungstür aufreißen und wegen irgendetwas losbrüllen würde, aber die Tür blieb geschlossen und dahinter alles still.

Honey schnaubte leise, schloss die eigene Tür auf und wuchtete die schweren Taschen auf die Arbeitsplatte ihrer winzigen Küche. Bei der Wohnungsbesichtigung hatte sie die wirklich sehr beengte Küche überhaupt nicht gestört, hauptsächlich weil ihre Kochkünste sich auf das Zubereiten von Käsetoast und Dosensuppen aus der Mikrowelle beschränkten. Jetzt durchstöberte sie die Taschen nach dem Einzigen, weswegen sie überhaupt in diesen Laden gegangen war. Whisky. Für jemanden, der dieses Zeug noch nie angerührt hatte, war die große Auswahl äußerst verwirrend gewesen. Bevorzugte Hal eine bestimmte Marke? War er eher der Single-Malt-Typ? In Anbetracht der Mengen, die er offenbar trank, und der zum Teil happigen Preise hatte Honey sich für die Hausmarke des Supermarkts entschieden. Hal schmeckte wahrscheinlich ohnehin nicht viel davon, wenn er den Whisky in sich hineinkippte. Für ihn war der Whisky anscheinend eher ein Betäubungsmittel als ein echter Genuss. Sie griff nach der Flasche, nahm ihren ganzen Mut zusammen und ging in den Flur.

Zögernd klopfte sie an Hals Tür. Nichts. Es überraschte sie nicht.

„Hal?", rief sie leichthin. Nachbarschaftlich freundlich. „Ich bin's. Honey." Er antwortete nicht, und hinter der hartnäckig geschlossenen Tür rührte und regte sich nichts, dabei war er ganz sicher zu Hause. So, wie er am vergangenen Tag buchstäblich um ihren Tequila gebettelt hatte, schien er nicht vorzuhaben, das Haus in absehbarer Zeit zu verlassen. Ein leises Unbehagen beschlich Honey. Konnte der Mann nicht einfach etwas brummen, irgendein Geräusch von sich geben als Beweis, dass er zumindest noch am Leben war? Was, wenn er den ganzen Tequila getrunken hatte und bewusstlos geworden war? Großer Gott, und wenn er dabei mit dem Kopf gegen etwas …?

„Hal!" Sie rief lauter und versuchte, freundlich zu klingen, merkte aber im selben Moment, dass ihr das missglückte und sie sich wieder aufdringlich und wie eine Pfadfinderin anhörte. Sie warf einen kurzen Blick auf ihre eigene offen stehende Wohnungstür, seufzte resigniert und lehnte sich an die Wand. „Ich gehe erst weg, wenn du mir geantwortet hast, also kannst du's uns beiden genauso gut leichter machen, Rockstar."

Immer noch herrschte Stille. Müde setzte Honey sich vor seine Tür auf den Fußboden und stellte die Flasche neben sich. „Dann bleibe ich eben einfach hier sitzen“, murrte sie und zog die Beine an.

„Gut, dann trinke ich den Whisky eben allein“, fügte sie nach einer Weile hinzu. Ihre etwas provozierende Bemerkung behagte ihr zwar nicht recht, aber sie war froh, das Pfadfinderhafte damit eindeutig abgelegt zu haben. Außerdem zeigten die Worte endlich Wirkung. Erleichtert atmete sie auf, als das Geräusch einer Bewegung hinter der Tür verriet, dass Hal noch lebte. Jetzt war er ganz nah an der Tür, Honey konnte ihn atmen hören.

„Was muss ich tun, damit du mir diesen Whisky gibst?“, grollte er.

Honey zog die Augenbrauen hoch und nickte. So ging das also. „Ach, nicht viel, weißt du. Ein kleiner nachbarlicher Plausch vielleicht?“

Mehr Geräusche hinter der Tür, dann ertönte wieder seine Whisky-und-Zigaretten-Stimme, nur leiser dieses Mal. Näher. Als säße er auf der anderen Seite der Tür am Boden. „Ich plausche nicht.“

„Nicht?“, erwiderte Honey beiläufig. Sie wusste selbst nicht, warum sie versuchte, ihn in ein Gespräch zu verwickeln. Es war, als wollte man ein Kätzchen mit einem Unterteller voll Milch ins Haus locken. „Vielleicht könntest du dann einfach nur zuhören, denn ich hatte einen fürchterlichen Tag und würde mir gern einiges von der Seele reden.“

„Ach so, und da hast du gedacht, du bestichst deinen blinden Nachbarn mit Whisky, damit er dir zuhört? Hast du keine Freunde?“

Honey schmunzelte. War sie etwa masochistisch veranlagt, weil sie seine griesgrämige Art genoss? Sie sah auf die Uhr und tippte auf das Zifferblatt. „So in etwa. Zehn Minuten deiner Zeit, und du bekommst den Whisky.“

Sein übertriebenes Seufzen war nicht zu überhören. „Ich mache aber nicht die Tür auf.“

„Ganz wie du willst. Geh nur nicht weg und tu irgendetwas anderes, während ich rede."

Sein harsches Lachen verriet ihr, dass sie einen Nerv getroffen hatte. „Du meinst, ich darf zwischendurch nicht die scharfe Blondine in meinem Schlafzimmer vernaschen? Ich könnte dabei auch ganz leise sein."

„Träum weiter, Rockstar." Honey schlang die Arme um die Knie. „Also … ich musste heute zwei alten Damen sagen, dass sie vielleicht bald kein Zuhause mehr haben."

Kurze Stille. „Es ist also nicht nur mein Leben, das du ruinieren willst", erwiderte Hal.

„Es ist nicht meine Schuld." Honey wusste, dass ihn das nicht interessierte, hatte aber trotzdem das Bedürfnis, dass er sie verstand. „Ich führe den Wohlfahrtsladen, der zu dem Seniorenheim gehört, in dem die beiden wohnen. Sie sind meine Freundinnen, und ich fühle mich schrecklich."

„Hast du schon gesagt, warum du sie obdachlos machen willst?"

„Ich bin nicht diejenige, die sie obdachlos macht. Wegen fehlender Mittel droht dem Heim in sechs Monaten die Schließung, und dem Laden auch. Dann bin ich ohne Job, und die ganzen Bewohner verlieren ihr Zuhause. Keiner von ihnen ist auch nur einen Tag jünger als achtzig."

„Sieh's positiv. Die sind alt, vielleicht leben sie in sechs Monaten ja gar nicht mehr."

Honey stockte der Atem ob dieser harten Bemerkung. „Du hast das ernst gemeint, als du sagtest, du plauschst nicht, oder?"

„Wenn du mit Oprah sprechen wolltest, hast du an der falschen Tür geklopft, Süße."

Das Kosewort klang in Honeys Ohren kalt und warm zugleich. Hal hatte es mit so viel triefendem Zynismus ausgesprochen, dass an versteckte Freundlichkeit gar nicht zu denken war. Dennoch fragte Honey sich unwillkürlich, wie es sich wohl aus seinem Mund unter anderen Umständen anhören würde, in einem anderen Tonfall.

„Ist es noch zu früh, um nach dem Whisky zu fragen?“, unterbrach er die sich in die Länge ziehende Stille, die nach seiner letzten Bemerkung eingetreten war.

Honey sah auf die Uhr. Noch sieben Minuten. „Ja. Willst du mir stattdessen von deinem Tag erzählen?“

„Hau ab, Honeysuckle“, brummte er, genau wie sie erwartet hatte. Hatte sie ihn absichtlich provoziert? Möglicherweise, und wenn der Schuss dann nach hinten losgegangen war, lag es daran, dass er ihren Namen ausgesprochen hatte wie eine … Wieder zog sich das Schweigen in die Länge.

„Also gut, Mutter Teresa. Erzähl mir mehr von dem Job, den du vielleicht verlierst.“

„Um meinen Job mache ich mir weniger Sorgen. Na schön, natürlich tue ich das, aber mehr noch um Lucille und Mimi und natürlich um die anderen Bewohner.“ Sie nagte an der Unterlippe. „Die wollen mich zur Anführerin einer großen Aktion gegen die Schließung machen.“ Sie glaubte, ihn leise lachen zu hören.

„Ich hoffe, du bist fotogen genug für die Zeitungen. Wirst du deine Pfadfinderuniform tragen?“

„Musst du denn immer so ein Scheusal sein? Das ist das Schlimmste, was mir je passiert ist!“

Sie hörte ihn bedrückt seufzen und vernahm ein dumpfes Geräusch an der Tür, wahrscheinlich hatte er den Kopf dagegengelehnt. „Du weißt gar nicht, was für ein verdammtes Glück du hast, wenn das das Schlimmste ist, was dir das Leben bisher beschert hat.“

Seine Stimme klang jetzt ganz nah, und sie drückte die Schläfe an die Tür. An seine Stimme. Wenn die Tür jetzt wie durch Zauberhand verschwunden wäre, hätten sie wahrscheinlich Schulter an Schulter dagesessen. „Verzeihung. Ich wollte nicht taktlos sein“, murmelte sie. Sie kam sich wie ein Dummkopf vor und sah wieder auf die Uhr. Immer noch fünf Minuten.

„Du warst nicht taktlos. Ich war wirklich ein Scheusal. Das bin ich meistens seit meinem Unfall.“

Das war das Aufrichtigste, was er je zu ihr gesagt hatte, seit sie ihn kennengelernt hatte. „Möchtest du den Whisky jetzt haben?"

„Heißt das, unsere Therapiesitzung ist zu Ende?"

Sie lächelte. „Die heutige geht aufs Haus, Rockstar."

„Also hast du mich als hoffnungslosen Fall abgeschrieben, Honeysuckle?"

Ihr lief ein unerwarteter Schauer über den Rücken. Es war, als hätte er ihr tatsächlich ins Ohr geflüstert, mit einer samtweichen, sexy Stimme. Wenn dieser Mann jemals auf die Idee kam, konnte er eine Mordskarriere beim Rundfunk machen, denn bei dieser Stimme wurde jede Frau schwach. Selbst eine, die jemanden wie ihn nicht einmal besonders mochte. Honey ertappte sich dabei, dass sie ebenfalls lächelte. „Darüber ist das letzte Wort noch nicht gesprochen. Vielleicht komme ich morgen wieder und erzähle dir mehr aus meinem Seifenopernleben."

„Das wird *Coronation Street* noch um einiges toppen. Sehen die Leute sich wirklich diesen Quatsch an?"

Honey lachte. „Du dir etwa nicht?" Sie hatte die Worte kaum ausgesprochen, da hätte sie sie am liebsten zurückgenommen. „Verdammt, Hal, es tut mir leid", murmelte sie. „Gleich zweimal in fünf Minuten ist ziemlich dämlich, nicht wahr?"

„Gib mir einfach den Whisky, und ich verzeihe dir."

Honey hörte noch immer den Anflug von Humor aus seiner Stimme heraus und atmete erleichtert auf. Dieser Mann war wirklich schwer zu verstehen; er wurde wütend, wenn es eigentlich gar keinen Grund dafür gab, blieb aber ganz gelassen bei Dingen, über die sich ein anderer in seiner Situation bestimmt furchtbar geärgert hätte. Sie hörte, wie er sich hinter der Tür regte, schnappte sich den Whisky und stand auf. Ein zweites Mal würde sie nicht den Fehler begehen und ihrem neuen Nachbarn ein Hindernis in den Weg stellen.

Als er öffnete und sich an den Türrahmen lehnte, konnte sie nicht anders, als ihn von Neuem zu taxieren. Hal sah so zerzaust aus wie am vergangenen Tag, vielleicht sogar noch mehr.

Er trug ein ausgeblichenes, zerknittertes graues Shirt, das an manchen Stellen nicht einmal bis zum Bund seiner ausgeleierten Jeans reichte. Die dunklen Stoppeln auf seinen Wangen verrieten ihr, dass er auch an diesem Tag den Rasierapparat nicht aus der Nähe gesehen hatte, und seine etwas zu langen Haare sahen aus, als hätte er sie sich den ganzen Tag gerauft. Oder den Tag mit der scharfen Blondine im Bett verbracht, wie er eben angedeutet hatte.

„Hallo, Rockstar."

Hal schwieg, bis sie anfing, sich unbehaglich zu fühlen; als ob er sie hinter seiner dunklen Brille prüfend anstarrte, was er natürlich nicht tat. Was mochte wohl in seinem Kopf vorgehen? Sollte sie irgendetwas tun?

„Du riechst schon wieder nach Erdbeeren."

Eine solche Erwiderung war das Letzte, was sie erwartet hatte. „Das muss an meinem Shampoo liegen", murmelte sie verwirrt und berührte unwillkürlich ihre Haare. „Es duftet nach Erdbeeren."

Er nickte leicht, als hätte er das schon vermutet. „Welche Farbe hat es?"

„Mein Shampoo?", fragte sie verdutzt. „So eine Art Pink, glaube ich …"

Er seufzte. „Dein Haar, Honey. Welche Farbe hat es?"

„Ach so … blond. Es ist blond." Diese Auskunft, die sie einem Sehenden gar nicht hätte zu geben brauchen, kam ihr in diesem Moment unheimlich intim vor.

Wieder nickte er, grinste aber jetzt. „Das passt ja."

„Das ging jetzt unter die Gürtellinie, Rockstar."

Er zuckte die Schultern. „War ja auch 'ne Steilvorlage."

„Vielleicht sollte ich den Whisky doch wieder mitnehmen."

„Ich weiß, wo du wohnst."

Die Vorstellung, er könnte mit in ihre Wohnung kommen, versetzte sie leicht in Panik, und sie streckte die Hand mit der Flasche aus, bis das Glas seine Hand berührte. „Hier."

Er berührte die Flasche und streifte dabei Honeys Finger.

Eine Weile sagte keiner von ihnen etwas. „Danke“, brummte Hal schließlich unfreundlich und drückte die Flasche an sich, als hätte seine Nachbarin vor, sie ihm wieder wegzunehmen.

„Ich … ich gehe dann mal“, sagte sie und zeigte auf ihre Wohnungstür, obwohl er die Geste gar nicht sehen konnte.

Er nickte auf diese wortkarge, grüblerische Art, die allmählich immer mehr zu seinem Markenzeichen wurde.

Honey tat einen Schritt zurück ins Niemandsland zwischen ihren beiden Wohnungen, betrachtete ihn und fragte sich erneut, was wohl in seinem Kopf vorgehen mochte. An ihrer Tür angekommen, hob sie die Hand, ein automatischer Abschiedsgruß. „Wir sehen uns morgen“, sagte sie leise, und zum dritten Mal an diesem Abend wünschte sie, sie hätte sich mit ihrer Wortwahl etwas klüger angestellt. Bei diesem Typen bewegte man sich ja auf dem reinsten Minenfeld!

Er hob die Flasche, nickte ihr stumm zu, und Honey verschwand in der Wohnung.

Hal blieb noch einen Augenblick im Flur stehen und freute sich über den Nachschub an Alkohol. Ihr süßer Duft hing noch immer in der Luft, und er sog davon so viel er konnte ein. Honey war chaotisch, sie war blond, und sie war der erste Mensch, der ihn seit seinem Unfall vor acht Monaten nicht wie ein rohes Ei behandelte. Nachdem er seinerseits die Tür geschlossen hatte, schraubte er den Verschluss der Whiskyflasche auf.

6. KAPITEL

„Ich hab einen Pianisten für dich gefunden!" Tash sah Honey über die Glasplatte der Ladentheke an. Sie war vor genau zwei Sekunden mit mühsam gebändigter roter Lockenpracht und funkelnden Augen in den Laden gestürmt, trug eine legere Jogginghose und ein ärmelloses Top; nichts erinnerte an die im Berufsalltag so glamourös gestylte Flugbegleiterin. Grinsend stützte sie die Ellenbogen auf die Glasplatte.

Honey warf ihr einen nervösen Blick zu und nickte unauffällig in Mimis Richtung, die ganz in der Nähe in einem Beutel mit Broschen stöberte. Zu spät.

„Warum brauchst du einen Pianisten, Honey?", fragte die Schatzsucherin, hob den Kopf und entblößte bei ihrem breiten Lächeln ein strahlend weißes Gebiss.

„Eigentlich brauche ich gar keinen", erwiderte Honey bewusst leichthin und verließ sich darauf, dass Tash das Thema wechselte. Sie hatte erwartet, dass diese ganze Pianistengeschichte in Vergessenheit geraten würde, sobald sie alle wieder nüchtern waren. Es fehlte ihr gerade noch, dass auch Lucille und Mimi über ihr wenig aufregendes Liebesleben Bescheid wussten.

„Also, mein Billy klimpert wirklich sehr geschickt auf dem Klavier herum", sagte Mimi, polierte dabei eine glitzernde Blumenbrosche und hielt sie dann zur genaueren Inspektion ins Licht. „Ich bin mir sicher, er würde gern aushelfen, wenn du in einer Notlage bist, Liebes."

Tash verschluckte sich fast an dem Kaffee, den Lucille ihr gerade vorgesetzt hatte, und kniff die Augen zu, um das Bild aus ihrem Kopf zu verbannen, wie Mimis über achtzigjähriger Freund auf Honey herumklimperte.

„Er besitzt wirklich eine magische Fingerfertigkeit; alle Damen im Heim sind völlig hingerissen von ihm", schaltete Lucille sich ein und zog einen Hocker heran, um sich ebenfalls neben Honey zu setzen.

Die legte schnell die Hand vor den Mund, für den Fall, dass sie sich übergeben musste beim Gedanken an Billys Fingerfertigkeit. Am liebsten hätte sie Tash dafür umgebracht, dass sie dieses Thema überhaupt vor den beiden alten Damen angeschnitten hatte.

„Ich glaube, dass Billy für diesen Auftritt nicht sonderlich gut geeignet wäre." Tash lachte.

„Sag das nicht, nur weil er alt ist", erwiderte Mimi verstimmt. „Für einen älteren Mann hat er ziemlich moderne Ansichten und hält sich auf dem Laufenden."

„Wie soll ich das jetzt sagen, Mädels?" Tash seufzte und stellte bedächtig ihre Tasse ab. „Es handelt sich um einen sehr ... nun ja ... intimen Auftritt. Vor einem Publikum, das nur aus einer Person besteht, zum Beispiel."

Mimi und Lucille runzelten zeitgleich die Stirn. „Du meinst, du suchst einen Pianisten, der nur für Honey spielen soll?", fragte Lucille.

„Hallo? Ich bin übrigens auch noch da!", grollte Honey. „Könnten wir jetzt bitte das Thema wechseln?"

„Er soll nicht *für* sie spielen", erklärte Tash und beachtete die Freundin gar nicht. „Er soll *mit* ihr spielen."

„Du spielst Klavier, Liebes?" Mimi sah Honey erstaunt an. „Das wusste ich ja gar nicht! Billy wird begeistert sein. Ihr könntet vierhändig spielen."

„Nun passt mal gut auf – ich kann nicht Klavier spielen, klar?" Honey trank ihren Kaffee aus, sammelte die anderen leeren Tassen ein und brachte sie in die Küche, um das Gespräch zu beenden. Kurze Zeit später erkannte sie ihren taktischen Fehler, als die drei bei ihrer Rückkehr verdächtig abrupt zu flüstern aufhörten; die Unterhaltung war also auch ohne sie prächtig fortgesetzt worden. Aber Tash hatte Lucille und Mimi doch bestimmt nicht über die Einzelheiten des Pianisten-Projekts informiert?

Lucille tätschelte Honeys linke Hand. „Wir finden es großartig, dass du wegen deines kleinen Problems etwas unternimmst", flüsterte sie verschwörerisch, während ihre Schwester sich Honeys anderer Hand widmete und diese mit ihrer eigenen, von Altersflecken übersäten bedeckte.

„Pianisten haben wirklich sehr geschickte Finger, lass dir das von jemandem sagen, der sich auskennt. Selbst in unserem Alter kann mein Billy …" Mimi verstummte schulterzuckend, ersparte den anderen zum Glück weitere Details und ging mit Lucille zu ein paar Kunden, die ihre Hilfe benötigten.

Honey bedachte Tash mit einem mörderischen Blick, den diese aber mit einem frechen Grinsen ignorierte.

„Also, wie ich schon sagte, ich habe einen Pianisten für dich gefunden."

„Tash, ich will keinen. Wirklich nicht. Das ist nur ein Scherz gewesen."

Tash runzelte die Stirn und schüttelte den Kopf. „Nichts da, das war es nicht und ist es nicht. Wie dem auch sei, du kannst jetzt nicht mehr zurück, weil ich bereits ein Date mit ihm für dich arrangiert habe."

„Wie bitte? Nein!" Honey gefiel gar nicht, wie dieses Gespräch sich weiterentwickelte. „Wer ist der Typ überhaupt?"

„Deano. Du wirst ihn lieben", schwärmte Tash. „Er ist der Mitbewohner des Bruders von einem der Mädchen, mit denen ich zusammenarbeite. Oder war es der Bruder des Mitbewohners von den Mädchen?"

„Du bist ihm noch nie begegnet, stimmt's?"

Tash wirkte etwas verlegen. „Nun, nicht direkt persönlich, aber sie hat mir ein Foto gezeigt, und er sieht wirklich heiß aus."

„Also hast du mich mit irgendeinem zufälligen Fremden verkuppelt, denn du gar nicht kennst und der Deano heißt. Ich finde, es hört sich nicht annähernd so an, als wäre er Pianist."

„Doch, das ist er. Ganz sicher. Nun ja … eigentlich Keyboarder, aber das ist ja praktisch das Gleiche." Tash hob die Hand, um Honeys Protest abzuwiegeln. „Und hier kommt das Beste – er spielt in einer Band."

Honey starrte ihre Freundin an. „So. Nur um das noch einmal klarzustellen: Du hast für mich ein Blind Date mit einem Typen organisiert, den du gar nicht kennst, der in einer Band spielt und noch nicht einmal Pianist ist."

Tash nickte. „Freitagabend, halb neun im *Cock Inn*."

Besagte kleine Kneipe war einer der beiden Pubs in dem kleinen Marktstädtchen Greyacres, allerdings die weniger ansprechende. Honey schüttelte den Kopf. „Auf gar keinen Fall, Tash. Das mache ich nicht. Du wirst schon selbst hingehen müssen."

„Ich kann nicht. Ich treffe mich Freitag mit Yusef, einem Bauunternehmer, den ich letzte Woche auf einem Flug nach Dubai kennengelernt habe. Er ist ziemlich heiß und echt scharf auf mich. Abgesehen davon steht Deano auf Blondinen."

„Um Himmels willen, Tash, für wen hält der sich eigentlich? Für einen verdammten Rod Stewart? Glaubt er, ich wäre eine Art Groupie? Meint der, er kann mir ein Bier ausgeben, mich anbaggern und dann in der Gasse hinter dem Pub eine schnelle Nummer mit mir schieben?" Sie schüttelte den Kopf. „Nicht dein Ernst, oder? Du hast mir Michael Bublé versprochen."

„Ich versuche es ja, in Ordnung?", beteuerte Tash mit großen grünen Augen und Schmollmund. „Triff dich einfach auf einen Drink mit ihm, ja? Gina sagt, er ist ziemlich lustig, und er ist einsam."

„Einsam?" Nun schrillten sämtliche Alarmglocken in Honeys Kopf.

Tash räusperte sich und strich mit den Fingern durch ein paar Modeschmuckketten, die an einem Ständer auf der Ladentheke hingen. „Hm … er hat sich wohl irgendwie von seiner Freundin getrennt. Unwichtig. Es reicht, wenn du weißt, dass er heiß und zu haben ist." Sie griff nach ihrem Autoschlüssel. „Enttäusch mich nicht, Honeysuckle. Genieß das Leben mal ein wenig. Sei Freitag um halb neun im *Cock*, ja?"

Kurz nach sechs an diesem Abend stieß Honey die Haustür auf, mal wieder schwer beladen mit Einkäufen für sich und ihren griesgrämigen Nachbarn. Sie hatte beschlossen, nicht noch mehr Whisky zu kaufen. Sie wollte Hal nicht auch noch darin unterstützen, eine Flasche am Tag zu trinken; das kam ihr gefährlich viel vor. Sie war sich ziemlich sicher, dass er in nächster Zeit das Haus nicht selbst verlassen würde, womit sie wohl seine einzige Whiskyquelle war. Diese Erkenntnis verschaffte ihr eine gewisse Erleichterung, weil er nicht mehr trinken konnte, als sie ihm brachte, andererseits trug sie dadurch eine Verantwortung, die sie gar nicht tragen wollte. Wie viel war zu viel? Eine Flasche in der Woche? Eine alle drei Tage? Bestimmt hätte Hal gesagt, eine am Tag, wenn sie ihn danach gefragt hätte, aber das hatte sie nicht vor.

Also hatte sie ihm an diesem Tag andere Dinge gekauft. Orangensaft. Milch. Müsli. Brot. Schnittkäse. Schinken. Coladosen. Chips. Schokoriegel. Diese Zusammenstellung hörte sich wie eine Mischung aus Zeug für einen Kindergeburtstag und den Einkäufen vor dem Bezug eines Ferienhauses an. Honey war durch die Gänge gegangen und hatte Ausschau nach Dingen gehalten, die einfach portioniert waren. Das war gar nicht so leicht gewesen, denn sie wusste weder, was Hal gern aß, noch hatte sie eine Ahnung, wie Blinde die Essensvorbereitung handhabten. Ganz spontan hatte sie auch zwei Tüten Pommes frites an der Pommesbude gekauft, und nachdem sie die eigenen Einkäufe in ihrer Wohnung abgestellt hatte, ging sie mit den Einkäufen für ihren Nachbarn und den Pommestüten zu Hal hinüber.

„Hallo, Rockstar“, rief sie und klopfte an seine Tür. Stille, und nach einer Weile noch mehr Stille. Keine sonderliche Überraschung. „Komm schon, Hal, ich weiß, dass du da bist. Ich habe für dich eingekauft.“ Sie lauschte an der Tür. Immer noch nichts. Sie zählte bis sechzig und versuchte es erneut. „Bitte! Ich habe etwas von der Imbissbude dabei und verbrenne mir langsam die Finger, wenn du also einfach …“ Sie verstummte, als sie ein Geräusch hinter der Tür vernahm.

„Was ist es heute? Verdammtes Essen auf Rädern?“

Honey zog die Augenbrauen hoch. „Ihnen auch einen guten Tag, Herr Nachbar. Würden Sie die Freundlichkeit besitzen, die

Tür aufzumachen?“ Sie merkte, dass er nachdachte, als sich das Schweigen in die Länge zog. „Bitte, es sind nur Pommes, aber sie schmecken wirklich gut.“

Die Tür ging gerade so weit auf, dass Hal eine Hand herausstrecken konnte.

„Das ist nicht besonders höflich, oder?“ Sie weigerte sich, ihm sein Essen zu geben.

Er machte eine Geste mit dem Mittelfinger, die keinen Zweifel an seinem Groll ließ, und streckte abermals die Hand aus.

Honey verdrehte die Augen, gab auf und überreichte ihm die Tüte. „Ich hab mir auch welche gekauft. Willst du mich nicht hereinbitten, damit wir zusammen essen können?“

„Nur wenn du mir wieder Whisky besorgt hast.“

Seufzend ließ sich Honey an der Wand neben seiner Tür hinabsinken. „Dann setze ich mich eben hierhin und esse.“ Sie riss die Tüte auf, um die Pommes wie früher als Kind mit den Fingern zu essen, als säße sie an der Strandpromenade und blickte auf die Wellen anstatt auf die Minton-Fliesen im Flur. Für einen Hausflur war er eigentlich recht hübsch, quadratisch geschnitten, geräumig, mit einem großen Schiebefenster und eben diesen wunderbaren Fliesen, aber mit einem Meerblick konnte er nicht mithalten. Sie hörte, wie Hal sich auf der anderen Seite der Tür ebenfalls auf den Boden setzte und seine Tüte aufriss.

„Vorsicht, die sind sehr heiß“, nuschelte sie und blies sich die schmerzenden Fingerspitzen.

„Ich bin blind, nicht blöd“, knurrte er.

Beinahe hätte sie sich entschuldigt, ließ es dann aber sein. „Kein Grund, grob zu werden, ich wollte dich nur warnen.“

Die Pommes waren genau, wie sie sein sollten, heiß und knusprig. Außerdem hatte Honey das Mädchen in der Bude gebeten, großzügig mit Salz und Malzessig umzugehen. Hal verfiel in Schweigen, doch das ständige Knistern von Papier verriet, dass er trotz seines Grolls aß.

„Und? Heute wieder die Welt gerettet?“, fragte er schließlich.

Honey wertete es als Fortschritt, dass er ausnahmsweise ein

Gespräch anfing und sogar weitgehend auf Sarkasmus verzichtete.

„Heute nicht. Ich habe zwei Paar Schuhe und eine Strickjacke mit einem Loch in der Tasche verkauft, also ist trotzdem nicht alles verloren.“

„Donnerwetter, dein Leben ist wirklich ein einziger endloser Nervenkitzel. Wie hältst du das bloß aus?“

Honey stöberte in den Ecken ihrer Pommestüte. „Einigermaßen. Wie schmeckt es dir?“

„Deliziös. Ich bin nur froh, dass du nicht wieder versucht hast zu kochen.“

„Du ahnst ja nicht, wie recht du hast“, gestand Honey. „In der Küche bin ich ein absoluter Versager.“

„Erzähl mir etwas, das ich noch nicht weiß.“

„Du zuerst.“

„Was – ich zuerst?“

„Du erzählst mir etwas, das ich nicht weiß, und dann erzähle ich dir etwas, das du nicht weißt.“

Hal schnaubte. „Wenn du unbedingt Trinkspiele spielen willst, musst du mehr Whisky kaufen.“

Honey tat gleichgültig. „Also gut, ich zuerst.“ Sie suchte nach etwas Interessantem. „Hm ... ich trage rote Cowboystiefel.“

„Langweilig. Etwas Spannenderes, bitte.“

„Na, das war jetzt schon wieder unhöflich.“ Sie überlegte stirnrunzelnd. Wenn er schon ihre Stiefel langweilig fand, dann den Rest ihrer Kleidung vermutlich noch mehr, mit Ausnahme vielleicht von der Farbe ihres Slips. Nun, schließlich wollte sie ihn schockieren, um seine Arroganz und seinen Sarkasmus etwas ins Wanken zu bringen ... „Mein Slip ist knallrot, es steht *Sonntag* darauf, obwohl heute Dienstag ist, und am Freitagabend habe ich ein heißes Date.“

Sie wurde belohnt mit einem Geräusch, das sich fast nach einem Lachen anhörte. „Darf ich vorschlagen, dass du zu diesem Anlass etwas reizvollere Unterwäsche wählst? Oder zumindest eine mit dem passenden Wochentag?“

„Oh, er wird meine Unterwäsche gar nicht zu sehen bekommen. Ich kenne ihn noch nicht einmal, es ist ein Blind Date." Honey hielt den Atem an. „Verdammt! Hal, es tut mir leid. Ich habe nicht nachgedacht."

Erstaunlicherweise ging die Tür ein winziges Stück weiter auf. „Hör auf, dich zu entschuldigen. Die Tatsache, dass du immer wieder ins Fettnäpfchen trittst, ist das Beste an dir."

Honey lächelte über das seltsame kleine Kompliment und öffnete eine der Coladosen aus der Einkaufstasche. „Etwas zu trinken?"

„Whisky ist es nicht, oder?", fragte er mit Grabesstimme, weil er genau wusste, dass die Antwort negativ ausfallen würde.

Er streckte die Hand durch den Türspalt, und Honey gab ihm die Dose. „Nein." Sie hörte ihn trinken und stellte sich ihn dabei vor – mit angezogenen Beinen, die Ellenbogen auf die Knie gestützt und den Kopf leicht nach hinten geneigt, während sich sein Adamsapfel beim Schlucken bewegte …

„So, und wer ist nun deine Verabredung?"

Seine Frage holte sie schlagartig in die Gegenwart zurück. „Irgendein Typ namens Deano. Er spielt in einer Band und steht auf Blondinen."

„Donnerwetter." Er stieß einen Pfiff aus. „Ich habe dich unterschätzt. Du bist ein Groupie und hast einen schlechten Unterwäschegeschmack."

„Ich bin kein Groupie", erwiderte Honey scharf. „Ich habe diese Verabredung nicht eingefädelt, sondern meine Freundinnen. Sie haben sich diese absurde Idee in den Kopf gesetzt, mich mit einem Klavierspieler zu verkuppeln, weil …" Sie verstummte abrupt. So eine Unterhaltung durch eine fast geschlossene Tür hindurch war gefährlich. Die körperliche Trennung hatte die seltsame Nebenwirkung, dass Hemmschwellen, wie es sie bei normalen Gesprächen gab, wegfielen.

„Endlich erzählst du mal etwas Interessantes. Sprich weiter."

Honey starrte hinauf an die Decke. „Das möchte ich nicht."

„Ein Grund mehr, warum du fortfahren solltest."

Honey rümpfte die Nase. „Ehrlich, es ist ziemlich albern."

„Warum überrascht mich das nicht? Komm schon, Honeysuckle. Warum verabredest du dich mit Klavierspielern?"

„Sagen mal, Hal, warum fühle ich plötzlich wie Clarice Starling in *Das Schweigen der Lämmer*?"

„Ich lasse dich am Leben, wenn du die Frage beantwortest."

Honey atmete hörbar aus. „Ich verabrede mich mit Klavierspielern, weil … weil meine Freundinnen der Meinung sind, mein Liebesleben müsste mal etwas aufgepeppt werden. Zufrieden?"

Hal lachte. Er lachte tatsächlich! Doch dann fragte er: „Aber warum ausgerechnet Klavierspieler? Sind die denn nicht alle sterbenslangweilig?"

Warum erzählte sie ihm das bloß? fragte sich Honey. Das war ja fast, als läge sie auf der Couch eines Therapeuten. „Ich kenne keine Klavierspieler, daher kann ich nicht sagen, ob sie sterbenslangweilig sind oder nicht. Ich werde es dir nach Freitagabend berichten." Sie hielt kurz inne. „Obwohl Deano genau genommen Keyboard spielt, nicht Klavier."

„Ich frage jetzt noch einmal, ganz langsam. Warum ausgerechnet Klavierspieler?"

„Liebe Güte, Hal, muss das sein?"

„Weich meiner Frage nicht aus. Ich bin dein armer blinder Nachbar, und du bist mein einziger Kontakt zur Außenwelt. Hab ein Herz."

Honey verschlug es die Sprache wegen dieses dreisten Versuchs, sie zum Reden zu bringen. „Das ist nicht fair, und das weißt du auch ganz genau."

„Das ganze Leben ist nicht fair. Lass dir das gesagt sein von jemandem, der es wissen muss. Warum Klavierspieler?"

„Verdammt, Hal!", rief sie aufbrausend. „Weil sie angeblich gut mit ihren Händen umgehen können, okay? Meine Freundinnen sind der absurden Auffassung, dass ein Klavierspieler der perfekte Liebhaber für mich sein muss, weil die alle geübt, klug und feinfühlig sind."

Hal reagierte auf ihren Ausbruch mit ohrenbetäubendem Schweigen. Dann fand er die Worte wieder. „Wie alt bist du?"

Sie seufzte. „Siebenundzwanzig."

Wieder schwieg er eine Weile. „Das kann nicht wahr sein. Du bist siebenundzwanzig und immer noch Jungfrau?"

„Nein! Nein … das bin ich nicht. Ganz und gar nicht. Ich habe durchaus schon Erfahrung mit Männern, also bitte." Sie redete, ohne nachzudenken, und bereute es sofort, denn jetzt hatte sie sich in eine noch heiklere Lage manövriert. Sie schüttelte den Kopf, verdrehte die Augen und beschloss, das Ganze direkt und schnell hinter sich zu bringen. „Es ist so – ich habe meinen Freundinnen zufällig erzählt, dass ich beim Sex keinen Orgasmus bekomme, und daraufhin sind sie vollkommen durchgedreht. Ich habe versucht, ihnen klarzumachen, dass das kein Drama ist und ich eben einfach so bin, aber sie glauben mir nicht, und jetzt versuchen sie, mich mit Männern zu verkuppeln, die mir das Gegenteil beweisen und mich lauter zum Stöhnen bringen sollen als Meg Ryan in *Harry und Sally*." Sie verstummte, um Luft zu holen. „So. Jetzt zufrieden? Honeysuckle Jones kann nicht zum Orgasmus kommen. Ist das interessant genug für dich, oder willst du noch mehr hören?" Kraftlos ließ sie sich gegen die Wand sinken; ihre Wangen glühten, und sie fühlte sich plötzlich erschöpft.

Nach einem kurzen Moment sprach Hal wieder, diesmal völlig ungläubig. „Meinst du, du kommst nicht beim Sex oder etwa ganz und gar nicht?"

Das entwickelte sich zunehmend zum genauen Abklatsch ihres Gesprächs mit Tash und Nell. „Gar nicht. Gar. Nicht. Können wir jetzt bitte über etwas anderes reden? Du bist an der Reihe, mir etwas über dich zu erzählen, das ich nicht weiß."

Beinahe konnte sie hören, wie Hal den Kopf schüttelte, bevor er fragte: „Aber du selbst kannst dich doch sicher dazu bringen, oder?"

Großartig. Jetzt würden sie sich gleich über Selbstbefriedigung unterhalten, dabei kannten sie sich kaum. „Hal, lass mich das klarstellen.“ Honey verschränkte die Arme vor der Brust. „Mein Körper ist nicht in der Lage, einen Orgasmus zu bekommen, nicht durch mich selbst und auch durch niemand anderen. Das ist eine einfache Tatsache, an die ich mich gewöhnt habe, und ob du es glaubst oder nicht, ich fühle mich sehr wohl damit. Ich bin deswegen nicht frigide, ich genieße es durchaus, Sex zu haben. Ich bin sogar ziemlich gut darin, wenn du's genau wissen willst.“ Trotzig reckte sie das Kinn.

Wieder lachte er, was sie wütend, gleichzeitig aber auch glücklich machte.

„Das glaube ich dir sogar, in Anbetracht der Tatsache, dass du mehr als genug Erfahrungen mit Männern hast.“

Toll. Jetzt klang das so, als wäre sie ein Flittchen. „*Mehr als genug* habe ich nicht gesagt, das weißt du ganz genau.“ Sie hörte, wie Hal seine Pommestüte zusammenknüllte. „Gib mir deinen Abfall, ich werfe ihn draußen in die Mülltonne, damit es in deiner Wohnung nicht danach muffelt.“

Ob er wohl jetzt endlich die Tür ganz öffnete? Sie hörte, wie er sich bewegte, also stand sie ebenfalls auf. Nach einem Moment des Zögerns ging die Tür langsam auf, und da stand Hal, wie immer in alten Jeans und T-Shirt, mit ziemlich sexy aussehendem, zerzaustem dunklem Rockstar-Haar.

„Vielen Dank fürs Abendessen, Erdbeermädchen“, sagte er sanft und hielt ihr die Pommestüte hin. Honey nahm sie, steckte sie in ihre eigene und verarbeitete diesen Spitznamen mit der Andeutung eines Lächelns und einem angenehmen Kribbeln im Nacken. Fast war sie erleichtert, weil er nicht sehen konnte, dass ihre Wangen vom gleichen leuchtenden Pink waren wie ihr Shampoo.

„Ich hab übrigens im Supermarkt ein paar Sachen für dich eingekauft“, verkündete sie und bückte sich nach der Einkaufstasche auf dem Fußboden. „Brot ...“ Sie hielt ihm die Packung hin, bis das Zellophan seine Finger berührte, er ihr das Brot wortlos abnahm und es vorsichtig auf einen kleinen Tisch in seinem Flur legte. „Schinken ...“ Seine Finger berührten ihre flüchtig, bevor er das Päckchen neben das Brot legte. „Orangensaft …“, murmelte sie. Überdeutlich nahm sie den Kontrast seiner warmen Fingerspitzen zu der kalten Flasche wahr.

„Dir ist schon klar, dass der Überraschungseffekt fehlt, wenn du mir erklärst, was das alles ist, nicht wahr?“, meinte er, als er ihr den Käse abnahm. Er ließ die Hand kurz auf ihrer liegen. Strich er tatsächlich mit dem Daumen über die Innenseite ihres Handgelenks?

„Nun ja, ich will schließlich nicht, dass du Chlorreiniger trinkst und mir danach die Schuld gibst“, erwiderte sie leise und reichte ihm nacheinander die restlichen Einkäufe, wobei sie seine Hände in Augenschein nahm. Gute, kräftige Hände. „Das war das Letzte“, sagte sie, nachdem er die Milch auf den Tisch gestellt hatte. „Wenn ich dir etwas Besonderes mitbringen soll, sag mir einfach Bescheid.“

„Whisky?“, schlug er hoffnungsvoll vor.

„Nur gelegentlich, Hal“, gab sie sanft zurück.

Er nickte und seufzte, eine Mischung aus Akzeptanz und Resignation.

„Geh jetzt lieber hinein, deine Lieblingsserie fängt gleich an, und ich weiß, dass du sie auf keinen Fall verpassen willst.“

Hals Mundwinkel zuckten. „Soso, das weißt du.“

Aus einem Impuls heraus streckte Honey die Hand nach seinen dunklen Bartstoppeln aus. „Du solltest dich unbedingt mal wieder rasieren, Rockstar.“ Er erstarrte unter ihrer Berührung, und sie merkte, wie er die Kiefer aufeinanderpresste. Lange Sekunden blieben sie so stehen; sein Gesicht fühlte sich warm an ihrer Hand an, und beide hielten den Atem an. Für einen zufälligen Betrachter hätten sie wie ein Liebespaar gewirkt, das sich gute Nacht sagte.

„Dann könntest du ja vielleicht einen Rasierer mit auf deine Einkaufsliste setzen“, sagte er irgendwann.

Honey ließ die Hand sinken. „Ist vorgemerkt“, flüsterte sie.

„Gute Nacht also.“ Er trat einen Schritt zurück und schloss leise seine Tür.

Honey starrte auf das helle Holz und auf ihre immer noch kribbelnde Hand, ehe sie sich in die Sicherheit und Einsamkeit der eigenen Wohnung zurückzog.

Hal rieb sich das Kinn und nahm dabei Honeys Duft an seinen Fingern wahr. Was hatte es mit diesem Erdbeermädchen nur auf sich? In seiner Welt dufteten Frauen nach teuren Parfums, schüttelten sich angewidert beim Gedanken an Pommes frites, und zu ihren sexuellen Praktiken gehörte ein aufs Stichwort hin gelieferter Orgasmus. Die Frauen in seiner früheren Welt, besser gesagt. In seiner Welt mit den schnellen Autos, schönen Frauen und einem Beruf, den er mit einer Leidenschaft liebte, die schon fast an Besessenheit grenzte. Er hatte immer schon Küchenchef werden wollen und mehr als zehn Jahre daran gearbeitet, sich einen so guten Ruf zu erwerben, dass er schließlich vor drei Jahren sein eigenes Restaurant hatte eröffnen können. Hal schämte sich nicht, zuzugeben, dass er die Begleiterscheinungen seines Erfolgs durchaus genossen hatte – die prominente Kundschaft, die Auszeichnungen, die überschwänglichen Bewertungen der sonst strengen und schwer zu befriedigenden Restaurantkritiker. Sein Leben war grenzenlos, erfüllt und aufregend gewesen.

Und nun stand er allein in dieser gottverdammten Wohnung, und das einzig Interessante hier war das Mädchen von gegenüber. Ein Mädchen, von dem er inzwischen wusste, dass es Slips mit aufgedruckten Wochentagen trug, ohne nachzudenken das Erstbeste aussprach, was ihm durch das blonde Köpfchen ging, und ein Leben ohne die Erfahrung verbracht hatte, wie atemberaubend guter Sex sein konnte. Flüchtig fragte er sich, ob Deano, der Keyboarder, ihr möglicherweise diese neue Erfahrung bieten würde – und hoffte im selben Moment, dass es nicht dazu kam. Keine Frau sollte ihren ersten Orgasmus mit einem Mann namens Deano erleben.

7. KAPITEL

„Ich könnte mich an den Zaun vor dem Heim ketten“, überlegte Mimi. „Es wäre nicht das erste Mal. Ich war nämlich im Greenham Common Camp dabei, müsst ihr wissen.“

Lucille nickte. „Das stimmt. Sie hat ihren BH benutzt, um sich anzubinden.“

Billy grinste und strich sich mit der Hand über die kunstvoll frisierte graue Haartolle. Er war sein Leben lang ein treuer Verwender von Pomade gewesen und hatte noch beeindruckend volles Haar für einen Mann in den Achtzigern. „Mir gefällt die Vorstellung, dich angekettet zu sehen, mein Liebling. Darf ich für dich die Schlüssel aufbewahren?“

Mimi funkelte ihren Galan an.

Honey räusperte sich. Ein paar Tage waren vergangen, seit sie mit der Neuigkeit über eine mögliche Schließung herausgerückt war, und heute hatte sie zu einer Besprechung nach Ladenschluss aufgerufen.

Sie saßen um den wackeligen Resopaltisch in der Teeküche. Bislang hatte Honey den Vorschlag von Lucille notiert, die örtliche Presse zu kontaktieren, sowie Nells Idee, sich an die Familien der Bewohner zu wenden und einen Protestmarsch zu organisieren. Tash und Nell waren sofort bereit gewesen zu helfen, sobald sie von der drohenden Schließung des Heims und des Ladens gehört hatten, und zusammen vor etwa zehn Minuten erschienen. Der Anfang dieser Krisensitzung war reichlich holprig verlaufen: Drei Frauen von etwa Ende zwanzig und drei über Achtzigjährige – das klang wie ein Witz, bei dem die Pointe auf sich warten ließ. Billy zog einen Flachmann aus der Jackentasche und genehmigte sich einen Schluck.

„Noch jemand Brandy?“, fragte er in die Runde, zuckte die Schultern, als alle ablehnten, und steckte die Flasche wieder ein.

Honey musste unwillkürlich an Hal denken; der hätte Billy den Flachmann wahrscheinlich blitzschnell abgenommen.

„Was meinst du dazu?“, fragte Tash und stieß sie mit dem Ellenbogen an. „Honey?“

Die sah ihre Freundin an und merkte, dass sie nicht das Geringste von dem Gespräch mitbekommen hatte, seit ihre Gedanken zu Hal abgedriftet waren. „Entschuldige, worum geht es gerade?“

„Hörst du überhaupt noch zu? Du scheinst in Gedanken meilenweit weg zu sein.“

Honey knabberte an ihrem Bleistift. „Hm. Was ist mir entgangen?“

„Lucille hat eben vorgeschlagen, Geldmittel aufzubringen, um den bisherigen Eigentümern das Heim abzukaufen. Das wäre natürlich ein weiter Weg, aber schreib die Idee trotzdem mal auf.“

Ein weiter Weg – das war wohl eher deutlich untertrieben. „Kennt jemand von euch irgendwelche Lottogewinner?“, säuselte Honey und kritzelte auf ihrer Liste herum. Wie erwartet schüttelten alle den Kopf. „Das dachte ich mir.“

„Ich glaube, der Sohn von Old Don arbeitet bei unserem Käseblatt“, ließ Billy sich vernehmen. „Mit dem sollten wir vielleicht anfangen.“ Old Don war einer der ältesten Heimbewohner, und sein Sohn, selbst schon in den Sechzigern, kam regelmäßig zu Besuch.

Honey nickte. „Sprichst du mit ihm, Billy? Bitte ihn, doch mal zu uns in den Laden zu kommen, wenn er seinen Vater das nächste Mal besucht.“

„Wird gemacht, mein Engel.“

„Noch etwas? Will sonst noch jemand etwas sagen?“, fragte Honey, weil im Fernsehen die Leute meist mit dieser Frage eine Gesprächsrunde beendeten.

Tash hob die Hand. „Ja, ich, Miss Jones. Was wirst du morgen zu deinem Treffen mit Deano anziehen?“

Honey runzelte die Stirn. „Tash!“

Nell klatschte fröhlich in die Hände. „Oh ja, Tash hat mir davon erzählt! Dein erster Klavierspieler. Ich bin gespannt, wie er wohl ist.“

„Ich kann auch Klavier spielen!", warf Billy hilfsbereit ein, und Honey merkte, dass Nell neben ihr Mühe hatte, nicht laut loszuprusten.

Lucille und Mimi tauschten wissende Blicke, bevor sie beide eine Hand auf Billys Arm legten. „Nein, Liebling, dieses Stück kannst du nicht spielen", murmelte Mimi etwas theatralisch.

Honey wand sich auf ihrem Stuhl. Wenn jetzt jemand versuchte, auch noch Billy in diesen Pianistenmist einzuweihen, würde sie auf der Stelle tot umfallen. Wie kam es nur, dass plötzlich fast jeder, den sie kannte, von ihrem Problem wusste? Verdammt, dabei war es für sie gar kein Problem, nur für die anderen anscheinend. Sogar Hal hatte völlig ungläubig reagiert. *Hal.* Was um Gottes willen war ihr nur eingefallen, ihm davon zu erzählen? Er schien telepathische Erzähl-mir-die-Wahrheit-Schwingungen durch seine Wohnungstür auszustrahlen. Ruckartig schob sie ihren Stuhl zurück, als Zeichen, dass das Gespräch beendet war, ehe noch jemand etwas zu diesem Thema beitragen konnte.

Billy war Lucille und Mimi beim Aufstehen behilflich und bot dann jeder von ihnen einen Arm, um sie zur Hintertür hinaus und über den Rasen zum Heim zu geleiten. Die Damen warfen Honey, Tash und Nell, die ihnen von der Tür aus nachsahen, noch eine Kusshand zu.

„Liebe Güte, ich hoffe, wir sind in dem Alter auch so wie die beiden", sagte Tash.

Honey lachte liebevoll. „Lasst uns in Unehren zusammen alt werden, Mädels."

„Aber unbedingt!" Tash zog grinsend eine Flasche Rotwein aus der Handtasche. „Noch ein Glas auf die Schnelle?"

Honey drehte sich zum Gläserschrank um, doch Nell hängte sich bereits ihre Tasche über die Schulter. „Heute Abend kann ich nicht, tut mir leid. Ich muss nach Hause."

„Bist du sicher, dass Simon nicht noch ein bisschen länger die Stellung halten kann?" Honey streckte hoffnungsvoll die Hand nach einem dritten Glas aus.

„Hm, darum geht es nicht … Wir haben uns für heute etwas vorgenommen.“

Honey und Tash sahen Nell aufmerksam an, deren Stimme irgendwie seltsam geklungen hatte.

„Ihr habt doch nicht Hochzeitstag, oder?“ Honey war sich sicher, dass es dazu noch zu früh im Jahr war.

„Und Geburtstag hast du auch nicht …“ Tash zog die Augenbrauen hoch. „Was geht hier vor, Nellie?“

Rosa Flecken zeichneten sich auf Nells Wangen ab. „Nichts Besonderes“, murmelte sie. „Wir wollen heute nur gern etwas früher ins Bett gehen.“

„Früher ins Bett?“, echote Tash gedehnt. „Nicht zum Schlafen, sondern, um richtig verruchte Spielchen zu spielen? Simon steigt gerade in meiner Achtung!“

Honey schenkte ein Glas Wein ein und drückte es Nell in die Hand. Die offensichtliche Schüchternheit der Freundin verriet ihr, dass noch etwas Pikanteres hinter dieser Geschichte stecken musste. „Ganz auf die Schnelle“, murmelte sie und füllte auch die beiden anderen Gläser.

„Raus mit der Sprache“, drängte Tash, als sie alle wieder mit ihren Gläsern am Tisch saßen.

Nell presste die Lippen aufeinander, ließ langsam den Blick zwischen Honey und Tash hin und her wandern und griff dann nach ihrer großen ledernen Umhängetasche.

Honey vermutete stark, dass sie einen positiven Schwangerschaftstest hervorziehen würde, denn Nell wirkte ganz aufgeregt und schien von innen heraus zu leuchten. Doch sie irrte sich gewaltig. Nell zog keinen Schwangerschaftstest aus der Tasche, sondern einen Vibrator aus Metall. Honey und Tash sogen beim Anblick dieses unerwarteten Gegenstands in Nells perfekt manikürter Hand geräuschvoll den Atem ein. „Den hat er mir gegeben, bevor er heute Morgen zur Arbeit gegangen ist!“, hauchte Nell atemlos und mit glänzenden Augen. „Gleich nachdem er sein Biomüsli gegessen hatte!“

Honey hielt sich vor Lachen den Bauch.

„Ich habe ihm vor ein paar Tagen von diesem Laden erzählt, in dem wir neulich waren, ihr wisst schon, von diesem Sexshop. Nun ja, wir hatten einiges getrunken, und vielleicht habe ich ihn da ja auf die Idee gebracht, wir … Wie dem auch sei." Sie schwenkte den Vibrator herum. „Das ist der Grund, warum ich nach Hause muss." Nell sah aus wie jemand, der kurz vor einem Bungee-Sprung stand: ängstlich und gleichzeitig freudig erregt. Sacht legte sie den Vibrator auf die Tischplatte und trank einen großen Schluck Wein.

„Na, dann mal los, Simon", murmelte Tash. „Ihr wisst schon, was man mit diesem Ding anstellt, oder?"

Nell warf ihr einen raschen Blick zu. „Ich denke, das finden wir heraus."

„Ich frage mich, was er sonst noch in dem Laden gekauft hat? Mach dich auf etwas gefasst", meinte Honey schmunzelnd.

Nells Augen weiteten sich. „Daran habe ich noch gar nicht gedacht!"

„Vielleicht hättest du doch diese hübschen Perlenschnüre kaufen sollen." Tash musste lachen, als Nell die Nase rümpfte.

Nell schüttelte den Kopf und griff wieder in ihre große Tasche. Dieses Mal zog sie eine elegante Papiertüte heraus. „Ich war in der Mittagspause schnell in der Stadt und habe das hier gekauft. Wisst ihr, ich dachte, ich könnte etwas wagemutiger sein, nachdem Simon das auch geschafft hat."

Sie zog einen schwarzen Halbschalen-BH aus hauchdünner französischer Spitze hervor, dessen Ränder blassrosa bestickt waren. Ein schwarzer Slip – ein Hauch von nichts – folgte, zusammen mit einem Strapsgürtel und farblich passenden Spitzenstrümpfen.

„Ist der offen im Schritt?", fragte Tash und zeigte mit dem Weinglas auf den Slip.

Wieder runzelte Nell die Stirn. „Nein, ist er nicht!"

Honey berührte die kostbare Spitze, und ihr war klar, dass diese Dessous – auch mit geschlossenem Schritt – für Nell einen ziemlichen Aufbruch bedeuteten. „Sie sind hinreißend", befand sie. „Für Simon wird es wie Weihnachten und Geburtstag gleichzeitig sein, wenn er dich darin sieht."

„Glaubst du?" Trotz der Nervosität war Nell ihre Unsicherheit anzumerken.

„Hallo?", meinte Tash. „Er wird sich freuen wie ein Schuljunge, der die Pornohefte seines Vaters gefunden hat!"

„Ich bezweifle sehr, dass Simons Dad jemals ein Pornoheft gekauft hat", wandte Nell ein.

„Nachdem ich seine Eltern auf eurer Hochzeit kennengelernt habe, muss ich sagen, dass du da sehr wahrscheinlich recht hast." Tash lachte. „Es ist ein Wunder, dass sie überhaupt ein Kind haben. Ich kann mir das richtig vorstellen – ‚Sylvia! Auf dem Rücken im Schlafzimmer, um Punkt neunzehn Uhr, Erfüllung der ehelichen Pflicht!'" Tash hob wie zum militärischen Gruße die Hand an die Schläfe.

Nell schüttelte leicht tadelnd den Kopf. „Das ist eine alte Offiziersfamilie, Tash, die beiden können gar nicht anders. Aber wenn man sie besser kennenlernt, sind sie wirklich nett." In Anbetracht seiner Erziehung konnte man Simon sein Sicherheitsdenken kaum zum Vorwurf machen. Die Vorstellung, wie er in diesem Laden auf der Suche nach einem Vibrator gewesen war, hatte Nell Mut gemacht, Dessous zu kaufen, die sie sonst niemals auch nur in Betracht gezogen hätte. „Ich sollte jetzt wirklich gehen", sie verstaute die Spitze und den Vibrator wieder in der Tasche.

„Das solltest du in der Tat." Honey lächelte.

„Der Schalter befindet sich unten im Sockel", erklärte Tash. „Nur damit du Bescheid weißt."

Nell verdrehte die Augen und stand auf. „Neid ist etwas Schreckliches, Tash", sagte sie lachend und bückte sich, um die beiden Freundinnen auf die Wange zu küssen. „Euch auch einen wunderbaren Abend."

„Du weißt, dass du uns beim nächsten Mal genauestens Bericht erstatten musst, ja?", meinte Tash.

„Vergiss es." Nell hängte sich schmunzelnd die Tasche um und ging.

Kurz vor acht verließ Honey am Freitagabend ihre Wohnung und blieb einen Moment lang vor Hals geschlossener Tür stehen. Jeden Tag hatte sie etwas für ihn eingekauft, Lebensmittel, einmal sogar eine Flasche Whisky, und alles davon hatte ihr einen plausiblen Grund geliefert, bei ihm anzuklopfen. Jedes Mal hatte er am Ende der Unterhaltung kurz die Tür geöffnet, um das entgegenzunehmen, was sie ihm mitgebracht hatte. Größere Fortschritte waren nicht zu vermelden. Erst gestern hatte er sich beschwert, sie behandele ihn, als wäre er ihr Lieblingsprojekt, nur weil sie sich geweigert hatte, ihm schon bald wieder Alkohol mitzubringen. Sie hatte aufgebracht gekontert, er könne durchaus etwas höflicher zu ihr sein, weil sie nur Nachbarschaftshilfe leistete, aber wenn er lieber wolle, dass sie sich verzog, würde sie ihn nicht mehr belästigen. Er hatte vor sich hingeflucht, ihr die Tür vor der Nase zugemacht und sie mit den Einkäufen für ihn im Flur stehen lassen. „Dann esse ich es eben alles selber", hatte sie gerufen, und er hatte zurückgebrüllt: „Ich hoffe nur, dass die Sachen nicht gekocht werden müssen!" Danach war sie in ihre eigene Wohnung gestürmt.

Hal war die meiste Zeit wirklich sehr zornig, aber die wenigen Male, die er es nicht war, trieben sie immer wieder zu seiner Wohnungstür. Sie hätte wetten mögen, dass er das Haus seit seiner Ankunft vor ungefähr einer Woche nicht einmal verlassen hatte, und sie war sich auch ziemlich sicher, dass niemand zu ihm zu Besuch gekommen war. Warum? Wie war er hier gelandet, scheinbar aus dem Nichts, als wollte er sich vor der Welt verstecken? Irgendetwas an Hal ergab keinen Sinn, und das stachelte sie an, mehr über ihn erfahren zu wollen. Sie war von ihm fasziniert und fühlte sich auf eine Weise zu ihm hingezogen, die nichts damit zu tun hatte, dass sie ihm als Nachbarin helfen wollte, aber sehr viel damit, wie seine Kleidung sich an seinen Körper schmiegte, mit seiner wohltönenden tiefen Stimme und der Wärme seiner Finger, wenn diese ihre Hand streiften. In neunzig Prozent der Zeit war er schon beinahe krankhaft unfreundlich, aber auf die restlichen zehn Prozent zu warten lohnte sich.

Der Boden im *Cock Inn* fühlte sich eindeutig klebrig unter Honeys Schuhen an, als sie zwanzig Minuten später an der Bar stand. Sie war etwas zu früh dran, und bislang war noch niemand erschienen, der wie ein Keyboardspieler namens Deano aussah. Sie versuchte, so lässig auszusehen, wie das nur jemand zustande brachte, der verzweifelt auf das Erscheinen seiner Verabredung hoffte, bestellte ein großes Glas Wein und drapierte sich auf einem der Barhocker. Sie hatte die Hälfte des ein wenig zu warmen Chardonnay getrunken, als die Tür aufging und ein Mann die Bar betrat. Er sah sich langsam im Lokal um, bis sein Blick auf Honey fiel. Wäre sie pingelig gewesen, hätte sie sein Hemd etwas zu hawaiianisch und sein Haar etwas zu blond gefunden, aber nun ja … Sie lächelte und prostete ihm zu, während er auf sie zukam.

„Du musst Deano sein", sagte sie, als er sie erreicht hatte. Wie unglaublich groß er war, merkte sie erst, als sie von dem Barhocker rutschte und sich auf Augenhöhe mit seiner von Palmen bedeckten Brust wiederfand. Sie wollte gerade den Kopf nach hinten neigen, um dem Fremden ins Gesicht sehen zu können, doch er beugte sich gleichzeitig zu ihr herunter, sodass ihre Nasen sich plötzlich beinahe berührten.

„Und du musst Honeysuckle sein – was für ein schöner Name!"

„Ach, wirklich?"

Er wirkte leicht aus der Fassung gebracht. „Den Satz habe ich vorher fast zehn Minuten lang geübt."

„Es tut mir leid", entschuldigte sie sich und meinte es auch so. Sie hatte sich inzwischen an den verbalen Schlagabtausch mit Hal gewöhnt, und es war nicht fair, von Deano Ähnliches zu erwarten. „Wollen wir uns an einen Tisch setzen?" Die ersten Freitagabendgäste strömten ins Lokal, als Honey einen kleinen Tisch in der Ecke ansteuerte. Kurz darauf gesellte Deano sich mit Getränken zu ihr.

„Lag ich mit Weißwein richtig?", fragte er und stellte ein volles Glas neben ihr fast leeres.

„Absolut“, erwiderte sie lächelnd. Er sah tatsächlich recht gut aus, auf eine germanisch anmutende Art – groß, blond und schwerknochig. Sie musste sich entspannen und versuchen, seine Gesellschaft zu genießen.

„Also, Honeysuckle, was führt ein nettes Mädchen wie dich in solch ein Lokal?“

„Ein Blind Date mit einem Orgelspieler namens Deano vielleicht?“, schlug sie schmunzelnd vor und hoffte, dass auch er lockerer werden und aufhören würde, Phrasen zu dreschen.

„Ich bin eigentlich Keyboarder“, korrigierte er und wirkte ein wenig gekränkt.

„Was für Stücke keyboardest du denn so?“, erwiderte sie und wusste im selben Moment, dass das eine völlig alberne Formulierung gewesen war.

Er runzelte die Stirn. „Machst du dich über mich lustig?“

Verdammt, das lief bisher überhaupt nicht gut. „Es tut mir wirklich leid, das war eine ganz dumme Frage. Aber das hier ist mein erstes Blind Date, und ich bin ziemlich nervös. Wollen wir noch mal von vorn anfangen?“

Er ließ die Hawaiihemd-Schultern sinken. „Ich bin auch nervös. Du bist meine erste Verabredung seit Selina.“

„Selina?“, wiederholte sie, ahnte aber bereits, dass das die Ex war, die Tash erwähnt hatte.

„Meine Verlobte. Oder Ex-Verlobte, wenn du genau sein willst, was du an ihrer Stelle wärst, wenn du wüsstest, wie sie die Verlobung gelöst hat.“

Honey räusperte sich, als er sich sein Bierglas schnappte und es zur Hälfte austrank. Sie beobachtete ihn und stellte fest, dass er für einen hochgewachsenen Keyboarder ziemlich klobige Finger hatte. Genauso wenig entging ihr der traurige Ausdruck in seinen grauen Augen, und sie wusste ganz genau, dass dieser Mann seiner Ex noch viel zu sehr nachtrauerte. Er würde auf keinen Fall derjenige werden, der ihren Körper und ihre Seele lauter zum Jubilieren brachte, als Aretha Franklin in der Badewanne sang. „Wahrscheinlich ist es das Beste, wenn wir uns darauf einigen, nicht gleich bei unserer ersten Verabredung über unsere Verflossenen zu reden", schlug sie freundlich vor und trank einen Schluck Wein.

Deano nickte. „Wohl wahr. Frauen. Wer braucht die schon?"

Honey riss die Augen auf. Von allen Dingen, die man bei einer ersten Verabredung nicht sagen sollte, war das hier wohl die Krönung.

„Anwesende natürlich ausgenommen", fügte er lachend hinzu, allerdings ein wenig zu spät.

„Also, was machst du sonst noch so außer Keyboard spielen, Deano?", fragte Honey und half ihm so aus der Grube, die er sich selbst gegraben hatte.

„Ich arbeite in der Buchhaltung", erklärte er gleichmütig. „Etwas langweilig, aber die Kollegen sind nett." Seine Miene wurde wieder bedrückt. „Allerdings arbeitet Selina ebenfalls dort, deshalb werde ich wohl wahrscheinlich, ich weiß nicht, kündigen müssen oder so."

Schon wieder Selina. Er schien nicht einmal zu bemerken, was er gesagt hatte. „Na ja, solange man da einigermaßen gut verdient …" Honey wusste nicht so recht, wie sie ein Gespräch über etwas so Todlangweiliges wie Buchhaltung aufrechterhalten sollte. „Dann kannst du bestimmt gut mit Zahlen umgehen, nicht wahr?", erkundigte sie sich zögernd.

„Neunzig, sechzig, neunzig sind meine Lieblingszahlen", meinte Deano grinsend und zeichnete mit den Händen den Umriss einer Sanduhr in die Luft. Doch schon ließ er die Hände langsam wieder sinken, als wäre ihm etwas zu spät eingefallen, dass sein bester Buchhalterwitz für diese Gelegenheit vielleicht etwas unpassend gewesen war. „Verzeihung."

Honey zog das Weinglas zu sich heran und sah dabei verstohlen auf ihre Uhr. Sie hatte keine Ahnung, wie lange sie es noch aushalten würde, sich kumpelhaft mit Deano über seine zweifellos wohlproportionierte Ex zu unterhalten, ohne ihm ihren Wein über sein lächerliches Hawaiihemd zu kippen.

Kurz nach elf schloss Honey ihre Haustür auf. Sie hatte nicht abgewartet, bis im Lokal die letzte Runde ausgerufen worden war, denn je mehr Deano getrunken hatte, desto deprimierter war er wegen Selina geworden, der Frau mit den gertenschlanken Skifahrerbeinen und der umwerfenden Figur. Beim Gehen hatte Honey in der Jukebox etwas von Take That für ihn gesucht – er hatte ihr mindestens viermal erzählt, dass das Selinas Lieblingsband und sie in Gary Barlow verknallt gewesen sei, dem Deano nur zu gern einen Kinnhaken verpasst hätte.

Sie versuchte, die Haustür aus Rücksicht auf Hal ganz leise zu schließen, obwohl ihr schleierhaft war, warum er nach ihrer letzten Begegnung so viel Rücksichtnahme überhaupt verdient hatte. Als sie auf Zehenspitzen durch den Flur schlich, ging seine Wohnungstür auf.

„Liebe Güte, hast du etwa auf mich gewartet? Du bist ja noch schlimmer als mein Vater früher!“, brauste sie auf und machte so ihrem ganzen Ärger über seine Unhöflichkeit am Vortag und diesen verschwendeten Abend Luft.

„Ich habe dich aufschließen hören. Die meisten Leute hätten das gehört, bei dem Lärm, den du beim Versuch, das Schlüsselloch zu finden, gemacht hast. Bist du betrunken?“

„Pah, ich bin stocksauer! Ich war ganz leise, und das weißt du auch. Gib's zu: Du hast auf mich gewartet.“

Er lehnte sich gegen die Wand, und bei dieser Bewegung rutschte sein Shirt aus dem Bund seiner alten Jeans. Honey erhaschte einen Blick auf den schmalen Streifen glatter Haut und die feine senkrechte Linie an Haaren, die im Hosenbund verschwand. Wie war es nur möglich, dass dieser Mann in nur zwei Minuten ihre Aufmerksamkeit mehr auf seinen Körper lenkte, als es Deano in zwei Stunden geschafft hatte?

„Und? Wie war deine Verabredung?“ Gespannt verschränkte er die Arme vor der Brust.

Honey legte Handtasche und Schüssel im Lichtschein der Lampe auf dem Flurtisch ab, schlüpfte aus ihren hochhackigen Pumps und trat näher. Sie schaffte es nicht, noch länger böse auf ihren Nachbarn zu sein; der Wein hatte sie milde gestimmt. „Hm, ja … ganz nett“, fing sie an, verbesserte sich aber sofort, als sie vor ihm stand. „Ehrlich gesagt, es war eine ziemliche Katastrophe. Er wollte die ganze Zeit nur über die perfekte Figur seiner Ex reden.“

Hal rieb sich die Wangen. „Puh, das hört sich nicht gut an. Muss ja ein beeindruckendes Mädchen gewesen sein.“

„In der Tat.“ Honey zog die Haarnadeln aus ihrer kunstvoll hochgesteckten Frisur, schob sie in die Tasche des Jeansrocks und fuhr sich mit den Händen durchs offene Haar.

„Und was hast du falsch gemacht, Honeysuckle? Hast du dich wie eine Nonne angezogen?“

„Von wegen, ich habe mir richtig Mühe gegeben. Sogar meine Unterwäsche passte zueinander, obwohl ich nicht vorhatte, sie ihm zu zeigen.“

„Du meinst, auf dem Slip steht heute tatsächlich *Freitag*?“

„Sehr witzig, Hal. Nein, ich meinte, ich habe wirklich versucht, mich für ihn hübsch zu machen, aber er hat es noch nicht einmal bemerkt.“ Sie lehnte sich an die Wand, plötzlich war sie dieses Thema gründlich leid.

„Du riechst wirklich gut“, bemerkte Hal leise. „Und ich wette, du siehst auch wirklich gut aus.“

Honey schluckte. Da, jetzt setzte er seine zehn Prozent Freundlichkeit ein, und sie bekam prompt weiche Knie. „Ich habe mich zumindest bemüht. Dieser Rock hat Größe sechsunddreißig, und in einer vollkommenen Welt würde ich Größe siebenunddreißig tragen.“ Sie schwankte leicht, und aus einem unerfindlichen Grund – abgesehen davon, dass der Wein sie dazu ermutigte – legte sie ihm zum zweiten Mal in ihrem Leben die Hand an die Wange.

Er ließ es zu, dann trat er einen Schritt näher und brachte sie dazu, seine Hand zu nehmen und sie sich an ihre Wange zu legen.

Wenn Deano ihr die Kleider vom Leib gerissen und sie auf dem abgewetzten Fußboden im Pub vernascht hätte, wäre das nicht annähernd so prickelnd gewesen wie das Gefühl, das Hals Hand an ihrer Wange in ihr auslöste.

„Siebenunddreißig, hm? Ich wusste gar nicht, dass es diese Größe gibt“, murmelte er, und sie spürte sein Lächeln förmlich. Er lächelte so selten, dass sie es jetzt umso mehr genoss.

„Gibt es auch nicht, aber ich wünschte, es wäre so“, erwiderte sie und legte die freie Hand in Höhe des Herzens an seine Brust. Sie hatte keine Ahnung, was sie da eigentlich tat. Instinkte und eine niedrige Hemmschwelle, die auf den Wein zurückzuführen war, bestimmten die Situation, und Honey war ihrem Nachbarn nahe genug, um zu merken, dass Whisky ebenfalls mit im Spiel war. Er war nicht betrunken, aber was den momentanen Alkoholpegel anging, stand er ihr gewiss in nichts nach.

Sie wandte den Rücken zur Wand, und Hal folgte ihrer Bewegung; er war jetzt so dicht vor ihr, dass sie seinen Herzschlag spüren konnte.

„Hat Deano dich wenigstens nach Hause gebracht?“, murmelte Hal. Seine Hand ruhte noch immer auf ihrer Wange, und nun strich er mit dem Daumen ganz sacht über ihre Unterlippe. Honey hielt den Atem an und war sich ganz sicher, dass er das gemerkt hatte.

„Nein“, flüsterte sie, schüttelte leicht den Kopf, ließ von seiner Wange ab und zog ihn an seinem Shirt näher zu sich.

„Nicht gerade ein Gentleman, unser Deano. Hat er dich wenigstens zum Abschied geküsst?“

Honey nahm die Whiskynote wahr und fragte sich, ob er ihren Weinduft auch bemerkte. „Nein“, erwiderte sie. „Deano hat mich nicht geküsst, Hal.“

„Was für ein Idiot. Alle gelungenen ersten Dates sollten mit einem Abschiedskuss enden“, raunte er, und Honey schloss die Augen, als er sich zu ihr herunterbeugte und sie sanft küsste.

Sie schlang ihm die Arme um den Nacken, während er die Hände in ihr Haar schob und anfing, seine Lippen ganz zart zu bewegen. Honey hörte ein leises Aufstöhnen, nicht sicher, ob sie es gewesen war oder er, und vergrub ihrerseits die Hände in seinem dunklen Haar, damit er nur ja nicht aufhörte, sie zu küssen. Allerdings schien er das nicht vorzuhaben; jetzt ließ er die Hände unter ihr Top und über ihren Rücken gleiten, bis sie sich am liebsten selbst die Kleider vom Leib gerissen hätte, damit sie seine Berührungen überall spüren konnte.

Gut, dass Deano noch nicht über seine Ex hinweggekommen war, und noch viel besser, dass er sie an diesem Abend nicht geküsst hatte, denn sonst wäre ihr entgangen, wie es war, von Hal in diesem Flur geküsst zu werden, dass ihr Hören und Sehen verging – sie hätte die erregendsten Minuten ihres ganzen Lebens verpasst.

Er brachte sie dazu, den Kuss leidenschaftlich zu erwidern, und begann sein Zungenspiel. Fest presste er sie gegen die Wand und liebkoste ihren Rücken. Er schmeckte rauchig, salzig, und fühlte sich himmlisch unter ihren Händen an. In diesem Augenblick lernte sie Dinge über ihn, die einen nur Küsse lehren konnten. Sie erfuhr, dass er ein erfahrener, einfühlsamer Liebhaber sein würde und dass er sie auf eine Art küssen konnte, die in ihr das brennende Verlangen weckte, sich völlig hüllenlos an ihn zu schmiegen. Dieser Mann verfügte über Fähigkeiten, die eigentlich verboten gehört hätten. Und er vertiefte den Kuss, so fordernd und leidenschaftlich, dass Honey nichts sehnlicher wünschte, als die ganze Nacht so von ihm geküsst zu werden. Sie zog sein Shirt hoch, erkundete langsam mit den Händen jeden Zentimeter seines Rückens und genoss es, wie er dabei aufstöhnte. Seine Haut fühlte sich glatt und warm an wie Seide, und es war wundervoll, die Berührungen so auszukosten.

„Lass uns reingehen", flüsterte sie gegen seine Lippen. „Geh mit mir ins Bett, Hal. In deins, in meins, das ist mir gleich."

Er hielt inne, und sein Herzschlag verriet ihr, dass er ganz genauso erregt war wie sie. Ganz zart ließ er den Kuss ausklingen, es war nur noch eine hauchfeine Liebkosung ihrer Lippen, als kostete er von ihnen die letzten Tropfen eines edlen Champagners.

Einen Augenblick später war es vorbei. Er hielt sie noch immer umschlungen und schüttelte leicht den Kopf, als wollte er seine Benommenheit abschütteln oder, schlimmer noch, als schäme er sich. „Ich spiele nicht Klavier, Honey“, raunte er ihr ins Ohr. „Ich bin nicht der Richtige.“

„Das ist mir völlig gleich, Hal. Ich *will* ja nicht einmal einen Klavierspieler“, presste sie hervor und klammerte sich an ihn, denn sie spürte, dass er sich von ihr zurückzog. „Ich glaube, du solltest derjenige sein. Du bist der Mann, den ich brauche. Noch nie hat mich jemand so geküsst wie du.“

„Dann hast du die falschen Männer geküsst“, erwiderte er sanft, legte ihr die Hände auf die Schultern und trat einen Schritt zurück. „Geh in deine Wohnung, Erdbeermädchen. Geh schlafen. Ich hätte dich nicht küssen sollen. Es wird nicht wieder vorkommen.“

Sie wusste genau, dass er log, er hatte diesen Kuss genauso sehr gewollt wie sie.

„So“, murmelte er und schob sie behutsam zu ihrer Wohnungstür. „Du bist nach Hause gebracht und zum Abschied geküsst worden. Betrachte deine Verabredung damit also als gerettet.“

Sie sah ihm nach, als er in seiner Wohnung verschwand, und wusste mit absoluter Gewissheit, dass sie fünfundneunzig Prozent dieses Abends mit dem falschen Mann verbracht hatte.

Hal schloss die Tür und griff nach der Whiskyflasche, die er auf dem Tisch abgestellt hatte, als Honey heimgekommen war. Bei jeder Begegnung erfuhr er etwas Neues über sie. Wie sie duftete. Wie sie lachte. Ihre Haarfarbe, und jetzt auch noch ihre Kleidergröße. Eben jedoch hatte er Intimeres über sie erfahren: wie sie schmeckte, wie sich ihre Pfirsichhaut anfühlte, und er hatte die Grübchen und Mulden entlang ihres Rückens erkundet. Sie berührt und sich Dinge gewünscht, die er sich schon seit Monaten nicht mehr gewünscht hatte.

Er hob die Flasche an die Lippen und war froh, dass der starke Alkohol Honeys süßes Aroma fortspülte. Herrje, er hatte da draußen absoluten Mist gebaut. Es war leicht und bequem, den Whisky dafür verantwortlich zu machen, und ohne Zweifel würde er das auch tun, wenn er das nächste Mal mit ihr redete. Jetzt, wo sie nicht mehr vor ihm stand, diente dieser Kuss nur noch als Erinnerung an all das, was längst nicht mehr Teil seines Lebens war – an die Frau, die einst gesagt hatte, sie wolle für immer bei ihm bleiben, bis dieses „für immer" plötzlich bedeutet hätte, bei einem Mann zu bleiben, der sie nicht mehr sehen konnte.

Er hatte geliebt und infolge des Unfalls verloren. Er hatte verloren und verloren, bis es nichts mehr zu verlieren gegeben hatte. Sein Restaurant? Verkauft. Seine Autos? Versteigert. Seine Verlobte? Sie hatte versucht, sich daran zu gewöhnen, aber im Grunde war sie nicht nur in Hal verliebt gewesen, sondern vor allem auch in seinen Lebensstil. Es war einfach zu viel verlangt gewesen. Und nun wohnte er in diesem Haus, und sein Plan, sich an ein Singleleben zu gewöhnen, war bereits gründlich durcheinandergewirbelt worden von seiner verrückten Nachbarin und ihrer Suche nach dem gottverdammten ultimativen Orgasmus. Er hätte sie nicht küssen sollen, er hatte ihr nichts zu geben. In den zahllosen dunklen Tagen und schlaflosen Nächten seit dem Unfall war ihm eines vollkommen klar geworden: Von nun an war in seinem Leben kein Platz mehr für Romantik. Nicht noch einmal wollte er eine Frau so nahe an sich herankommen und sich dann von ihr abservieren lassen, wenn sie zu dem Schluss gekommen war, dass ein Leben mit ihm zu kompliziert sein würde. Ebenso wenig wollte er zulassen, dass eine Frau ein eingeschränktes Leben an seiner Seite in Betracht zog. Er brauchte keine Krankenschwester und keinen Blindenführer. Allerhöchste Zeit, dass er lernte, mit diesem verdammten Albtraum allein fertigzuwerden.

Als er ins Bett wankte, wünschte er, er könnte die Uhr zurückstellen und in dem Moment, als er vorhin gehört hatte, wie Honey nach Hause kam, dem Drang widerstehen, die Tür zu öffnen.

8. KAPITEL

„Er hat dich nicht einmal zum Abschied geküsst?“ Tash, die in Honeys winziger Küche in ihrem Kaffeebecher rührte, verzog entrüstet das Gesicht.

Honey schüttelte den Kopf. „Ich glaube, er hat es gar nicht mitbekommen, dass ich gegangen bin“, sagte sie und dachte stattdessen an Hals Kuss. Tash war vor fünf Minuten zu einer kurzen Stippvisite vor ihrem Flug nach Dubai gekommen, um die Neuigkeiten über „Pianist Numero Uno“ zu erfahren, wie sie Deano scherzhaft genannt hatten. „Pianist Numero Uno war ein erstklassiger Reinfall“, fügte sie mit finsterer Miene hinzu. „Ich halte es für das Beste, wenn wir diese dumme Pianisten-Geschichte einfach vergessen.“

„Kommt nicht infrage, Honeysuckle.“ Tash grinste. „Wir befinden uns noch in der Aufwärmphase. Nell hat schon den Nächsten für dich im Sinn.“

Honey stöhnte und fragte sich, warum sie mit den beiden eigentlich befreundet war. „Wen denn diesmal?“

„Einen Musiklehrer an der Schule, in der sie auch arbeitet, glaube ich.“ Sie pustete über ihren heißen Kaffee. „Man stelle sich das bloß vor – Nell und Simon, die plötzlich unanständig werden! Ich wette, Simon ist der Typ, der sich gern übers Knie legen lässt. Oder … mein Gott, was ist, wenn er sich Erwachsenenwindeln kauft und darum bittet, wie ein Baby behandelt zu werden?“ Tash zog die Augenbrauen hoch, als Honey ein angewidertes Gesicht machte. „So etwas gibt es öfter, als du denkst. Ich hab mal eine Fernsehsendung darüber gesehen.“

Honey verdrehte die Augen, sie wollte sich Absurditäten wie diese nicht einmal vorstellen. „Ich bin mir sicher, die beiden überschreiten die Grenzen des guten Geschmacks nicht. Ich finde es ohnehin gut von ihnen, dass sie das Prickeln in ihrer Beziehung am Leben erhalten.“

Tash zuckte die Schultern. „Sie haben ein Kind zusammen, also hat er wohl irgendetwas richtig gemacht.“

„Genau."
„Außerdem bringt er sie zum Höhepunkt", fügte Tash hinzu. „Ich habe übrigens nachgesehen, ob es möglich ist, ohne ein Orgasmus-Gen zur Welt zu kommen. Ist es nicht. Wenn du eine Klitoris hast, kannst du auch zum Orgasmus kommen. Du hast doch eine?"
„Du liebe Güte! Ich habe noch nicht einmal gefrühstückt!"
Tash sah sie überlegen an. „Wenn Simon beim Biomüsli über Vibratoren reden kann, dann kannst du auch über die Grundlagen der weiblichen Anatomie beim Morgenkaffee reden."
„Also gut." Honey seufzte. „Als ich das letzte Mal nachgesehen habe, hatte ich eine. Ich habe natürlich nicht richtig nachgesehen, aber du weißt schon, was ich meine."
„Na, dann ist ja alles gut. Hoffentlich ist Pianist Numero Due derjenige, der sie in Gang bringt."
„Also habe ich jetzt eine defekte Klitoris?"
Tash trank ihren Kaffee aus. „Nur ein bisschen. Du brauchst einen Mann, der sich richtig darum kümmert."
Zum zweiten Mal seit Tashs Ankunft musste Honey an den Mann in der Wohnung gegenüber denken. Und zum zweiten Mal seit Tashs Ankunft beschloss sie, die Geschichte für sich zu behalten. Wenn Tash Wind davon bekam, dass der heiße Typ von gegenüber Honey in der vergangenen Nacht geküsst hatte, dass ihr Hören und Sehen vergangen war, würde sie wie der Blitz hinüberlaufen, um mehr über ihn zu erfahren. Honey wusste aus eigener Erfahrung, dass Hal ausgesprochen unfreundlich auf jeden reagierte, der bei ihm anklopfte, sei es morgens, mittags oder nachts. Er würde unhöflich und aggressiv sein, und aus einem unerfindlichen Grund wollte Honey nicht, dass ihre Freundinnen ihn nicht mochten.
Ein paar Minuten später begleitete sie Tash zur Haustür, warf einen nachdenklichen Blick auf Hals Tür und war froh, als die Freundin nach überschwänglichen Küssen mit wehendem roten Haar davoneilte und im Gehen versprach, Pianist Nummer zwei würde mit Sicherheit ganz anders sein.

„Sie, Sie und Sie.“ Christopher betrat in der folgenden Woche den Wohlfahrtsladen und zeigte mit seinem knochigen Zeigefinger nacheinander auf Honey, Mimi und Lucille. Alle drei starrten schweigend auf ihren hochgewachsenen Chef mit dem schütteren Haar und dem schlecht sitzenden Anzug. „Ich nehme an, das ist Ihr Werk?“, bellte er und knallte die Lokalzeitung auf den Tresen neben der Kasse.

Honey warf einen Blick darauf und sah ein Foto vom Heim unter einer Schlagzeile, die reißerisch die drohende Obdachlosigkeit der Bewohner verkündete.

„Hören Sie mit dem verdammten Gerede auf, das Heim retten zu wollen. Noch ein Wort mehr darüber, und Sie fliegen auf der Stelle, nicht erst in sechs Monaten. Noch *ein* Journalist oder wütender Angehöriger, der mich auf der Straße oder, wie heute Morgen, *beim Arzt* mit dieser Sache belästigt – und das war's dann. Sie werden gefeuert. Kein Wenn, kein Aber, kein Vielleicht. Gefeuert. GE-FEU-ERT. Habe ich mich klar und deutlich ausgedrückt?“ Er sah die drei Frauen an, die alle bemüht waren, ein einigermaßen zerknirschtes Gesicht zu machen.

Im Laufe der Jahre hatten sie schon öfter seine Wutausbrüche über sich ergehen lassen müssen, und sie kannten ihn gut genug, um sich nicht davon einschüchtern zu lassen. Außerdem stand er letzten Endes auf derselben Gehaltsliste wie sie, zumindest wie Honey. Der Eigentümer des Heims war ein privates Unternehmen, das sich nicht sonderlich für die Bewohner interessierte, dafür umso mehr für den Profit. Lucille und Mimi arbeiteten freiwillig, also konnte Christopher sie gar nicht entlassen, selbst wenn er wollte.

„Ich bin mir gar nicht so sicher, ob Sie das können, mein lieber Christopher.“ Mit einem zerstreuten Lächeln faltete Mimi ein paar Vorhänge zusammen.

Lucille wühlte in ihrer Tasche und holte eine kleine Tüte mit Mentholbonbons hervor. „Nehmen Sie ruhig eins, mein Lieber, Sie klingen irgendwie heiser. Haben Sie vielleicht gebrüllt?“

Honey sah stur auf die Platte der Ladentheke, um sich ein

Lächeln zu verkneifen, dann räusperte sie sich und hob wieder den Kopf. Christophers kunstvoll über die Glatze gekämmtes Haar war im Eifer des Gefechts in die Gegenrichtung verrutscht, sodass es nun in einem seltsamen Winkel von einer Seite des Kopfes abstand, und seine ohnehin kleinen Augen hatten sich zu Schlitzen verengt.

„Sind diese Frauen einfach nur senil, oder machen sie sich über mich lustig, Miss Jones? Denn wenn Sie Ihr Personal nicht im Griff haben, werde ich einen Ersatz für Sie finden, der dazu in der Lage sein wird", fauchte er Honey an.

„Ich bedauere, dass Sie sich unter Druck gesetzt fühlen, Christopher, aber ich bin mir ziemlich sicher, dass wir unsere Sorgen in unserer Freizeit auf jede erdenkliche Art äußern dürfen. Machen Sie sich denn keinerlei Sorgen? Auch Ihr Job ist schließlich in Gefahr."

„Sie sollten Honey wirklich dankbar sein, dass sie sich so für das Thema einsetzt", tadelte Mimi ihn sanft, während sie gleichzeitig versuchte, Christopher mit übertriebenen Handbewegungen und Blicken auf seine derangierte Frisur aufmerksam zu machen.

Er verstand, strich das Haar wieder an Ort und Stelle, und damit war es um seine Würde endgültig geschehen. „Keine solchen Scherze mehr. Ich warne Sie, meine Damen."

„Für mich hört es sich eher so an, als *drohten* Sie ihnen, Christopher, alter Knabe", ertönte eine Stimme hinter ihm. Billy schlenderte in den Laden, er trug einen prächtigen roten Anzug im Stil der Fünfzigerjahre. „Hab das Gebrüll gehört. Wollte mal nachsehen, was los ist."

Christopher straffte sich. „Und Sie sind genauso schlimm!", blaffte er und starrte Billy aufgebracht an. „Ich schlage vor, Sie hören damit auf, diese Farce auch noch zu unterstützen, und machen sich langsam auf die Suche nach einer neuen Unterkunft. Verstanden?" Er stolzierte um Billy herum zur Ladentür.

Der hob mutig die Fäuste. „Lassen Sie uns das auf Männerart regeln", schlug er vor und tänzelte von einem Bein aufs andere.

Christopher bedachte alle mit einem langen, bösen Blick und verließ den Laden, wobei er sich schützend eine Hand über den Scheitel hielt.

Lucille legte ihre Hustenbonbons besorgt seufzend auf die Ladentheke. „Er war wirklich ziemlich verärgert, nicht wahr?"

„Und das ist auch gut so", konterte Mimi. „Das bedeutet, dass wir offensichtlich etwas richtig machen. Ohne Zweifel bekommt er einen neuen Job bei dem Unternehmen, wenn es ihm gelingt, die Sache unter den Teppich zu kehren."

Dem musste Honey zustimmen. Es war nicht zu verkennen, dass Christopher sich, aus welchem Grund auch immer, deutlich weniger Sorgen um die Sicherheit seines Arbeitsplatzes machte als sie. „Wenn er von Reportern und Angehörigen angesprochen wird, hat vermutlich der Sohn von Old Don die Neuigkeit verbreitet", mutmaßte sie. Eigentlich hatten die Bewohner und die Angehörigen erst viel später von der Situation erfahren sollen, aber der Sohn von Old Don, etwas fantasielos „Donny Junior" genannt, war vor ein paar Tagen in den Laden gekommen und hatte mit zunehmendem Zorn zugehört, als Honey von der bevorstehenden Schließung des Heims berichtet hatte. Dem Zeitungsbericht nach zu urteilen, konnte eigentlich nur er es gewesen sein, der die Kampagne kurzerhand an die Öffentlichkeit gebracht hatte. Honey faltete die Zeitung auseinander und strich sie glatt. Billy stieß einen Pfiff aus.

„Kein Wunder, dass er so wütend ist", murmelte Honey geistesabwesend, während sie die Stelle las, an der Christopher namentlich genannt und beschuldigt wurde, die Neuigkeit unter Verschluss halten zu wollen.

„Wir müssen noch mehr Druck machen", meinte Mimi.

Lucile nickte. „Ja, aber wie?"

„Wäre jetzt möglicherweise der richtige Zeitpunkt, dass ihr Mädchen euch mit euren BHs an den Zaun bindet?", fragte Billy, und das allgegenwärtige verschmitzte Funkeln seiner Augen war ausgeprägter denn je.

Mimi stieß ihm liebevoll einen Ellenbogen in die Rippen. „Benimm dich, William."

„Ach, ich liebe es, wenn du mich William nennst!", sagte er und schürzte anzüglich die Lippen. „Tust du das später noch mal?"

„Du alter Narr", sagte Mimi lächelnd, und Honey faltete die Zeitung wieder zusammen.

„Wir wollen abwarten und sehen, was jetzt passiert, nachdem die Neuigkeit öffentlich bekannt ist. Es wird eine Menge sehr besorgter Leute da draußen geben. Vielleicht sollten wir eine Versammlung oder etwas in der Art organisieren?"

„Ich kenne zufällig den Geschäftsführer vom *The Cock*, falls ihr einen Versammlungsort braucht", erklärte Billy. „Besser gesagt, ich kannte seine Mutter vor vielen Jahren …" Er zwinkerte Honey zu und sah dann Mimi um Verzeihung heischend an. „Sie konnte dir nicht annähernd das Wasser reichen, Liebste, außerdem ist sie schon seit gut zwanzig Jahren unter der Erde."

„Wir könnten dort Plakate aufhängen und die Leute zu einer Versammlung in ein paar Wochen einladen", grübelte Honey laut und versuchte, nicht an ihre katastrophale Verabredung mit Deano zu denken, denn das führte nur zu Gedanken an das Date danach mit Hal, der sich seitdem strikt geweigert hatte, seine Tür zu öffnen. Sie hatte bei ihm angeklopft und gerufen, aber er hatte jedes Mal nur etwas Unverständliches gegrummelt, um zu beweisen, dass er noch lebte, und um sie loszuwerden. Ein paar Abende zuvor hatte sie ihm Whisky dagelassen und gerufen, er solle sich nicht den Hals brechen, wenn er darüber stolperte. Als die Flasche am anderen Morgen verschwunden war, hatte Honey daraus gefolgert, dass er sie ohne besondere Vorkommnisse an sich genommen hatte. „Gern geschehen!", hatte sie beim Verlassen des Hauses mit vor Sarkasmus triefender Stimme gerufen. Tatsache war, dass es ihr mittlerweile Spaß machte, dies und das für Hal auszusuchen, wenn sie einkaufte; durch systematisches Ausprobieren fand sie allmählich seine Vorlieben und Abneigungen heraus. Ganz sicher würde sie ihm keine Obstkonserven mehr kaufen, die hätte er ihr offenbar am liebsten an den Kopf geworfen. „Frisches Obst oder gar keins“, hatte er gegrollt. Für einen Einsiedler hatte er eindeutig gehobene gastronomische Ansprüche. Doch das spielte keine Rolle mehr, weil sie ihm vermutlich nie wieder Obst kaufen würde, weder frisches noch welches aus der Dose, da er anscheinend beschlossen hatte, dass ihre Freundschaft mit dem atemberaubendsten Abschiedskuss der Welt geendet hatte.

Neben ihr packte Lucille gerade einen Karton mit gespendeten Sachen aus, den eine betuchte Dame, die in einem Sportwagen vorgefahren war, eben erst vorbeigebracht hatte.

„Das sieht alles so aus, als wäre es noch nie benutzt worden“, stellte die alte Dame fest und legte verschiedene Küchenutensilien und kleine Elektrogeräte auf die Theke. „Manche Leute haben mehr Geld als Verstand. Das Ding hier ist sogar noch versiegelt.“

Honey sah sich die Packung in Lucilles Hand an. Ein elektrischer Rasierapparat. Etwa eine göttliche Fügung? Vielleicht sollte sie doch noch einmal bei Hal anklopfen.

9. KAPITEL

Bist du dir hundertprozentig sicher, dass er ein normaler Mann ohne gebrochenes Herz ist, Nell? Denn nach dem Desaster mit Deano hätte ich größte Lust, mit diesem ganzen Unsinn aufzuhören." Honey sah zu Nell, die den Blick jedoch seelenruhig über den Rand ihrer Cappuccinotasse hinweg erwiderte.

„Und was bringt dir das, Honeysuckle?" Nell zog die Augenbrauen hoch. „Ich sage dir, was es dir bringt: gar nichts, außer Einsamkeit. Also gut, Deano war nicht der Richtige. Wir hielten es ohnehin für nicht sehr wahrscheinlich, dass es gleich beim ersten Mal klappt."

„Ach, nicht?", erwiderte Honey. „Ich bin eigentlich davon ausgegangen, dass eine Verabredung reicht und ich – peng! – Michael Bublé heiraten würde. So habt ihr mir das jedenfalls verkauft."

„Dann verklag uns doch", meinte Tash lachend und wandte sich an die Dritte im Bunde. „Wie ist dieser Robin denn so?"

Nell stellte die Tasse ab. „Nun ja, er sieht sogar ziemlich gut aus", sagte sie und nickte dabei so bedächtig, dass Honey schlagartig misstrauisch wurde.

„Du klingst nicht sehr überzeugt", stellte sie fest.

„Nein, er sieht … auf eine altmodische Art gut aus." Nell schien sich ihre Worte gut zu überlegen. „Ich meine, zugegeben, er ist kein Bublé, aber er hat … hm, schöne Haare. Und er lacht viel. Du brauchst einen Mann, der dich zum Lachen bringt, Honey." Nell nickte etwas zu eifrig für Honeys Geschmack.

„So, und wann soll ich mich nun mit ihm treffen?"

Nell betrachtete ihre Fingernägel. „Die Sache ist die, Honey, er geht nicht so gern in Kneipen, und da … da hab ich ihm gesagt, dass du für ihn kochen würdest." Den zweiten Teil des Satzes sprudelte sie doppelt so schnell hervor wie den ersten, als hoffte sie, dass er ihren Freundinnen dadurch entging.

„Nell!“, rief Tash entsetzt. „Du weißt doch, dass das eine ganz schlechte Idee ist!“

Honey war erleichtert, weil Tash sie unterstützte. „Auf keinen Fall. Ich lasse keinen Fremden in meine Wohnung. Regel Nummer eins für ein Blind Date: Treffen immer nur an einem neutralen, gut beleuchteten Ort.“

„Daran habe ich gar nicht gedacht.“

Tash sah Nell stirnrunzelnd an.

„Du weißt doch ganz genau, dass sie nicht kochen kann; wahrscheinlich bringt sie ihn um, ehe er überhaupt anfangen kann, seine Fingerfertigkeit unter Beweis zu stellen!“

„Nun ja, ich hatte auch zuerst vorgeschlagen, das Treffen sollte bei ihm stattfinden, aber er meinte, seine Mutter wäre zu Hause.“

„Er wohnt immer noch bei seiner Mutter?“ Honey warf einen Blick auf die Uhr. Nein, es war immer noch erst halb zwölf am Vormittag, viel zu früh für einen ordentlichen Drink. Alle paar Wochen trafen die drei Frauen sich samstags zum Brunch in ihrem Lieblingscafé, aber dieses Mal genoss Honey das weitaus weniger als sonst, dank des Themas der Unterhaltung. Im Moment kam das ganze Leben ihr weitaus stressiger vor als sonst; ihr Job war in Gefahr; die Freundinnen verkuppelten sie mit wildfremden Männern, und in ihr friedliches Zuhause war ein unflätiger Nachbar eingedrungen, der sich benahm, als lebte er in Isolationshaft. War es da ein Wunder, dass sie mit dem Gedanken spielte, um einen doppelten Schuss Rum in ihrem Kaffee zu bitten?

„Er kommt Freitagabend zu dir.“ Nell ignorierte Honeys Frage und war sichtlich bemüht, kein zerknirschtes Gesicht zu machen. „Koch doch einfach Spaghetti oder etwas in der Art. Er ist nett, Honey. Ich bin ihm schon ein paar Mal begegnet, und er kann wirklich gut mit den Kindern umgehen, also muss er auch ein anständiger Kerl sein.“

Tash brach einen großen Keks in drei Teile und legte je einen auf die Unterteller. „Du hast nichts zu verlieren, Honey.“

„Nur einen ganzen Freitagabend und möglicherweise mein Leben, wenn er sich als Axtmörder entpuppt."

„Axtmörder wohnen für gewöhnlich nicht bei ihren Müttern", wandte Nell ein.

Honey dachte kurz nach. „Und wie war das mit Norman Bates?"

Tash traktierte die Luft mit einem unsichtbaren Messer. „Dann pass eben auf, dass er dir nicht in die Dusche folgt."

Honey schüttelte den Kopf. „Sag die Sache ab, Nell. Ich meine es ernst."

„Das geht nicht", erwiderte Nell. „Ich sehe ihn immer nur montags, und nächsten Montag habe ich frei, deshalb werde ich ihn vorher nicht mehr sehen."

„Ein langes Wochenende, Nellie?", forschte Tash nach. „Du Glückliche."

„Das war Simons Idee", erklärte Nell. „Tagsüber sehen wir uns fast nie. Wir sind beide immer fix und fertig nach der Arbeit und an den Wochenenden mit Ava mehr als ausgelastet. Es soll eine Art Zweisamkeits-Tag sein, Ava geben wir zu Simons Eltern."

Honey und Tash nickten bedächtig. „Zweisamkeits-Tag", wiederholten sie wie im Chor.

„Hat er das vorgeschlagen, *bevor* er deine neuen Dessous gesehen hat oder danach?" Tash lachte.

Nell schnaubte, wurde rot und fiel schließlich in das Gelächter ein. „Danach." Sie trank einen Schluck Kaffee, aber es brannte ihr sichtlich auf der Zunge, noch mehr zu sagen. „Oh – mein – Gott! Mädels, er war …" Nell suchte nach den richtigen Worten. „Nun, sagen wir einfach, er war … beeindruckt."

„Wie schön für dich, Nell." Honey lächelte.

„Wohl eher schön für Simon", korrigierte Tash. „So, und was ist nun für Montag geplant?"

Nells Augen funkelten. „Das ist es ja gerade, ich habe keine Ahnung! Er sagte nur, ich solle mir freinehmen und Ava zu seinen Eltern bringen. Er klang so … gebieterisch …" Ihre Stimme bebte förmlich.

Honey fragte sich, wie aus dem sonst so sanftmütigen Simon in den letzten Wochen unbemerkt ein wahrer *Mr. Heathcliff* geworden war.

„Und hat er dich diese Woche beim Frühstück wieder mit aufregendem Spielzeug überrascht?“, wollte Tash wissen.

„Nein. Aber ich sage euch, dieser Vibrator …“ Sie senkte die Stimme und vergewisserte sich, dass auch niemand mitbekam, wie sie – als Grundschullehrerin des Ortes, wohlgemerkt – über Sex-Toys plauderte. Verschwörerisch beugte sie sich zu Honey hinüber. „Du hättest auch einen kaufen sollen, als wir in dem Laden waren“, murmelte sie. „Damit wäre dir gar nichts anderes übrig geblieben, als zum Höhepunkt zu kommen. Im Ernst.“ Ihre Augen schienen zu leuchten.

„Sie hat absolut recht, Honey.“ Tash grinste. „All diese Vibrationen auf einen bestimmten Punkt konzentriert …“

Nell erschauerte wohlig. Wahrscheinlich konnte sie es kaum erwarten, zu ihrem sexy Simon nach Hause zu eilen.

„Gut. Ich kaufe mir auch so ein Teil, und dafür vergessen wir die Sache mit dem Klavierspieler.“ Honey sah von Nell zu Tash, während die beiden stirnrunzelnd einen Blick tauschten. „Abgemacht?“ Die Freundinnen schüttelten den Kopf.

„Nein“, erwiderte Tash. „Das ist eine Aufgabe für einen Mann, nicht für eine Maschine.“

Honey seufzte. Die beiden würden nicht zulassen, dass sie sich so einfach aus der Affäre zog. Also musste sie wohl auf Fertiggerichte zurückgreifen, wenn sie diesen Robin am Freitag nicht vergiften wollte, und außerdem hoffen, dass er sich wirklich nicht als Axtmörder entpuppte. Ziemlich unwahrscheinlich, dass Hal ihr zu Hilfe eilen würde, wenn sie zu schreien anfing.

Entnervt sah sie erneut auf ihre Uhr, stand abrupt auf und eilte zur Theke. Es war drei Minuten nach zwölf, und sie brauchte jetzt zumindest ein Glas Wein.

Ein paar Stunden und ein paar Gläser Wein später schloss Honey ihre Haustür auf und betrat den kühlen Eingangsbereich.

Was fiel Nell nur ein? Sie kannte diesen Mann kaum und lud ihn trotzdem in Honeys Wohnung ein!

„Ich brauche Whisky", brüllte Hal ohne Einleitung durch seine geschlossene Wohnungstür. Er klang eher wie ein gereizter Neunzigjähriger, nicht wie ein aufregender Mittdreißiger. „Und Zigaretten."

„Du rauchst doch gar nicht, Rockstar", rief sie zurück. Sie wusste nicht recht, ob sie sich freuen sollte, dass er wieder mit ihr sprach, oder sich über seinen Tonfall ärgern.

„Ich fange damit an", bellte er.

Honey verdrehte die Augen. „Nein, das tust du nicht."

„Ist meine Mutter gestorben und hat dir die Vormundschaft für mich übertragen? Hast du mich adoptiert, Mary Poppins?"

„Weißt du was, Hal? Halt die Klappe. Ich hatte so einen schönen Vormittag, den lasse ich mir nicht von dir verderben."

Stille. Honey wartete. Hatte er sie beim Wort genommen und sich zurückgezogen? „Dem entnehme ich, dass die heutige Verabredung besser verlaufen ist als die letzte", sagte er schließlich. Endlich klang er ruhiger, ehrlicher, mehr nach Hal.

„Das war keine Verabredung. Ich habe mich mit Tash und Nell getroffen, du weißt schon, meinen Freundinnen. Am Freitag habe ich allerdings wieder eine Verabredung."

„Du gibst doch nicht etwa diesem Deano eine zweite Chance? Ein Kerl, der dich nicht nach Hause bringt, wird beim zweiten Mal auch nicht besser."

„Hältst du mich für so dumm? Natürlich nicht mit Deano. Es ist jemand namens Robin, falls du es unbedingt wissen musst."

„Klingt spießig."

Honey musste gegen ihren Willen leise lachen. „Vielleicht, aber wahrscheinlich ist er trotzdem ein toller Typ."

„Wahrscheinlich? Du kennst ihn noch gar nicht? Herrje, sag mir nicht, dass es wieder ein verdammter Klavierspieler ist!"

„Es ist wieder ein verdammter Klavierspieler", erwiderte Honey liebenswürdig und genoss es, ihn aufziehen zu können.

„Er kommt hierher, also lass dir ja nicht einfallen, lautstark nach Whisky zu brüllen, ja?"

„Du lässt irgendeinen Wildfremden in deine Wohnung? Bist du völlig von Sinnen?"

„Außerdem koche ich für ihn", fügte Honey hinzu. „Ein Abendessen." Hals schallendes Gelächter machte sie wütend. „Was ist daran so komisch?"

„Nichts", murmelte er, gab sich aber keine Mühe, die Belustigung zu verbergen.

„Ich *kann* kochen", behauptete sie, obwohl das glatt gelogen war.

„Nein, das kannst du nicht … Aber ich", sagte er, und sein Tonfall klang plötzlich so verändert, dass Honey unwillkürlich zusammenzuckte. Auf jeden Fall war Hal plötzlich ernst geworden, aber sie konnte nicht sagen, was ihn dazu gebracht hatte.

„Ich könnte irgendetwas ganz Einfaches mit Nudeln machen", meinte sie.

„Toller Einfall. Ich könnte dir aber auch beibringen, wie man Spaghetti Bolognese richtig zubereitet", schlug Hal sanft vor. „Vorausgesetzt, du möchtest."

Honey schluckte. „Das … das möchte ich sogar sehr gern."

„Dann besorg mal einen Stift und Papier, Erdbeermädchen. Als Erstes gehst du nämlich einkaufen."

10. KAPITEL

Eine Stunde später schlenderte Honey durch den Supermarkt, bewaffnet mit einer langen Einkaufsliste, auf die sie ganz unten zähneknirschend *Whisky* geschrieben hatte. Wenn Hal ihr von Grund auf beibringen wollte, wie man eine richtig gute Spaghetti Bolognese zubereitete, würde er hinterher sicher einen Drink brauchen. Sie war nur froh, dass er ihr zugestanden hatte, die Nudeln nicht auch noch selbst zu machen – ein widerwilliges Zugeständnis, auf das er sich nur eingelassen hatte, weil sie keine Nudelmaschine besaß. Honey warf einen flüchtigen Blick auf die fertige Bolognese-Soße im Kühlregal und näherte sich entschlossen der Frischfleischtheke, um Hackfleisch und Pancetta zu kaufen.

Schon zu dieser Theke zu gehen war für Honey eine Art Premiere; Fleisch landete im Allgemeinen abgepackt in ihrem Einkaufskorb, häufig auch schon fertig zubereitet. Und Karotten? Wer tat schon Karotten in die Nudelsoße? – Die Hersteller der Fertiggerichte ganz sicher nicht. Honey hatte in vorgefertigten Soßen noch nie eine zerkleinerte Möhre entdeckt, allerdings hatte sie auch nie eine eigens zubereitete Bolognese gegessen. Sie legte die Karotten zu Sellerie und Lorbeerblättern in den Wagen und lächelte freundlich eine andere Frau an, als wäre das ihr ganz normaler Wochenendeinkauf.

Als Nächstes stand Wein auf der Liste. Gott sei Dank, das war etwas, womit sie sich auskannte. Hal hatte darauf bestanden, dass sie etwas Anständiges kaufen sollte – was ihr ehrlich gesagt wie eine Verschwendung vorkam, wenn sie den Wein nur zum Kochen verwendete. Trotzdem entschied sie sich für einen Rioja der mittleren Preisklasse und ging nach kurzem Zögern wieder zurück, um noch eine zweite Flasche davon zu holen. Wenn sie den Wein nicht schon vorher trank, brauchte sie ihn nach dem Probekochen ohnehin für die Bolognese-Soße für Robin, sie konnte es sich also leisten, zwei Flaschen mitzunehmen.

In der Schlange an der Kasse betrachtete Honey ihre Einkäufe voller Stolz. Ein Keil Parmesankäse, Lorbeerblätter, frische Nudeln. Sie kam sich ungemein weltgewandt vor, eine schöne Abwechslung vom dem leisen Schamgefühl, das sie meist beim Kauf ihrer Konserven und Fertiggerichte befiel. Vielleicht sollte sie doch häufiger kochen. Sie ließ den Gedanken sofort wieder fallen – besser, sie ging langsam, Schritt für Schritt vor. Erst einmal musste sie diese Bolognese überhaupt hinbekommen, ohne dass dabei das Haus niederbrannte oder sie von ihrem leicht reizbaren Nachbarn umgebracht wurde, weil sie sich zu dumm anstellte.

„Hast du eine Schürze?“ Hal saß auf einem Barhocker an ihrem Frühstückstresen.

„Ich brauche keine Schürze, wenn ich Suppe aufwärme“, erklärte Honey. „Aber ich habe mir die Hände gewaschen, falls dich das tröstet.“

„Hast du dir die Haare zusammengebunden?“

„Was wird das hier, eine Militäraktion?“, brummte sie. „Ja. Ich habe es zu zwei Zöpfen geflochten.“

Er schien irritiert, als er fragte: „Wie ein … Milchmädchen?“

Sein Tonfall bei dieser an sich beiläufigen Bemerkung ließ Honey erröten. Hal war seit ein paar Minuten in ihrer Wohnung und prüfte gerade tastend die Zutaten, die sie eingekauft hatte. Er hielt sich den Knoblauch dicht vor die Nase und atmete tief ein.

„Ist der in Ordnung?“, fragte sie; Hals überwältigende Präsenz in ihrem kleinen Refugium machte sie ganz nervös. Er wirkte wie ein bunter, exotischer Vogel, der zufällig in einem ganz normalen Vogelkäfig gelandet war.

Er nickte kurz. „Pfanne. Olivenöl. Zwiebeln klein hacken.“

Sie biss sich auf die Lippe und nahm die Pfanne aus der Schublade unter dem Herd. „Ich bin nicht sehr geschickt darin, etwas klein zu hacken“, murmelte sie, halbierte die Zwiebel und schnitt sie unbeholfen in dicke Scheiben.

Hal streckte die Hand aus, als sie das Messer sinken ließ, befühlte das Ergebnis ihrer Tätigkeit und schüttelte mit finsterer

Miene den Kopf. „Ich sagte *klein hacken*, Honeysuckle. Die *Scheiben* hier sind dick wie verdammte Ziegelsteine. Kleiner, würfeln."

„Hast du Unterricht bei Jamie Oliver genommen?"

Er lachte nicht. „Los, mach schon." Eine Weile hörte er zu, wie sie sich abmühte. „Entspann dich mit dem Messer. Finde zu deinem eigenen Rhythmus und bleib mit den Fingern weg von der Klinge."

Honey atmete erleichtert auf, als er das Ergebnis ihres zweiten Anlaufs mit leicht verzogenem Mund akzeptierte. Auf sein Geheiß hin griff sie nach dem Knoblauch.

„Brich drei Zehen davon ab und zerquetsche sie mit dem Messer."

Honey betrachtete die Knoblauchknolle ratlos. „Wie komme ich an die Zehen heran? Sie sind irgendwie … eingepackt."

Hal öffnete den Mund, schloss ihn wieder und rieb sich die Handflächen langsam an seiner Jeans ab. „Das sollte jetzt ein Witz sein, oder? Du musst nur …" Er schüttelte den Kopf. „Gib sie mir."

Honey reichte ihm den Knoblauch und beobachtete, wie er ihn abtastete, mühelos aufbrach und ein paar Zehen daraus löste. Er hielt sie ihr auf der flachen Hand hin, als wollte er einen Esel füttern – und genauso kam sie sich auch vor.

„Muss ich die schälen?"

Er seufzte. „Zerquetsch sie einfach mit einer breiten Messerklinge. Drücke mit der flachen Seite der Klinge einfach so fest darauf, bis sie sich aus der Hülle lösen."

Honey griff nach dem Messer, tat zögernd, was er ihr aufgetragen hatte, und war erstaunt, als es tatsächlich funktionierte. „Na, was du nicht alles weißt", sagte sie lachend. „Ich hab's geschafft! Schneide ich den Knoblauch jetzt wie die Zwiebeln?"

Er nickte. Sie schob ihm nach dem Kleinhacken das Schneidebrett hin, um ihn das Ergebnis prüfen zu lassen. „Jetzt erhitze ein wenig Olivenöl und brate Speck an, nach etwa einer Minute fügst du die Zwiebeln und den Knoblauch hinzu." Er hörte zu, wie sie das Gas unter der Pfanne andrehte. „Nicht zu hoch. Verbrannter Knoblauch schmeckt bitter und ruiniert das ganze Gericht."

Honey regelte das Gas etwas herunter, goss Öl in die Pfanne und legte kurz darauf Pancetta hinein.

„Sei ganz vorsichtig. Wir wissen beide, was du mit Speck alles anrichten kannst", murmelte er.

Sie verdrehte die Augen und bewegte die Pfanne ruckartig über der Flamme hin und her, so, wie sie das bei Fernsehköchen gesehen hatte. „Ein einziges Mal, Hal. Ich habe nur einmal im Leben Speck verbrennen lassen, und das passierte zufällig, als du gerade in der Nähe warst. Ich kann dir versichern, meine Bacon-Sandwiches sind unübertroffen!"

„Ich werde mir das in Erinnerung rufen, solltest du jemals Frühstück für mich machen."

Bei der Vorstellung, dass er in ihrem Bett aufwachte, hätte sie beinahe schon wieder den Speck anbrennen lassen.

„Jetzt Zwiebeln und Knoblauch hinzugeben."

Honey schabte die Würfel vom Brett in die Pfanne und spürte Aufregung in sich hochsteigen, als alles sanft zu brutzeln anfing. „Mein Gott, Hal, es duftet jetzt schon wie beim Italiener, nicht wahr?", rief sie begeistert aus.

Er schüttelte den Kopf, ließ ihr jedoch die Illusion. „Wie sehen sie aus?", fragte er nach wenigen Minuten. „Die Würfel dürfen nicht zu dunkel werden."

„Woran erkenne ich, dass sie gut sind?"

„Benutz deine verdammten Augen", knurrte er. „Und probier sie."

„Wonach sollen sie denn schmecken, außer nach Zwiebeln und Knoblauch?"

„Verdammt, Honey, das tut ja beinahe weh! Komm, lass mich abschmecken."

Sie sah von der Pfanne zu dem Mann auf der anderen Seite des Tresens und lud ein paar Zwiebelwürfel auf eine Gabel. „Mund auf", befahl sie und streckte den Arm mit der Gabel aus.

„Du brauchst mich nicht zu füttern, das schaff ich auch allein", wehrte er unfreundlich ab.

„Weiß ich. Ich hielt es nur von dieser Seite des Tresens aus für einfacher, das ist alles. Ich wollte dich nicht bevormunden", beteuerte sie, weil er das wahrscheinlich genauso aufgefasst hatte. Er schien kurz etwas erwidern zu wollen, doch dann öffnete er erstaunlicherweise den Mund und ließ sich von ihr füttern. Während sie beobachtete, wie sich seine Lippen bewegten, erwachte sofort wieder ihr Verlangen, wie immer, wenn er in ihrer Nähe war. Sie zog die Gabel zurück und wartete auf sein Urteil.

„Sie sind so weit", murmelte er.

Ich auch, dachte sie. „So weit wofür?", hakte sie verwirrt nach.

„Stell die Flamme höher und gib das Hackfleisch in die Pfanne."

Oh, die Flamme in ihr loderte schon hoch genug. Honey brach der Schweiß aus, und das hatte nichts mit den Zwiebeln zu tun. Sie war tatsächlich froh, dass er nicht sehen konnte, welche Wirkung er in diesem Moment auf sie hatte. Fast fühlte sie sich wie eine naive Schülerin, die plötzlich dem Idol, das in Posterform über ihrem Bett hing, persönlich begegnete. Das widersprach völlig ihrem gesunden Menschenverstand – Hal war durch und durch unhöflich und mürrisch, trotzdem hatte sie ihre Reaktion auf ihn nicht im Griff. Er machte sie derart nervös, dass sie schon befürchtete, sich einen Finger abzuschneiden, als sie auch Karotten und Sellerie in kleine Würfel hackte. Als er sie zum zweiten Mal bat, abschmecken zu dürfen, schluckte sie krampfhaft und musste wegsehen, als seine Lippen sich um die Gabel schlossen.

„Heiß", hauchte er, und dem konnte sie nur zustimmen. Er war heiß, und ihr war noch heißer seinetwegen. Warum nur hatte sie versprochen, diesen Kuss nie wieder zu erwähnen? Wusste er überhaupt, was er ihr antat? Wäre er in der Lage gewesen, sie zu sehen, hätte sie sich nicht vor ihm verstecken können. Aber war für ihn nicht auch so offensichtlich, wie sie sich fühlte?

Honey rührte wie aufgefordert in der Pfanne und sah zu, wie das Hackfleisch langsam bräunte – kostbare Minuten für sie, sich wieder etwas zusammenzunehmen.

„Jetzt brauchen wir zwei große Gläser Wein."

Himmel, wenn sie jetzt etwas trank, würde sie wahrscheinlich über ihn herfallen. „Hal, ich halte das im Moment für keine gute …"

„Für die Soße, Honey. Schütte den Wein in die Bolognese und lass alles kurz aufkochen."

Honey strich sich mit der Hand über das erhitzte Gesicht. „War mir schon klar", murmelte sie und überhörte geflissentlich das leise Lachen auf der anderen Seite des Tresens. Sie goss ein Glas Wein in die Pfanne und füllte es wieder nach, als die Soße sofort stark zu brodeln anfing. Sofort fügte sie auch das zweite Glas hinzu, schraubte dann aber energisch die Flasche zu.

„Und nun schenk noch zwei Gläser Wein ein", verlangte Hal.

Honey wollte ihm nicht noch einmal auf den Leim gehen. „Wird das nicht etwas zu viel?"

„Die sind nicht für die Soße. Eins ist für mich, weil es mich völlig fertigmacht, dir das Kochen beizubringen. Und das andere ist für dich, damit du verdammt noch mal etwas ruhiger wirst."

„Ich brauche gar nicht ruhiger zu werden", log Honey.

„Oh doch. Ich bekomme Kopfschmerzen wegen deiner Nervosität, und glaub mir, du wirst mich nicht mögen, wenn ich Kopfschmerzen habe."

„Ich mag dich ohnehin nicht besonders", erwiderte sie. Sie bewegte sich auf sichererem Boden, wenn sie ihm Unfreundlichkeiten an den Kopf werfen konnte.

„Schenk einfach diesen verdammten Wein ein, ja?"

Honey schwankte zwischen der Versuchung, selbst etwas zu trinken, und ihrem Vorsatz, nüchtern zu bleiben. Einerseits musste sie wirklich dringend etwas ruhiger werden, andererseits befürchtete sie jedoch, der Wein könnte ihr die Zunge lockern und sie Dinge sagen lassen, die Hal dazu brachten, sich wieder wochenlang in seiner Wohnung zu verschanzen. Am Ende setzten ihre angespannten Nerven sich durch. Sie schraubte die Flasche wieder auf und schenkte zwei Gläser ein.

„Hier“, sagte sie mürrisch und schob ihm sein Glas zu, bis es gegen seine Finger stieß.

Er kostete, und ein beinahe anerkennender Ausdruck erschien auf seinem Gesicht. „Nicht schlecht, Honeysuckle. Wirklich, nicht schlecht.“

Sie trank ebenfalls einen Schluck und freute sich auf der Stelle, dass sie dieses Mal etwas mehr Geld für den Wein ausgegeben hatte als sonst. Er schmeckte köstlich und rann gefährlich weich durch ihre Kehle.

„Besser?“, fragte Hal, fast als beobachtete er sie, was natürlich nicht der Fall war. Er schien nur irgendwie ganz genau zu wissen, was in ihr vorging; zu hören, wie schnell ihr Herz klopfte, und zu spüren, wie sie errötete.

„Hm“, meinte sie unverfänglich, denn sie war sich selbst nicht sicher, ob sie sich besser oder schlechter als zuvor fühlte. „Also, was muss ich als Nächstes tun?“

Hal erklärte ihr die restlichen Schritte, während er sein Weinglas festhielt, als befürchtete er, sie könnte es ihm wegnehmen.

Sie war weit davon entfernt, an so etwas zu denken. Vielmehr musste sie aufpassen, die Bolognese nicht anbrennen zu lassen, weil seine kräftigen, schönen Hände sie so ablenkten.

„Nun stellst du die Flamme etwas herunter, damit die Soße nur noch leicht köchelt, und wir warten ab.“

„Wirklich? Wie lange? Und was machen wir in der Zwischenzeit?“

„Nun, im Kartenspielen bin ich in letzter Zeit nicht mehr besonders gut, und Versteckspielen könnte ziemlich viel Zeit in Anspruch nehmen.“ Er leerte sein Glas. „Also solltest du mir vielleicht Wein nachschenken, und wir tun das andere, worauf du dich so gut verstehst.“

Sprach er etwa von diesem Kuss? Es schmeichelte ihr natürlich ein wenig, dass er fand, sie verstehe sich so gut darauf, aber wahrscheinlich war es besser, diesbezüglich für Klarheit zu sorgen. „Hör mal, es tut mir leid, dass ich dich neulich Abend geküsst habe.“ In Wirklichkeit konnte man etwas so Atemberaubendes unmöglich bereuen, aber sie wollte ihre noch so zerbrechliche Freundschaft nicht in Gefahr bringen. „Es war absolut meine Schuld, und ich verspreche, das nie wieder zu tun. Wenn du willst, fange ich nicht noch mal davon an.“

Hal grinste. „Reden, Honey. Ich meinte Reden. Du hämmerst seit Tagen an meine Tür, weil du mit mir reden willst. Also, hier bin ich. Schieß los.“

Tödlich verlegen, schenkte sie den restlichen Wein in die beiden Gläser. „Ich wollte nur eine gute Nachbarin sein, freundlich. Ich dachte, wir könnten Freunde werden.“

„Ach ja? Küsst du alle deine Freunde so?“

„Wir haben eben vereinbart, nicht mehr darüber zu reden.“

„Haben wir das? Ich glaube eher, du sagtest so etwas in der Art, und ich habe nicht darauf geantwortet. Genau genommen *will* ich auch gar nicht mehr darüber reden, weil du ganz klar gesagt hast, dass es nicht wieder vorkommt.“

„Um das einmal festzuhalten – ja, du hast nicht darauf geantwortet, und nein, ich küsse nicht alle meine Freunde so, Hal. Ich habe überhaupt noch nie jemanden so geküsst. Oder besser gesagt, ich bin noch nie so geküsst worden.“

Hal hielt sich das Glas eine Weile an die Lippen, ehe er es langsam abstellte. „Nun, vielleicht schafft dieser Robin das. Vorsichtshalber solltest du Freitag sparsam mit dem Knoblauch umgehen.“

„Danke für den Tipp.“ Sie rührte in der Soße, nur damit sie etwas zu tun hatte. „Ich bezweifele allerdings, dass es so weit kommt. Er wohnt immer noch bei seiner Mutter, und das Beste, was Nell über ihn sagen konnte, war, dass er schönes Haar hat.“ Sie ließ den Blick über Hals dunkles Haar schweifen, das wahrscheinlich mittlerweile etwas länger war als sonst, weswegen er jedoch nur umso aufregender wirkte. Es sah immer so aus, als raufte er es sich ständig, was in Honey den Wunsch weckte, es auch einmal zu zerstrubbeln. Sie griff nach ihrem Glas, um sich abzulenken.

„Kommt dein besonderer Slip Freitag wieder zum Einsatz?“

Flirtete er mit ihr? Bei Hal konnte man das immer schlecht sagen, weil er sehr stark zu Sarkasmus neigte.

„Vielleicht trage ich ja den Samstags-Slip, um ihn in Verwirrung zu stürzen“, konterte sie und merkte erst jetzt, dass sie damit im Grunde den Plan eingeräumt hatte, Robin diesen Slip sehen zu lassen, was sie auf gar keinen Fall vorhatte.

„Glücklicher Typ“, murmelte Hal. „Meine Bolognese und dein Samstags-Slip. Den Mann erwartet etwas ganz Besonderes.“

Es kribbelte Honey immer noch in den Fingern, die Hand auszustrecken und ihn zu berühren, daher stellte sie das Glas ab, drehte sich zum Herd um und rührte wieder in der Soße, die fantastisch aussah. Das hier war mit Abstand das Beste, was Honey je gekocht hatte – was in Anbetracht ihres bescheidenen Repertoires allerdings auch nicht weiter schwer war. „Robin bekommt den Slip nicht zu sehen, nur um das mal klarzustellen.“

Hal lachte. „Wie soll er dich zum Höhepunkt bringen, wenn du darauf bestehst, den Slip anzubehalten?“

„Ach, lass mich doch in Ruhe! Diese ganze alberne Geschichte ist ohnehin zum Scheitern verurteilt, denn erstens habe ich keinen Sex mit Fremden, und zweitens, wie offenbar die halbe Welt inzwischen weiß, kann ich nicht zum Höhepunkt kommen.“

„Nun, es liegt nicht daran, dass du vielleicht frigide bist, denn das bist du nicht. Das kann ich dir mit Sicherheit sagen, obwohl ich dich nur einmal kurz geküsst habe. Du wolltest sogar mit mir schlafen, und ich bin praktisch ein Fremder für dich.“ Er nickte, wie um seine Worte zu unterstreichen. „Schreib diesen Robin nicht zu schnell ab, wollte ich damit nur sagen.“

Du hast mich wirklich viel zu kurz geküsst, dachte Honey, trank den letzten Schluck Wein und erinnerte sich daran, wie sich Hals Kuss angefühlt hatte. „Ich habe nie behauptet, frigide zu sein, und du bist schon lange kein Fremder mehr für mich“, erwiderte sie sanft.

„Nicht? Was bin ich dann?“

Er flirtete eindeutig mit ihr, und das machte ihr Angst. Sie hatte ihn tagelang verloren, nachdem sie das letzte Mal diese Grenze überschritten hatten, deshalb war es ihr schleierhaft, warum die folgenden Worte nur so aus ihr heraussprudelten: „Du bist mein Nachbar. Mein Freund. Und der einzige Mann, der mich je berührt und den Gedanken in mir geweckt hat, ich könnte vielleicht doch zum Orgasmus kommen.“

Einem Moment lang schien die Luft zwischen ihnen so laut zu knistern, dass das Köcheln des Essens auf dem Herd übertönt wurde.

Honey verlor die Nerven und brach als Erste das Schweigen. „Wie lange soll ich das hier köcheln lassen?“

Hal atmete geräuschvoll aus und musste sich räuspern, ehe er wieder sprechen konnte. „Langsam und auf niedriger Flamme ist das oberste Gebot bei solchen Gerichten. Erst nach ein paar Stunden entwickelt sich das feine Aroma. Es ist noch besser, wenn du es schon einen Tag vor eurem Treffen zubereitest.“

Die Art, wie er die Worte „langsam“ und „niedrige Flamme“ ausgesprochen hatte, setzte einen ganzen Schwarm von Schmetterlingen in Honeys Bauch frei. „Wie kommt es denn, dass du so ein Experte für Bolognese bist?“, fragte sie mit der Absicht, das Gespräch wieder etwas aufzulockern. Sein brütendes Schweigen ließ den Schluss zu, dass sie ihn stattdessen vielleicht auf dem falschen Fuß erwischt hatte.

Irgendwann zuckte er die Schultern. „Ich bin kein Experte. Nicht mehr.“

Sie schluckte, weil sie spürte, dass Hal sich langsam geöffnet und dann wieder verschlossen hatte, wie eine Muschel. „Aber früher warst du einer?“

„Früher war ich vieles. Jetzt bin ich nur dein jämmerlicher Nachbar, der dir beigebracht hat, eine Bolognese zuzubereiten, damit du nächsten Freitag nicht das Haus abbrennst.“

Er hatte die Tür zu seinem früheren Leben einen Spalt geöffnet und sie dann sofort wieder fest geschlossen. Ein Gewinn, ein

Verlust. Honey war das deutlich bewusst, und sie drängte ihn auch nicht, dennoch hoffte sie, dass er ihr eines Tages vielleicht näheren Zutritt gestatten würde. „Wirst du mir die Sache mit dem Speck ewig nachtragen?"

„Wahrscheinlich." Er rutschte von dem Barhocker und richtete sich auf. „Ich sollte jetzt besser gehen. Mit dem, was du hast, kommst du jetzt gut allein zurecht."

„Willst du nicht bleiben und mit mir essen?"

Er schüttelte den Kopf und leerte sein Weinglas. „Es dauert noch Stunden, bis es fertig ist. Wir wissen beide – wenn ich bleibe, fängst du unweigerlich wieder mit diesem Kuss an."

Honey lachte leise und war erleichtert, dass er so locker damit umging. „Dann bring ihn nicht immer wieder zur Sprache. Ich kann mich nicht einmal mehr daran erinnern."

Er lächelte eines dieser seltenen, aufrichtigen und atemberaubenden Lächeln, bei denen ihr immer die Knie weich wurden. „Gut zu wissen. Ich mich auch nicht."

„Dann ist ja wieder alles in Ordnung." Honey folgte ihm in den Flur, sah ihm dabei zu, wie er seine Tür aufschloss, und wünschte, er würde bleiben.

Kurz drehte er sich noch einmal um. „Denk dran, Honeysuckle. Langsam und auf niedriger Flamme."

Honey starrte noch eine ganze Weile, nachdem er verschwunden war, auf seine schon allzu vertraute, geschlossene Tür. Dann schüttelte sie den Kopf. Ein einsames Abendessen also.

Später am Abend vernahm Hal ein Klopfen an der Tür und erstarrte. Das konnte nur Honey sein, und mehr von ihr konnte er an diesem Tag nicht mehr ertragen. Es war nicht so, dass er ihre Gesellschaft nicht genoss, ganz im Gegenteil. Stück für Stück verließ er sich mehr auf sie, und das war nicht fair. Je mehr Zeit er mit ihr verbrachte, je mehr er sich auf das nächste Mal freute, desto problematischer wurde es für sie beide. Vielleicht sah sie in ihm eine Herausforderung oder, liebloser ausgedrückt, den Reiz des Neuen, aber ganz sicher nicht den Mann, der er wirklich war. Sie sah seine Dunkelheit genauso wenig wie seinen Zorn, den Abgrund, an dessen Rand er sich die meiste Zeit bewegte. Er benutzte sie auf eine Weise, die völlig inakzeptabel war – sie hatte es nur noch nicht bemerkt. Sie hatte keine Ahnung, dass er sie als Rettungsseil benutzte, damit er nicht endgültig in diesen Abgrund stürzte.

Honey brachte ihn ganz durcheinander mit ihren lustigen Sprüchen, all ihren guten Absichten und mit ihrem Kuss, bei dem er all das Schlechte hatte vergessen können. Sie hatte ihn förmlich angefleht, er möge derjenige sein, der ihr half, zum Höhepunkt zu kommen. In dem Moment hatte er genau dieser Mann sein wollen. Nicht der ungalante Deano und auch nicht Robin, der noch bei seiner Mutter wohnte, und auch sonst niemand. Nur er. Er wünschte sich nichts mehr, als sie ganz zu spüren, ihre Rundungen mit allen Sinnen zu erkunden, Honeys Leidenschaft zu schüren und … Er wusste, er konnte ihren Wunsch erfüllen. Zwar hatten sie sich erst einmal geküsst, aber das hatte gereicht; er wusste, dieses Mädchen konnte er wieder und wieder zum Höhepunkt bringen.

Aber was dann? Er wollte keine Beziehung, also würde er sie verletzen – und wie sollte er mit diesem Wissen weiterleben? Die grausame Wahrheit war, dass er nirgends hingehen konnte und auch nichts zu bieten hatte.

Er war hierhergekommen, um zu lernen, wie er wieder auf eigenen Beinen stehen konnte. Stattdessen lernte er zunehmend, sich auf Honey zu stützen, und das musste aufhören. Also setzte er sich auf die Sofakante und hörte zu, wie sie ihn rief; erst beiläufig, dann immer beunruhigter, als er nicht antwortete. Er konnte einfach nicht an die Tür gehen. Sie hätte ihm Essen gebracht, sagte sie. Zu viel Bolognese für eine Person.

„Du hast einen verdammten Kühlschrank", rief er, damit sie wusste, dass er noch am Leben war. „Benutz ihn ausnahmsweise mal für etwas anderes als Wodka."

Hal konnte ihre Verwirrung spüren, und ihr Schweigen verriet ihm, dass seine groben Worte sie wahrscheinlich verletzt hatten – was ihn in nur noch gereiztere Stimmung versetzte. Er hatte nicht mehr die Kraft, auf die Gefühle eines anderen Menschen Rücksicht zu nehmen, ein weiterer Grund, sie nicht noch näher an sich herankommen zu lassen.

„Dann lasse ich es einfach hier draußen stehen“, murmelte sie.

Wenige Sekunden später hörte er, wie die Tür zur anderen Wohnung zufiel. Plötzlich war er schrecklich frustriert; über Honey, weil sie nicht aufgab, und über sich selbst, weil er froh darüber war.

11. KAPITEL

Honey schlüpfte aus der Jacke und hängte sie über den einzigen Stuhl in der kleinen Teeküche des Ladens. Lucille und Mimi hatten schon gewartet und waren ihr, nachdem sie aufgeschlossen hatte, in die Teeküche gefolgt. Beide trugen Chiffonschals um den Hals, und beide runzelten die Stirn.

„Was ist los, meine Damen?“ Honey füllte den Wasserkocher. „Es gibt nichts, was sich nicht mit einem Tässchen Tee am Morgen beheben ließe, da bin ich mir ganz sicher. Sie klappte den Deckel herunter, schaltete den Kocher an und schaute zu Mimi und Lucille hinüber, als sie die Tassen holte. Die beiden Damen sahen so besorgt aus, dass es ihr nun doch einen Schreck versetzte. „Was habt ihr denn?“

Lucille stellte ihre schwarze Handtasche aus Lackleder auf den Tisch und öffnete die goldfarbene Schließe. Dann zog sie einen offiziell aussehenden braunen Umschlag hervor, der ebenfalls auf dem Tisch landete. „Das hier“, begann sie, „kam heute Morgen mit der Post.“

Mimi nahm den Umschlag und hielt ihn Honey hin. „Aus heiterem Himmel“, fügte sie hinzu und sah ungewohnt mitgenommen aus.

Honey betrachtete das Kuvert. Es war ganz förmlich adressiert: an *Lucille und Miriam Dreyfus* – der Mädchenname, nicht die jeweiligen Ehenamen. Es machte einen seltsam verletzlichen Eindruck, die beiden Namen so nebeneinander stehen zu sehen, wie vielleicht damals auf einer Klassenliste vor vielen, vielen Jahren. „Darf ich?“, fragte sie. Die Schwestern nickten mit Nachdruck.

Honey zog den Brief aus dem Umschlag und faltete ihn auseinander. Der Briefkopf verriet, dass er von der Adoptionsbehörde kam. Sie warf Mimi und Lucille einen raschen Blick zu und begann zu lesen.

„Donnerwetter“, sagte sie leise, als sie fertig war. „Donnerwetter." Sie faltete den Brief wieder zusammen, schob ihn zurück in den Umschlag und gab ihn Lucille zurück. „Eurer Reaktion entnehme ich, dass ihr beide nichts davon gewusst habt?"

Die beiden Frauen schüttelten den Kopf.

„Kein bisschen", murmelte Lucille.

„Nicht im Geringsten", ergänzte Mimi, und ihre Augen waren feucht. „So viel wir wissen, hatte unsere Mutter immer nur uns. Wie soll es da ein weiteres Baby gegeben haben, von dem wir nicht die geringste Ahnung hatten? Das ist lächerlich."

„Einen älteren Bruder", fügte Lucille wehmütig hinzu. „Ich habe mir immer einen Bruder gewünscht, der auf mich aufpasst."

„Du hast doch mich", ereiferte sich Mimi. „Ich denke, das ist irgendeine Betrugsmasche, obwohl mir schleierhaft ist, warum sich jemand diese Mühe machen sollte, da wir beide so gut wie kein Geld haben. Wir können unmöglich einen Bruder haben! Es hat immer nur uns beide gegeben."

Honey hörte die Angst aus Mimis Gepolter heraus; die Angst, den angestammten Platz als Lucilles Schwester, aber auch als beste Freundin zu verlieren. „Vielleicht solltet ihr erst einmal in Ruhe darüber nachdenken, es besteht kein Grund zur Eile", beschwichtigte sie, denn die Reaktionen der Schwestern auf diese Neuigkeit fielen eindeutig unterschiedlich aus.

„Ernest", murmelte Mimi. „Unsere Mutter hätte ein Kind niemals so genannt."

„Also, mir gefällt der Name." Lucille lächelte. „Ernie Dreyfus. Hört sich irgendwie bedeutend an, nach einem Arzt oder Lehrer vielleicht."

„Pah!", schnaubte Mimi. „Es ist mir egal, was er vielleicht einmal beruflich gemacht hat. Ich bin dreiundachtzig Jahre lang ohne einen Bruder ausgekommen, warum sollte ich jetzt einen haben wollen?"

Honey bereitete den Tee zu, während sie dem Wortgefecht der Schwestern zuhörte. Sie verarbeiteten die Neuigkeit in Echtzeit, jede auf ihre eigene Weise.

Lucille, schon immer die Romantischere der beiden, als Nesthäkchen fest verankert in ihrer Familie. Mimi, der Feuerwerkskörper, die sich bedroht fühlte und bereit schien, um ihren Status als älteste Schwester zu kämpfen. Honey kannte die zwei gut genug, um zu wissen, dass sich deren Einstellungen mit der Zeit irgendwo in der Mitte treffen würden, nachdem sie die außerordentliche Nachricht, dass sie möglicherweise einen Bruder hatten, einigermaßen verdaut hatten … genauso wie die nicht minder außerordentliche Neuigkeit, dass er im reifen Alter von neunundachtzig Jahren den Kontakt zu ihnen gesucht hatte und sich nun sehr darauf freute, seine Schwestern kennenzulernen, wenn sie damit einverstanden waren. Weitere Einzelheiten über Ernest standen nicht in dem Brief, nur die Bitte an Lucille und Mimi, ihm über die Behörde mitzuteilen, ob sie bereit seien, mit ihm in Verbindung zu treten. Honey vertraute darauf, dass Mimi irgendwann erkennen würde, welches Wunder ihnen da widerfahren war: Sie hatten einen Bruder, ein ganz neues Familienmitglied, das ihr ganzes Leben lang hinter den Kulissen vorhanden gewesen war, ohne dass sie es gewusst hatten. Nicht zuletzt war Mimi hoffnungslos neugierig, die Spitze eines Eisbergs war in den Gewässern ihres Lebens aufgetaucht; auch wenn sie es eigentlich gar nicht wollte, musste sie gewiss unbedingt mehr darüber erfahren. Honey beobachtete, wie Mimi die Teetasse nahm und leise vor sich hin murmelnd davonwuselte, um die eingetroffenen Tüten mit neuen Spenden zu inspizieren.

Honey legte den Arm um Lucilles steife Schultern und drückte sie kurz an sich. „Sie wird sich schon damit abfinden. Lass ihr Zeit.“ Tröstend strich sie der heute in grünen Samt gekleideten Freundin über den Arm.

„Das hoffe ich sehr, Liebes. Wir werden schließlich alle nicht jünger. Carpe diem, wie man so schön sagt.“

„Sehr wahr.“ Der Tee rann angenehm wärmend durch ihre Kehle, während Honey über den schlichten lateinischen Satz nachdachte. Sie mochte vielleicht keinen seit Langem verschollenen Bruder haben, aber auch in ihrem Leben gab es noch vieles, was sie anpacken sollte. Vielleicht machte sie den Anfang damit, dass sie nicht mehr so griesgrämig auf Nells und Tashs Verkupplungsversuche reagierte und sich etwas optimistischer darauf einließ. Vielleicht, ja, vielleicht fanden die zwei ja jemanden für sie, der so gut küssen konnte wie Hal. Schließlich war es eine körperliche Reaktion. Es würde ein Segen, eine Erleichterung für sie sein, Ähnliches bei jemandem zu empfinden, der Dr. Jekyll beim Wettbewerb der gespaltenen Persönlichkeiten nicht den ersten Preis streitig machte. In ihrer Wohnung hatte Hal ziemlich normal gewirkt, war dann aber wieder in sein altes Verhaltensmuster zurückgefallen, als sie ihm als Dankeschön für den Kochunterricht etwas von dem köstlichen Essen hatte vorbeibringen wollen.

Doch was wusste sie im Grunde schon von ihm? Sie hatte ihn nie gefragt, wie sein Leben vor dem Einzug in ihr Haus ausgesehen hatte, weil er sofort abblockte, wenn das Gespräch auch nur ansatzweise in eine persönliche Richtung abdriftete. Sie hatte vor seiner Tür gesessen und ihm ihr Herz ausgeschüttet. Er kannte ihre Kleidergröße, wusste die Namen ihrer besten Freundinnen, welches Shampoo sie bevorzugte und welche Erfahrungen sie in Liebesdingen gemacht hatte. Er wusste sogar mehr über ihre Unterwäsche als die meisten anderen Leute, sie hingegen wusste von ihm fast gar nichts. Vielleicht war ihre Freundschaft mit Hal, wenn man ihre Bekanntschaft denn überhaupt so bezeichnen konnte, auch etwas, das sie anpacken oder zumindest besser in den Griff bekommen sollte. Im Moment verlief alles ganz nach seinen Bedingungen, und wenn sie es recht bedachte, machte das eigentlich keine Freundschaft aus. In einem Zug leerte sie die Teetasse und beschloss, Hal gegenüber in Zukunft nicht mehr so zu klammern. Wenn er ihre Freundschaft wünschte, konnte er ja kommen und es ihr sagen.

Den ganzen Vormittag über umkreisten Lucille und Mimi einander wie Boxer im Ring, bis am Mittag etwas geschah, das die beiden dazu zwang, sich gegen ihren gemeinsamen Feind zu verbünden.

Christopher.

Er stürmte in den Laden, sah, dass keine Kunden da waren, und drehte das *Geöffnet*-Schild auf *Geschlossen* um, ehe er die Ladentür abschloss.

„Halt, wir schließen nicht über Mittag!", protestierte Honey und eilte los, um das Schild wieder umzudrehen, aber Christopher stellte sich ihr in den Weg. Draußen sah sie Nell, die auf den Laden zueilte, durch die Lücken zwischen diversen Postern an der Glastür blinzelte, um zu erkennen, ob jemand da war, und dann offenbar zu dem Schluss kam, dass geschlossen war.

„Oh doch, das tun wir. Personalversammlung." Christopher sah auf seine Uhr und rückte sie sich an dem mageren Handgelenk zurecht. „Dreizehn Uhr im Speisesaal. Nur bezahltes Personal, nicht vergessen", fügte er hinzu und sah Mimi und Lucille hämisch an. „Sie beide machen ein Mittagsschläfchen – oder was Sie eben sonst so machen."

Honey sah ihm nach, als er hinausfegte, und unterdrückte den Wunsch, ihm die Klebebandrolle an den Hinterkopf zu werfen. Sie beeilte sich, Nell hereinzulassen.

„Mittagsschläfchen", knurrte Mimi, und ihre Augen funkelten mordlustig. „Dem werd ich's schon zeigen ... Honey, Liebes, halte ihn bei seiner kostbaren Versammlung so lange auf wie möglich", bat sie und ging zur Kiste mit der Unterwäsche im hinteren Teil des Ladens. „Lucille, hol deine Handtasche. Es gibt etwas zu tun."

Nell stellte einen prall gefüllten Müllsack vor den Tresen und küsste Honey auf die Wange. „Das sind ein paar Sachen, aus denen Ava herausgewachsen ist, und ich habe meinen Kleiderschrank ausgemistet." Sie wickelte sich eine Strähne dunklen Haars um den Finger, und Honey fiel auf, wie ungewohnt es war, Nell mit offenen Haaren zu sehen. Als sie flüchtig nach unten blickte, entdeckte sie ein paar weiße Arbeitsblusen ganz oben auf dem Kleiderstapel im Müllsack.

„Imagewechsel?“, fragte sie scherzhaft und machte dann ein überraschtes Gesicht, als die Freundin nickte.

„So etwas in der Art. Ich hab einfach das Gefühl, ich brauche etwas mehr Farbe in meinem Leben, verstehst du?“ Nell streckte sich. „Warum war die Tür eben abgeschlossen?“

Honey ließ die Schultern hängen. „Christopher war hier und hat eine Personalversammlung anberaumt, was wahrscheinlich nur eins zu bedeuten hat – schlechte Neuigkeiten.“

Mimi und Lucille kamen aus der Teeküche. „Wir sind nicht eingeladen“, Lucille schnaubte missmutig. „Nur bezahltes Personal. Hallo Nell, meine Liebe.“

„Pah, wir hätten ohnehin nicht hingehen wollen“, grollte Mimi. „Wir haben Wichtigeres vor. Du solltest wohl den Sohn von Old Don anrufen, Honey, und fragen, ob er einen Reporter herschicken kann.“

„Mimi … bist du dir sicher? Was habt ihr vor, muss ich mir Sorgen machen?“

Mimi trat an den Tresen und tätschelte Honey die Hand. „Besser, wenn du es nicht weißt, dann kann man dir auch nichts zur Last legen“, erwiderte sie finster. „Ich nehme nicht an, dass jemand in letzter Zeit Handschellen gespendet hat, oder?“

Honey verdrehte die Augen, doch Nell öffnete stumm ihre Handtasche und zog ein flauschiges Paar hervor. Ihre Wangen hatten annähernd die Farbe des pinken Kunstfells.

„Meine Güte, Handschellen haben es weit gebracht seit meiner Jugend“, staunte Lucille. „Die Polizei hatte immer nur welche aus Metall, nicht so hübsche wie diese. Obwohl ich nicht weiß, ob ich Ihrer Meinung bin, dass man es Kriminellen zu leicht machen soll.“ Sie runzelte missbilligend die Stirn.

Honey sah schnell zu Boden, um ein Schmunzeln zu verbergen.

„Ist das auch irgend so ein Sexspielzeug, Liebes?“ Mimi trat näher, um die Handschellen genauer zu inspizieren. Sie bemerkte Nells Verlegenheit. „Was ist? Glaubst du, ich bin zu alt für solche Sachen? Lass dir gesagt sein, dass ich während unserer Busreise durch den Peak District letztes Jahr *Fifty Shades of Grey* gelesen habe, stimmt's, Lucille?"

Lucille nickte. „Mir ist allerdings ein deftiger Mord lieber", gestand sie.

„Vielleicht erlebst du heute Nachmittag ja einen mit", erwiderte Mimi dramatisch, nahm Nell entschlossen die Handschellen ab und ließ sie in Lucilles Handtasche fallen. „Besser, *du* trägst sie. Wer weiß, auf welche Gedanken Billy kommt, wenn er mich mit den Dingern sieht." Sie lächelte liebenswürdig und hakte sich bei ihrer Schwester unter. „Komm, wir müssen uns aufmachen. Viel zu tun, wenig Zeit."

„Jetzt verstehe ich, was du damit meintest, etwas mehr Farbe in dein Leben bringen zu wollen", murmelte Honey, als sie und Nell den beiden alten Damen nachsahen.

Nell schüttete sich aus vor Lachen. „Was habe ich mir bloß dabei gedacht? Ich habe nur gehört, wie Mimi nach Handschellen fragte, und bin sofort wieder in den Modus der hilfsbereiten Lehrerin verfallen!"

„Ich habe tatsächlich etwas Angst, dich zu fragen, warum du so etwas in deiner Handtasche hattest." Honey verzog schon jetzt das Gesicht in Erwartung einer haarsträubenden Erklärung, nach der sie Simon wahrscheinlich nie mehr im selben Licht betrachten würde.

„Ich wusste nicht, wohin damit. Dienstags kommt immer die Putzfrau! Was ist, wenn sie unsere neuen Sachen findet? Vielleicht poliert sie sie ja, und dann überleg mal, zu welchen Hautirritationen das führen könnte. Oder schlimmer noch, sie kündigt vor Entsetzen!"

„Also … hast du noch andere Sachen in der Handtasche außer den Handschellen?"

Mit großen Augen öffnete Nell die Tasche wieder und ließ Honey hineinsehen, die dort neben Nells Handy und einer Sonnenbrille einen Vibrator, eine lange Feder und eine Perlenschnur entdeckte. „Ich nehme nicht an, dass die für mich als Halskette gedacht ist, oder?", fragte Nell mit ganz piepsiger Stimme.

„Simon hat sie heute Morgen für mich dagelassen! Honey, ich weiß nicht einmal, was man damit macht. Hilf mir!"

„Also wirklich, da fragst du die Falsche. Wende dich vertrauensvoll an Tash." Honey musste über den misstrauischen Gesichtsausdruck der Freundin herzlich lachen. Die letzten Wochen mussten für Nell geradezu eine immerwährende Offenbarung gewesen sein – und trotzdem hatte sie noch an diese Pianistengeschichte gedacht und für Freitagabend das Date mit Robin organisiert. Eine bessere Freundin konnte man sich wirklich nicht vorstellen. Gewiss konnte sie Nell auch das Herz ausschütten, was Hal betraf. Jetzt war allerdings nicht der richtige Zeitpunkt, weil Christopher drüben im Heim wartete und es gewiss kaum abwarten konnte, weitere schlechte Neuigkeiten zu verkünden.

12. KAPITEL

Als Honey wenig später Platz nahm, gespannt, was Christopher wohl zu sagen hatte, merkte sie, wie sehr sie die Sorge um Mimi und Lucille ablenkte. Was führten sie im Schilde? Oder besser gesagt, was hatte Mimi arrangiert, wobei Lucille als Komplizin herhalten sollte? Was immer es auch sein mochte, Zweierlei stand fest – Billy würde die beiden sicher nach besten Kräften unterstützen und Christopher wahrscheinlich ausrasten. Darüber hinaus tappte sie völlig im Dunkeln, abgesehen von der Tatsache, dass Nells pinkfarbene Handschellen wohl auch eine Rolle spielen würden. Es war Honey gelungen, kurz mit dem Sohn von Old Don zu sprechen; er wollte in seiner Mittagspause mit einem Fotografen zum Heim kommen. Sie massierte sich die Schläfen und hoffte, dass die älteren Herrschaften nichts anstellten, was so drastisch sein würde, dass es zu deren Kündigung führte – zumindest nicht, bevor sie alle gemeinsam das Heim gerettet hatten.

Christopher stand vorn im Raum und klatschte in die Hände, um sich Aufmerksamkeit zu verschaffen, und sofort kehrte Ruhe bei der ungleichen Menschenansammlung ein. Drei Pflegehelfer, die das gesamte Pflegepersonal vertraten; zwei Putzfrauen; Patrick, der riesige Koch aus Glasgow, und sein junger Auszubildender; Cheryl und ihre Mutter aus dem Büro sowie Honey. Die Tatsache, dass die Versammlung so bunt gemischt war, schmälerte keineswegs Christophers Selbstherrlichkeit, als er prüfend mit dem Finger gegen das große grüne Filzmikrofon tippte, das er eben eingestöpselt hatte. Das Ding sah aus wie eines der Fernsehmikrofone, die für Außenaufnahmen in den Achtzigern benutzt worden waren. Alle hatten mitverfolgt, wie er es mitten im Raum aufgestellt, dann aber bemerkt hatte, dass die Schnur nicht bis zur Steckdose reichte, sodass er jetzt ganz am anderen Ende des Raums stand, wie ein unartiger Schüler, der zur Strafe in der Ecke stehen musste.

„Eins – zwei, eins – zwei“, rief er wie ein DJ auf einer Hochzeitsfeier, und beim schrillen Pfeifton der Rückkopplung hielten sich alle gleichzeitig die Ohren zu. Christopher blaffte etwas, das die Anwesenden besser nicht hatten hören wollen, stellte das Mikrofon auf volle Lautstärke und trat gegen den Ständer.

„Wenn Sie nicht wollen, dass die ganze Stadt mithört, würde ich sagen, Sie schalten das Ding ab, alter Junge“, schlug Patrick, der Koch, vor und genoss es sichtlich, zur Steigerung von Christophers Unbehagen beitragen zu können.

Christopher warf ihm einen vernichtenden Blick zu, zog den Stecker aus der Steckdose und schleppte das Mikrofon samt Ständer wieder in die Mitte des Raums. „Nun denn, zur Sache.“ Er umfasste den Mikrofonständer mit beiden Händen, als wolle er gleich eine Karaoke-Vorstellung geben.

Patrick hob die Hand. „Wahrscheinlich brauchen Sie gar nicht hineinzusprechen, da es ohnehin nicht mehr eingestöpselt ist.“

Christopher ließ das Mikrofon los, trat einen Schritt zur Seite und murmelte: „Das weiß ich selbst.“ Er räusperte sich, bevor er langsam jeden Einzelnen von ihnen musterte. „Wenn wir jetzt *endlich* so weit sind, würde ich gern anfangen“, sagte er, als wären alle anderen an den Verzögerungen schuld und nicht er selbst. „Wie Sie alle wissen, soll das Heim in wenigen Monaten geschlossen werden und …“, er sah Honey gezielt an, „der Laden auch. Nun, die Zentrale hat mich heute Morgen persönlich darüber informiert“, er streckte die Brust vor, „dass sie plant, den Termin um fünf Wochen vorzuverlegen, weil es mir gelungen ist, schon für mehr als fünfzig Prozent der jüngeren Bewohner eine neue Unterkunft zu finden. Wenn man nun auch noch den naturgegebenen Schwund in Betracht zieht, rechnet man damit, die übrigen Bewohner in dem kürzeren Zeitrahmen sicher woanders unterbringen zu können. Können Sie mir bis hierhin folgen?“

Honey starrte ihn an. Fünf Wochen weniger Zeit für ihre Pläne?

„Wollen Sie damit sagen, dass wir auf fünf Wochenlöhne verzichten müssen?“, rief eine der Putzfrauen.

Honey teilte diese Sorgen, aber etwas anderes hatte sie noch viel wütender gemacht. Sie hob die Hand, alle sahen zu ihr.

„‚Naturgegebener Schwund‘?“, wiederholte sie seine missglückte Formulierung und stand erbost auf. „Naturgegebener Schwund? Soll das heißen, Sie verlassen sich darauf, dass ein paar unserer älteren Bewohner schon noch sterben, bevor sie *woanders untergebracht* werden müssen, wie Sie das nennen?“

Christopher besaß wenigstens so viel Anstand, ein zerknirschtes Gesicht zu machen. „Nun, so würde ich das nun nicht ausdrücken, Miss Jones, aber in Anbetracht des weit fortgeschrittenen Alters mancher unserer Bewohner liegt es nahe …“ Er verstummte, als plötzlich laute Stimmen durch das geöffnete Fenster zu hören waren, und neigte den Kopf wie ein Polizeihund. „Was ist das für ein Lärm?“

Misstrauisch wich er zurück, warf dabei den Mikrofonständer um und musste darüber hinwegsteigen, um ans Fenster zu gelangen. „Oh nein“, rief er und drohte mit dem Finger. „Neinneinnein! So nicht! Entschuldigen Sie mich, meine Damen und Herren.“ All das presste er mit einem hässlichen, halb irren Lächeln hervor und eilte leicht schwankend zur Tür. Alle anderen stürzten ans Fenster, um zu sehen, was da draußen vor sich ging.

„O mein Gott!“ Honey blieb der Mund offen stehen beim Anblick aller Heimbewohner, die sich am Zaun um das Heim festgebunden und dazu alles benutzt hatten, was ihnen in die Finger geraten war.

Mimi stand am einen Ende der Reihe und hatte sich mit Nells Plüschhandschellen an den Zaun gekettet, Billy am anderen Ende der Schlange hatte sich mit verschiedenen BHs angebunden, die Honey aus der Spendenkiste im Laden wiedererkannte. Mindestens acht weitere Bewohner standen zwischen Mimi und Billy, darunter auch Lucille, die offenbar Stützstrümpfe benutzt hatte. Old Don hatte seinen Rollstuhl mit seiner preisgekrönten Schlipssammlung an den Zaun gebunden; eine Decke war über seine Beine gebreitet, und der alte Herr verspeiste gerade ein Käsesandwich.

Es führte kein Weg daran vorbei, sie musste nach draußen! Die Geschichte würde wahrscheinlich sehr unangenehm werden. Honey drehte sich um und rannte zur Tür, dicht gefolgt von Patrick und dem restlichen Personal.

Christopher stürmte gerade aus dem Haus, als Old Dons Sohn von der Zeitung mit dem Fotografen vorfuhr. „Keine Presse!“, brüllte der Chef und ruderte hektisch mit den Armen. „Hier gibt es nichts zu sehen, Gentlemen – so fahren Sie doch weiter!“ Er war in den Tonfall eines Ordnungshüters verfallen und versuchte, die Beifahrertür zuzudrücken, obwohl der Fotograf gerade die Beine aus dem Wagen schwang.

„Aus dem Weg, Bohnenstange.“ Der Fotograf stemmte grinsend die Tür auf, sodass Christopher zur Erheiterung der sich rasch vergrößernden Zuschauermenge auf seine Kehrseite fiel. Der Bildredakteur schoss ein Foto, dann streckte er die Hand aus, um dem anderen Mann aufzuhelfen. „Nichts für ungut“, sagte er freundlich, während Christopher die helfende Hand ignorierte, ihn wütend ansah, sich aufrappelte und dann seine Hose ausklopfte.

Honey gesellte sich zu Mimi, weil die ganz in ihrer Nähe stand, und beugte sich zu ihr. „Ist alles in Ordnung mit dir?“, fragte sie leise, denn schließlich war Mimi schon über achtzig und an einen Zaun gekettet.

„Ging mir noch nie besser“, jauchzte Mimi und schien ganz in ihrem Element zu sein. Sie und alle anderen Demonstranten trugen lange weiße T-Shirts, die sie mit leuchtend roter Farbe beschriftet hatten: *Rettet unser Heim!* oder *Hilfe! Neunzig und obdachlos!* war darauf zu lesen. Old Don, der immer noch seelenruhig sein Sandwich mampfte, hatte sich stolz seine Orden ans T-Shirt geheftet.

„Wann habt ihr das alles gemacht?“ Honey deutete auf die Shirts und die am Zaun befestigten Plakate.

„Ach, wir wussten schon seit geraumer Zeit, dass dieser Tag kommen würde, Honey. Meine Generation hat den Krieg miterlebt. Wir verstehen ein wenig davon, uns auf das Schlimmste vorzubereiten.“

Billy am anderen Ende der Reihe hatte sein Shirt mit blauen LED-Lichtschläuchen sowie einer Gürteltasche aufgepeppt und dazu die Ärmel des Shirts ganz nach oben gerollt; er sah aus wie ein alternder Rocker. Seine silberne Haartolle wippte stolzer denn je, als er den Song *We Shall Not Be Moved* anstimmte und die anderen laut mit einfielen.

Christopher wuselte wütend auf dem Bürgersteig auf und ab. Immer wieder versuchte er sein Glück, einen der Bewohner vom Zaun loszubinden, aber das trug ihm nur einen raschen Tritt von einem Holzbein ein oder ein gespieltes, klagendes „Sie tun mir weh!" von einer der Damen, ehe er sie auch nur mit einem Finger berührt hatte.

Mit finsterer Miene versuchte er es wenig später mit einer anderen Taktik. Vor dem Zaun stand ein großer flacher Steinblock, auf dem eine Plakette mit dem Namen des Heims angebracht war, und auf den stellte er sich, um eindrucksvoller zu wirken. Ein paar Sekunden lang zeigte das auch die gewünschte Wirkung, Schweigen senkte sich über die inzwischen nicht unbeträchtliche Menschenmenge.

„Meine Damen und Herren", rief Christopher. Er kehrte den Bewohnern kurz unhöflich den Rücken zu und hielt die Hand auf die über die Glatze gekämmte Haarsträhne, um sie vor dem Wind zu schützen. „Ich entschuldige mich für die Unterbrechung Ihres Tagesablaufs; mir ist klar, wie ungelegen das für alle kommt." Er wies zu der Autoschlange, die sich auf der Straße gebildet hatte. „Zusammengerechnet sind diese Menschen hier am Zaun über achthundert Jahre alt. Es ist schrecklich, aber ich fürchte, sie wissen gar nicht, was sie tun."

Erboste Rufe und Pfiffe ertönten, und Honey merkte, wie es in ihr wegen seines herablassenden Tonfalls zu brodeln anfing.

„Miss Jones?" Christopher hatte sie in der Menge entdeckt. „Bitte helfen Sie mir doch, diese armen Menschen sofort loszubinden. Sie sind verwirrt, und ihr Mittagessen steht drinnen bereits auf dem Tisch."

„Nicht, solange ich hier stehe, Bursche", grollte Patrick, die mit Tomatenflecken übersäte Kochschürze spannte verdächtig um seinen mächtigen Bauch.

Der Fotograf schoss ein Bild nach dem anderen.

„Wir sind nicht verwirrt", rief Billy. „Wir sind wütend! Das hier ist unser Zuhause, und es scheint niemanden zu kümmern, dass man uns rauswerfen will!"

Christophers Grinsen erstarb, als die Menge Billy brüllend zustimmte, und er schwenkte die Arme, als wolle er ein Flugzeug in die Landeposition einweisen. „Es wird alles unternommen, um die Angelegenheit sensibel zu behandeln, Mr. Hebden, und das wissen Sie auch", wandte er sich laut an Billy. „Aber solche Dinge geschehen täglich, ich fürchte, so ist das nun mal in der modernen Zeit. Wenn ich nicht irre, ist es jetzt Zeit für Ihre Medikamente, also kommen Sie nun bitte mit ins Haus, und wir beenden diesen Unsinn."

„Keine Angst", rief Mimi und rüttelte an ihren Handschellen. „Ich gehe nirgendwohin!"

Christopher lachte höhnisch und forderte: „Händigen Sie mir umgehend den Schlüssel für diese Handschellen aus, Miriam."

„Das würde sie ja gern tun, aber sie ist gerade etwas kurz angebunden, alter Knabe", rief Billy. Die Menge lachte, und der Wütende wurde noch wütender. „Außerdem hat sie den Schlüssel gar nicht." Er grinste sichtlich amüsiert, bis Christopher auf ihn zukam.

„Ich nehme an, Sie haben den Schlüssel, Mr. Hebden?" Sein Blick fiel auf Billys Gürteltasche.

Honey war dem Chef gefolgt, und als der die Hand ausstreckte, um den Reißverschluss der Tasche zu öffnen, stellte sie sich zwischen die beiden Männer. Plötzlich stand Patrick neben ihr, offensichtlich genauso erbost wie sie über die Art, wie Christopher die Bewohner behandelte.

„Denk nich' ma' im Traum dran, Schwachkopf", knurrte Patrick, sein schwerer schottischer Akzent schlug mehr durch als sonst. „Fass auch nur einen von diesen Leutchen an, un' ich knips dir die Lichter aus!"

Während des hitzigen Wortgefechts, das darauf folgte, beugte Billy sich vor und flüsterte Honey ins Ohr, sie solle den Schlüssel an sich nehmen.

Unauffällig öffnete sie den Reißverschluss, tastete in der Tasche herum, bis sie den winzigen Schlüssel gefunden hatte, und verschloss die Tasche wieder. Genau in diesem Moment begann jemand zu singen.

Erst ertönte ganz leise eine süße, klare Stimme, die leicht vor Nervosität zitterte, doch dann folgten, für alle verständlich, die ersten Worte von *Amazing Grace*. Die Menge verstummte.

Honey hatte plötzlich einen Kloß im Hals, als sie sich umdrehte und sah, wer die Sängerin war. *Lucille.* Mit klopfendem Herzen lauschte sie, wie Lucilles Stimme an Kraft gewann, ein wunderschöner, glasklarer Singvogel, der dem Geschrei ein Ende bereitete. Als Lucille die zweite Strophe anstimmte, hätte man eine Stecknadel fallen hören können, und dann fiel ein Bariton in den Gesang mit ein. *Old Don.* Tränen liefen Honey über die Wangen, während sie ergriffen dem perfekt harmonierenden Duett lauschte. Als sie durch den Tränenschleier hindurch einen Blick auf die Menge warf, sah sie, dass sie bei Weitem nicht die Einzige war, der diese improvisierte Darbietung zutiefst zu Herzen ging.

Mimis Augen strahlten vor Stolz, und die Menge spendete einen riesigen, anerkennenden Applaus, als die letzten Töne verklungen waren.

Christopher schien vollkommen fassungslos. Offenbar hatte er gemerkt, dass diese Schlacht für ihn wohl verloren war. Er legte die Hände wie ein Megafon um den Mund und schrie: „Genug! Alle ins Haus! Sofort!“ Panisch sah er sich um, bis er Honey entdeckte. „Miss Jones, helfen Sie mir augenblicklich, diese Leute loszubinden. Sie frieren, reden wirres Zeug und brauchen alle einen Mittagsschlaf.“

Honey starrte ihn an. Wie konnte dieser Mann ein Heim für alte Menschen leiten, wenn er keinerlei Respekt vor ihnen zeigte? Sie wich zurück und schüttelte den Kopf. „Nein“, sagte sie bestimmt und schritt am Zaun entlang. „Ich werde Ihnen nicht helfen, Christopher.“ Im Vorbeigehen drückte sie leicht Lucilles Schulter und flüsterte ihr zu: „Gut gemacht.“ Sie ging weiter, bis sie bei Mimi angekommen war, küsste die alte Dame auf die Wange und raunte ihr zu, dass sie den Schlüssel für die Handschellen in ihrer Jeanstasche hatte. Innerlich zitternd stieg sie auf den Stein, den Christopher inzwischen geräumt hatte. „Ich werde Ihnen nicht dabei helfen, die Sorgen der Bewohner dieses Heims einfach zu übergehen, genauso wie die Bemühungen dieser tapferen, wunderbaren Menschen. Glauben Sie, sie alle sind nur hier, um Sie zu ärgern? Was sehen Sie, wenn Sie sie anschauen, Christopher? Nur eine Gruppe alter Menschen, die Sie abfertigen können wie Schulkinder?" Honey sah ihn aufgebracht an. „Billy hat den Schlüssel für Mimis Handschellen nicht. Ich habe ihn." Sie zog den winzigen Schlüssel hervor und hielt ihn hoch, sodass er im Sonnenlicht glitzerte.

Christopher sah rot und streckte den Arm danach aus. Ohne nachzudenken steckte Honey den kleinen Schlüssel dorthin, wo Christopher ihn ganz bestimmt nicht wegnehmen konnte – in den eigenen Mund. Ihre Augen weiteten sich, als sie das Schlüsselchen krampfhaft herunterschluckte. Die Menge brach in Jubel aus, und Honey wurde warm ums Herz, so sehr fühlte sie sich den Heimbewohnern verbunden.

„Was wissen Sie eigentlich von all diesen Menschen? Zum Beispiel von Don hier." Sie lächelte Don in seinem Rollstuhl ermutigend zu, und er hob langsam und zittrig die Hand, um der Menge zuzuwinken. „Ich bin sicher, er hat nichts dagegen, wenn ich Ihnen sage, dass er der älteste Heimbewohner ist. Seit fast zwanzig Jahren lebt er hier. *Zwanzig Jahre.* Und was wissen Sie über ihn, außer dass sein Rollstuhl manchmal Schrammen an den Wänden des Flurs hinterlässt?" Honey hatte bei mehr als einer Gelegenheit gehört, wie Christopher sich über die anstehenden Renovierungskosten wegen der Kratzer, die Dons Rollstuhl hier und da machte, beschwert hatte. „Sehen Sie sich die Orden an Dons T-Shirt an. Er war Pilot im Krieg, ein mutiger Soldat, der für seinen König und sein Land gekämpft hat."

Don neigte den Kopf, als die Menge Beifall klatschte, und legte die Hand auf seine Orden.

„Jeder einzelne dieser Menschen hat seine eigene Geschichte.

Sehen Sie sich doch nur Mimi und Lucille an", fuhr Honey fort. „Sie, Christopher, tun sie als zwei verrückte alte Damen ab, aber Ihr Irrtum könnte größer nicht sein. Die beiden sind großartige, lebensfrohe Frauen, die Ihren Respekt und Ihre Freundlichkeit verdient haben. Sie gehörten beide zu den *Land Girls*, die die Farm ihrer Familie während des Krieges weiterbetrieben haben, um die Nachbarn mit Lebensmitteln zu versorgen. Heute noch opfern die zwei täglich ihre Zeit, um mir im Wohlfahrtsladen zu helfen." Honey sah von der unter Tränen lächelnden Lucille zur energisch nickenden Mimi und musste daran denken, was Mimi vorhin über ihre Generation gesagt hatte.

„Sie haben recht, diese Menschen sind zusammengerechnet über achthundert Jahre alt. Aber das ist etwas, das man feiern sollte, anstatt darüber zu spotten, wissen Sie? Achthundert Jahre Erfahrung, Aufopferung und harte Arbeit! Achthundert Jahre Liebe, Traurigkeit und Verlust! Achthundert wundervolle, großartige Jahre! Ich lasse nicht zu, dass Sie das entwürdigen, was diese Menschen heute tun." Honey sah die am Zaun festgebundenen Bewohner an; sie wusste, sie klang wie ein Straßenredner bei einer Wahlkampfveranstaltung, und dennoch sprach sie weiter. „Ja, sie alle mögen vielleicht seltsam aussehen. Ja, ihr Foto wird auf der Titelseite der Lokalzeitung lustig wirken. Aber der Grund, warum diese Leute sich hier an diesen Zaun gebunden haben, ist ganz und gar nicht lustig. Sie sind hier draußen, weil sie Angst haben. Dieses Heim ist nicht einfach nur ein Geschäft, es ist ihr Zuhause, ihr sicherer Hafen, und sie wollen nicht daraus vertrieben werden. Warum sollten sie auch? Warum soll es richtig sein, dass sie in diesem Alter noch Angst haben müssen? Das ist nicht fair und nicht richtig – und unsere Stadt sollte ihnen zur Seite stehen und etwas dagegen unternehmen!" Völlig außer Atem beendete Honey ihre Rede, und auf der Straße brandete tosender Beifall auf.

Nell trat vor, half der Freundin, vom Stein zu steigen, und schloss sie fest in die Arme. „Mein Gott, ich bin so stolz auf dich, Honey", flüsterte sie. „Du warst fantastisch! Ich dachte, dein Boss würde tatsächlich einen Herzinfarkt bekommen, als du den Schlüssel heruntergeschluckt hast. Zu deinem eigenen Wohl werde ich dir nie verraten, wo er sich vorher befunden hat."

Honey merkte, dass sie ein wenig zitterte; eine verspätete Reaktion darauf, dass sie sich unbeabsichtigt zur Hoffnungsträgerin aller im Kampf vereinten Heimbewohner gemacht hatte.

„Ein dreifaches Hoch auf Honeysuckle, unsere ganz persönliche Boudicca!", rief Billy.

Blitzlichtgewitter blendete Honey, als Nell ihr „Bitte lächeln!" ins Ohr flüsterte und sie sanft zu der erwartungsvollen Menge umdrehte.

Honey lächelte innerlich bebend und versuchte, nicht an die Konsequenzen ihres Auftritts zu denken. Und auch nicht daran, was Nell und Simon mit dem Schlüssel angestellt hatten, bevor sie ihn verschluckt hatte. Vielleicht sollte sie sich vorsichtshalber beim Arzt auf bakterielle Ansteckungen untersuchen lassen.

„Ach, Honey, Liebes?", rief Mimi. „Ich glaube, jemand sollte lieber die Feuerwehr holen. Ich kann diese Handschellen nicht abnehmen, und meine Hände werden allmählich taub!"

Die Feuerwehrleute erschienen binnen kürzester Zeit, und während einer von ihnen mit einem Bolzenschneider zu Mimi ging, befragte ein anderer Honey nach dem genauen Sachverhalt. „Also noch mal … Sie haben eine alte Dame mit Ihren perversen Sexhandschellen an den Zaun gekettet und danach den Schlüssel verschluckt?"

„Das sind nicht meine perversen Sexhandschellen!", versuchte Honey nun schon zum zweiten Mal zu erklären.

„Das sagen sie alle, Schätzchen", erwiderte er und bedachte sie mit einem Augenzwinkern. „Obwohl ich sagen muss, solche Unfälle ereignen sich normalerweise im Schlafzimmer, nicht auf der Straße. Und auch eher nicht mit kleinen alten Damen." Er grinste. „Aber ich bin da ziemlich tolerant."

In dem Moment kam Billy auf sie zu. „Alles klar, Leutchen?" Er legte einen Arm um Honeys Schultern.

Honey lächelte ihn dankbar an. „Das ist Billy", stellte sie ihn vor. „Er war es, der Mimi an den Zaun gekettet hat."

Der Feuerwehrmann musterte Billy von Kopf bis Fuß, bevor er sich wieder Honey zuwandte. „Und Sie haben dann den Schlüssel heruntergeschluckt." Er nickte bedächtig. „Sieht mir ein bisschen nach einer *Ménage-à-trois* aus, wie man so schön sagt." Er wirkte hocherfreut über seine kulturelle Bildung.

„Ganz schön clever, mein Freund", erwiderte Billy verständnisinnig. Honey verdrehte die Augen.

„Besteht noch irgendwie die Möglichkeit, dass der Schlüssel auf natürlichem Weg wieder zum Vorschein kommt, Schätzchen?", rief der Feuerwehrmann, der sich mit dem Bolzenschneider über Mimi beugte. „Letzte Chance, sonst fange ich jetzt an!"

Honey schüttelte den Kopf. Sie war verlegen bis in die Haarspitzen, weil immer noch ein paar Reporter herumstanden, sich lauthals zu amüsieren schienen und eifrig in Notizbücher kritzelten. Wie hatte sie es nur geschafft, innerhalb einer Stunde von einer Heldin zum Mitglied eines bizarren Sex-Trios zu werden? „Ich sehe mal nach Mimi", sagte sie und strich sich das Haar zurück.

Im Weggehen hörte sie den Feuerwehrmann deutlich das Wort „Sugardaddy" sagen, und auch, wie Billy daraufhin zum Besten gab: „Oh ja, zwei echte Zuckerstückchen."

Am Abend saß Honey auf dem Fußboden neben Hals Tür, die Beine weit ausgestreckt und den Kopf an die Wand gelehnt. Natürlich hatte er ihr Klopfen ignoriert, abgesehen von dem obligatorischen Fluch zum Beweis, dass er noch lebte. Viel mehr hatte sie eigentlich auch nicht erwartet, sich aber trotzdem Hoffnungen gemacht. Ihr war klar geworden, dass er von allen Leuten, die sie kannte, der Einzige war, dem sie von dem absurden Nachmittag erzählen wollte, den sie hinter sich hatte. Nun saß sie hier schon fast eine Stunde und schilderte ihm die ganze Geschichte, obwohl er sich offenbar nicht die Spur dafür interessierte, wahrscheinlich nicht einmal zuhörte.

„... und dann musste die Feuerwehr gerufen werden, um Mimis Handschellen aufzuschneiden, denn ich hatte den Schlüssel dafür heruntergeschluckt. Die Dinger waren viel robuster, als sie aussahen. Man sollte meinen, sie wären ganz dünn und leicht, weil sie ja eigentlich fürs Schlafzimmer gedacht waren, aber nein, diese nicht. Weiß Gott, wo Simon die gekauft hat, die hätten auch bei der Polizei ihren Zweck erfüllt! Und natürlich hatte Nell sich zu dem Zeitpunkt bereits verzogen. Mimi muss dem Feuerwehrmann vermittelt haben, dass die Handschellen mir gehören würden. Und auch, dass ich den Schlüssel heruntergeschluckt hatte … Da braucht man nicht allzu viel Fantasie, oder?" Honey schüttelte den Kopf, als sie sich an die kaum verhohlene Erheiterung der Feuerwehrleute erinnerte. „Höchstwahrscheinlich wird mir gekündigt. Ich hätte eigentlich selbst heute Nachmittag hingeschmissen, wenn ich nicht gerade vorher meine ganz persönliche Kriegsansprache gehalten hätte. Ich kann ja jetzt schließlich nicht desertieren und die Truppe im Stich lassen, nicht wahr? Sie halten mich für eine mutige Heldin, die sie zum Sieg führen wird. Dabei bin ich gar nicht mutig, Hal, und erst recht keine Heldin. Ich bin eine völlig durchschnittliche Frau, die sich ziemlich oft ziemlich dämlich anstellt, und ich habe panische Angst, dass ich der Aufgabe nicht gewachsen bin."

Auf der anderen Seite der Tür dachte Hal, wie gründlich sie sich da irrte. Honey war die am wenigsten durchschnittliche Person, die er je kennengelernt hatte. Witzig, ja, und furchtlos gewiss auch, aber nicht durchschnittlich. Niemals. Das hatte sie nur noch nicht erkannt.

Er würde ihr an diesem Abend nicht antworten, das war ganz offensichtlich. „Ich gehe jetzt lieber", schloss sie nach einer Weile. „Ich bin müde, Hal, und dieses einseitige Gespräch macht mich heute Abend ganz fertig. Nur um das einmal festzuhalten: Ich hätte jetzt gut einen Freund gebrauchen können, und ich hatte gehofft, du könntest dieser Freund sein. Aber wir sind wohl im Grunde gar nicht befreundet, nicht wahr?"

Stille.

Frustriert schlich Honey zurück in ihre Wohnung, legte sich ins Bett und wartete darauf, dass der Schlaf sie erlöste.

13. KAPITEL

Am Freitag wurde es kühl und grau, und Honey hörte etwas früher auf zu arbeiten, um Spaghetti Bolognese für ihr heißes Date mit Robin zu kochen. Sie war am Morgen mit einiger Beklommenheit zur Arbeit gegangen, hatte dann aber erfahren, dass Christopher nicht im Haus, sondern zu einer Besprechung in der Zentrale war und an dem Tag nicht zurückerwartet wurde. Honey fragte sich, ob er wohl einbestellt worden war wegen des Tumults am Dienstag. Ihre Aktion würde zweifellos Folgen nach sich ziehen, aber wie es aussah zum Glück erst nach dem Wochenende.

Mimi, Lucille und Billy hatten im Laden schon auf sie gewartet; sie überreichten ihr einen von Patrick gebackenen Früchtekuchen und schmetterten dazu lautstark „*For She's a Jolly Good Fellow*".

Sosehr Honey sich auch über den Kuchen und die moralische Unterstützung freute, war sie doch sehr besorgt wegen der kommenden Woche, als sie Feierabend machte. Lucille begleitete sie zur Tür.

„Jetzt denk erst mal nicht mehr daran und hab ein wunderschönes Wochenende, Liebes", sagte die fleißige Helferin augenzwinkernd zu Honey. „Carpe diem."

Honey lächelte. Das schien allmählich zu Lucilles Schlagwort zu werden. „Danke, du Liebe. Dass du mich gerade heute daran erinnert hast, habe ich gebraucht." Sie küsste die alte Dame auf die Wange. „Wünsch mir Glück mit Robin."

„Also, wenn er dich nicht großartig findet, kann er dir gestohlen bleiben", meinte Lucille.

Honey umarmte sie. Nach Hals offensichtlichem Verzicht auf ihre Freundschaft tat ihr Lucilles Loyalität ganz besonders gut.

Ganz allein eine Bolognese zuzubereiten erwies sich als deutlich stressiger als unter Hals Anleitung. Honey konnte sich nicht mehr so recht an die Reihenfolge erinnern, in der die Zutaten in die Pfanne gegeben werden mussten, und obwohl das Ergebnis eigentlich genauso aussah, wie es aussehen sollte, konnte es in Sachen Geschmack nicht mit der ersten Version mithalten. Robin würde ganz sicher nicht von ihren Kochkünsten überwältigt sein, das stand fest.

Sie schüttete ein weiteres Glas Wein in die Soße, um den Geschmack zu verbessern, aber das Ergebnis hätte wohl jeden ahnungslosen Esser auf der Stelle sturzbetrunken gemacht. Etwas Joghurt, der den Alkoholgeschmack etwas mildern sollte, zeigte auch nicht die gewünschte Wirkung. Um kurz vor fünf lief sie schnell noch einmal zum Getränkemarkt, um neuen Wein zu kaufen, denn für einen Wein zum Essen war nicht mehr genug übrig. Als sie zurückkam und die Haustür aufschloss, glaubte sie, ihren Augen nicht zu trauen, denn Hal stand im Flur.

„Wartest du auf jemanden?“, fragte sie beiläufig und noch immer etwas verletzt, weil er sich in der letzten Zeit so rargemacht hatte.

„Auf dich“, erwiderte er. „Ich habe gerochen, dass du kochst, und wollte dich fragen, ob du vielleicht Hilfe brauchst. Ich möchte nicht, dass du deine Verabredung umbringst und mir hinterher die Schuld gibst.“

Honey spielte mit dem Gedanken, sein Angebot beleidigt abzulehnen, aber die Bolognese schmeckte wirklich nicht, und er war ihre einzige Hoffnung, alles noch irgendwie zu retten. „Also gut, du kannst für zehn Minuten hereinkommen“, sagte sie mürrisch, um ihm zu zeigen, dass sie immer noch böse auf ihn war.

Hal folgte ihr in die Wohnung und schnupperte. „Riecht gar nicht mal so schlecht“, meinte er.

Honey war klar, dass das eine Art Friedensangebot war, das er ihr anbot. „Nun ja, warte, bis du probiert hast.“ Sie nahm den Deckel von der Pfanne, löffelte etwas Soße auf einen Teller und reichte ihn Hal. Sie beobachtete ihn, wie er erst daran roch, dann kurz kostete und das Gesicht verzog.

„Du hast Salz vergessen", stellte er fest. „Kein Wunder, dass es nicht schmeckt."

„Salz. Natürlich." Honey kam sich ziemlich dumm vor, weil sie an das Wichtigste nicht gedacht hatte.

„Würze gut nach und lass das Ganze dann noch mindestens eine Stunde weiterköcheln, damit das Fleisch wirklich ganz zart wird und der Alkohol verfliegt. Hast du noch zusätzlich Wein dazugeschüttet?"

„Ja. Hat aber nicht geholfen."

„Ach nein."

„Nein."

Stille. Es war zwar etwas kleinlich, aber sie hatte nicht vor, es ihm leicht zu machen.

„Die große Verabredung mit diesem Robin steht also noch", sagte er und stellte den Teller mit der misslungenen Bolognese vorsichtig auf die Arbeitsplatte.

„Ich kann es kaum erwarten", gab Honey kurz angebunden zurück.

„Dann gehe ich jetzt, damit du dich aufhübschen kannst."

„Tu das. Und heute Abend brauchst du nicht warten, dass ich rauskomme." Sie bereute ihre Bemerkung sofort, denn er hatte in den letzten Minuten ausnahmsweise versucht, nicht unfreundlich zu sein.

„Verbrenn nur morgen früh den Speck nicht, falls der Typ über Nacht bleibt." Hal war bereits auf dem Weg zur Tür. „Und klopf an, falls du ein Kondom brauchst."

Honey schnitt ihm hinter seinem Rücken eine Grimasse. „Ich bin sicher, Robin hat selbst eins dabei, falls er eins braucht. Was nicht der Fall sein wird." Hal lachte, und Honey wünschte, er würde sich dabei umdrehen, damit sie sein Lächeln sehen konnte.

„Der Kerl wohnt noch bei seiner Mutter. Der hat bestimmt keine Kondome dabei."

„Nun, das macht dann auch nichts, denn ich bin eine moderne Frau. Ich habe selbst immer welche vorrätig", erklärte Honey wütend und knallte die Tür hinter ihm ins Schloss.

Ein paar Stunden später klopfte es, Honey hatte die Flurtür extra geöffnet und wusste sofort, dass das nicht Hal sein konnte. Dieses Klopfen war höflich und leise – auf Eigenschaften zurückzuführen, die ihr Nachbar nicht besaß.

Nun, die erste Hürde hatte sie überwunden, Robin war tatsächlich erschienen. Honey hatte geschwankt zwischen leichter Aufgeregtheit – vielleicht war er ja ganz wunderbar? – und der Hoffnung, dass er überhaupt gar nicht erst kam. Auf dem Weg zur Tür überprüfte sie rasch ihr Aussehen im Garderobenspiegel. Sie hatte sich wirklich Mühe gegeben; das blonde, gewellte Haar fiel offen um ihr nur sparsam geschminktes Gesicht. Sie trug eines ihrer Lieblingskleider im Stil der Fünfzigerjahre, mit schmaler Taille und schmeichelndem Ausschnitt, dazu hochhackige Schuhe für den Fall, dass er auch so groß sein sollte wie Deano. Noch einmal tief durchatmen, dann öffnete sie die Tür und wünschte auf der Stelle, sie hätte sich für Ballerinas entschieden, denn Robin reichte ihr nur bis zur Schulter.

Das hatte Nell zwar nicht verraten, aber dennoch recht gehabt, ausdrücklich sein Haar zu erwähnen. Es war unglaublich dicht und stand in kleinen Kräusellocken in alle Richtungen ab.

Grinsend hielt Robin ihr einen Blumenstrauß hin. „Du musst Honeysuckle sein. Toller Name, Schätzchen!"

Honey nahm den Strauß entgegen, der tatsächlich wunderschön war. Lächelnd hielt sie ihrem Gast die Tür auf, um ihn hereinzulassen. Während sie ihm durch den Flur folgte, streifte sie hastig die Schuhe ab und warf sie im Vorbeigehen ins Schlafzimmer. Schon besser. Jetzt war der Größenunterschied nicht mehr ganz so groß, noch war nicht alles verloren, nur seine Frisur war nach wie vor etwas gewöhnungsbedürftig.

„Und du bist also Robin", eröffnete sie das Gespräch und bedeutete ihm, sich doch auf das Sofa zu setzen, während sie nach einer Vase für die Blumen suchte. „Nell hat mir erzählt, du unterrichtest Musik?"

Er nickte, seine Locken wippten mit. „Ich liebe Musik. Sie steckt mir im Blut." Er breitete die Arme aus und schmetterte die ersten Zeilen von *Thank You For The Music* von Abba. Ein herzhaftes Lachen tief aus dem Bauch heraus folgte, als er fertig war, und Honey musste unwillkürlich mitlachen. Sie merkte, wie sie sich entspannte. Robin war wirklich lustig. Vielleicht wurde das ja doch ein netter Abend.

„Ich hoffe, du bist kein Vegetarier, ich habe nämlich Spaghetti Bolognese gemacht", teilte sie ihm mit.

Er rieb sich den rundlichen Bauch unter dem deutlich zu engen Pullover. „Mein absolutes Lieblingsessen", erklärte er. „Außer Curry-Hühnchen ‚Madras'. Und Lasagne. Und dem Käsekuchen meiner Mutter." Er wackelte in der Luft mit dem Finger wie Jerry Springer, der berühmte Talkshow-Moderator. „Keine falschen Schlüsse", ahmte er dessen Sprache nach, dann ertönte wieder dieses erfrischende, ansteckende Lachen.

Wenig später sah sie zu, wie er die Gabel in den Berg Spaghetti drehte, den sie ihm vorgesetzt hatte, und dann beim ersten Kosten die Augen schloss. „Und?", hakte sie nach.

Robin riss erschrocken die Augen auf. „Sollte ich lieber sofort zu essen aufhören und mich den Anonymen Alkoholikern anschließen, Schätzchen?" Er legte die Gabel hin, fasste sich lachend an die Gurgel. Als sie aufstand, um nach der Wasserkaraffe zu greifen, bedeutete er ihr mit den Händen wedelnd, sich wieder hinzusetzen. „Alles gut, alles gut. Ich mag trinkfeste Frauen."

Er rieb sich die Augen, und Honey war sich nicht ganz sicher, ob seine Augen vom Lachen tränten oder vom Essen. Sie kostete selbst und vermutete eher Letzteres. Warum war dieses Essen nur so wunderbar geraten, als Hal dabei gewesen war, und so schrecklich ohne ihn? Selbst das Salz hatte keine Verbesserung gebracht. „Es tut mir leid, ich habe keine Ahnung, was da schiefgegangen ist", meinte sie und stocherte lustlos in ihrem Essen.

„Vielleicht hättest du etwas Fleisch zum Wein geben sollen?", erwiderte er trocken und nahm eine weitere Gabel von den Spaghetti. „So schlimm ist es gar nicht, man gewöhnt sich dran."

Er deutete mit seiner Gabel auf ihren Teller. „Iss ordentlich. Wir werden in kürzester Zeit sternhagelvoll sein, und dann können wir ein bisschen Spaß miteinander haben."

Honey kicherte und aß weiter. Sein fröhliches Augenzwinkern verriet ihr, dass Robin mit „Spaß miteinander haben" eher das Grölen von Kylie-Minogue-Songs als heißen Sex im Sinn hatte.

Nell musste gewusst haben, dass Robin im romantischen Sinn überhaupt nicht Honeys Typ war, trotzdem entpuppte sich der Abend als einer der besten, die sie seit einiger Zeit erlebt hatte. Während sie die Dessertteller abräumte, wollte Honey mehr über Robins Talent am Klavier wissen.

„Mit solchen Wurstfingern sollte ich eigentlich gar nicht spielen können, aber ich kann's, Schätzchen. Das habe ich von meiner Mutter. Sie ist kugelrund wie eine Wassermelone, aber spielt Klavier wie eine zarte Elfe. Genauso ist es beim Tanzen – dabei werden wir auf unseren Füßen plötzlich federleicht." Er hob einen Fuß an, dabei kam eine in Regenbogenfarben gestreifte Socke zum Vorschein. „Du hast keine Ahnung von Line Dance, bevor du *mich* nicht dabei erlebt hast!"

„Das musst du mir eines Tages beibringen", bat Honey lachend.

Zum ersten Mal an diesem Abend machte Robin ein ernstes Gesicht. „Karten auf den Tisch, Honeysuckle. Du bist ein wunderbares Mädchen, Liebes, aber ganz einfach gar nicht mein Typ. Ich bevorzuge Dates mit Leuten, die mindestens eins achtzig groß sind und einen Adamsapfel haben, aber falls das ein Trost für dich ist – deine Spaghetti Bolognese sind umwerfend."

Honey starrte ihn mit großen Augen an. „Nun, um die Wahrheit zu sagen – du bist auch nicht mein Typ, Robin. Ich bevorzuge meinen übellaunigen Nachbarn, der mich für gewöhnlich ignoriert und dann gelegentlich mit mir flirtet, um mich zappeln zu lassen."

Robins buschige Augenbrauen verschwanden fast in seinem ebenso buschigen Haar. „Das musst du mir ganz genau erzählen,

Schätzchen, es hört sich göttlich an!“ Und das tat sie dann auch. Ihr Gast füllte unaufgefordert jedes Mal ihr Glas nach, wenn es leer war, und schlug zu später Stunde vor, hinüberzugehen und Hal eins auf die Nase zu geben. „Wenn ich überhaupt so hoch springen kann“, fügte er hinzu und brachte Honey zum hundertsten Mal an diesem Abend zum Lachen. „So, genug Gefühlsduseleien. Wollen wir einen Line Dance versuchen?“ Er sprang auf und schob den Couchtisch zur Wand.

„Ich glaube, ich habe gar nicht die richtige Musik dafür“, kicherte Honey beschwipst.

„Kein Problem, ich singe dazu.“ Robin winkte sie ungeduldig zu sich. „Stell dich neben mich.“

Und so tanzten sie und lachten, bis Honey sich auf das Sofa fallen ließ und ihr die Lachtränen über die Wangen liefen. „Ich gebe auf, ich werde nie Dolly Parton werden.“ Sie hob dramatisch den Arm.

„Das ist wahrscheinlich auch gut so. Ich glaube, ich habe noch nie jemanden gesehen, der schlechter tanzt als du, und ich unterrichte jeden Donnerstag ehemalige Straftäter im Gemeindehaus.“

Honey legte sich die Hand aufs Herz. „Hinfort mit dir! Du hast mir den Todesstoß versetzt!“

Robin sah auf die Uhr, beugte sich dann zu Honey herunter und gab ihr einen Handkuss. „Ich sollte mich tatsächlich jetzt verabschieden. Es ist fast Mitternacht, und ich könnte mich in einen Kürbis verwandeln, wenn die Geisterstunde anbricht. Oder meine Mutter lässt mich nicht mehr ins Haus. Eins von beiden wird todsicher passieren.“

„Ich mag Kürbisse“, erklärte Honey, als er sie an beiden Händen vom Sofa hochzog.

„Machen sich toll in Pastete.“ Er schlüpfte in sein Sakko, und sie wankten in den Flur.

„Oder als Suppe in der *Bonfire Night*“, murmelte sie und lehnte sich Halt suchend an die Wand, als er die Tür öffnete und ihr eine Kusshand zuwarf.

„Ich küsse dich lieber nicht auf den Mund, Schätzchen, sonst bist du für andere Männer verloren."

Honey nickte und warf ihm ebenfalls eine Kusshand zu.

Robin sah verschmitzt zu Hals Tür. „Soll ich anklopfen und ihm anbieten, ihm Line Dancing beizubringen?"

„Ich glaube, er steht nicht so aufs Tanzen."

„Es gibt keinen Menschen auf der Welt, der nicht ab und zu gern mal die Hüften schwingt wie Dolly", beharrte Robin. „Bring ihn zum Tanzen, Honeysuckle, dann kannst du seine Mauern einreißen. Das garantiere ich dir." Er tippte sich an die Nase. „Vertrau dem guten alten Onkel Robin."

„Gruselige Vorstellung." Honey lachte und klatschte leise in die Hände, als Robin Pirouetten durch den Flur drehend das Haus verließ.

Nachdem Robin fort war, starrte Honey noch eine ganze Weile auf Hals Tür. Sie würde ihren Nachbarn niemals zum Tanzen bringen, aber vielleicht war Robin doch auf etwas gestoßen. In Hals Leben gab es nur sehr wenig Unbeschwertheit und Frohsinn, dabei hatte er das schönste Lächeln der Welt, wie sie bei viel zu seltenen Gelegenheiten feststellen konnte. Vielleicht konnte sie ihn so für sich gewinnen. Auf jeden Fall lohnenswert, darüber nachzudenken.

Gleich morgen wollte sie Nell anrufen und sich bei ihr bedanken. Die Freundin hatte vielleicht nicht den perfekten Mann für Honey gefunden, ihr aber ganz sicher einen unvergesslichen Abend beschert.

14. KAPITEL

Falls Honey gehofft hatte, Hal würde am folgenden Morgen aus seinem Versteck auftauchen und sich nach ihrem Date erkundigen, so wurde sie enttäuscht. Sie hatte Nell und Tash Nachrichten geschickt, um sich mit ihnen zum Brunch zu treffen, doch als sie das Haus verließ, blieb die Tür gegenüber fest verschlossen. Dabei war sie nicht einmal besonders leise gewesen. Sie hatte ihre Wohnungstür lautstark zugeschlagen und dann eine Minute später noch einmal, für den Fall, dass er es beim ersten Mal nicht gehört hatte. Dann hatte sie unnötig lange im Flur herumgetrödelt und dabei auch mehrmals die Schlüssel fallen lassen. Schließlich war sie wütend auf sich selbst und auf diesen Ignoranten geworden und hatte mit einem heftigen Zuknallen der Tür das Haus verlassen. Nach ein paar Schritten hatte sie auf dem Bürgersteig kehrtgemacht, in der Hoffnung, das letzte Türenknallen hätte Hal endlich aus seiner Wohnung gelockt. Dem war aber nicht so, und so verließ sie das Haus noch aufgebrachter als zuvor.

Als sie vor ihrem Lieblingscafé angekommen war, hatte sich ihre Wut allerdings gelegt, und Honey winkte Nell und Tash durch das Fenster zu, die auf niedrigen Sofas an ihrem bevorzugten Tisch saßen. Honey durchströmte ein Gefühl der Vertrautheit und Zufriedenheit, als sie sich neben Tash aufs Sofa fallen ließ.

Die Freundin wandte sich ihr mit der Kaffeetasse in den Händen zu, die Augen funkelnd vor Neugier. „Nun erzähl schon! Ich nehme an, der geheimnisvolle Robin ist tatsächlich erschienen, wenn du uns schon herzitierst?"

„Ja. Er war pünktlich zur Stelle."

„Und …?", fragte Tash gedehnt.

„Und er war … komisch?", erwiderte Honey zögernd, denn sie suchte nach der treffendsten Beschreibung für Robin, ohne ihm einen schlechten Dienst dabei zu erweisen.

Tashs grüne Augen verdunkelten sich ein wenig. „Komisch im Sinne von zum Lachen oder komisch im Sinne von seltsam?"

„Hm, Ersteres. Seine Gesellschaft war sehr unterhaltsam, ich glaube, so viel habe ich schon seit Jahren nicht mehr gelacht. Anwesende Gesellschaft natürlich ausgenommen“, fügte Honey hinzu und merkte, dass Nell sich etwas entspannte.

„Irgendwie habe ich das Gefühl, dass Romantik nicht im Spiel war“, meinte Tash stirnrunzelnd und stellte ihre leere Tasse auf den niedrigen Mahagonitisch.

„Überhaupt nicht“, bestätigte Honey fröhlich. „Nell, wie gut kennst du Robin?“

Ihre Freundin wirkte etwas fahrig und war sichtlich froh, als sie den Kellner kommen sah. „Nun, offensichtlich nicht besonders gut. Ehrlich gesagt, gar nicht, aber ich habe ihn einmal Klavier spielen hören, er ist ein zweiter Mozart.“

„Also, wie hat er ausgesehen?“, wollte Tash wissen, nachdem sie ihre Bestellung aufgegeben hatten.

Honey empfand bereits eine gewisse Loyalität ihrem neuen Freund gegenüber. „Eigentlich ganz süß – wie ein kleiner, rundlicher Leo Sayer mit der gleichen Frisur.“

Tash warf Nell einen vernichtenden Blick zu. „Himmel, Nell, was hattest du vor? Wolltest du das Ganze bewusst sabotieren?“

„Er ist nett“, verteidigte sie sich. „Und er war der einzige Klavierspieler, den ich kannte.“

Honey nickte. „Er ist wirklich ganz großartig, Tash, du hättest ihn auch sofort gemocht. Nicht gerade sexy, aber ich war auch nicht sein Typ. Er sagte mir, er sucht eine pummelige Brünette, die mit ihm Line Dance bis zum Umfallen tanzen kann.“

Nell fing an zu lachen. „Es tut mir leid, Honey, ich verspreche dir, beim nächsten Mal gebe ich mir mehr Mühe.“

„Nein.“ Honey lächelte, schüttelte aber entschlossen den Kopf. „Deshalb wollte ich mich heute mit euch treffen. Bitte, ihr habt es versucht, und ich bin euch auch wirklich dankbar, aber das funktioniert so nicht. Deano trauert immer noch seiner Ex nach, und Robin … sicher, er ist ein wunderbarer Mensch, aber wenn man es genau bedenkt, ist diese ganze Pianisten-Geschichte eine Schnapsidee gewesen.“

„Wie wäre es, wenn wir die Suche auf andere Musiker ausweiten? Ich habe neulich Abend im Theater einen wirklich heißen Cellisten gesehen, die Spannweite seiner Finger war wirklich beeindruckend", erzählte Tash und spreizte demonstrativ die Finger.

„Im Theater?" Nell schien weitaus überraschter von Tashs Freizeitbeschäftigung zu sein als von den Händen des Cellisten.

Tash nickte. „Ja, stellt euch vor! Und es war noch nicht einmal Pantomime oder so etwas! Yusef steht auf diesen ganzen hochintellektuellen Kram; ich glaube, die Idee, mir zu mehr Bildung zu verhelfen, törnt ihn richtig an." Ihre fröhlichen Augen funkelten wieder. „Aber ich kann mich nicht beklagen. Während fast des ganzen zweiten Teils war seine Hand unter meinem Rock, und anschließend durfte ich seinen Porsche nach Hause fahren."

„Also doch nicht ganz so hochintellektuell", stellte Nell trocken fest.

„Er ist steinreich und unersättlich – genau so, wie ich's mag." Tashs Grinsen ließ ebenfalls auf Unersättlichkeit schließen, als sie dem errötenden Kellner im Teenageralter zuzwinkerte, der ihnen gerade das Essen servierte. Vor Schreck verschüttete er etwas von Nells Suppe und stolperte dann auch noch über den Trageriemen von Honeys Tasche, als er fluchtartig das Weite suchte.

Wie immer war der Brunch wunderbar, eine Wohltat für die Seele. Für Honey waren diese beiden Frauen wie Schwestern, und als sie zuhörte, wie sie sich beim Essen vertrauliche Dinge erzählten und leise lachten, wusste sie, dass der Moment gekommen war, ihnen von Hal zu erzählen.

„Honey, ich weiß, bislang haben wir dir nicht gerade die besten Kandidaten präsentiert, aber lass uns noch nicht aufgeben", bat Nell gerade ernst. „Wenn schon nichts anderes dabei herauskommt, so hast du wenigstens deinen Spaß. Und das ist doch viel besser, als allein zu Hause herumzuhocken, nicht wahr?"

„Ich liebe euch beide für eure Bemühung", erwiderte Honey und drückte sanft Nells Hand. „Aber die Sache ist die, dass ich bis zu den Ohren in diesem Drama rund um meine Arbeit stecke, außerdem habe ich mich auf so ein klitzekleines Was-auch-Immer mit meinem Nachbarn eingelassen, und Mimi und Lucille brauchen dringend meine Hilfe bei ganz persönlichen Problemen, die …" Sie verstummte, als Nell abrupt den Löffel hinlegte und Tash die Hand hob.

„Stopp, Lady! Spul noch mal zurück."

Honey hatte den wichtigen Teil nicht deswegen in die Mitte ihrer Antwort gepackt, weil sie ihnen nichts davon erzählen wollte, sondern weil sie nicht genau wusste, *was* sie ihnen erzählen sollte. Es war ja nicht so, dass sie und Hal eine normale romantische Beziehung verband, ein einziger Kuss zählte wohl nicht viel. Aber andererseits ging es im Grunde gar nicht um den Kuss, und da konnte sie durchaus einen guten Rat gebrauchen.

„Du hast was mit deinem Nachbarn angefangen?", fragte Nell. „Doch nicht etwa dieser Wutmensch mit dem vielen Blut an den Händen?"

Tash sah zwischen Honey und Nell hin und her. „Hört sich großartig an! Was ist mir hier entgangen?"

Honey seufzte schwer, sie wusste nicht recht, womit sie anfangen sollte. „Ja, genau der", sagte sie zu Nell und spielte mit den Armreifen am Handgelenk herum.

„Warst du mit ihm im Bett?", platzte Tash heraus. „Oh mein Gott, er hat dich zum Höhepunkt gebracht, nicht wahr?"

Der Kellner, der soeben endlich den Mut aufgebracht hatte, den Tisch abzuräumen, lief dunkelrot an, stellte die Teller hastig wieder hin und verschwand.

„Nein! Nein. Tash, geht's auch etwas leiser?", zischte Honey. Sie wagte nicht, das plötzlich verstummte Paar am Nebentisch anzusehen. „Natürlich war ich *nicht* mit ihm im Bett. Er ist … er ist ziemlich kompliziert."

„Als wir das letzte Mal über ihn gesprochen haben, sagtest du, er wäre abscheulich", stellte Nell fest. „Was ist passiert?"

„Ich habe ihn eben … besser kennengelernt“, erwiderte Honey schlicht. „Ein bisschen jedenfalls.“

„Hattest du ein Date mit ihm?“, fragte Nell.

Honey lachte bei dem Gedanken an ein „Date“ mit Hal. „Grundgütiger, nein. Außer wenn du darunter endlose Stunden verstehst, in denen ich draußen vor seiner verschlossenen Tür gesessen habe und von ihm entweder ignoriert oder beschimpft worden bin.“ Ihr entging der besorgte Blick nicht, den die Freundinnen tauschten, und sie konnte ihnen ihre Zurückhaltung nicht verübeln. Schließlich hatte sie ihren Nachbarn nicht gerade in den schillerndsten Farben beschrieben. Sie versuchte es noch einmal. „Die Sache ist die: Hal ist nicht so wie die meisten anderen Männer. Er macht eine schwere Zeit durch, er ist zornig, er ist blind, er küsst, dass einem die Luft wegbleibt, er verlässt das Haus nicht, und er trinkt zu viel Whisky.“

Schwer zu sagen, welche der beiden Freundinnen schockierter aussah.

„Er ist blind?“, wiederholte Nell sanft.

„Du hast ihn geküsst?“ Tash beugte sich gespannt nach vorn.

„Ja und ja. Ich weiß nicht, was ihm zugestoßen ist, aber ich habe den Eindruck, dass er noch nicht lange blind ist. Er will nicht darüber reden. Ehrlich gesagt, meist will er über fast gar nichts reden.“

„Klingt aber nicht sehr sympathisch, Honey“, sagte Nell.

„Ich weiß. Es ist so schwer zu erklären. Er hat nur einfach irgendetwas, das mich anzieht. Hal steckt voller Widersprüche. Er ist ein schrecklicher Griesgram, aber dann kann er plötzlich sehr witzig und liebenswert sein. Er kleidet sich wie ein Rockstar und benimmt sich wie ein Einsiedler. Manchmal ignoriert er mich tagelang, und dann ist er auf einmal wieder so … so unglaublich, dass es mir den Atem verschlägt.“

Tash bestellte eine Flasche Wein. „Abgesehen davon, dass er fantastisch küssen kann, hört sich das Ganze für mich nach einem verdammt harten Stück Arbeit an.“

Honey nickt. „Klar, so ist es vermutlich auch. Ich glaube jedoch nicht, dass er sich absichtlich so benimmt. Aber jetzt kommt's."

Tash und Nell saßen vollkommen reglos da und warteten ab.

Und so sprach Honey den Gedanken aus, der sich schon lange in ihrem Unterbewusstsein eingenistet hatte. „Ich glaube, er ist *derjenige, welcher* …", flüsterte Honey.

„Meinst du damit, derjenige, der dich zum Höhepunkt bringen kann?", fragte Tash nach.

„Oder eher im Sinne von … endgültig der Richtige?" Nell sah sie aus großen braunen Augen wachsam an.

Honey schlug die Hände vors Gesicht und überlegte, wie sie ihre Gefühle in Worte fassen sollte. „Ich weiß es nicht." Nell und Tash verließen zeitgleich ihre Plätze und ließen sich rechts und links von ihr aufs Sofa fallen. Honey lehnte sich zwischen ihnen zurück und nahm das Glas Wein, das Tash ihr hinhielt. „Ich weiß es wirklich nicht, und das macht mir eine Heidenangst. Vielleicht ist er ja beides?"

Als sie später am Nachmittag nach Hause kam, rannte Honey durch den Flur zu ihrer Wohnung, für den Fall, dass Hal seine Tür aufmachte. Sie konnte ihm jetzt noch nicht gegenübertreten, nicht, nachdem sie in den letzten Stunden mit Nell und Tash ihre aufkeimenden Gefühle für ihn diskutiert hatte. Sie hatten sie beide begleiten und ihn kennenlernen wollen, aber Honey wusste, dass er das hassen würde, und hatte strikt abgelehnt. Nell hatte sich vergewissern wollen, ob er zu Honey passte, und Tash hatte den Mann sehen wollen, der laut Honey küssen konnte wie kein anderer. Ein anderes Mal, hatte sie ihnen gesagt, und damit gemeint: *nie im Leben.*

Nach reiflichen Überlegungen waren die zwei zu dem Schluss gekommen, dass Honey wie ein Schulmädchen in ihren Nachbarn verknallt war. Die Möglichkeit, dass es Liebe sein könnte, hatte Nell ausgeschlossen, da Honey ihn nur ein einziges Mal geküsst hatte und achtzig Prozent der „Beziehung" einseitig waren.

Sie hatten auch beschlossen, dass Honey die Möglichkeit eines neuerlichen Körperkontakts in Betracht ziehen sollte, um ihre Reaktion auf ihn zu überprüfen. Immerhin hatte er sie geküsst, kurz nachdem sie das Fiasko mit Deano erlebt hatte; sie war danach äußerst verwundbar und somit leicht zu beeindrucken gewesen.

„Mit anderen Worten", hatte Tash gesagt, „du musst noch einmal mit ihm herumknutschen und sehen, ob er dich wieder so in Wallung bringt."

Und so war es beschlossene Sache. Projekt Pianist beendet, Operation „Mit-Hal-Knutschen" eingeleitet. Honey wollte nun ein paar Stunden schlafen und sich dann das Ganze noch einmal durch den Kopf gehen lassen.

15. KAPITEL

Etwas Schlaf und danach ein starker Kaffee ließen alles in einem anderen Licht erscheinen, nachdem die Wirkung des Mittagsweins nachgelassen hatte. Der Plan war einfach unmöglich.

Sie konnte ja wohl kaum hinübergehen und verlangen, mal eben so geküsst zu werden; außerdem war Honey nicht bereit, Hal dazu zu verführen. Sollte er sie je noch einmal küssen, dann ausschließlich weil er das wollte, nicht weil sie ihn absichtlich dazu verleitete, um einen völlig unwissenschaftlichen Versuch durchzuführen.

Honey dachte auch noch an ihn, während sie zum Abendessen den Rest der Bolognese verspeiste – zum Glück hatte Hals damit recht gehabt, dass die Soße am nächsten Tag besser schmeckte. Natürlich konnte sie versuchen, ihm wieder etwas davon zu bringen, aber wahrscheinlich würde er sie doch nur ignorieren oder beschimpfen. Sie war hin- und hergerissen zwischen Wut auf ihn, weil er so stur war, und Mitleid, denn außer ihr meldete sich bestimmt niemand bei ihm. Das führte letztlich wieder dazu, dass sie wütend auf ihn wurde, weil er sich wie ein Scheusal aufführte, sodass er wahrscheinlich alle vergrault hatte, denen er je etwas bedeutet hatte. Schließlich war Hal ja kein Außerirdischer. Er war ein Mensch, der Freunde haben musste, Familie, eine Vergangenheit, und doch schien ihm nichts davon hierhergefolgt zu sein. Wie konnte das sein? Wusste man überhaupt, wo er war? Verdammt, er konnte ja auch durchaus eine Frau und Kinder haben.

Honey dachte weiter über ihn nach, fand, dass Nüchternsein überbewertet wurde, und schenkte sich ein Glas Rotwein ein. Der Mann lebte mit ihr unter einem Dach, um Himmels willen, da war es doch wohl gerechtfertigt, dass sie mehr über ihn erfuhr als nur seinen Vornamen.

Ob er wohl gerade schlief? Fühlte er sich einsam? Beim Gedanken, Hal könnte sich einsam fühlen, weil sie ihn vernachlässigt hatte, fiel ihr Blick auf den immer noch verpackten Rasierapparat, der seit Tagen auf dem Wohnzimmerregal lag.

Ein ebenso guter Grund wie jeder andere. Sie würde ohnehin nicht schlafen können, wenn sie nicht wenigstens vorher beim ihm angeklopft hatte. Machte sie das zu einer aufdringlichen Nachbarin? Gut, vielleicht ein bisschen. Aber in erster Linie konnte sie der Chance nicht widerstehen, ihn zu sehen. Vielleicht antwortete er ja, vielleicht auch nicht. Einen Moment später stand sie plötzlich im Flur vor seiner Tür, die Fliesen fühlten sich kühl unter ihren bloßen Füßen an.

„Hal?“, rief sie leise, wie ein Teenager vor dem Schlafzimmerfenster seiner verbotenen Liebe. „Hal? Bist du wach?“

Es war erst kurz nach neun, daher war sie sich sicher, dass er noch auf war. Als er nicht antwortete, klopfte sie zaghaft an. „Hal, bitte. Rede mit mir.“

Die Stille zog sich in die Länge, und Honey lehnte seufzend die Stirn an seine Tür. Kein Laut drang aus seiner Wohnung. Das Reden mit ihm wurde allmählich so ähnlich wie Tagebuchschreiben – befreiend, aber ein einseitiger Dialog.

„Bitte, mach auf! Oder lass mich zumindest wissen, dass du noch lebst. Wirf etwas an die Tür, von mir aus.“

Er tat nichts dergleichen, aber Honey geriet trotzdem nicht in Panik. Das war inzwischen mit solcher Regelmäßigkeit vorgekommen, dass sie wusste, er hörte ihr wahrscheinlich zu und beschloss, sie nicht zu beachten. Das jedoch regte sie über alle Maßen auf. Sie sah auf die Schachtel mit dem Rasierapparat in ihrer Hand.

„Ich habe etwas für dich, obwohl ich wirklich nicht weiß, warum ich mir das überhaupt antue, da du dich nicht mal aufraffen kannst, mir zu antworten. Ich bin das langsam ziemlich leid, nur damit du es weißt.“ Stille. Sie schlug sich leicht gegen die Stirn. „Ist es das, Hal? Du strafst mich weiter mit Nichtachtung, bis ich aufgebe und für immer verschwinde? Hast du das mit allen anderen Menschen in deinem Leben auch so gemacht? Mit deiner Familie, deinen Freunden? Hast du sie wie Dreck behandelt, bis sie sich einfach nicht mehr mit dir abgegeben haben? An dem Punkt bin ich nämlich jetzt auch angekommen. Ich bin ganz kurz davor, nie wieder an deine Tür zu klopfen."

Honey war klar, dass sie wahrscheinlich zu weit ging, aber war das schließlich nicht der Zweck dieses Gesprächs? Ihn an seine Grenzen zu bringen und ihn aus diesem endlosen, schmerzlichen Schweigen zu locken? Sie wollte ihren abendlichen Gefährten zurückhaben; ihre fünf Hal-Minuten, diese kostbare Zeit, die so mühelos zu einem Highlight des Tages geworden war. Wie hatte er das nur hinbekommen? Ganz bestimmt hatte er sie nicht mit seinem Charme dazu gebracht, Zeit mit ihm verbringen zu wollen, meist war er geradezu grenzwertig beleidigend gewesen. Er nannte sie Mutter Teresa, machte sich über alles in ihrem Leben lustig, und dann küsste er sie, bis sie Sterne sah und ihm am liebsten die Kleidung vom Leib gerissen hätte. Also ja. Vielleicht wollte sie ihn auch ein wenig beleidigen. Ihn wütend machen, so, wie er sie wütend machte; ihn aus seiner verdammten Selbstgefälligkeit in die reale Welt zurückholen, in eine Welt, in der Menschen Risiken eingingen, sich manchmal gegenseitig verletzten und sich manchmal küssten, bis es ihnen wieder besser ging.

Mitten in diese Gedanken hinein hörte sie ihn plötzlich durch seinen Flur gehen, und ihr Herzschlag beschleunigte sich. „Mach die Tür auf, Hal, ich weiß, dass du da bist."

„Rede *nie wieder* von meiner Familie, hast du mich verstanden?", brüllte er so laut, dass sie vor Schreck einen Schritt zurückwich. „Du weißt nichts, gar nichts über mich, weder über meine Familie noch über meine Freunde. Ist das in deinem Oberstübchen angekommen?"

„Oh ja, ist angekommen, Hal", schrie sie zurück, ihr platzte endgültig der Kragen. „Heißt du überhaupt Hal? Oder hast du mir etwas vorgelogen? Natürlich habe ich keinerlei Recht, danach zu fragen. Ich bin nur die Idiotin, die dir ständig Essen und Whisky bringt und deine miese Laune über sich ergehen lassen muss, weil ja sonst niemand da ist. Gut. Ich bitte vielmals um Entschuldigung, vielen Dank auch." Der Wein hatte ihre Zunge gerade so weit gelöst, dass Honey vollkommen ehrlich sein konnte, und das fühlte sich verdächtig gut an. Geradezu befreiend sogar. Sie überlegte kurz, in ihre eigene Wohnung zurückzustürmen, aber weil sie mit hundertprozentiger Sicherheit wusste, dass er ihr nicht folgen würde, blieb sie, wo sie war.

Seine Tür ging auf. Nicht nur einen ganz kleinen Spalt, wie Honey es gewöhnt war. Dieses Mal wurde sie sperrangelweit aufgerissen. Hal baute sich vor ihr auf. Weil sie keine Schuhe anhatte, wirkte er noch größer als ohnehin.

„Was willst du von mir? Irgendeine kleine Geschichte?“, fuhr er sie an, ganz starr vor Wut. „Was genau willst du denn wissen, hm? Meinen Namen? Mein Name ist Benedict Hallam, und ja, ich habe eine Familie. Eine Mutter, einen Vater, eine Schwester. Und ja, ich habe auch Freunde. Zumindest dachte ich das, ehe die Idioten zu dem Schluss kamen, dass ein Freund, der nicht mehr sehen kann, nicht so gut in ihr Partyleben passt. Ich hatte ein Leben, Honeysuckle, und ein verdammt gutes noch dazu. Ich *war* jemand. Jemand mit einer Freundin, mit einem eigenen verdammt schicken Restaurant und verdammt schicken Gästen, okay?“ Er holte tief Luft. „Jetzt bin ich ein Niemand, nur ein armer, trauriger Tropf, der nicht sehen kann und sich auf die Barmherzigkeit seiner wohltätigen Nachbarin verlässt, auf die Brotkrumen, die von ihrem Tisch fallen, und auf ein paar Fummeleien. Verdammt armselig, mit anderen Worten.“

Honey starrte ihn an und versuchte zu verarbeiten, was er da eben gesagt hatte – ganz abgesehen davon, dass es sie bis ins Mark verletzte zu hören, ihr Kuss wäre nur eine „Fummelei“ gewesen. „Ich sehe nichts Armseliges, wenn ich dich anschaue“, erwiderte sie ruhig. „Ich sehe nur jemanden, der in Schwierigkeiten steckt.“

Er lachte rau. „Und da kannst du dem Bedürfnis nicht widerstehen, sofort herbeizueilen und mich zu retten, oder? Aber für wen tust du das wirklich, Honey? Für mich oder nur damit du nachts mit gutem Gewissen schlafen kannst?“

„Ich empfinde kein Mitleid für dich, falls du darauf hinauswillst“, sagte sie und hätte ihn am liebsten geschüttelt. „Ich meine, natürlich tut es mir leid, dass du dich so … so schlecht fühlst und dass irgendetwas Schreckliches passiert ist, wodurch du blind geworden bist. Aber glaub nicht eine Minute lang, dass ich bei dir anklopfe und dir Sachen bringe, weil ich Mitleid mit dir habe."

„Warum dann, Honeysuckle? Warum lässt du mich nicht einfach in Ruhe?"

„Weil ich dich aus irgendeinem verdammten, unerfindlichen Grund zufällig gernhabe! Du bringst mich zum Lachen, wenn du mich nicht gerade beschimpfst; du bist plötzlich unglaublich lieb, wenn ich gar nicht damit rechne. Und dein Lächeln stellt merkwürdige Dinge mit mir an; vielleicht weil es wie eins dieser vom Aussterben bedrohten, seltenen Tiere ist, das man endlich in einem Zoo zu sehen bekommt und dann ewig lange anstarrt, weil man weiß, dass man es für lange Zeit nicht wiedersehen wird. Oder überhaupt nie mehr. Okay? Ich bin einfach nur gern mit dir zusammen." Nun gut, vielleicht hatte der Wein ihre Zunge doch etwas zu sehr gelöst.

„Behandle mich nicht wie dein Lieblingstierschutzprojekt! Ich bin kein vom Aussterben bedrohter Pandabär, den du mit Bambusstangen anlocken kannst, damit er seinen Bau verlässt."

Sie sah auf den Rasierapparat in ihrer Hand. Gut, das hier war kein Bambus, aber hatte er womöglich recht? War sie mit einer Art Köder gekommen, um ihn hervorzulocken? Und selbst wenn es so sein sollte – was war daran so falsch? Sie sah sonst keine Leute hier, die Schlange standen, nur um etwas Licht in sein Leben zu bringen.

„Weißt du was, Hal? Du hast vollkommen recht. Mit allem. Wirklich allem. Ich weiß nicht, was ich mir dabei gedacht habe, mich herzubemühen und dir ein Geschenk mitzubringen, das du so offensichtlich gar nicht haben willst!" Sie rammte ihm die Schachtel mit dem Rasierapparat förmlich in den Bauch. „Hier. Steck dir deinen Bambus sonst wo hin."

Ehe er noch dazu kam zu antworten, hatte sie kehrtgemacht, stürmte in ihre Wohnung und knallte die Tür zu.

„Honey? Mach schon auf."

Sie stand immer noch mit dem Rücken an die Wohnungstür gelehnt, als Hals Stimme ein paar Minuten später ertönte.

„Danke für den Bambus."

Sein sanfter Tonfall brachte sie ganz aus der Fassung; seine Stimme erklang viel zu nah an ihrem Ohr. Sie schluckte krampfhaft. „Es ist ein Rasierapparat", murmelte sie und öffnete die Tür.

„Dachte ich mir schon." Er hielt die Schachtel in den Händen. „Vielleicht wäre es gut, wenn du mit rüberkommst und mir zeigst, wie ich ihn benutzen kann", fügte er leise hinzu und streckte ihr die freie Hand entgegen.

Honey starrte die Hand an, ihre Kehle war auf einmal wie zugeschnürt. Es war eine so schlichte und doch machtvolle Geste, der man unmöglich widerstehen konnte. Honey wusste, dass sie ziemlich schnell in alle möglichen Schwierigkeiten geraten konnte, wenn sie mit in seine Wohnung ging, dennoch legte sie ihre Hand in seine und folgte ihm.

Honey war noch nie in seiner Wohnung gewesen. Diese erwies sich als exaktes Spiegelbild von ihrer, zumindest so, wie sie bei Honeys Einzug ausgesehen hatte. Helle Wände, einfache, ordentliche Zimmer; eine typische Mietwohnung eben. Honey hatte ihrer im Lauf der Zeit eine persönliche Note verliehen; bunte Garderobenhaken, ein hübsches Rollo, das sie im Laden entdeckt hatte, eine ins Kopfende ihres Bettes geschlungene Lichterkette. Kleine Akzente, die eine große Wirkung erzielten. In Hals Wohnung fehlten solche Dinge, aber er wohnte ja auch noch nicht lange hier, und es war offensichtlich, dass eine hübsche Einrichtung im Moment für ihn ziemlich unwichtig war. Er hatte ihr viel Neues über sich entgegengeschleudert, worüber sie nachdenken musste, aber nicht jetzt. Jetzt gerade schenkte er ihr wieder diese kostbaren, seltenen zehn Prozent, und sie wollte nicht eine Sekunde davon vergeuden.

„Im Wohnzimmer?", fragte sie.

„Eigentlich macht man so etwas eher im Badezimmer. Vorausgesetzt, wir sprechen immer noch vom Rasieren."

Honey war froh, dass er so locker mit der unerwartet eingetretenen Situation umging, und folgte ihm durch den Flur ins Badezimmer. Er schaltete das Licht an, klappte den Deckel der Toilette herunter und setzte sich darauf.

„Hast du schon mal jemanden rasiert?", erkundigte er sich.

„Du willst, dass *ich* das mache?", rief sie überrascht. Sie war davon ausgegangen, dass sie ihm den Umgang mit dem Apparat erklärte und er sich dann selbst rasierte.

„Wäre das ein Rasiermesser, würde ich es mir wohl zweimal überlegen, aber ich nehme an, es ist ein Elektrorasierer. Ich bin mir ziemlich sicher, dass du mich damit nicht umbringen kannst."

Honey öffnete die Verpackung und ließ den Apparat in ihre Hand gleiten.

„Ist ein Aufsatz zum Trimmen dabei?", wollte Hal wissen. „Damit müsstest du den Bart zuerst stutzen, ehe du den Rasierer benutzt." Er fuhr sich mit der Hand übers Kinn. „Er ist viel zu lang, da kann man nicht sofort mit dem Rasierer anfangen."

Honey fand den Trimmaufsatz, sah in der Gebrauchsanweisung nach, wie man ihn aufsetzte, und steckte den Stecker in die Steckdose neben dem Badezimmerspiegel. In dem winzigen Raum hatte sie das Gefühl, als rückten die Wände immer näher. Hal drehte den Kopf zur Seite und hielt ihr seine Wange entgegen, doch dann seufzte er und ließ den Kopf wieder sinken.

„Warte, Honey. Eins noch." Honey erstarrte, als sie merkte, was er vorhatte. Nach kurzem Zögern nahm er die Brille langsam ab, klappte sie zusammen und legte sie vorsichtig an den Rand des Waschbeckens. Honey hielt den Atem an. Zum ersten Mal erlaubte er ihr, ihn ohne die schützende Brille zu sehen, abgesehen von den wenigen Sekunden damals, als er im Flur gestürzt war und sie sich kennengelernt hatten.

Hal hatte ganz sicher die schönsten Augen der Welt. Sie waren von einem warmen Braun mit bernsteinfarbenen Sprenkeln, umrahmt von einem Kranz langer dunkler Wimpern. Augen, in denen man versinken konnte. Es tat Honey in der Seele weh, dass so unglaubliche Augen nicht mehr sehen konnten. „Danke“, flüsterte sie und dachte dabei *danke für dein Vertrauen*.

Er wandte ihr wieder sein Profil zu. „Mit Brille hättest du mich ja schlecht rasieren können. Fang auf dieser Seite an und arbeitete dich langsam vor. Entspann dich, Honey. Es ist nicht schlimm, wenn es schiefgeht. In meinem Kalender sind nicht gerade gesellschaftliche Verpflichtungen eingetragen. Mach es einfach.“

Honey straffte die Schultern und schaltete den Trimmer ein. Ja, das konnte sie schaffen. Sie schob sich in den schmalen Raum zwischen Hals Beinen und dem Waschtisch, legte eine Hand unter sein Kinn und setzte vorsichtig den Schneider an. „So?“, fragte sie unsicher; plötzlich war sie sich auch der Wärme überdeutlich bewusst, die Hal ausstrahlte.

„Genau so“, murmelte er, als sie über seinen Hals nach oben fuhr. „Versuch, die Hand ruhiger zu halten. Du zitterst.“

Honey verfolgte, wie Streifen um Streifen seines Barts verschwand, bis nur noch dunkle Bartstoppeln zu sehen waren. Dunkle, ziemlich sexy wirkende Bartstoppeln.

„Ganz langsam“, flüsterte er, als sie zu schnell wurde, und schloss die Augen. Diese Worte … Das Bedürfnis, ihn zu küssen, wurde überwältigend. Sie wollte ihn dasselbe murmeln hören, wenn er sich nackt an sie schmiegte. Ob er dieselben Gedanken hatte? Seine Augen waren immer noch geschlossen, als sie seinen Kopf sacht in die andere Richtung schob.

„Das hat noch nie jemand für mich gemacht“, sagte er mit rauer Stimme. „Es gefällt mir.“ Sein Arm ruhte hinter ihr auf dem Waschtisch, und bei jeder Bewegung streifte ihr Po seine Hand.

„Mir auch“, erwiderte sie und wusste selbst nicht, ob sie das Rasieren meinte oder das Gefühl seiner Hand an ihrem Po. „Von hier aus komme ich schlecht an die andere Seite, das Kabel ist nicht lang genug. Meinst du, du könntest dich umdrehen?“ Skeptisch sah sie sich um.

„Das könnte ich. Oder wäre es einfacher, wenn du …“ Er legte die Hände um ihre Taille und zog Honey vor sich, bis sie mit gespreizten Beinen über seinen Knien stand. „Vielleicht könntest du dich auf meinen Schoß setzen?“

Sie streckte den Arm mit dem Trimmer weit von sich, weil sie befürchtete, Hal damit zu verletzen, so sehr zitterte sie. Er übte sanften Druck auf sie aus, bis sie tatsächlich auf seinem Schoß saß.

„Besser?“, fragte er leise.

„Ja“, hauchte sie.

„Dann mach weiter.“ Er wandte ihr die Stelle seines Gesichts zu, an der sie vorhin aufgehört hatte.

Als sie vorsichtig über seinen Adamsapfel fuhr und sich bemühte, dabei so gut wie gar nicht zu atmen, schluckte er leicht. Nur zu gern wäre sie der Spur des Trimmers bis zu Hals und Lippen gefolgt.

Sie spürte die Wärme seiner Hände durch ihr dünnes Baumwollkleid. Er fing an, sie mit den Daumen zu streicheln, ganz langsam, genau, wie er es ihr vorhin gesagt hatte.

„Wie sieht es aus?“, wollte er wissen, während sie sich bis zu seinen Ohren hocharbeitete und auch diese Stellen am liebsten geküsst hätte.

„Wirklich gut, Rockstar, wirklich gut.“ *Wenn er wüsste, wie gut.* Sie schaltete den Apparat aus und legte ihn beiseite. „Ich glaube, ich bin fertig.“

Er zog die Hände nicht fort – im Gegenteil, er schien Honey sogar auf seinem Schoß festzuhalten. „Gut. Dann musst du jetzt mit den Händen darüberstreichen, um zu prüfen, dass auch nichts mehr übersteht.“

Honey schluckte krampfhaft und legte die Hände an sein Gesicht. Sie konnte nicht anders, sie schloss die Augen und begann genussvoll, seine Züge zu erkunden; die hohen Wangenknochen, die Konturen seines Kinns – und die ganze Zeit über war sie sich seiner Hände auf ihrer Taille mehr als bewusst.

„Ich glaube, für eine Anfängerin habe ich ganz gute Arbeit geleistet“, murmelte sie und schlug die Augen wieder auf.

Er seufzte, ließ die Hände tiefer sinken und zog Honey an sich. „Und ich glaube, dass das wahrscheinlich die beste Rasur war, die ich je erlebt habe." Er vergrub die Hände in ihrem Haar und küsste sie, genauso leidenschaftlich, wie sie es sich seit Wochen erträumt hatte.

Hal war verloren. Er wusste, eigentlich hätte er dem Ganzen Einhalt gebieten müssen, aber die Worte kamen ihm nicht über die Lippen, weil Honey sich so verdammt gut in seinen Armen anfühlte. Er hatte es sich Hunderte Male ausgemalt, und es war millionenfach besser. Weicher. Wärmer. Sie war so verdammt hingebungsvoll!

In den vergangenen Wochen hatte er sich in Bezug auf Honey immer wieder selbst zu einem *Nein!* gezwungen. *Nein, ich werde nicht antworten, wenn sie heute Abend anklopft. Nein, ich werde nicht mit ihr zu Abend essen. Nein, ich werde sie nicht küssen.* Er hatte sich ständig Entbehrungen auferlegt, doch dann hatte sie an diesem Abend einen Nerv bei ihm getroffen, er hatte die Tür aufgemacht – und den Kampf verloren. Sie hatte wieder nach Erdbeeren geduftet und sich angehört, als hätte er sie tief verletzt. Trotzdem hatte sie es geschafft, ihm zu sagen, wie sehr sie ihn mochte. Und ein verdammtes Geschenk für ihn besorgt.

Aus einem Nein wurde allzu mühelos ein Ja, wenn sie sich in seiner Nähe aufhielt. Er hielt sie ganz fest, und seine Vorsätze schmolzen dahin. „Ich will dich", hörte er sich selbst keuchen. „Ich will dich so sehr ..."

„Ich gehöre dir", flüsterte sie und zog ihm das Shirt aus.

Honey war die erste Frau seit seinem Unfall, die er berührte, die erste, die ihn berührte. Er wünschte, er hätte die Schönheit dieses Mädchens auf seinem Schoß sehen können, wusste aber auch so, dass Honey wunderschön war. Das sagten ihm seine Hände und sein Herz. Ich gehöre dir, hatte sie gesagt. Das stimmte nicht, und es konnte auch niemals wahr werden, aber im Moment wünschte er sich nichts sehnlicher, als dass es so wäre.

Honey lernte von Hal etwas, das ihr noch kein anderer Mann je beigebracht hatte – die Kunst, es langsam angehen zu lassen. Die

Männer in ihrer Vergangenheit hatten die Sache mit dem Küssen meist schnell hinter sich gebracht, um die Frau, die sie begehrten, möglichst bald aus ihren Klamotten schälen zu können. Hal nicht. Er ließ sich Zeit, ging sanft und bedächtig vor und umfing ihr Gesicht dabei mit den Händen. Seine Küsse waren nicht einfach nur intim, sondern beinahe ehrfurchtsvoll – genau so, wie jede Frau geküsst werden sollte, es aber nur wenigen vergönnt war. Hal fühlte sich heiß und muskulös an, aber für Honey war im Moment sein Mund der Mittelpunkt ihrer Welt. Dabei wurde sein nackter Oberkörper Hals Spitznamen „Rockstar“ in jeder Hinsicht mehr als gerecht. Er sah unglaublich gut aus. Schlank. Gut gebaut. Wunderschön. Tätowierungen rankten sich auf seinen Armen, dunkle Hinweise auf eine stürmische Jugend und einen impulsiven Charakter. Er hatte etwas Kantiges an sich, eine Aura von Gefahr umgab ihn. *Komm mir nicht zu nahe, wenn du nicht bereit bist, volles Risiko einzugehen.* Hätte Honey ihn zusammenfassend mit nur einem Wort beschreiben müssen, hätte sie wohl *tödlich* gewählt.

„Vergiss nicht zu atmen“, murmelte er. Er neigte ihren Kopf mit sanftem Druck nach hinten, strich mit den Lippen über ihre Kehle und küsste die kleine Mulde darunter. Dann begann er, die kleinen Knöpfe vom Vorderteil ihres Kleides aufzuknöpfen.

Das Atmen nicht zu vergessen war leichter gesagt als getan, wenn er ihr dabei das Kleid bis zur Taille herunterzog und anschließend die Hände an ihren Seiten ruhen ließ. Noch immer auf ihm sitzend, hörte sie ihn aufstöhnen, als er den Kopf weiter senkte und den Ansatz ihres Busens küsste. Sie spürte seine warmen Hände durch die Spitze ihres BHs, während er mit den Daumen über die empfindsamen Knospen darunter rieb, bis sie sich aufrichteten.

Genau so soll es sich anfühlen, dachte sie, als Hal ihren BH öffnete und fallen ließ. Seine Art, sie zu halten, ihr Gesicht zu umfassen, die Augen zu schließen, wenn er sie küsste – all das berührte sie zutiefst. Sie strich ihm übers Haar, als er die Spitzen ihrer Brüste abwechselnd in den Mund nahm, und beobachtete das Spiel seiner Zunge und seinen geradezu andächtigen

Gesichtsausdruck. Diesen Ausdruck hatte sie bei ihm noch nie wahrgenommen; es war aufwühlend und unglaublich erotisch.

„Bitte, Hal", flehte sie und streichelte ihm über die Schultern, bis er den Kopf hob und sie erneut küsste, dieses Mal hart und fordernd. Schon vorher hatte sie seine Küsse für etwas ganz Besonderes gehalten, aber dieser war schwindelerregend. Hal presste sie an sich, eine Hand nun in ihrem Haar, die andere wie es schien gleichzeitig an ihrem Nacken, an ihren Brüsten und auf ihren Oberschenkeln unter dem Kleid.

„Du sollst es sein", flüsterte sie. „Ich möchte, dass du es bist." Unruhig bewegte sie sich auf seinem Schoß und wünschte sich von Hal alles, was er ihr geben konnte. Näher denn je war sie drauf und dran ... ob einen Höhepunkt zu erleben oder sich ernsthaft zu verlieben, dessen war sie sich selbst nicht sicher.

Ihre Worte strömten in seinen Mund, während er nach ihrem Spitzenslip tastete. „Du sollst es sein", hatte sie gesagt, „ich möchte, dass du es bist." In seinem ganzen Leben hatte Hal noch keine Frau so sehr begehrt. Er war so erregt, dass es wehtat, und er spürte auch ihre Wärme durch die Spitze des Slips. Das berauschende Gefühl, begehrt zu werden, sich wieder wie ein Mann zu fühlen, war wie eine Droge, zu der man nur schwer Nein sagen konnte.

„Honey", flüsterte er. „Sag, dass ich aufhören soll."

„Auf gar keinen Fall." Sie lächelte an seinen Lippen und öffnete den obersten Knopf seiner Jeans. Er merkte, dass sie ihn nicht ernst nahm, und er konnte es ihr kaum verübeln. Schließlich hatte er angefangen, sie auszuziehen, und sie geküsst, als gäbe es kein Morgen mehr. Sie erschauerte in seinen Armen, und er wünschte sich nichts sehnlicher, als ihr das zu geben, was sie brauchte.

„Honey", raunte er, zog die Hand unter ihrem Kleid hervor und neigte den Kopf etwas nach hinten. „Ich kann das nicht."

Er spürte, wie sie erstarrte. Dieses Mal hatte sie verstanden, dass er es ernst meinte, und zum ersten Mal war er froh, dass er blind war und ihren verletzten Gesichtsausdruck nicht sehen musste.

„Doch, du kannst …“ Sie klammerte sich an ihn, das Gesicht ganz dicht an seinem Ohr. „Lass mich in dein Leben, Hal. Ich will dich so sehr …“, flüsterte sie und strich ihm über den Rücken. Er spürte, wie sie sich an ihn drängte, und hätte sie nur zu gern wieder und wieder berührt. Gott, es würde so leicht sein, sie in sein Leben zu lassen, aber ihr würde nicht gefallen, was sie dort vorfand.

Er senkte den Kopf, barg das Gesicht an ihrem Hals und sog ihren Duft ein, ehe er sie sanft von sich schob. „Das darf nicht geschehen, Honey. Es tut mir leid, aber das darf es einfach nicht.“

Ihre Frustration war beinahe greifbar. „Doch! Das tut es doch längst! Du willst mich, Hal, das kann ich fühlen. Hier …“, sie berührte seinen Mund, „und hier …“, sie legte die Hände auf seine Brust, „und hier.“ Sie ließ die Hände sinken, aber Hal hielt sie fest.

Es tat ihm fürchterlich weh zu wissen, dass er es für sie nur dadurch leichter machen konnte, indem er sie anlog. „Im Moment vielleicht. Aber danach nicht mehr … und dann? Es wären nur zehn Minuten purer Irrsinn, Honey, weil ich einsam bin und du verzweifelt bist.“ Er hörte, wie sie scharf einatmete, und wusste, seine Worte hatten sie innerlich zerrissen. „Zieh dich wieder an und geh nach Hause. Morgen früh wirst du mir dankbar sein.“ Er hörte sie aufschluchzen und stolpern, als sie vor ihm zurückwich, und er hasste sich dafür.

„Du irrst dich“, brachte sie stockend hervor. „Ich werde dir morgen nicht dankbar sein, weil ich nämlich mit dir fertig bin.“ Er stand auf und folgte ihr in den Flur. „Ich bin fertig mit deinem Zorn, deiner Wut und den … den gelegentlichen Leckerbissen, die du mir hinwirfst.“ Sie holte erregt Luft. „Weißt du was, Hal? Du bist wirklich ein Arsch. Es macht dir Spaß, mich abwechselnd schlecht und gut zu behandeln, nur um mich bei der Stange zu halten.“

Sie klang überrascht über ihre eigene Wortwahl und genauso verstört, wie er sich fühlte. Er blieb ganz still im Flur stehen, und ihm war hundeelend zumute, als sie aus seiner Wohnung stürzte und die Tür lautstark hinter sich zuzog.

16. KAPITEL

Operation Mit-Hal-Knutschen beendet. Ich hasse ihn! Honey stapfte mit dem Handy in der Hand durch den Laden und tippte diese Gruppennachricht an Nell und Tash. Sie war genauso wütend aufgewacht, wie sie eingeschlafen war, wenn nicht gar noch wütender. Der Morgen war so grau wie ihre Stimmung gewesen, und als sie mit Stiefeln und im Regenmantel das Haus verlassen hatte, hätte sie seiner Wohnungstür am liebsten einen Tritt verpasst. Was war das Ganze für ihn? Ein Spielchen, ein unterhaltsamer Spaß? Was für ein Mann war das überhaupt? Er mochte ja sündhaft sexy sein, aber sie war verdammt wütend auf ihn. Seinetwegen litt sie jetzt unter sexuellem Frust, und es ärgerte sie maßlos, dass er das einzige Heilmittel dagegen zu sein schien.

Das Handy vibrierte in ihrer Hand, und Tashs Name erschien auf dem Display.

Also zurück zum Pianisten-Projekt?

Honey schnaubte und beantwortete die Frage. *Nein. Weder Pianisten noch grässliche Nachbarn. Gar keine Männer mehr, Punkt. Mit denen bin ich fertig.*

Kurz darauf vibrierte ihr Handy erneut. *Du meinst also, wir halten stattdessen jetzt Ausschau nach einer PianistIN …?*

Trotz ihrer schlechten Laune musste sie lachen. Das sah Tash ähnlich – auf alles eine schlagfertige Antwort.

„Honey, Liebes, könntest du mir bitte mal helfen? Das Ding ist schwer."

Sie sah auf, schob das Handy in ihre Hosentasche und eilte zur Ladentür. „Lucille, was machst du denn da?" Sie nahm ihr den schweren Karton ab. „Du hättest mich das abholen lassen sollen, das wiegt ja eine Tonne." Honey schleppte den mit Klebeband umwickelten braunen Karton zur Ladentheke. „Wo kommt der überhaupt her? Als ich vor zehn Minuten gekommen bin, standen keine Lieferungen draußen."

„Du hast es wahrscheinlich gar nicht mitbekommen, aber er

stand genau hier.“ Lucille setzte die Brille auf, die ihr an einer goldenen Kette um den Hals hing, und betrachtete den Karton prüfend. Weder ein Absender noch eine Angabe zum Inhalt standen darauf.

Honey zuckte die Schultern. „Muss eine Spende sein. Die Tür war ja offen, wahrscheinlich hat ihn irgendjemand hier hingestellt.“ Sie griff nach dem Brieföffner in der Schublade unter der Theke, doch als sie gerade das Klebeband aufschlitzen wollte, legte Lucille eine Hand auf Honeys Arm.

„Was ist, wenn es etwas Lebendiges ist?“, warnte die Freundin. „Ich habe in der Zeitung gelesen, dass eine Mutter einmal die Hausschlange ihres Sohns als Spende in einen Wohlfahrtsladen gebracht hat.“

Honey untersuchte den Karton. „Keine Luftlöcher.“

Lucille rümpfte die Nase. „Ich sage ja nur, dass du vorsichtig sein solltest.“

Honey schlitzte das Klebeband auf und klappte den Karton auf, damit sie sich den Inhalt ansehen konnten. Nach ein paar Sekunden fing sie zu lachen an. Lucille fasste hinein und zog eine von den vielen Handschellen hervor, alle flauschig und in sämtlichen Farben. Auf der beiliegenden, nicht unterschriebenen Notiz stand nur, dass sie eine Spende für die Heimbewohner wären, um sie bei weiteren Protestaktionen einzusetzen. Außerdem wünschte der Schreiber ihnen viel Erfolg bei der Kampagne, das Heim zu retten.

„Ist ja merkwürdig“, murmelte Honey. „Das sind gut und gern dreißig Paar.“

In dem Moment kamen Billy und Mimi in den Laden und spähten in den Karton neben Lucille.

„Donnerwetter, Liebling!“ Billy rieb sich begeistert die Hände. „Was für ein pikanter Start in den Tag! Ich nehme vier davon, bitte.“ Er zwinkerte Honey zu. „Aber dieses Mal schluckst du die Schlüssel bitte nicht herunter, Honeysuckle. Wir wollen doch nicht, dass Mimi in eine kompromittierende Situation gerät.“

„Die sind nicht zu verkaufen", erklärte Honey. „Sie sind soeben von einem geheimnisvollen Spender abgegeben worden, der eure Kampagne unterstützen will."

„Genau zum richtigen Zeitpunkt", meinte Mimi. „Wir haben nämlich gestern Abend im Heim beschlossen, dass sich immer einer von uns an den Zaun ketten sollte. Oder wenigstens bis es dunkel wird."

„Jeden Tag?" Honey war überrascht. Ziemlich viel verlangt von Leuten, die im Durchschnitt sechsundachtzig Jahre alt waren …

Mimi, Lucille und Billy nickten entschlossen. „So ähnlich wie ein Hungerstreik im Gefängnis, wenn du so willst", erklärte Billy. „Nur dass Patrick uns mit einem Lunchpaket versorgen wird."

„Also eigentlich ganz und gar nicht wie ein Hungerstreik", erwiderte Honey lachend. „Ich finde, das ist eine großartige Idee. Das wäre wirklich etwas für die Presse."

„Es war meine Idee", prahlte Mimi. „Deswegen bin ich auch als Erste an der Reihe. Honey, ruf Old Dons Sohn bei der Zeitung an, die sollen die Hufe herschwingen."

Billy suchte neongrüne Handschellen aus und ließ sie vor Mimi in der Luft baumeln. „Darf ich dir die Ehre erweisen, Liebes?"

Mimi nickte. „Aber nicht mit denen. Rote passen besser zu meiner Jacke, vielen Dank, Billy." Sie zwinkerte Honey zu, drehte sich um und marschierte aus dem Laden, um sich anketten zu lassen.

Lucille sah ihrer Schwester kopfschüttelnd nach und verschränkte die Arme vor der Brust. „So war sie schon immer. Musste überall die Erste sein", sagte sie ruhig. „Als Kind die Erste bei Tisch. Die Erste, die von zu Hause auszog." Sie runzelte die Stirn. „Die Erste, die zur Welt kam."

Honey hörte den Kummer aus Lucilles Worten heraus, was umso erstaunlicher war, als diese sich sonst ganz gern hinter ihrer temperamentvolleren Schwester einreihte.

„Aber das ist sie genau genommen gar nicht“, grübelte Lucille laut vor sich hin. „Mimi ist gar nicht als Erste zur Welt gekommen, sondern Ernie.“

Darum ging es also. Honey nickte langsam. „Hast du dich schon entschieden, was du wegen des Briefes unternehmen willst?“

Lucille seufzte. „Mimi hat beschlossen, dass es keinen Sinn hat, uns mit ihm zu treffen.“

„Und du?“, fragte Honey, um Neutralität bemüht.

„Er ist mein Bruder, Honey.“ Lucille spitzte die geschminkten Lippen, sodass sich viele feine Fältchen um ihren Mund bildeten. „Ich werde mich nächste Woche mit ihm treffen, und Mimi kann mich nicht daran hindern, weil sie nämlich nichts davon weiß.“

Honey verschlug es die Sprache. Sie spürte, dass sich Ungemach am Horizont zusammenbraute. Mimi und Lucille waren fast immer einer Meinung, hauptsächlich, weil Mimi die Entscheidungen traf und Lucille friedlich zustimmte. Es war höchst ungewöhnlich für sie, in einer solch wichtigen Angelegenheit unterschiedlicher Meinung zu sein, und Honey fühlte sich etwas unbehaglich, weil sie dank dieser Information nun gezwungen war, ein doppeltes Spiel zu spielen. „Es wäre vielleicht doch besser, wenn du Mimi Bescheid sagst“, schlug sie sanft vor. „Ich bin sicher, sie wird sich mit dem Gedanken anfreunden.“

„Oh nein, das wird sie nicht“, widersprach Lucille. „Sie ist stur wie ein Muli, und außerdem …“ Sie schlang die Arme um sich, als wolle sie ihr Geheimnis an sich drücken. „Außerdem möchte ich das noch eine Weile ganz für mich allein genießen.“

Honey sah in Lucilles blaue Augen, in denen ungewohnter Trotz stand. Sie hielt dieses Vorgehen nach wie vor für gefährlich. „Ich glaube, ich mache uns jetzt erst einmal ein Tässchen Tee“, sagte sie und ließ Lucille mit ihrem abwesenden Lächeln und ihrem Geheimnis zurück. Diese Sache verursachte ihr zunehmend ein flaues Gefühl im Magen.

Als es später am Abend an ihrer Tür klopfte, kam das für Honey nicht sonderlich überraschend. Tash war noch nie geduldig gewesen, wenn es um Klatsch und Tratsch ging. Die Freundin stellte eine Flasche Rotwein auf den Küchentresen, legte ihre Jacke ab und sah Honey fragend an. „Komm schon“, sagte sie. „Raus damit!“

Honey stellte zwei Weingläser auf den Couchtisch und ließ sich in die eine Ecke des Sofas fallen. „Da gibt’s nicht viel zu erzählen. Ich hab mich ihm an den Hals geworfen, und er hat mich zurückgewiesen.“

„Das ist doch nicht die ganze Geschichte!“ Tash schenkte Wein ein, reichte Honey ein Glas und machte es sich dann in der anderen Sofaecke bequem. „Hast du etwa einfach bei ihm angeklopft und verlangt, dass er dich küsst?“

„Nein, natürlich nicht“, erwiderte Honey gedehnt. „Ich … nun, eigentlich wollte ich gar nicht zu ihm gehen, weil es ein unglaublich dummer Plan war, der niemals funktioniert hätte.“ Sie trank einen Schluck Wein und genoss die wohltuende Wärme, die er in ihr verbreitete. „Aber dann ist mir eingefallen, dass ich ihm den Elektrorasierer noch nicht gegeben hatte, den ich aus dem Laden für ihn mitgenommen hatte, also bin ich dann doch zu ihm gegangen. Nicht, um ihn zu küssen, sondern nur, um den Rasierer abzugeben.“

„Du hast ihm einen Rasierapparat gekauft? Du weißt schon, dass das ziemlich einfallslos ist, oder?“

„Er brauchte einen“, verteidigte Honey sich. „Er war schon ziemlich … zugewuchert.“

Tash machte eine wegwerfende Handbewegung, die Geschichte mit dem Rasierer interessierte sie nicht sonderlich. „Und was weiter?“

Honey schnaubte. „Ich klopfte bei ihm an, verlor die Beherrschung, weil er mich ignorierte, dann öffnete er die Tür und verlor ebenfalls die Beherrschung. Brüllte mich an, sein Name wäre Benedict Hallam, und er hätte früher auch ein Leben gehabt.“

Tash runzelte die Stirn und riss plötzlich die Augen weit

auf. „Nicht wahr! Honey! Benedict Hallam ist dein verrückter Nachbar?"

„Kennst du ihn?" Sein Name war Honey auch irgendwie bekannt vorgekommen, aber dann hatte sie viel zu intensiv mit sich gehadert, ob sie ihn liebte oder hasste, und hatte es verdrängt.

„Du kennst ihn auch." Tash stellte ihr Glas auf den Tisch. „Benedict Hallam, der angesagte Promikoch!" Wieder runzelte sie die Stirn und dachte nach. „Er hatte ein piekfeines Restaurant in London und … Oh Gott, ja, jetzt fällt es mir wieder ein! Er hatte einen Unfall … war wohl ein echter Adrenalin-Junkie … er ist beim Snowboarden verunglückt, oder?"

Honey nickte langsam. Das kam ihr irgendwie bekannt vor, aber sie las längst nicht so viele Hochglanzmagazine wie ihre Freundinnen.

„Ist er jetzt gerade drüben?", fragte Tash aufgeregt. „Kann ich hingehen und ihn kennenlernen?"

„Das kommt nicht infrage! Du wirst nicht mit ihm reden, er würde ohnehin nicht die Tür aufmachen, sondern uns mieses Zeug an den Kopf werfen. Er ist der unhöflichste Mann, den du je kennenlernen würdest. Und das ist noch untertrieben."

„Den Bildern nach, die ich von ihm in der Zeitung gesehen habe, ist er verflucht sexy", meinte Tash.

Honey nahm einen größeren Schluck Wein als beabsichtigt. „Er ist vermutlich ganz okay."

Tash warf ihr einen vielsagenden Blick zu. „Er ist verflucht sexy, und das weißt du auch."

„Na schön, auch egal. Er ist verflucht sexy", grollte Honey. Sie wusste, es ergab wenig Sinn, darüber zu streiten, weil Tash recht hatte. „Aber er ist auch absolut erbärmlich. Erst hat er mir falsche Hoffnungen gemacht, und dann hat er mich aus der Wohnung geworfen."

„Also, noch einmal zurück zu deiner Geschichte. Du hast ihn angebrüllt, er hat dich angebrüllt … und was dann?"

„Dann hat er auf sexy umgeschaltet und mich gebeten, ihn zu rasieren."

„Oh. Mein. Gott.“ Tash seufzte. „Ich liebe ihn.“

„Und irgendwann hat er mich auf seinen Schoß gezogen, mein Kleid aufgeknöpft und mich geküsst, dass mir Hören und Sehen verging.“

Tash befeuchtete sich die Lippen. „Ich weiß, du wirst das jetzt unmöglich von mir finden, aber ich habe in einer Zeitschrift gelesen, dass blinde Männer besser im Bett sind. Einfühlsamer und erfahrener mit den Händen, weil sie nicht beim Anblick einer nackten Frau den Verstand verlieren. In Ermangelung eines Pianisten könnte er perfekt geeignet sein, dir bei deinem kleinen Problem zu helfen.“

„Das ist es ja. Er hat etwas, das ich mir einfach nicht erklären kann. Er muss mich nur berühren, und schon bekomme ich weiche Knie. Er ist absolut unhöflich zu mir, geradezu unverschämt – und im nächsten Moment küsst er mich, und ich schmelze dahin.“

„Er hat dich also ausgezogen, geküsst ... und was geschah dann?“

„Er brachte mich tatsächlich so weit, dass ich ihn förmlich anflehte, mit mir zu schlafen, bevor er von jetzt auf gleich beschloss, dass er genug von mir hätte, und mir sagte, ich solle besser nach Hause gehen.“

Tash verzog das Gesicht. „Der Klassiker.“

Honey sah sie zweifelnd an.

„Das männliche Gegenstück zu einer Kokotte“, ergänzte Tash.

Beinahe hätte Honey laut aufgelacht. Das Wort hatte sie ihm gegenüber auch benutzt.

„Er hat dir keinerlei Erklärung dafür gegeben?“

Honey schüttelte den Kopf. „Nur dass ich ihm am nächsten Morgen dankbar sein würde. Was ich übrigens absolut nicht war.“

„Das ist echt hart, Süße“, sagte Tash mitfühlend, doch dann seufzte sie schwer. „Aber was für ein heißer Typ. Meine Güte.“

„Du solltest eigentlich auf meiner Seite sein, schon vergessen?“

„Bin ich auch, bin ich auch.“ Tash schwenkte den Wein in ihrem Glas. „Er hat dich wirklich mies behandelt. Willst du meinen Rat?“

Honey nickte. Alle Ratschläge wurden dankend angenommen, sogar Tashs.

„Entweder du gehst nach drüben und verlangst, dass er das zu Ende bringt, was er angefangen hat, oder du hörst auf, ihm nachzutrauern, und siehst wieder nach vorn.“

„Ich trauere ihm nicht nach.“

„Für mich hört sich das aber ganz so an.“

„Ich habe noch nie im Leben jemandem nachgetrauert.“ Sie fing sich einen zweifelnden Blick ein.

„Ich empfehle die erste Möglichkeit, nur damit du es weißt. Du hast da einen heißen Promikoch, der sich nebenan verkriecht. Nutze das. Bring ihn dazu, dir etwas zu kochen und dann wieder diese magischen Dinge mit dir anzustellen, bei denen dir die Knie weich werden.“

„Hm … er hat mich letzte Nacht abgewiesen, schon vergessen?“

„Ach, Honey“, meinte Tash gedehnt. „Du bist eine Frau. Er ist ein Mann. Ihr seid beide einsam. Wahrscheinlich hatte er gestern nur einen schlechten Tag. Versuch’s noch mal.“

„Mein Verstand sagt Nein. Er macht mich wahnsinnig, wirklich, Tash. Meistens mag ich ihn nicht einmal.“ Honey fuhr sich mit der Handkante über die Kehle. „Von hieran aufwärts denke ich: Hör auf, ihm nachzutrauern. Aber mit dem Rest meines Körpers …“, sie leerte das Weinglas, „will ich ihn so sehr, wie ich noch nie jemanden gewollt habe!“

17. KAPITEL

Die Behauptung, die Liebe würde mit der Entfernung wachsen, traf auf Honey nach ein paar Tagen Abstinenz von Hal nicht zu. Sie hatte nicht an seine Tür geklopft, und er hatte ihr auch keine Unverschämtheiten zugebrüllt, wenn sie ein- und ausgegangen war. Wenn es eines gab, das sie mit Sicherheit wusste, dann dass sie dieses Mal nicht diejenige sein würde, die nachgab. Sie wusste, er würde nie eine Erklärung für sein Verhalten abgeben, aber wenigstens eine Entschuldigung war fällig. Wenn er das nicht hinbekam, konnte er ihre Freundschaft vergessen.

Es sah Honey gar nicht ähnlich, so stur zu sein, aber irgendwie schien Hal ihre besten und ihre schlechtesten Seiten zum Vorschein zu bringen; er schaffte es, sie beschwingt, sexy und sogar einigermaßen begabt in der Küche werden zu lassen, aber auch stur, wütend und frustriert. Das bedeutete eine ziemlich große zusätzliche Flut an Emotionen, und Honey war beinahe froh über die Verschnaufpause, die sein neuerdings anhaltendes Schweigen mit sich brachte. Außerdem nahm die Kampagne zur Rettung des Heims inzwischen Fahrt auf, vor allem, seit die Bewohner mit ihren täglichen Mahnwachen am Zaun begonnen hatten.

Honey lehnte sich auf ihrem Hocker an der Kasse zurück und schaute aus dem Ladenfenster. An diesem Tag war Billy an der Reihe. Im Gegensatz zu Elsie, die am Tag zuvor nur friedlich vor sich hingesummt und Passanten und Reporter freundlich angelächelt hatte, versah Billy seinen Dienst wie ein Gewerkschaftsführer, der zu einer Kundgebung aufrief. Er hatte einen orangefarbenen Gefangenenoverall aufgetrieben, der sich farblich ziemlich stark mit den neongrünen Handschellen biss, mit denen er sich eine Hand an den Zaun gekettet hatte. In der anderen hielt er ein Megafon, mit dem er schon den ganzen Vormittag über Passanten und die immer größer werdende Reporterschar unterhalten hatte.

Von ihrem Aussichtspunkt aus sah Honey plötzlich Patrick mit seiner Kochschürze den Weg entlangkommen; er trug ein voll beladenes Tablett mit Mittagessen für den derzeitigen Aktivisten. Suppe, soweit sie erkennen konnte, und einen Teller mit belegten Broten. Wenig später schoss Christopher ebenfalls den Pfad entlang und stellte sich zwischen Patrick und Billy.

„Nein!", rief er so laut, dass man es im Laden hören konnte, „kein Essen für die Bewohner außerhalb des Gebäudes. Ich fürchte, das verstößt gegen unsere Hygiene- und Sicherheitsvorschriften." Mit einer Hand deutete er auf das Tablett, mit der anderen schützte er sein spärliches Haar vor dem Wind, als er fortfuhr: „Außerdem ermutigen Sie ihn dadurch nur!"

„Ich bin alt." Billy hatte wieder zu seinem Megafon gegriffen, und seine Stimme klang plötzlich dünn und zittrig. „Und ich habe Hunger. Bitte, lassen Sie mich zu Mittag essen, Sir." Fast hätte er noch seine Schirmmütze vor Christopher gezogen.

Honey trat aus dem Laden, um die Sache im Auge zu behalten.

„Ich fürchte, das kann ich nicht, Mr. Hebden. Was ist, wenn Sie an dem im Haus zubereiteten Essen hier draußen ersticken? Das könnte eine Schließung des Heims zur Folge haben. Sie sind aber herzlich willkommen, mit den anderen Bewohnern im Speisesaal zu essen."

„Das Heim wird doch ohnehin geschlossen, Sie Idiot!", dröhnte es aus dem Megafon, und Patrick musste lachen.

„Ein Punkt für ihn, Chris. Und jetzt gehen Sie mir bitte aus dem Weg, damit ich das Tablett abstellen kann, ja?"

Jeder wusste, dass Christopher es hasste, wenn man seinen Namen abkürzte. Auch Honey zuckte zusammen.

„Ich weigere mich strikt, das Essen hier auf dem Bürgersteig zu gestatten", sagte der Chef verzweifelt und legte warnend eine Hand um den Rand des Tabletts. „Halten Sie sich an das Gesetz, Billy."

„Ich soll mich *ans Gesetz* halten? Ich halte mich an meine verdammte Wohnungstür! Sie wird mir vor der Nase zugeschlagen!“, jammerte der Alte laut. „Man macht mich zum Obdachlosen, ich bin alt, und ich will meine Suppe!“

Honey fragte sich, ob Billy je auf einer Theaterbühne gestanden hatte – jedenfalls war er ein Naturtalent.

„Kommt sofort“, rief Patrick und versuchte, sich an Christopher vorbeizudrängeln, der das Tablett aber nicht loslassen wollte. „Finger weg!“, knurrte der Koch, Christopher jedoch schüttelte den Kopf.

Honey verfolgte, wie beide Männer an dem Tablett zerrten, jeder schien entschlossen, sich durchzusetzen.

Billy spähte hoffnungsvoll zwischen ihnen hindurch auf das Essen. „Ist das Tomatensuppe?“, fragte er, immer noch durch das Megafon.

Christopher knirschte mit den Zähnen und zog so stark an dem Tablett, dass die Suppe in hohem Bogen überschwappte und auf Billys Overall landete. Schwer zu sagen, ob Absicht dahintersteckte oder nicht, Billy jedenfalls nutzte die Situation bestmöglich und wandte sich mit Tränen in den Augen an die Presse.

„Au, das brennt!“, stöhnte er laut und mitleiderregend ins Megafon, obwohl die Suppe wahrscheinlich nur lauwarm gewesen war und er die Temperatur ohnehin kaum spüren konnte, da er unter dem dicken Overall auch noch seine normale Kleidung trug.

Honey eilte hinüber, um zu helfen, doch Patrick versperrte ihr den Weg. Er pumpte sich auf, bis er fast wie Popeye aussah, und landete einen linken Haken an Christophers Kinn, sodass dieser zu Boden ging.

„Sie haben soeben einen Rentner angegriffen!“, brüllte der Koch.

„Und Sie haben Ihren Vorgesetzten angegriffen!“, brüllte Christopher zwischen lauter belegten Broten sitzend zurück.

„Geschenkt! Ich kündige, Sie verdammter Mistkerl!“ Patrick war lauter als Billy mit seinem Megafon. Er band sich die gestreifte Kochschürze ab und warf sie Christopher an den Kopf, bevor er zurück ins Gebäude stürmte.

Die Leute von der Presse kritzelten eifrig mit und ließen ihre Apparate klicken; sie konnten ihr Glück kaum fassen. Diese Geschichte wurde ja immer besser!

Honey eilte um Christopher herum, half Billy, so gut es mit angeketteter Hand ging, aus dem Overall, und darunter kam ein T-Shirt mit einem Spruch zum Vorschein: *Du sagst alt, ich sage erfahren. Lust auf ein Abendessen?*

„Wie sehe ich aus, Schätzchen?", fragte er augenzwinkernd.

Honey musste schmunzeln, weil ihr Gegenüber sich offensichtlich ganz prächtig amüsierte. „Besser denn je, Billy."

Er drehte sich um, lächelte gewinnend in die Kameras, und Honey zog sich wieder zurück. Hoffentlich reichten all diese Aktionen aus. Billy mochte auf die Passanten wie ein Komiker wirken, aber hinter seiner gekonnten Zurschaustellung steckte ein alter Mann, der aufrichtig Angst um seine Zukunft hatte, und das war ganz und gar nicht komisch.

„Wir haben alle solchen Hunger, Honey. Skinny Steve gibt sich ja alle Mühe, Gott segne ihn, aber er ist eben noch ein Grünschnabel und hat heute Morgen den ganzen Toast anbrennen lassen. Old Don hätte sich beinahe das Gebiss ruiniert beim Versuch, das harte Brot zu kauen."

Honey sah Mimi mitfühlend an und schob ihr die Packung mit den Butterkeksen hin. Durch Patricks dramatischen Abgang war sein siebzehn Jahre alter Lehrling über Nacht zum Küchenchef geworden, ein unerfahrener Bursche, der in fettesten Zeiten höchstens fünfzig Kilo wog. Er würde keinesfalls imstande sein, auf die sensiblen Diätwünsche einer Gruppe wählerischer Senioren einzugehen. Es war Christophers Aufgabe, einen Nachfolger für Patrick zu finden, aber da man ihn zum letzten Mal am Vortag inmitten von belegten Butterbroten auf dem Bürgersteig sitzend gesehen hatte, schien das eindeutig nicht ganz oben auf seiner Prioritätenliste zu stehen.

„Was machen wir nur heute Abend? Für mich und Mimi ist das nicht so wichtig, wir sind ja kräftig", meinte Lucille mit kummervoller Miene, als sie an dem süßen Tee nippte, den Honey für sie gekocht hatte. „Aber ein paar von den anderen sind wirklich gebrechlich, Honey. Wenn sie nichts zu essen bekommen … ich mag gar nicht daran denken."

Das war tatsächlich ein Problem, und Mimi und Lucille waren trotz ihrer lebhaften Art alles andere als kräftig. „Also gut, hört zu." Honey lächelte die Schwestern zuversichtlicher an, als ihr zumute war. Binnen weniger Minuten hatten die beiden bereits die Hälfte der Kekse verzehrt. „Ihr zwei haltet hier die Stellung, und ich springe rasch hinüber, um dafür zu sorgen, dass Skinny Steve beim Mittagessen schon mal in Hochform ist."

18. KAPITEL

Der liebe Steve war ganz und gar nicht in Hochform. Er befand sich in hellster Aufregung, sein sonst so blasses Gesicht war gerötet und schweißüberströmt.

„Ich schaffe das nicht!“, schnaufte er und sah Honey panikerfüllt an, als sie in die Küche kam. „Wir haben kaum Butter, und das Brot ist immer noch tiefgefroren!“ Er sah auf die Uhr. „Das Mittagessen muss in zwei Stunden fertig sein. Was soll ich denn bloß machen?“

Im Grunde stellte er diese Frage der Falschen, aber Honey sah, dass er kurz davor war, durchzudrehen, und hob beschwichtigend die Hände. „Steve. Beruhige dich. Atme ein paar Mal tief durch. Ich bin gekommen, um dir zu helfen.“

Vor lauter Erleichterung sanken seine Schultern nach unten, und sie konnte förmlich spüren, wie er den Staffelstab der Verantwortung an sie übergab. Seine Miene hellte sich auf, und er schlüpfte dankbar wieder in die Rolle des Lehrlings, der Anweisungen erwartete. Das wäre im Prinzip vollkommen in Ordnung gewesen, wenn Honey auch nur die geringste Ahnung gehabt hätte, wie man eine solche Küche führte.

„So, hm … gibt es irgendeinen Wochenplan oder etwas in der Art, wonach wir uns richten könnten?“

Steve nickte. „Ja. Er ist …“ Er sah zur Edelstahltür des riesigen Kühlschranks, und sein Lächeln erstarb. „Da hängt er, aber er ist von letzter Woche. Patrick hätte heute einen neuen gemacht.“

„Gut. Sehen wir uns das mal an. Wir können ihn diese Woche noch einmal wiederholen, wenn es sein muss.“

Skinny Steve schüttelte den Kopf. „Das werden sie merken!“, flüsterte er und nickte zur Tür zum Speisesaal der Bewohner, als wären diese eine Horde Zombies aus *Die Nacht der lebenden Toten*.

„Mein bester Steve“, sagte Honey und schlug einen Ton an wie eine gestrenge Mutter ihrem Kind gegenüber. „Im Moment wäre es ein Wunder, wenn überhaupt irgendetwas zu essen auf den Tischen kommen würde. Also sei so gut und arbeite mit mir zusammen, ja?"

Er schluckte und straffte die mageren Schultern. „Verstanden."

Honey nahm sich eine der Schürzen von den Haken an der Wand und band sie sich um. Eine Durchsuchung der Schränke ergab, dass sie über mehrere Großpackungen Hühnersuppe und reichlich Käse verfügten. Hühnersuppe und Käse-Tomaten-Sandwiches. Gar nicht mal so schlecht, oder?

Nach dem Mittagessen half Honey dem Übergangschefkoch beim Abräumen der Tische im Speisesaal. Ein warmes Gefühl des Stolzes erfüllte sie, weil es ihnen gelungen war, alle Bewohner ohne Probleme mit Essen zu versorgen. Es war vielleicht nicht gerade ein Festschmaus gewesen, aber Teller und Schüsseln waren fast leer, die Bewohner satt, und so konnte man das Ganze durchaus als Erfolg verbuchen.

Sie stellte die letzten Teller in die Küche und ließ sich auf einen Stuhl fallen. „Das lief doch eigentlich ganz gut, oder?

Steve räumte gerade die Spülmaschine ein. Er hob den Kopf und sagte dann etwas, das sie in Angst und Schrecken versetzte. „Und was servieren wir ihnen zum Abendessen?"

Die Zufriedenheit über den Erfolg zerplatzte wie eine Seifenblase. „Keine Ahnung. Was steht auf dem Plan?"

„Schweinebraten."

Honey schnaubte. „Vergiss es. Was könnten wir denn sonst noch kochen?" Sie öffnete den riesigen Kühlschrank und betrachtete seinen Inhalt. Schinken. Jede Menge Schinken. Käse. Schüsseln mit Hackfleisch.

Steve stellte sich neben sie. „Ich wette, Patrick wollte eine *Cottage Pie* machen. Er hat Hackfleisch aufgetaut."

„Weißt du, wie das geht?" Honey sah ihn hoffnungsvoll an.

Skinny Steve dachte so angestrengt nach, dass sich sein ganzes Gesicht dabei verzog. „Auf jeden Fall ist Kartoffelbrei mit drin", meinte er schließlich.

Honey seufzte. Das wusste sogar sie. Als sie die Gemüsefächer aufzog, entdeckte sie Zwiebeln. Und Knoblauch.

Zwiebeln, Knoblauch, Hackfleisch. Vielleicht … vielleicht …

„Hast du schon einmal Spaghetti Bolognese gekocht, Steve?"

Er überlegte und nickte dann. „Die macht man auf jeden Fall mit Hackfleisch."

Honey wischte sich die feuchten Handflächen an der Schürze ab und konnte nur hoffen, dass sie sich an alles erinnerte, was sie zu tun hatte. Im Küchenschrank hatte sie vorhin Tomatenkonserven und Nudelpackungen gesehen. Mit ein wenig Glück bestand die geringe Chance, dass sie das eventuell fertigbrachte.

Es war schon nach acht, als Honey abends die Haustür aufschloss und in den hell erleuchteten Flur trat. Sie war zwar erschöpft, aber überglücklich, weil die Bewohner einstimmig erklärt hatten, dass ihre Spaghetti Bolognese klasse geschmeckt hätten. In der Soße waren zwar keine Pancetta und andere raffinierten Zutaten gewesen, aber der Grundgeschmack hatte trotzdem gestimmt. Außerdem hatte sie dieses Mal den Wein weggelassen und richtig gewürzt. Das Ergebnis war ein mehr als passables, ja sogar erfreuliches Abendessen gewesen, wie man aus der Tatsache schließen konnte, dass Billy zweieinhalb Teller voll verspeist hatte. Der Nachtisch war sogar noch unspektakulärer gewesen – Erdbeereis von der Eisdiele an der Ecke, aber selbst davon waren die Bewohner begeistert gewesen.

Sehnsüchtig sah sie zu Hals Tür hinüber. Im Grunde hatten die Bewohner ihm ihr heutiges Abendessen zu verdanken.

„Hal?", sagte sie, und ihre Stimme klang seltsam dünn im kühlen Flur. „Hal?"

Wie immer antwortete er nicht, aber sie erzählte es ihm trotzdem. Von dem Tumult am Vortag auf dem Bürgersteig und von Patricks fristloser Kündigung als Koch. Sie erzählte ihm von Skinny Steves angebranntem Toast beim Frühstück und dass sie sich verpflichtet gefühlt hatte, dem jungen Kerl unter die Arme zu greifen. Selbst in der Stille glaubte Honey, Hals Gedanken hören zu können – dass das alles nur ein weiterer Beweis für ihren Pfadfinderkomplex war. Sie erzählte ihm von dem improvisierten Mittagessen und dann, erleichtert auflachend, von ihrem Erfolg mit den Spaghetti und dem Erdbeereis. „Ich habe allerdings nicht die geringste Ahnung, was ich morgen kochen soll. Skinny Steve übernimmt das Frühstück, während ich meinen Laden öffne, aber er verlässt sich darauf, dass ich um zehn wieder bei ihm bin und ihm helfe. Ich glaube, über zweimal Spaghetti Bolognese hintereinander werden die alten Leutchen nicht so erfreut sein, oder? Was ich allerdings gesehen habe, sind Hühnerbrüste. Was zum Teufel kann ich denn aus einem riesigen Beutel mit Hühnerbrüsten machen, Hal?“

Er antwortete nicht, Honey hatte das schon geahnt. Sie war sich nicht einmal sicher, ob sie ihm von ihrem Tag erzählt hatte, um ihn zu beeindrucken oder um ihn zu verärgern. Nach einer Weile ging sie in ihre eigene Wohnung und wärmte sich ein Fertiggericht in der Mikrowelle auf, bevor sie völlig erschöpft ins Bett fiel.

„Im Backofen.“

Honey blieb am anderen Morgen wie versteinert stehen, als sie Hals Stimme hinter seiner verschlossenen Tür hörte. Gerade hatte sie sich auf den Weg zum Laden machen wollen.

„Hal?“

„Die Hühnerbrüste. Leg sie auf eine Schicht aus Dosentomaten und Knoblauch auf ein Backblech und füge Kräuter hinzu, wenn du welche hast. Salz und Gewürze nicht vergessen. Dann deck das Ganze mit Alufolie ab und lass es den ganzen Nachmittag über bei niedriger Temperatur schmoren. Hast du das alles verstanden?“

Honey spürte, dass ihr Herz viel zu schnell schlug. „Die Hühnchen auf Dosentomaten legen. Knoblauch und Gewürze hinzufügen. Abdecken und schmoren lassen“, wiederholte sie langsam.

„Dazu servierst du Reis.“

Honey ging zu seiner Tür und legte die flache Hand auf das kühle Holz. Als sie angestrengt lauschte, konnte sie ihn fast atmen hören. „Danke", sagte sie weich.

„Bring bloß niemanden um. Es wäre verdammt schädlich für dein Mutter-Teresa-Image, wenn einer der Alten an einem Hühnerknochen erstickt."

19. KAPITEL

Hal hörte sie davongehen und ließ sich auf den Boden in seinem Flur sinken. Er war erleichtert gewesen, als er am vergangenen Abend das Klimpern ihres Hausschlüssels gehört hatte, auch wenn er niemals zugegeben hätte, dass ihm aufgefallen war, wie spät sie nach Hause kam. Und dann war sie vor seiner Tür stehen geblieben und hatte ihm von ihrem Tag erzählt; eine weitere Aneinanderreihung von unterschiedlichsten Ereignissen, bei denen er sich fragte, wie sie und die Menschen in ihrer Umgebung es nur schafften, jeden Tag lebend zu überstehen. An einem Tag war sie die Heldin auf der Titelseite der Lokalzeitung. Am nächsten verabredete sie sich wahllos mit fremden Männern, nur weil sie zufällig Klavier spielten. Und dann kochte sie ein Abendessen für dreißig Rentner, obwohl sie es kaum schaffte, für sich selbst zu kochen. Honey schien jeden Morgen das Leben neu in Angriff zu nehmen wie ein schönes, unkalkulierbares Feuerwerk; die bestehende Möglichkeit einer Katastrophe gegen die hohe Wahrscheinlichkeit abwägend, dass sie einem anderen Menschen den Tag erhellte. Seinen hatte sie am vergangenen Tag einfach nur durch ihre Anwesenheit erhellt, und er hatte sich revanchiert, indem er ihr ein idiotensicheres Hühnchenrezept verraten hatte. Ein etwas unausgewogener Deal, wie es schien.

„Skinny Steve hat vergessen, das Hühnchen wieder abzudecken, nachdem er es probiert hat, deswegen wurde es etwas trocken, aber im Großen und Ganzen schmeckte es gar nicht so schlecht."

„Ich hätte ihn auf der Stelle entlassen", erwiderte Hal an jenem Abend, als er wieder einmal Honeys Schilderung ihres Tagesablaufs zuhörte. Sie war gegen acht gekommen, also wieder ziemlich spät, und dieses Mal hatte er sie nicht ignoriert, als sie vor seiner Tür erschienen war. Sie hörte sich müde an, und seine Neugier war zu groß gewesen. Sie versuchte zu kochen. Und er war schließlich Profikoch.

„Du machst Witze. Steve ist meine einzige Hoffnung, dass die Bewohner nicht verhungern. Er weiß mehr, als er denkt, er muss nur entspannter werden und seinem Instinkt vertrauen", sagte Honey. „Er braucht einen ordentlichen Lehrer, das ist alles. In der richtigen Küche könnte er wahrscheinlich sogar ein guter Koch werden."

Hal vermutete, dass Steve durch Honeys Ermutigung und Unterstützung den nötigen Ansporn bekommen hatte; so etwas hatte er immer wieder in Profiküchen miterlebt. Mit Anerkennung erreichte man viel mehr als mit Kritik. „Du solltest ebenfalls deinem Instinkt vertrauen, Honey", erwiderte er. „Der ist nämlich gut."

Sie lieferte ihm keine schlagfertige Antwort. Er war sich zwar nicht ganz sicher, aber es hörte sich für ihn fast so an, als sollte er nicht merken, dass sie weinte. Unwillkürlich legte er die Hand auf die Türklinke und war kurz davor, die Tür zu öffnen.

„Weinst du?", fragte er. Etwas Taktvolleres fiel ihm nicht ein.

Sie weinte wirklich. „Das ist deine Schuld! Skinny Steve hätte beinahe das Abendessen verdorben, ich bin völlig erschlagen, und jetzt hast du mir auch noch etwas Nettes gesagt!"

Hal verarbeitete diese drei Informationen, seufzte und öffnete die Tür. „Wie wär's mit einer Tasse Tee?"

Er hörte sie leise schluchzen: „Gern."

Sie folgte ihm durch seinen Flur in die Küche. „Soll ich ihn zubereiten?", fragte sie mit dünner, unsicherer Stimme.

„Lass nur, ich kann Tee kochen. Geh und setz dich ins Wohnzimmer, ich bring ihn dir gleich."

Während er auf das Kochen des Wassers wartete, machte Hal ein Sandwich für Honey und stellte dann alles zusammen auf den Couchtisch.

„Das war doch nicht nötig …", sagte sie. Zumindest hörte es sich so an, als hätte sie zu weinen aufgehört.

„Iss einfach", forderte er sie etwas grob auf und setzte sich neben sie. Er war nicht besonders stolz auf das einfache Sandwich mit Hühnchenfilet und Brie, gleichzeitig aber froh, dass er ihr wenigstens etwas hatte anbieten können.

„Köstlich“, meinte sie nach einer Weile. „Und der Tee auch.“

„Geht es dir jetzt etwas besser?“, erkundigte er sich, obwohl ihm der Klang ihrer Stimme die Antwort bereits verraten hatte.

„Ja. Ich danke dir.“

„Möchtest du einen Whisky?“

„Lieber nicht“, lehnte sie lachend ab, doch dann hielt sie inne. „Weißt du, was ich wirklich gern hätte, Hal?“

Gefahr. Er witterte sie förmlich, seine Nackenhaare sträubten sich. „Honey …“

Sie legte ihm die warme Hand aufs Knie und streifte dabei seine Haut an der Stelle, wo die Jeans einen Riss hatte.

„Ich hätte dich nicht hereinbitten dürfen“, sagte er ruhig.

„Und ich hätte nicht an deine Tür kommen sollen, weil du mich so oft so wütend machst, aber ich hab es trotzdem getan, also sind wir vermutlich quitt. Ich schaffe es nicht, mich von dir fernzuhalten.“

„Gib dir mehr Mühe“, erwiderte er stirnrunzelnd, ihr Streicheln mit dem Daumen auf seinem Knie brachte ihn ganz aus dem Konzept.

Es dauerte eine Weile, bis sie weitersprach. „Ich habe mir etwas überlegt. Ich hätte da einen Vorschlag für dich.“ Sie klang etwas atemlos.

Er schluckte. „Was für einen Vorschlag?“

Er hörte sie einatmen, ahnte, dass sie jetzt all ihren Mut zusammennahm. „Eine Nacht, Hal. Keine Verpflichtungen. Keine Verabredungen. Nur eine Nacht. Zeig mir, wie guter Sex sich für alle anderen anfühlt.“

Verdammt, verdammt, verdammt! Wie konnte man seinen Mund zwingen, etwas auszusprechen, wenn der Kopf eigentlich etwas ganz anderes sagen wollte? Hal konnte es nicht, also sagte er gar nichts.

„Ich weiß, du willst keine Beziehung, und das ist in Ordnung, weil ich auch keine will. Tatsächlich glaube ich, dass wir überhaupt nicht zueinanderpassen. Ich bitte dich nicht um eine Affäre, sondern lediglich um Sex. Weiß der Himmel, warum, aber wenn du mich berührst, empfinde ich mehr. Viel mehr als bei jedem anderen Mann zuvor."

Er spürte, dass sie die Achseln zuckte, als wäre ihr das Ganze ein Rätsel. „Mein Körper mag deinen, Hal."

Seine Entschlossenheit geriet ins Wanken, Honeys Worte drangen bis tief in sein Innerstes vor. Sie war auf dem Sofa näher an ihn herangerückt, und er konnte nicht zurückweichen, obschon er das auch gar nicht wollte. Als sie seine Wange berührte, wandte er ihr unwillkürlich das Gesicht zu und küsste ihre weiche Handfläche. Welcher Mann hätte ein solches Angebot ablehnen können? Eine Nacht ohne jegliche Verpflichtungen mit einer wunderbaren, anschmiegsamen Frau? Erst recht mit einer wie ihr, die jetzt die Arme um seinen Nacken geschlungen hatte und deren Mund nur noch einen Atemzug von seinem entfernt war. Er hatte nicht die geringste Chance.

„Honey, wir haben doch schon darüber gesprochen", versuchte er zu murmeln, obwohl ihre Lippen seine bereits zögernd streiften.

„*Du* hast darüber gesprochen", flüsterte sie und strich ihm übers Haar. Sie öffnete ein wenig den Mund.

„Keine ... gute ... Idee", nuschelte er, obwohl seine Zungenspitze ihre ganz zart berührte. Er hörte Honey seufzen, und sie schmiegte sich an ihn.

„Das sagtest du bereits", raunte sie, als er die Arme um sie schlang und Honey an sich drückte. „Aber es fühlt sich viel zu gut an, da kann es gar keine schlechte Idee sein." Ihr Atem beschleunigte sich, als sie ganz zart in seine Oberlippe biss und anschließend leicht mit der Zunge darüberfuhr. „Schon allein dich zu küssen fühlt sich besser an als Sex mit irgendjemand anderem."

„Honey ..." Er war sich nicht sicher, ob er etwas sagen wollte, um ihr Einhalt zu gebieten oder weil er unbedingt ihren Namen aussprechen musste.

„Sag mir wann, Hal, und ich gehöre dir. Morgen. Heute Abend. Jetzt gleich. Zeig mir, wie es ist, ja? Bitte!"

Sie sprach, während sie beide Küsse wechselten, zwischen den Worten umspielte sie seine Zunge mit ihrer. Wie sehr er sich danach sehnte, ihr den Gefallen zu tun! Sie sacht auf das Sofa zu legen und sie langsam auszuziehen … Er konnte fast schon fühlen, wie sie hüllenlos unter ihm lag, und sie hatte recht. Er konnte ihren Körper dazu bringen, sich so sehr nach seinem zu sehnen, dass sie zu zittern anfing und ihr gar nichts anderes übrig blieb, als den Höhepunkt zu erklimmen. Es würde ein überwältigendes Gefühl sein, dass er der Mann war, der ihr das gab, was ihr noch nie zuvor ein anderer Mann gegeben hatte. *Berauschend.*

„Honey, wir können so nicht weitermachen", stieß er mühsam hervor. „Denn ganz gleich, wie sehr ich auch Ja sagen möchte – und du hast keine verdammte Ahnung, wie sehr ich das möchte –, die Wahrheit ist, dass du dir etwas vormachst. Es würde nicht bei einer Nacht bleiben."

„Doch!", beharrte sie. „Hal, nur eine Nacht. Keine Lügen, keine Versprechungen, keine Beziehung. Wir mögen uns ja nicht einmal besonders." Ihre Worte sagten das eine, ihr Tonfall etwas ganz anderes.

„So ein Mädchen bist du nicht, Honey."

„Mit dir könnte ich es sehr wohl sein."

„Lügnerin."

Frustriert schlug sie mit der Faust auf sein Bein, dann packte sie seine Hand und presste sie sich flach auf die Brust. „Spürst du, wie mein Herz klopft? Bestimmt, denn ich hab das Gefühl, ich bekomme gleich einen verdammten Herzinfarkt! Das ist nicht einfach so aus der Luft gegriffen, weißt du. Seit neulich Abend muss ich ständig, *ständig* daran denken." Sie schluckte und fuhr fort: „Hal, wenn du mir diesen Gefallen nicht tust, dann gehe ich und suche mir irgendjemand anderen, und daran bist dann nur du schuld. Mein ganzes Leben steht momentan auf dem Kopf, und zu mehr als der Hälfte bist du dafür verantwortlich. Du hast meinen Körper geweckt, und er wird erst wieder zur Ruhe kommen können, wenn ihm irgendjemand ein verdammtes Wiegenlied vorsingt!" Bei ihrer leidenschaftlichen Rede wurde ihre Stimme immer lauter und höher. „Ich möchte, dass *du* dieser Jemand bist, mehr als alles andere, aber ich schwöre bei Gott, Hal, wenn du es nicht bist, dann wird es ein anderer sein, und zwar schon bald."

Endlich verstummte sie, und er packte sie bei den bebenden Schultern. „Sag so etwas nicht, du meinst es gar nicht so." Doch während er das sagte, dachte er, dass sie sich im Grunde sehr wohl so anhörte, als meinte sie jedes Wort davon ernst.

„Oh doch, das tue ich", gab sie hitzig zurück. „Die letzten paar Wochen waren verdammt turbulent. Klavierspieler. Kampagnen. Und dann du, Hal, der schimpft, flucht und mich küsst wie noch kein anderer je zuvor. Ist es denn so schlimm, dass ich dich will?"

Hal war selten sprachlos, aber das war jetzt so ein Moment. Sie meinte es tatsächlich ernst. Das Erdbeermädchen, seine schöne, verrückte Nachbarin, wollte ihn – genauer gesagt, sie wollte, dass er ihr zeigte, wie man den Gipfel der Lust entdeckte. „Du weißt schon, wie verrückt sich das anhört, oder?" Er rieb sich nachdenklich die nachwachsenden Bartstoppeln.

„Ja."

Er hörte ihr an, dass es jetzt ganz darauf ankam, was er als Nächstes sagte, daher wählte er die folgenden Worte mit Bedacht. „Lass mich darüber nachdenken, ja? Versprich mir nur, dass du inzwischen nicht losgehst und fremde Männer von der Straße in deine Wohnung zerrst."

Sie klang etwas beleidigt. „Du machst mir das nicht gerade leicht."

Die Versuchung war groß für ihn. Natürlich war sie das. Er vermisste den Sex, jemanden, der sich warm an ihn schmiegte, das Gefühl der Erlösung. Auch Honey hatte seinen Körper aus dem Schlaf erweckt, aber im Gegensatz zu ihr wollte er lieber meilenweit weglaufen, anstatt mit ihr ins Bett zu fallen. Wenn er ihr gab, was sie verlangte, beförderte er sich damit blitzschnell an einen Ort, an den er nicht wollte. Vor diesem Ort hatte er die Tür zugeschlagen; eine Tür, bei der er sämtliche Riegel vorschieben und gegen die er sich obendrein auch noch mit dem Rücken stemmen musste, damit sie geschlossen blieb. Sie zu öffnen wäre ein gewaltiger Fehler, aber Honey zurückzuweisen kam ihm ebenfalls wie ein Fehler vor. Er hatte die Wahl zwischen Pest und Cholera oder in diesem Fall zwischen einer Tür und einem verführerischen, nach Erdbeeren duftenden Paradies. Er war hierhergezogen in der Hoffnung, mit sich selbst Frieden zu schließen, den eigenen Verstand zu bewahren, zu vergessen und zu lernen, der Mann zu werden, der er fortan sein musste. Er hatte nur nicht mit Honey gerechnet.

Nachdenklich stand er auf, streckte eine Hand aus und half Honey beim Aufstehen. Dann geleitete er sie durch den Flur nach draußen bis zu ihrer eigenen Wohnungstür. „So, ich hab dich nach Hause gebracht. Keine fremden Männer heute Abend, ja?“

Ihre Hand wärmte ihn immer noch, sie ließ ihn nicht los. Er spürte, wie sie ihn streifte, als sie sich auf die Zehenspitzen stellte und ihn zart auf die Lippen küsste. „Du hast mir gesagt, jede Verabredung sollte mit einem Abschiedskuss enden.“

„Das war keine Verabredung.“

„Du hast für mich Abendessen gemacht.“

„Siehst du? Vorhin sagtest du noch, keine Verabredungen. Keine Komplikationen. Ich wusste, dass du das nicht schaffst.“

„Doch, ich schaffe das. Ich bin eine weltgewandte Frau“, sagte sie, und er spürte ihr Lächeln an seinen Lippen.

Hal hatte in seinem Leben viele weltgewandte Frauen gekannt. Honey war definitiv keine von ihnen. Er hatte sogar eine dieser weltgewandten Frauen geliebt, und sie war einer der Gründe gewesen, warum er diese Tür so fest hatte zuschlagen müssen. Konnte er sie gerade so weit aufmachen, um Honey als vorübergehenden Gast einzulassen, ohne dass sie erschlagen wurde von dem Ballast, der dann unweigerlich nach draußen drängen würde? Das Zurückgewiesenwerden, der Liebeskummer, all der Schmerz, als man ihm an den Kopf geworfen hatte, er sei nicht mehr *Mann* genug, um ein Ehemann oder Vater sein zu können … Er war ein gebrochener Mann, mit verlorenem Augenlicht und verlorenem Herzen. Er küsste sie auf die Stirn. „Geh schlafen, Honey."

Sie nickte, er nahm die winzige Bewegung wahr. „Und du versprichst mir, über das nachzudenken, was ich gesagt habe?"

Auch er nickte. „Abmarsch, ins Bett."

Erst als er wieder in seiner Wohnung war, ertastete er, dass die dunkle Brille auf dem Flurtisch lag.

Sie war stets seine schützende Rüstung, und doch hatte er den ganzen Abend nicht ein einziges Mal an sie gedacht.

20. KAPITEL

Glaubst du, du könntest mich begleiten?“, flüsterte Lucille am nächsten Morgen, spielte mit ihrer Kette aus hellblauen Glasperlen und sah Honey flehend an.

Honey blickte hinüber zu Mimi, die gerade am anderen Ende des Ladens mit einem Kunden plauderte, und suchte fieberhaft nach einer Antwort, die ihre neutrale Stellung zwischen den beiden Schwestern nicht gefährdete. Schlimm genug, dass sie überhaupt von Lucilles heimlichem Treffen mit dem Bruder wusste, aber sie auch noch zu begleiten? „Lucille, findest du nicht, es wäre besser, wenn du Mimi davon erzähltest? Wenn du damit bis nach dem Treffen wartest, wird es sehr viel schwieriger für dich werden. Vielleicht will sie ja sogar mitkommen.“

„Nein, bestimmt nicht. Sie will mit mir noch nicht einmal über ihn sprechen. Ich habe es wirklich versucht, Honeysuckle, aber es liegt an ihr. Sie kann mich aber nicht daran hindern, ihn zu besuchen.“ Lucille warf ihrer Schwester einen nervösen Blick zu, die soeben damit beschäftigt war, einem unsicher aussehenden Studenten beizubringen, wie man eine Krawatte mit einem Windsorknoten für ein bevorstehendes Bewerbungsgespräch band.

„Das weiß ich ja. Ich fürchte nur, dir steht ein handfester Streit bevor, wenn du vor ihr Geheimnisse hast.“

„Ich sage es ihr, sobald ich ihn getroffen habe“, versprach Lucille. „Ich will einfach nur meinen Bruder kennenlernen. Was kann daran falsch sein?“

Gar nichts. Honey konnte sehr gut verstehen, warum Lucille das Gefühl hatte, diese Entscheidung in die Tat umsetzen zu müssen, mit oder ohne die Zustimmung ihrer Schwester. Der Brief von der Adoptionsbehörde hatte eine wahre Büchse der Pandora geöffnet, die jetzt nicht einfach wieder verschlossen werden konnte, indem man nichts tat. In gewisser Weise erinnerte das Honey an den Vorschlag, den sie Hal am vergangenen Abend gemacht hatte. Lucille bat um Hilfe, weil sie Antworten brauchte, und im Grunde galt das auch für Honey. Langsam wurde das alles ziemlich anstrengend. Wenn sie Lucille half und Hal ihr, dann konnten sie vielleicht alle zur Normalität zurückkehren.

„Du versprichst hoch und heilig, dass du Mimi Bescheid sagst, sobald wir wieder zurück sind?“

Lucille strahlte. „Ich verspreche es. Danke, du bist ein Schatz.“

Als Honey wieder zu Mimi hinübersah, fühlte sie sich ganz und gar nicht wie ein Schatz, sondern eher manipuliert. Sie verdrängte bewusst die Frage, ob sie Hal am vergangenen Abend auch dieses Gefühl vermittelt hatte.

Später am Nachmittag sah Honey sich auf der belebten Einkaufsstraße suchend nach Nell um. Sie hatte vorher eine seltsame SMS enthalten, quasi einen Hilferuf. *Notfall. Komm um vier Uhr zu dem Sexshop in der High Street. Erklärung später, Nell.*

Honey hatte den Absender zweimal überprüft; wenn die Nachricht von Tash gekommen wäre, hätte sie das nicht im Geringsten überrascht, aber von Nell …? Das entsprach so gar nicht deren Charakter.

„Da bist du ja.“ Nell stand plötzlich neben ihr, ordentlich und adrett in ihrem Lehrerinnen-Outfit. „Tausend Dank, Honey. Ich wollte nicht allein hineingehen, für den Fall, dass ich dort Bekannte treffe. So kann ich sagen, dass ich dich begleitet habe.“

Honey verdrehte die Augen. „Vielen Dank! Ich habe schließlich auch einen Ruf zu verlieren, weißt du.“

„Nein, denn du hast es ja nicht mit der Schul-Mafia zu tun. Glaub mir, auch nur ein Hauch von einem Skandal, und ich sitze im Direktorat.“

Honeys Blick fiel auf die mit einer Schulmädchenuniform bekleidete Schaufensterpuppe im Sexshop hinter Nell, und sie musste sich Mühe geben, nicht loszulachen.

„Warum sind wir hier?“

„Ich bin dran“, sagte Nell ihr ins Ohr.

„Dran? Womit?“

„Etwas Neues zu kaufen“, sie nickte in Richtung Sexshop, „von dort. Für unsere … Sammlung.“

„Ah. Ich verstehe.“ Honey war sich nicht sicher, ob sie Nell dabei helfen wollte, deren neues Sexspielzeug zu kaufen, aber eine Freundin musste tun, was eine Freundin eben tun musste. „Dann komm, lass uns reingehen. Glaubst du, wir werden in den Bereich hinter dem Vorhang müssen?“

Nell sah sich um, als sie den Laden betraten, und inspizierte die Regale mit schon weitaus routinierterem Blick als beim letzten Mal. „Möglich.“

Sie schlenderten durch die Dessous-Abteilung; pastellfarbene Spitze, leuchtend rotes Nylon, für jeden Geschmack etwas. Honey blieb vor einem pfirsichfarbenen Nichts eines BHs mit passendem Seidenslip stehen, wunderhübsch und sexy, ohne zu übertrieben zu wirken. Ob sie Hal damit gefallen würde? Nur zu leicht konnte sie sich seine Begeisterung vorstellen, wenn er die schmalen samtigen Träger und die hauchzarte Spitze ertastete. Noch während sie sich dieses Szenario vorstellte, hatte sie bereits ihre Größe gefunden und nahm die Dessous mit, als sie Nell hinter den Vorhang in den Bereich nur für Erwachsene folgte.

„Hast du irgendeine Ahnung, wonach du eigentlich suchst?“, fragte sie die Freundin, die verwirrt den Kopf schüttelte. Honey ließ den Blick über die vollgepackten Regale schweifen. „Du hättest vermutlich lieber Tash mitnehmen sollen als mich. Sie hätte dir im Handumdrehen etwas empfohlen.“

Nell lachte. „Ich schätze, ja. Aber vielleicht hätte sie mich auch etwas kaufen lassen, das wahrscheinlich nicht einmal legal ist.“

Honey durchstöberte die Regale und griff nachdenklich nach einer schwarzen Augenbinde aus Seide. Nell geriet schlagartig in Vergessenheit. Honey ließ die Seide zwischen ihren Fingern hindurchgleiten und konnte beinahe spüren, wie Hal die Augenbinde hinter ihrem Kopf zuknotete, sodass sie sich vorübergehend auf einer Ebene befanden. Sie hob den Kopf, als Nell ihr die Binde schmunzelnd wegnahm.

„Du hast mich gerettet, Honey. Perfekt.“

Die Retterin sah Nell nach, als diese zur Kasse ging. Nach kurzem Zögern griff sie nach einer weiteren Augenbinde und folgte der Freundin.

Hal hatte nicht geantwortet, als Honey nach der Arbeit bei ihm angeklopft hatte, aber als sie um kurz nach elf gerade zu Bett gehen wollte, hörte sie Schritte auf dem Flur und dann ein Klopfen an ihrer Tür.

„Mach nicht auf“, sagte er. „Hör einfach nur zu.“

Honey blieb reglos stehen und legte die Hand an die geschlossene Tür.

„Ich habe über das nachgedacht, worum du mich gebeten hast“, fuhr er mit tiefer, selbstsicherer Stimme fort.

„Und …?“ Honey nagte an der Oberlippe und hielt vor Aufregung kurz die Luft an. „Wie hast du dich entschieden?“

Er schwieg einen Moment. „Meintest du es ernst, als du sagtest, du würdest losgehen und dir jemand anderen suchen, wenn ich nicht dazu bereit bin?“

„Das sollte keine Erpressung sein.“ Seufzend lehnte sie die Stirn an das Holz.

„Keine weiteren Verabredungen. Keine Beziehung. Eine einzige Nacht, dann reden wir nie wieder darüber.“

Honey schlug sich überrascht die Hand vor den Mund und griff nach der Türklinke.

„Ich sagte doch, mach die verdammte Tür nicht auf!“, warnte Hal sie, und sie hielt mitten in der Bewegung inne. In diesem Moment wollte sie ihn nur zu gern sehen, aber sie spürte, dass es für ihn wichtiger war, wenn sie die Tür zuließ.

„Gut.“ Sie ließ die Hand sinken. „Hal … wann?“

Wieder kurzes Schweigen, dann: „Ich komme Freitag zu dir.“

Sie schluckte krampfhaft. Bis Freitag waren es noch drei Tage. „Also dann – Freitag“, erwiderte sie so leise, dass ihre Stimme kaum zu hören war.

„Es ist keine Verabredung“, erinnerte er sie.

„Aye, aye, Sir.“ Sie fühlte sich ganz schwach vor Nervosität.

Er schnaubte belustigt. „Versuch dich zwischen jetzt und Freitag nicht irgendwelchen Fremden an den Hals zu werfen.“

Trockener Humor schwang in seiner Stimme mit. „Okay.“ Sie hörte, dass er im Begriff war zu gehen. „Hal ... soll ich etwas zum Knabbern besorgen?“

Dieses Mal schwieg er so lange, dass sie nicht wusste, was sie damit anfangen sollte. „Nichts zum Knabbern, Honeysuckle, gar nichts dergleichen. Wenn du unbedingt einkaufen willst, dann kauf Whisky. Das Ganze wird so verlaufen – ich komme zu dir. Wir bringen es hinter uns. Ich gehe wieder nach Hause. Klar so weit?“

„Glasklar.“ Wie zum Teufel war sie nur darauf gekommen, etwas zum *Knabbern* vorzuschlagen? Dieses Wort benutzte sie sonst nie.

„Ich gehe jetzt“, kündigte er an. „Tu mir einen Gefallen: Sag nichts mehr.“

Honey kniff die Augen zusammen und nickte.

Er musste jetzt wirklich gehen, und sie musste jetzt wirklich den Mund halten.

21. KAPITEL

Das ist es, glaube ich.“ Honey sah an dem großen, sehr gepflegten Reihenhaus empor, zu dessen glänzender grüner Haustür ein paar Stufen führten. Es war genau die Art von Haus, die ein Makler als „Stadtvilla“ bezeichnet hätte; im Eingangsbereich standen und hingen üppig bepflanzte Blumentöpfe.

„Sieht hübsch aus, nicht wahr?“ Lucille hakte sich bei Honey unter und sah hinauf zu den blitzblanken Fenstern. „Sollen wir hingehen und anklopfen?“

Honey drückte lächelnd eine Hand der alten Dame. „Nun, wir sind ja nicht den ganzen weiten Weg hergekommen, um Ernies Hängepflanzen zu bewundern, oder?“

„Sie sind aber wirklich sehr schön“, erwiderte Lucille. „Ob er das wohl alles selbst gepflanzt hat? Ich habe überhaupt kein Glück mit Pflanzen, dafür aber Mimi. Sie kümmert sich um alle Balkonkästen bei uns im Heim, musst du wissen. Sie hat einen grünen Daumen, wie man so schön sagt.“

Honey wusste genau, warum Lucille das erwähnte. Es war ein früher Versuch, Parallelen zu ziehen zwischen ihrer geliebten Schwester und ihrem neuen Bruder; Gemeinsamkeiten zwischen den beiden zu entdecken, damit sie Mimi leichter auf ihre Seite ziehen konnte, wenn sie ihr später alles gestand. Das war Honeys einzige Bedingung gewesen, und sie zweifelte nicht daran, dass Lucille ihr Versprechen halten würde.

„Er ist wahrscheinlich zehnmal nervöser als du. Du hast Mimi und alle eure Erinnerungen an eure Eltern. Er ist ganz allein.“

Lucille nickte und straffte die Schultern, als sie auf das Haus zugingen. „Lass uns meinen Bruder begrüßen.“

Sie mussten nicht lange warten, bis die glänzende grüne Tür aufging. Wenige Sekunden nachdem Lucille geläutet hatte, öffnete ihnen eine dunkelhaarige, resolut wirkende Frau.

„Sie müssen Lucille sein“, begrüßte sie die Ältere der beiden und nahm ihnen durch ihr freundliches Lächeln etwas Nervosität. „Ich bin Carol, Ernies Assistentin. Treten Sie doch bitte ein.“

Von innen war das Haus genauso gepflegt wie von außen, es wirkte hell und sauber – blitzblanke Bodenfliesen, der Geruch nach Möbelpolitur und frische Blumen auf dem Couchtisch in dem sonnigen Wohnzimmer, in das Carol die beiden führte.

„Ernie kommt gleich. Darf ich Ihnen Tee anbieten, während Sie warten? Oder Kaffee?“ Lucille nickte, Honey schüttelte den Kopf, und Carol schmunzelte. „Ernie ist heute auch ein bisschen so, er kann sich für nichts entscheiden.“ Sie beugte sich zu Lucille. „Ich glaube nicht, dass er in der letzten Nacht auch nur ein Auge zugetan hat, seine Bettdecke war kaum verrutscht, als ich heute Morgen sein Bett gemacht habe.“

„Ich hab es dir doch gesagt“, flüsterte Honey, als sie allein waren. „Er ist genauso nervös wie du.“

„Ist mein Lippenstift verschmiert?“

Honey konnte fast spüren, wie die Freundin neben ihr auf dem Sofa zitterte. Sie hatte schon zweimal nach ihrem Lippenstift gefragt. „Nein, er sitzt perfekt, dein Haar sieht fantastisch aus, und dieses Kleid steht dir hervorragend. Bitte, entspann dich einfach, ja?“

Beide sahen auf, als das leise Summen eines Motors im Flur ertönte. Kurz darauf erschien ein Rollstuhlfahrer in der breiten Tür – Ernie. Honey hatte sich im Grunde keine Gedanken über sein Aussehen gemacht, aber offensichtlich hatte er nicht nur den grünen Daumen mit seiner Schwester gemeinsam. Es verschlug ihr den Atem, als sie eine männliche Ausgabe von Mimi vor sich sah. Sie hörte, wie Lucille neben ihr nach Luft schnappte, und gab ihr ein Taschentuch, weil ihr die ersten Tränen bereits übers Gesicht strömten.

„Mimi sollte jetzt hier sein“, murmelte Lucille und erhob sich, weil Ernie das nicht konnte.

Er drückte einen Knopf und fuhr den Rollstuhl in die Mitte des Zimmers. Honey sah mit zugeschnürter Kehle zu, wie Lucille sich zu ihm neigte und zum ersten Mal im Leben den eigenen Bruder umarmte.

„So viele Jahre.“ Ernies Stimme klang überraschend kräftig im Gegensatz zu seiner gebrechlichen Gestalt. „Ich wollte dich schon kennenlernen, seit ich denken kann, Lucille.“

„Ich hatte nie eine Ahnung“, flüsterte diese sichtlich aufgewühlt. Sie trat einen Schritt zurück und nahm sein Gesicht in Augenschein. „Du bist das Ebenbild unserer Schwester Mimi.“ Sie drehte sich zu Honey um. „Habe ich nicht recht?“

Ernie sah zum Sofa, wo Honey lächelnd nickte. „Das ist wahr. Es ist geradezu unheimlich.“

„Entschuldige, wo bleiben nur meine Manieren? Das ist Honeysuckle“, sagte Lucille.

„Deine … Enkelin?“, fragte Ernie hoffnungsvoll.

„Nein. Aber gefühlt ja.“

Der Knoten in Honeys Hals drohte sich in echte Tränen aufzulösen. Sie war mitgekommen, um Lucille seelischen Beistand zu leisten, aber sie hatte nicht damit gerechnet, dass ihr das Ganze selbst auch so nahegehen würde. Sie stand auf und legte Lucille leicht die Hand auf die Schulter. „Ich glaube, ich lasse euch zwei jetzt eine Weile allein. Ich hole mir einen Kaffee und komme später wieder.“

Lucille nickte und hielt noch immer Ernies Hand. „Das würde uns wohl beiden guttun. Wir haben viel nachzuholen, nicht wahr, Bruderherz?“

Honey öffnete die Haustür und sah Carol in der Sonne auf den Eingangsstufen sitzen. Diese drehte sich halb um, als sie die Tür aufgehen hörte.

„Ich dachte mir, ich lasse sie eine Weile allein“, erklärte Honey.

„Sie haben sich bestimmt viel zu erzählen.“ Carol zündete sich eine Zigarette an und hielt die Schachtel Honey hin, doch diese schüttelte den Kopf.

„Trotzdem, vielen Dank. Darf ich mich ein paar Minuten zu Ihnen setzen?“

Carol steckte die Schachtel in die Tasche ihres dunkelblauen Rocks und machte eine einladende Handbewegung. „Aber gern. Kommen Sie." Honey setzte sich ebenfalls auf die Stufe, und Carol nahm die Zigarette in die andere Hand, um sie weiter weg von Honey zu halten. „Entschuldigung, schlechte Angewohnheit. Es sind zwar Mentholzigaretten, aber das macht sie auch nicht besser. Ernie drängt mich seit Jahren, mit dem Rauchen aufzuhören."

„Sie arbeiten also schon eine ganze Weile hier?"

Carol nickte. „Ich bin schon seit über zwanzig Jahren bei ihm. Er ist für mich fast mehr Familie als meine eigene."

Honey strich mit dem Finger über einen feinen Riss in der Stufe und hatte das Gefühl, als schätzten sie sich gegenseitig ebenso ab wie Lucille und Ernie im Inneren des Hauses; Vertreter und Unterstützer aus der blauen und der roten Ecke des Rings. Sie konnte sehr gut nachvollziehen, dass Freunde fast wie eine Familie sein konnten; Lucille und Mimi waren auch schon seit mehreren Jahren „Ersatztanten" für sie.

„Es ist so schade, dass seine andere Schwester heute nicht mitkommen konnte", bemerkte Carol sanft.

Honey suchte nach einer neutralen Antwort. „Ernies Brief war für beide ein Schock. Mimi wird schon noch einlenken. Sie ist …" Honey dachte kurz nach. „Sie ist sehr eigensinnig, das ist alles. Ich glaube, die Vorstellung, dass ihre Mutter vor Mimis Geburt bereits ein Kind hatte, setzt ihr ganz schön zu. Noch dazu kam die Neuigkeit so überraschend."

„Das kann ich verstehen. Ernie weiß schon seit vierzig Jahren von seinen Schwestern. Er hatte einfach länger Zeit, sich an den Gedanken zu gewöhnen."

Honey runzelte verwirrt die Stirn. „Darf ich fragen, warum er sich dann erst jetzt mit ihnen in Verbindung gesetzt hat?"

Carol sah Honey an. „Oh, er hat es schon früher versucht. Er schrieb seiner Mutter. Ihrer Mutter", verbesserte sie sich.

„Wirklich? Aber …"

„Sie schrieb zurück, er solle nie wieder Kontakt zu ihr aufnehmen. Sie hätte schon vor vielen Jahren einen Schlussstrich gezogen und könne es nicht ertragen, wenn alles wieder aufgewühlt werden würde."

„Ach herrje, wie traurig", gab Honey erschüttert zurück. Sie wusste, Lucille und Mimi würden genauso schockiert darüber sein. Die beiden Frauen saßen eine Weile schweigend in der Sonne und hingen jede den eigenen Gedanken nach.

„War Ernie immer schon … beeinträchtigt?", fragte Honey und versuchte, Ernies Geschichte mit der von Lucille und Mimi zu verbinden.

Carol schüttelte den Kopf. „Eine Kriegsverletzung. Er war damals dreiundzwanzig, glaube ich, und seitdem sitzt er im Rollstuhl."

„Und er hat nie geheiratet, hat keine Kinder?", wollte Honey wissen. Sie hütete sich davor, allzu neugierig zu klingen, aber Ernies Geschichte faszinierte sie.

„Nein. Er verlässt kaum das Haus. Es ist so unendlich schade. Er wohnt schon sein ganzes Leben lang hier; es ist seit dem Krieg sein Elfenbeinturm gegen die Außenwelt gewesen. Er kam nach Hause zurück, schloss die Tür, und das war's."

Ernie schien eine so gute Seele zu sein, es war weder richtig noch gerecht, dass er sich so isoliert hatte, dachte Honey. Plötzlich kamen ihr die Tränen. Die Parallelen zwischen Ernie und Hal waren zu offensichtlich. All die vielen Jahre der Einsamkeit konnten in Ernies Fall nicht rückgängig gemacht werden, aber sie wollte verdammt sein, wenn sie zuließ, dass Hal resignierte und sich in ein ähnliches Schicksal fügte.

„Soviel ich weiß, waren seine Adoptiveltern sehr nett, aber sonst hat er keine Familie mehr", fuhr Carol fort. „Ich bin der einzige Mensch, den er sieht, abgesehen von seiner Physiotherapeutin, die fast jeden Nachmittag zu ihm kommt. Seine Gesundheit lässt immer mehr zu wünschen übrig."

Der arme Ernie, er schien von Anfang an schlechte Karten gezogen zu haben. Honey war plötzlich froh, dass er den

Mut gefunden hatte, Mimi und Lucille zu schreiben, und sie wünschte, Mimi hätte sich überwinden können mitzukommen. Hoffentlich änderte sich deren Einstellung, wenn Lucille ihr erst einmal von diesem Besuch erzählt hatte. „Warum also hat er den Kontakt aufgenommen?“, fragte sie. „Warum jetzt, nach all den Jahren?“

Carol sah seufzend auf den Boden. „Wie ich bereits sagte, um seine Gesundheit ist es nicht gut bestellt, und es wird auch nicht wieder besser werden. Er ist einsam.“ Ihre Miene verriet Honey, dass noch mehr hinter der Sache steckte. Es war nicht zu übersehen, dass Carol ebenso an Ernie hing wie sie an Lucille und Mimi; sie hätte den Gedanken nicht ertragen können, dass es ihnen nicht gut ging. Daher fragte sie nicht nach, und ihr Schweigen ließ Carol die Zeit, ihr eigenes Tempo zu wählen.

„Im Laufe des letzten Monats hat er alle seine Angelegenheiten geregelt. Er glaubt, ich hätte das nicht bemerkt, aber das habe ich natürlich doch. Ehrlich gesagt, hielt ich es für keine gute Idee von ihm, seinen Schwestern zu schreiben. Eine weitere Enttäuschung wäre das Letzte gewesen, das er hätte gebrauchen können.“

Schon mehrmals hatte Honey an diesem Tag gewünscht, Mimi wäre mitgekommen, so auch jetzt wieder.

„Ernie hat nie ein Wort über seine Mutter verloren. Wissen Sie etwas über sie?“

Honey ging in Gedanken die Gespräche mit Lucille und Mimi durch, seit Ernies Brief eingetroffen war und alte Erinnerungen geweckt worden waren. „Soviel ich weiß, war sie Sängerin. Sie haben nie etwas Negatives über sie gesagt, aber ich habe den Eindruck, dass sie auf Teufel komm raus berühmt werden wollte, was ihr aber nie gelang.“

„Reizend“, schnaubte Carol leise. „Zu ehrgeizig, um den Erstgeborenen behalten zu wollen.“

„Weitere Einzelheiten weiß ich wirklich nicht, nur dass sie noch sehr jung und ledig war. Ein uneheliches Kind hätte damals wohl einen Skandal ausgelöst, und sie hätte ihre Hoffnungen auf eine Karriere als Sängerin begraben können." Honey lächelte traurig. „Castingshows gab es zu der Zeit ja noch nicht."

Carol verzog das Gesicht. „Nicht unbedingt ein Nachteil."

Die beiden Frauen saßen in der Sonne und fragten sich wahrscheinlich beide, was gerade im Haus vorgehen mochte.

„Ich will alles versuchen, Mimi dazu zu bringen, dass sie bald herkommt", sagte Honey schließlich.

Carol nickte und sah Boden. „Tun Sie mir einen Gefallen? Sorgen Sie dafür so bald wie möglich."

Ja, das nahm sich Honey vor. Für beide in selbst gewählter Zurückgezogenheit lebenden Männer, die sie inzwischen kannte.

22. KAPITEL

Der Freitag brach grau und kühl an, aber Honey wachte früh und völlig verschwitzt auf.

Heute. Heute Abend. Freitag. Die Keine-Verabredung-Nacht mit Hal. Um die Sache nicht unnötig nach außen hin aufzubauschen, hatte sie niemandem davon erzählt. Weder Tash noch Nell noch Lucille oder Mimi. Diese Entscheidung bereute sie, als sie sich fünf Minuten nach dem Frühstück übergeben musste. Ihre Nerven lagen völlig blank. Tash wäre genau der richtige Mensch gewesen, sie mit ihrer witzigen Art wieder etwas zu beruhigen, aber Honey wusste, sie befand sich in diesem Moment in ungefähr zehntausend Metern Reiseflughöhe und konnte ihr daher keinen Beistand leisten. *Nell …* Nell wurde wahrscheinlich gerade bei ihrem Müsli vernascht, also war auch von dieser Seite keine Hilfe zu erwarten, und mit Lucille und Mimi konnte sie über so etwas nicht reden. Sonst gab es niemanden. Niemanden außer dem einzigen Menschen, der von dieser Vereinbarung wusste. Hal. Aber was sollte sie tun? An seine Tür klopfen – und dann? Fragen, ob er immer noch für unverbindlichen Sex später zur Verfügung stand? Sie schnitt ihrem Spiegelbild eine Grimasse, während sie sich das Haar zum Pferdeschwanz band, schlüpfte in einen Regenmantel und verließ die Wohnung.

Hal hörte ihre Wohnungstür auf- und zugehen, dann Honeys Schritte. Er konnte unterscheiden, ob sie zu ihm herüberkam oder zur Haustür ging, und jetzt blieb sie vor ihrer eigenen Tür stehen. Überlegte sie gerade, wie sie weiter vorgehen sollte? Hatte sie den Mut verloren? Sollte er von sich aus absagen? Er hatte große Bedenken, was diese Situation betraf. Sein Körper reagierte eindeutig darauf, dass Honey ihn wollte, doch sein Kopf war fest davon überzeigt, dass es ein monumentaler Fehler sein würde. Er legte die Hand auf die kühle Türklinke und war bereit, die Tür zu öffnen und alles abzusagen, da sie das zweifellos sowieso tun würde. Er stand reglos da und hielt den Atem an. Und dann fiel die Haustür ins Schloss. Honey war zur Arbeit gegangen und hatte ihm damit die Entscheidung abgenommen.

Er genoss das angenehme Gefühl, das ihn durchströmte, wie einen alten Freund. Endlich wieder Adrenalin in seinen Adern. Das Gefühl, für das er vor seinem Unfall gelebt hatte; das Gefühl, wie wenn man ganz kurz davor war, etwas unglaublich Dummes anzustellen und all seinen Mut zusammenzuraffen, bevor man sich in die Tiefe stürzte.

Nur blieb manchmal die sichere Landung aus, auf die man sich verlassen hatte. Manchmal war es wirklich unglaublich dumm. Manchmal konnte es einem das ganze Leben ruinieren. Hals Problem war, dass er tatsächlich nicht wusste, wie diese Geschichte ausgehen würde.

Er hörte Honey nach Hause kommen, ebenso wie sie vor Stunden fortgegangen war – ohne den Umweg zu seiner Tür einzuschlagen. Ja, er konnte es schaffen. Es gab eine Möglichkeit, ihr das zu geben, was sie sich wünschte, ohne sich das zu nehmen, was er sich wünschte. Wahrscheinlich würde ihr das nicht gefallen, aber das hier war sein Auftritt, zu seinen Bedingungen.

Er griff nach der Whiskyflasche.

Honey hatte sich den ganzen Tag wie ein sterbender Schwan gefühlt; äußerlich ruhig und gelassen, innerlich jedoch völlig panisch. Ihr Herz schlug unregelmäßig und, wenn sie an den bevorstehenden Abend dachte, viel zu schnell. Sie konnte sich nicht auf die Arbeit im Laden konzentrieren und war enorm erleichtert, als ein vom Arbeitsamt vermittelter Koch eintraf, der Skinny Steve helfen sollte. Sie wollte viel lieber an Hal und ihre Keine-Verabredung-Nacht denken. Was sollte sie anziehen? Wo würde es passieren? Vor der Arbeit hatte sie das Bett frisch bezogen, um etwas gegen die Nervosität zu unternehmen. Aber vielleicht war das Sofa doch besser geeignet; dort konnten sie fließend von einer Unterhaltung zum Sex übergehen. „Wie war dein Tag, Liebes? Freut mich. Lust auf eine schnelle Nummer?“

Am Ende beschloss sie, dass es das Beste war, wenn sie nicht weiter plante und Hal die Führung überließ. Schließlich war sie die Schülerin und er der Lehrer. Bis zu dem Zeitpunkt, als es kurz vor acht an ihrer Tür klopfte, hatte sie sich in regelrechte Hysterie hineingesteigert und brauchte unbedingt ein ermutigendes Getränk.

„Oh Gott“, flüsterte Honey und blieb wie versteinert stehen. „Oh Gott!“ Ihr Herzklopfen schien ebenso laut wie das Klopfen an der Tür. Er war da. Er hatte es nicht vergessen und auch keinen Rückzieher gemacht. Er stand draußen, und sie musste ihn hereinbitten.

„Ich komme!“, rief sie nervös, dann räusperte sie sich und hielt sich die Hand vor den Mund, um das schreckliche Bedürfnis zu unterdrücken, fröhlich hinzuzufügen: „Zumindest hoffe ich das.“ Aufgeregt öffnete sie die Tür.

„Honeysuckle“, begrüßte er sie, und allein beim Klang ihres vollständigen Namens auf seinen Lippen hätte sie ihn am liebsten angefleht, sie gleich hier im Flur zu nehmen. Hal sah aus wie immer und doch auf subtile Weise anders, nicht ganz so – vernachlässigt. Wahrscheinlich lag es daran, dass er ausnahmsweise ein richtiges Oberhemd zu seiner Jeans trug; es war schmal geschnitten und so schwarz wie sein Haar, das er offenbar zu bändigen versucht hatte. „Soll ich reinkommen, oder wäre es dir hier draußen lieber?“, fragte er.

Einen Moment zu spät begriff Honey, dass sie ihn noch gar nicht hereingebeten hatte, was sie schnell nachholte.

Im Wohnzimmer setzte Hal sich aufs Sofa, während Honey schwankte, ob sie es sich am anderen Ende des Sofas oder im Sessel bequem machen sollte. Der Sessel gewann.

„Sofern du nicht glaubst, ich könnte dich aus zwei Metern Entfernung durch pure Kraft der Gedanken zum Höhepunkt bringen, solltest du vielleicht etwas näher kommen.“

Honey lachte nervös auf. „Haha. Ja. Hättest du, hm, vielleicht vorher gern einen Drink?"

„Ich hatte schon einen, aber genehmige du dir ruhig einen. Du klingst, als könntest du ihn gebrauchen."

„Ach ja?" Sie wusste genau, dass sie sich so anhörte. „Mir geht's gut, wirklich. Absolut. Ich bin völlig entspannt." Sie setzte sich ans andere Ende des Sofas. „Siehst du? Da bin ich. Ganz ruhig und gelassen." Nach einer Minute peinlichen Schweigens sprang sie wieder auf und eilte in die Küche. „Also gut, ich hole mir etwas zu trinken." In der Küche stieß sie sich dreimal den Kopf an der Kühlschranktür, fluchte und kehrte mit zwei großen Gläsern Rotwein zurück. „Ich habe uns Wein geholt", sagte sie und stellte die Gläser auf den Tisch. „Einen Shiraz, aus Australien."

„Aber etwas zu knabbern hast du nicht, oder?", fragte Hal trocken.

„Nichts zu knabbern." Sie setzte sich neben ihn, ohne ihn zu berühren, und wünschte, sie hätte den Fernseher eingeschaltet, bevor er geklopft hatte. Es würde unhöflich wirken, das jetzt zu tun, und so aussehen, als ob Hal sie langweilte.

Er nippte an seinem Wein, nachdem sie eingegossen hatte, und sie nahm einen großen Schluck.

„Also, wie war dein Tag?" Sie fühlte sich absolut lächerlich.

Er stellte sein Glas langsam ab. „Wirklich?", fragte er ungläubig. „Du willst, dass das so läuft? Sollen wir uns als Nächstes übers Wetter unterhalten?"

„Es ist nur eine Unterhaltung, Hal!", fuhr sie ihn an.

„Ich bin nicht zum Reden hergekommen. Lass uns ins Schlafzimmer gehen."

Oh. „Langsam, Höhlenmensch. Wahrscheinlich wirfst du mich gleich über deine Schulter!" Als er nicht antwortete, stand sie auf und murmelte: „Ich nehme den Wein mit."

Hal tastete sich zum Bett vor und setzte sich auf die Kante wie ein Kunde in einem Möbelgeschäft. Honey beobachtete ihn; seine große, dunkle Präsenz in ihrem hellen Schlafzimmer machte sie nervös. Unsicher stellte sie die Weingläser auf dem Nachttisch ab.

„Was hast du an?“, wollte Hal wissen.

Honey riss überrascht die Augen auf. Blitzschnell hatte der Höhlenmensch sich in einen Telefonsex-Kunden verwandelt. Wie sollte sie darauf reagieren? „Oh, hm … nun, mein Kleid ist schwarz mit einem langen Reißverschluss am Rücken, also ganz leicht zu öffnen“, versuchte sie zu schnurren und kniff dabei verlegen die Augen zu. „Und meine Unterwäsche ist neu. Hab sie extra für dich ausgesucht. Sie fühlt sich …“

„Zieh einfach alles aus und leg dich auf den Rücken.“

Honey griff nach ihrem Weinglas, kippte den gesamten Inhalt hinunter und setzte sich auf die andere Seite des Betts. Der letzte Mann, der etwas in dieser Art zu ihr gesagt hatte, war ihr Arzt gewesen. „Hal. Ich werde mich vollständig bekleidet hier hinlegen und fände es schön, wenn du dich zu mir gesellst. Das alles geht mir zu schnell, okay?“ Sie hätte nicht gedacht, dass sie so etwas würde sagen müssen. Ihre vorherigen Begegnungen mit Hal waren bedächtig und sinnlich verlaufen und hatten sie dahinschmelzen lassen, aber so wie jetzt funktionierte das nicht. Sie ließ sich auf dem Bett nieder, und Hal streckte sich neben ihr aus.

„Zufrieden?“, fragte er, das Gesicht der Zimmerdecke zugewandt.

„Nicht besonders“, murmelte sie. „Was glaubst du, fühlt sich das so an, wenn man schon seit vielen Jahren verheiratet ist?“

„Es wäre wirklich hilfreich, wenn du dich ausziehen würdest.“

Beim Anziehen an diesem Abend hatte sie sich für Kleidungsstücke entschieden, die sich gut anfühlten, in der Hoffnung, dass Hal es genießen würde, sie ihr auszuziehen. „Ich … hm … ich habe eine Augenbinde gekauft. Möchtest du vielleicht, dass ich sie trage?“ Honey merkte selbst, dass sie sich anhörte wie eine Flugbegleiterin, die fragte, ob er noch einen Espresso wünschte.

„Nein. Zieh dich aus.“

Nun, der tiefere Sinn dieser Idee war ihm anscheinend völlig entgangen.

„Meinst du, du könntest mich eventuell erst küssen?"

Hal zögerte. „Küsse hatte ich eigentlich nicht mit eingeplant."

„Wie bitte?"

„Das hier ist keine richtige Verabredung, schon vergessen?"

„Nein, aber ich bin auch keine Prostituierte", gab sie zurück. „Küss mich einfach nur. Ich bin mir zu hundert Prozent sicher, dass ich nicht zum Höhepunkt komme, wenn ich vorher nicht geküsst werde."

Hal seufzte, drehte sich zu ihr um und schob sich halb über sie. Dann küsste er sie ganz leicht und nur ein paar quälend aufregende Sekunden lang. „So. Ziehst du dich jetzt aus, oder lässt sich das Kleid wenigstens so weit hinaufschieben, dass du den Slip ausziehen kannst?"

„Um Gottes willen, Hal!", schnaubte Honey. „So etwas habe ich von dir nicht erwartet!"

„Nein? Was hast du denn erwartet?"

„Keine Ahnung", erwiderte sie nervös. „Dass es etwas romantischer zugeht, vielleicht? Ich weiß, es ist keine richtige Verabredung, aber kannst du nicht wenigstens so tun als ob?"

„Du möchtest, dass ich dich anlüge?"

„Ja, Hal. Ich möchte, dass du mich anlügst", sagte sie und war selbst überrascht über ihre Ehrlichkeit. „Sag mir, dass du schon den ganzen Tag an diesen Abend denken musstest. Zieh mich aus und sag mir, wie sexy ich mich anfühle. Sag mir, dass ich dich errege. Du brauchst es nicht ernst zu meinen, und wir werden es auch nie wieder erwähnen, sobald wir dieses Schlafzimmer wieder verlassen haben, aber hier und jetzt lüg mich bitte an."

Hal beugte sich über sie und küsste sie erneut, dieses Mal jedoch leidenschaftlicher. Er umfing ihr Gesicht mit den Händen, während sie die Arme um ihn schlang und sein Hemd hochschob, um seine warme Haut spüren zu können.

„Du weißt, dass du mich erregst, Honeysuckle", hauchte er ihr ins Ohr. Sie erhob sich leicht, damit er den Reißverschluss aufziehen und ihr das Kleid abstreifen konnte. „Und du fühlst dich wie eine verdammte Göttin an“, fügte er hinzu und küsste sie wieder, als das Kleid zu Boden glitt, mit den Fingern zog er eine zarte Linie von ihrer Halsbeuge bis zum Nabel.

Log er? Eigentlich klang es nicht danach. Sein Körper verriet ihr, dass er die Wahrheit sagte. Sie nestelte an den Knöpfen seines Hemds.

Hal hielt inne und legte eine Hand auf ihre. „Ich nicht“, flüsterte er. „Nur du.“

Honey schlug die Augen auf. „Was?!“

„Wir werden heute Abend nicht miteinander schlafen, Honey“, erwiderte er ruhig und strich über ihre Hüften. „Heute geht es nur um dich.“

„Ich möchte aber, dass es auch um dich geht“, widersprach sie und merkte, dass sie es wirklich so meinte. Von diesem Abend sollten sie beide etwas haben; sie wollte nicht, dass das Vergnügen einseitig blieb.

Er schüttelte den Kopf und streifte ihr Kinn mit den Lippen. „Entspann dich.“

„Das kann ich nicht.“ Wie sehr sie sich danach sehnte, ihm das Hemd auszuziehen …

Hal ließ die Hand über ihren Körper wandern, bis er kurz auf Honeys seidenem Slip verharrte und die Finger dann daruntergleiten ließ. „Doch, du kannst“, sagte er. Seine Hand fühlte sich warm und schwer an. „Spreiz die Beine.“

„Ich glaube nicht, dass ich das kann.“ Honey merkte, wie angespannt sie reagierte, selbst als er anfing, sie behutsam zu streicheln.

Hal küsste die empfindsame Stelle hinter einem ihrer Ohren. „Lass mich dich so berühren, wie du berührt werden möchtest“, raunte er, und begann, die Finger rhythmisch zu bewegen. Um Honey zu erkunden, zu liebkosen. „Lass mich das für dich tun, Baby.“

Einen Moment lang hörte Honey auf, an Sex zu denken oder daran, wie sie Hal Lust bereiten konnte, denn das, was er nun mit ihr machte, löschte jeden klaren Gedanken aus; sie konnte nur noch fühlen. Das war wunderbar. Absolut wunderbar, und plötzlich wollte sie alles, was er ihr geben konnte. „Komm schon, Hal“, murmelte sie. „Zieh dich aus und bleib heute Nacht bei mir. Ich spüre doch, wie sehr du das auch willst.“

Er hielt inne. „Soll ich das nun für dich tun oder nicht?“ Hal, der Leidenschaftliche, wurde wieder zu Hal, dem Beherrschten.

„Ich glaube, ich schaffe das nicht, wenn du nicht auch nackt bist“, sagte sie. „Und behaupte nicht, dass du nicht willst, denn …“ Sie legte eine Hand auf die Wölbung in seinem Schritt.

„Du hast mich darum gebeten. Du hast mich gebeten, herzukommen und dich zum Höhepunkt zu bringen. Noch vor einer Minute waren wir auf dem besten Weg – und jetzt das. Was ist los mit dir? Du bekommst etwas und willst immer noch mehr. *Lüg mich an, Hal. Sag mir, dass ich dich errege, Hal.*“

„*Hast* du gelogen?“, wollte sie wissen und hoffte, dass er verneinte.

Er seufzte entnervt und zog die Hand fort. „Ein Mann sagt dir, dass du schön bist, während er seine Hand in deinem Slip hat. Akzeptier das doch einfach, wahrscheinlich meint er es so.“

„Also hast du nun gelogen oder nicht? Sei ehrlich.“ Plötzlich war die Antwort immens wichtig für sie, denn wenn er nur so getan hatte, als ob er sie anziehend fand, war er Weltmeister im Lügen.

„Honey. Kannst du nicht einfach damit aufhören? Ich sag das jetzt noch einmal, denn wir scheinen hier ein Verständigungsproblem zu haben. Zieh dich ganz aus, spreiz die Beine, und ich gebe dir, was du dir gewünscht hast. Ich werde dich anlügen. Ich werde es so schön für dich machen, dass du deinen eigenen Namen nicht mehr weißt, geschweige denn meinen. Aber eines muss dir völlig klar sein: Wir werden nicht miteinander schlafen. Nicht heute Abend, nicht morgen, niemals.“

Und damit hatten sich alle ihre Hoffnungen zerschlagen. Honey griff nach ihrem Bademantel am Fußende des Betts, schlüpfte frustriert hinein und schlang den Gürtel fest um sich.

„Hab ich was Falsches gesagt?“, brummte Hal, tastete nach seinem Weinglas und leerte es in einem Zug.

„Geh einfach. Ich weiß auch nicht, warum ich ernsthaft gedacht habe, mit dir würde es anders sein als mit anderen Männern.“ Sie stand auf. „Mein Fehler.“

Er hob resigniert die Hände. „Mach doch, was du willst.“

„Genau. Mit jemand anderem.“

„Viel Glück dabei.“ Er war schon auf dem Weg zur Wohnungstür. „Übrigens: Ich werde dich zum Abschied nicht küssen.“

„Das würde ich auch gar nicht zulassen!“, rief sie ihm erbost nach, als die Tür ins Schloss fiel.

Als er seine eigene Tür aufschloss, rief er noch: „Gute Nacht, Honeysuckle. Träum was Schönes, Baby.“

23. KAPITEL

Honey träumte nichts Schönes. Stattdessen trank sie die Flasche Wein aus und warf sich die ganze Nacht wütend im Bett von einer Seite auf die andere, während Hal sich in der Wohnung gegenüber auf dem Sofa mit seinem Whiskyrest in einen Vollrausch versetzte.

Kopfschmerzen, verkaterte Vormittage und schlechte Laune – so verlief das Wochenende auf beiden Seiten des Flurs; obendrein musste Honey feststellen, dass keine Milch mehr für den so dringend benötigten Kaffee da war.

„Ich gehe einkaufen", schrie sie, als sie die Tür zuzog und sich den Tragegurt ihrer Umhängetasche auf der Schulter zurechtrückte. „Und es ist mir völlig gleich, ob du irgendetwas brauchst, denn ich bin nicht dein verdammtes Dienstmädchen!"

„Bring möglichst keine männlichen Zufallsbekanntschaften mit nach Hause", brüllte er zurück.

„Doch, wenn ich das will, werde ich genau das tun! Ich bin sicher, sie sind im Bett allesamt rücksichtsvoller als du!"

„Wir waren nicht miteinander im Bett, und wir werden es auch nie sein", erwiderte er.

„In dem Punkt hast du recht, mein Lieber", rief sie laut und öffnete die Haustür. „Du hattest die Gelegenheit, die Nacht mit mir zu verbringen, und du hast die Chance nicht genutzt, dein Pech!"

Ein schlechter Zeitpunkt für eine solche Bemerkung, denn sie stand plötzlich dem Briefträger Auge in Auge gegenüber. Anerkennend zog er die Brauen hoch, überreichte ihr die Post und wandte sich wieder zum Gehen, wobei es sich verdächtig so anhörte, als lachte er leise in sich hinein.

Honey sah rasch die Post durch; Rechnungen, Speisekarten vom Pizzaservice und Werbung. Sie warf alles auf den Tisch im Eingangsbereich, auch den braunen Umschlag, der in einer etwas steifen Handschrift an *Mr. Benedict Hallam* adressiert war. Bis zu diesem Tag war noch nie Post für ihn bei ihr gelandet.

Sie stieß noch ein paar wilde Verwünschungen gegen ihn aus, bevor sie aus dem Haus stürmte und die Tür heftig hinter sich zuschlug.

Es war Montagmorgen, und zwischen Hal und Honey hatte seit jenem Abend absolute Funkstille geherrscht. Beide hatten kein besonders schönes Wochenende verlebt. Honey verstand den Mann einfach nicht. Warum hatte er erst eingewilligt, mit ihr zu schlafen, und sie am Freitagabend dann derart rüde behandelt? War es für ihn einfach nur eine gute Gelegenheit gewesen, sie mal wieder gründlich auf den Arm zu nehmen? Selbst mit zwei Tagen Abstand zum Geschehen fiel es ihr schwer, eine andere Erklärung für sein Verhalten zu finden.

Hal wiederum brütete schweigend vor sich hin. Er war wütend auf sich selbst, weil er die Sache so komplett vermasselt hatte. Er hatte sich so angestrengt darauf konzentriert, die Grenze zur Romantik nicht zu überschreiten, dass das Ganze geradezu in einen Überfall ausgeartet war. War es das, was ihn von nun an erwartete? Ein Leben voller Missverständnisse und Fehler? Er wusste genau, was sein eigentlicher Fehler gewesen war – er hätte sich gar nicht erst auf diese Geschichte einlassen dürfen.

„Würdest du bitte mit nach draußen kommen und mir mit den Handschellen helfen, Liebes?“, fragte Mimi ungefähr eine Stunde später. Sie war an diesem Tag mit dem Anketten an der Reihe und hatte sich bereits entsprechend herausgeputzt – mit ihrem Motto-T-Shirt, Leggings in grellem Pink und einem gepunkteten rosa Kopftuch, das sie wie ein Haarband gefaltet und oben auf den dunklen Locken zu einer neckischen Schleife gebunden hatte. Sie sah tatsächlich aus wie der Star einer Rentnerversion von *Grease*.

Honey musste schmunzeln bei dem Gedanken, Mimi in einem Musical zu sehen. Sie hätte wirklich viel Geld dafür gegeben, um das miterleben zu können. Die Rolle der Sandy war eher etwas für Lucille, aber Mimi würde eine perfekte Cha Cha abgeben, und Billy war mit seinem Hüftschwung geradezu prädestiniert für einen der T-Birds.

Honey sah zu Lucille hinüber, die am anderen Ende des Ladens Gläser stapelte. Ob sie Mimi schon von dem Besuch bei Ernie erzählt hatte? Die herzliche Stimmung zwischen den beiden sprach eher dagegen.

„Natürlich. Bist du so weit?“, Honey nahm die flauschigen roten Handschellen für Mimi von der Theke.

Mimi nickte. „Obwohl ich halb verhungert bin. Dieser Koch, der uns geschickt wurde, ist furchtbar. Er hat uns heute Morgen Plätzchen zum Frühstück gegeben“, murrte sie. „Wir alten Leutchen brauchen nun mal unser ballaststoffreiches Müsli, sonst müssen wir das bitter büßen.“

Honey verzog das Gesicht. „Wie hat er sich am Wochenende gemacht?“

„Schrecklich. Ich kann nicht einmal darüber reden.“ Mimi schüttelte sich. „Da war ja sogar dein Essen noch besser als seins.“

Honey schwankte zwischen Gekränktheit und Stolz. Sie entschied sich für Letzteres; schließlich war es ziemlich sinnlos, über etwas gekränkt zu sein, was der Wahrheit entsprach. Sie folgte Mimi nach draußen und rief Lucille zu, sie wäre kurz weg.

Lucille hob abrupt den Kopf. „Honey, Liebes?“

Honey ließ Mimi schon vorgehen und drehte sich zu Lucille um, die die Lippen fest aufeinanderpresste und mit Daumen und Zeigefinger darüberstrich. Dazu zuckte sie wie um Entschuldigung bittend die Schultern.

Honey schüttelte den Kopf. „So kann das nicht weitergehen, Lucille!“, zischte sie, als die alte Dame an ihr vorbeiging und sie aus dem Laden scheuchte.

Draußen traf Honey nicht nur Mimi an, sondern auch Billy, zusammen mit zwei Frauen um die vierzig, die sie nicht kannte.

„Honey, mein Liebchen, hol doch noch ein paar von diesen frivolen kleinen Handschellen", rief Billy ihr zu und legte die Arme um die beiden völlig gleich aussehenden Frauen. „Wir haben heute Verstärkung. Michelle und Lisa sind gekommen, um uns zu unterstützen."

Die Frauen nickten eifrig.

Honey staunte über ihre geradezu unheimliche Ähnlichkeit miteinander – und mit Susan Boyle.

„Mein Tantchen Titania wohnt hier", sagte die eine.

„Sie ist auch mein Tantchen", bemerkte die andere und fügte überflüssigerweise hinzu: „Wir sind nämlich Schwestern."

„Zwillinge", erklärte die andere, und wieder nickten beide.

Honey eilte zurück in den Laden, holte weitere Handschellen und kettete dann pflichtschuldigst alle vier Demonstranten an den Zaun.

Billy hatte sich für hautenge rote Jeans und ein Shirt entschieden, auf dem *Alte Jungs können's besser!* stand. Als die Zwillinge ihre Anoraks auszogen, kamen darunter identische weiße T-Shirts zum Vorschein, auf die sie selbst die Worte *Wir lieben dich, Tante Titania!* gemalt hatten. Leider – oder zum Glück, je nachdem, wie man das sehen wollte – verfügten beide Frauen über eine beträchtliche Oberweite, sodass wenig später durch die Bewegung ihre üppigen Dekolletés einen Teil des Satzes „verschluckt" hatten und nun stolz die etwas zweideutige Aussage *Wir lieben Tit…* auf ihren Busen prangte. Die beiden lächelten freundlich, während Billy sich augenzwinkernd den Leuten von der Presse zuwandte, die sich wie an den meisten anderen Tagen in der Hoffnung auf eine Sensation eingefunden hatten.

„Sehr richtig, meine Damen. Tun wir das nicht alle?"

Blitzlichter flammten auf, und Honey wusste, dass dank dieser T-Shirts die Kampagne einmal mehr auf den Titelseiten der Zeitungen landen würde. In der letzten Woche hatte sie es sogar zum ersten Mal in die lokalen Fernsehnachrichten geschafft, worüber Billy in völlige Begeisterung ausgebrochen war. Das musste doch jetzt sicher Wirkung beim Vorstand zeigen! Es hieß zwar, keine Presse wäre schlechte Presse, aber als herzlos dargestellt zu werden war doch bestimmt schlechte Werbung für ein Unternehmen, das mit Seniorenheimen sein Geld verdiente!

„Ich finde es erstaunlich, was Sie hier so alles auf die Beine stellen", sagte eine Passantin, die neben Honey stehen geblieben war, während die Reporter ihre Fotos schossen.

Honey lächelte die Frau an, die einen mit zwei Kleinkindern und Einkäufen beladenen Buggy dabeihatte. „Vielen Dank. Es bedeutet allen von ihnen so viel, hierbleiben zu dürfen." Sie gewöhnte sich immer mehr an ihre Rolle als Wortführerin in der Öffentlichkeit. „Ich kann und will mir einfach nicht vorstellen, was aus ihnen wird, falls das Heim geschlossen wird."

„Wäre ich nicht mit diesen beiden hier, hätte ich auch mitgemacht." Die Frau zeigte lächelnd auf ihre Kinder und ging weiter.

Honey betrachtete den Zaun, und die Gedanken überschlugen sich in ihrem Kopf. Wie viele Menschen konnten dort wohl Platz finden? Der Zaun verlief um die Straßenecke und danach noch ein ganzes Stück weiter. Zehn, zwanzig, dreißig Meter? Mehr?

Als sie gerade in den Laden zurückkehren wollte, kam ihr ein besorgt aussehender Skinny Steve mit heißem Tee für die Demonstranten entgegen. „Du machst das großartig, Steve", lobte sie ihn und klopfte ihm im Vorbeigehen auf die Schulter.

„Warte, bleib hier", rief er ihr leise nach.

Sie blieb stehen und drehte sich langsam zu ihm um; die Verzweiflung in seiner ohnehin dünnen Stimme erschreckte sie. „Ist alles in Ordnung?", fragte sie vorsichtig.

Er schüttelte den Kopf und sah sie mit großen Augen an. „Der neue Koch ist vollkommen verrückt, Honey! Er hört auf nichts von dem, was ich ihm sage."

Honey runzelte die Stirn. „Ich habe schon gehört, dass es ein paar Probleme gibt."

Steve schnaubte und kratzte sich nervös am Kinn. „Probleme? Selbst ich weiß, dass man diesen Leutchen nicht gerade ein höllisch scharfes indisches Currygericht vorsetzen sollte." Steve sprach hastig, als wäre er froh, sich endlich alles von der Seele reden zu können. „Das Personal dreht durch, weil alle ständig zur Toilette müssen. Old Don ist heute Morgen prompt ein Malheur passiert, weil sie ihn nicht schnell genug dorthin bringen konnten." Er schüttelte den Kopf und verzog dabei das Gesicht, was darauf hinwies, dass er bei dem Vorfall dabei gewesen war. „Es ist schlimm, Honey. Wirklich schlimm." Wieder schüttelte er den Kopf. „Jetzt kocht er schon wieder ein Chili, aber eines, das so scharf ist, dass es einem den ganzen Gaumen versengt. Ich weiß es, denn ich musste probieren." Steve schluckte mit schmerzverzerrter Miene. „Ich glaube, er mag alte Leute nicht besonders. Ehrlich gesagt ..." Er sah Honey ängstlich an, als wäre sie eine Polizeibeamtin, die seine Aussage zu Protokoll nahm. „Ich glaube, er versucht womöglich, sie alle mit scharfem Essen umzubringen."

Honey hätte beinahe laut aufgelacht, tat es aber nicht, da das Ganze genau genommen ganz und gar nicht lustig war. Es war zwar äußerst unwahrscheinlich, dass die Behörde ihnen einen Koch vermittelt hatte, der Mordgedanken gegenüber den Alten hegte, doch es war eindeutig ein Problem, das zu groß war für den schmächtigen Skinny Steve. Es hatte keinen Zweck, ihm vorzuschlagen, sich in der Angelegenheit an Christopher zu wenden; vielmehr war nicht auszuschließen, dass Christopher absichtlich den schlechtesten Koch ausgesucht hatte, den er finden konnte.

„Sobald ich kann, komme ich vorbei und rede mal ein Wörtchen mit ihm, Steve." Sie lächelte ihn ermutigend an. „Bis dahin versuch einfach, bei der Auswahl der Gerichte ein wenig mitzubestimmen, ja?"

Er nickte so heftig, dass er beinahe den Tee auf seinem Tablett verschüttete.

In zehntausend Metern Flughöhe servierte Tash ebenfalls Tee, und als die Maschine unerwartet in eine Turbulenz geriet, schwappte der Tee aus der Kanne auf den Passagier, neben dem sie gerade stand.

„Ich bitte vielmals um Entschuldigung, Sir." Sie stellte die Kanne rasch ab und griff nach einem Lappen. Sie tupfte damit über den Bogen Papier auf seinem Tischchen und stellte dabei fest, dass es sich nicht um eine Büroarbeit handelte wie bei den meisten Passagieren der Businessclass auf Transatlantikflügen, sondern um ein Notenblatt.

Er streckte die Hand aus, um ihr Einhalt zu gebieten, und als sie ihn ansah, stellte sie fest, dass er lächelte. „Lassen Sie nur, es ist alles gut", sagte er, dem Akzent nach eindeutig ein Amerikaner. „Es war ohnehin nicht sehr gelungen. Sie haben wohl eben meine Stelle gerettet."

„Sie komponieren?", fragte Tash, denn sie nahm sich immer gern die Zeit, mit den Passagieren zu plaudern, vor allem mit solchen, die aufregend blaue Augen und ein gewinnendes Lächeln hatten.

„Ich versuche es jedenfalls", erwiderte er etwas kläglich und nickte. „Ich bin Pianist."

24. KAPITEL

Honey ging erst nach dem Mittagessen hinüber, um sich den neuen Koch anzusehen. Als sie zögernd die Tür zur Küche aufstieß, hörte sie drinnen lautes Gebrüll und das Klappern von Geschirr. Der neue Koch stand mit dem Rücken zur Tür und fuchtelte wild mit einer Pfanne herum, während er Skinny Steve anschrie. Honey war sich sicher, dass er gar nicht vorhatte, bedrohlich auszusehen, trotzdem hatte sie den Eindruck, als würde Skinny Steve gleich Prügel beziehen.

„Na, na", sagte sie leichthin und räusperte sich. Da der Koch ihre Anwesenheit gar nicht zur Kenntnis nahm, fügte sie etwas lauter hinzu: „Äh … hallo?"

Er wirbelte mit noch immer hoch erhobener Pfanne herum. „Was ist?", stieß er mit starkem Akzent hervor, und sein schwarzer Schnauzbart schien sich vor Verachtung zu sträuben. Seinem Aussehen nach hielt Honey ihn für einen Spanier, vielleicht auch Mexikaner. Er war kein großer Mann. Ein unfreundlicher Mensch hätte ihn durchaus als zu kurz geraten bezeichnet, aber was ihm an Körpergröße fehlte, macht er an Lautstärke locker wieder wett. „Was wollen Sie?", brüllte er, und Honey behielt die Pfanne vorsichtshalber im Auge, während sie langsam auf ihn zuging.

„Könnten Sie eventuell … hm … die Pfanne wegstellen?", schlug sie vor und versuchte, sich an Verhandlungen mit Geiselnehmern in irgendwelchen Filmen zu erinnern, die sie gesehen hatte.

Der Koch sah nach oben und starrte die Pfanne an, als wäre er selbst überrascht, sie dort zu sehen. „Sie meinen die hier?"

Honey nickte und schenkte ihm ein ängstliches Lächeln.

Der Koch ließ den Blick zwischen der Pfanne und Honey hin und her wandern, dann sah er zu Steve und fing an zu knurren.

„Jetzt reicht es." Sie gab Skinny Steve ein Zeichen und nickte in Richtung Hintertür, die in den Garten hinausführte. Das ließ er sich nicht zweimal sagen. Wie ein gescheiterter Held flitzte er nach draußen und überließ es Honey, sich an dem Koch vorbeizuschieben und die Hintertür zuzuschlagen, damit er nicht Steves Verfolgung aufnahm.

„Was zum Henker soll das?", schrie er und knallte die Pfanne auf die Anrichte.

Honey zuckte zusammen, blieb aber mit ausgebreiteten Armen vor der Tür stehen. „Sie haben ihm Angst eingejagt."

„Was ist er denn? Ein Mann oder eine Maus?" Das Kinn des Kochs bebte. „Den ganzen Morgen sagt er zu mir, *tun Sie das nicht, tun Sie jenes nicht. Ihnen wird das nicht schmecken, ihnen wird jenes nicht schmecken.*" Er nahm eine ganze Chilischote von der Arbeitsfläche. „*Und das hier wird ihnen mit Sicherheit nicht schmecken!*" Er biss die Hälfte der Chilischote ab, ohne auch nur mit der Wimper zu zucken. „Meine Mama in Mexiko isst die Dinger zum Frühstück, und sie ist hundertdrei!" Er verspeiste auch die andere Hälfte. „Diese Leute", er zeigte verächtlich zum Speisesaal, „absolut fad. Ich versuche nur, etwas Würze in ihr Leben zu bringen, aber dieser Junge ..." Er hielt mit mordlüsternem Blick durch das Fenster Ausschau nach Steve. „Er lässt mich nicht. Wer ist denn hier der Chef, er oder ich? Mein Chili con Carne ist 2010 bei den Chihuahua Chili Awards mit drei roten Paprikaschoten ausgezeichnet worden. Drei roten Paprikaschoten!" Der Koch nahm drei weitere Chilischoten und schob sie sich beängstigenderweise alle drei auf einmal in den Mund.

Honey starrte ihn wie gebannt an, während er angestrengt kaute. „Möchten Sie vielleicht ein Glas Wasser?", flüsterte sie, als ihm die ersten Tränen über die Wangen rannen.

Er spuckte einen Chilisamen aus. „Ich weine nicht wegen der Chilis, sie sind köstlich. Ich weine, weil meine Seele mit Füßen getreten worden ist. Von diesen Leuten, die aussehen, als wären sie aus Papier, und die nur ungewürztes, langweiliges Essen haben wollen." Seine Wut war innerhalb einer Sekunde einer intensiven Weinerlichkeit gewichen – ziemlich beeindruckend, wie Honey fand. „Ich weine, weil ich meine Mama vermisse.

Diese Leute hier erinnern mich daran, dass ich lieber nach Hause gehen und wieder ihre faltige Wange küssen sollte." Er wischte sich die Tränen mit dem Zipfel seiner Schürze fort, dann traf er eine Entscheidung. „Ich gehe jetzt", verkündete er, band sich die Schürze ab und legte sie auf die Anrichte. „Und zwar sofort. Ich gehe und besuche meine Mama."

„Aber …"

Er hob abwehrend beide Hände. „Meine Mama. Ich gehe jetzt."

„Nach Chihuahua?", fragte Honey zweifelnd, doch er sah sie nur aufgebracht an und nickte. „Und was wird aus dem Abendessen?"

„Ich habe Chili gekocht." Er zeigte auf den großen Topf auf dem Herd, in dem es laut brodelte. „Der Ausgemergelte weiß, was er damit zu tun hat."

Honey konnte nur vermuten, dass er damit Skinny Steve meinte. Darüber hinaus vermutete sie, dass dieses Chili wahrscheinlich nur dafür geeignet war, Farbe abzubeizen. Hilflos sah sie zu, wie der winzige Koch seine Tasche nahm, aus der Küche rauschte, zurückrauschte, um sein Bündel Chilischoten zu holen, und dann wieder nach draußen rauschte – dieses Mal endgültig.

„So können wir das nicht servieren", beschloss Honey, nachdem sie heldenhaft ein winziges bisschen von dem Chili gekostet hatte. Augenblicklich war ihr der Schweiß ausgebrochen, und sie hatte spontan nach einem Glas Wasser gegriffen. „Hast du eine Idee, wie wir das entschärfen können?"

Steve schüttelte den Kopf, runzelte angestrengt die Stirn und dachte eine Minute lang nach. „Nein."

Honey atmete tief durch und versuchte, sich an die Tipps von den Fernseh-Köchen zu erinnern. „Mit Wasser verdünnen, vielleicht?"

Steve schüttelte erneut den Kopf. „Ich glaube nicht. Dann würde eher Suppe daraus."

Wahrscheinlich hatte er recht, andererseits hatte er Honey damit auf eine neue Idee gebracht. „Suppe? Haben wir noch Tomatensuppe? Das könnte vielleicht klappen."

Steve dachte über ihren Vorschlag nach und fing an, in den Küchenschränken herumzustöbern. Er stellte vier riesige Dosen Suppe auf die Anrichte und drehte sich wieder zu Honey um. „Den Versuch ist es wert", sagte er. „Soll ich sie alle dazugeben?"

Honey nickte. Auch wenn sie nicht die geringste Ahnung vom Kochen hatte, so war ihr dennoch klar, dass das Chili so stark wie möglich verdünnt werden musste. Sie nickte Skinny Steve ermutigend zu, als er den Inhalt sämtlicher Dosen in den großen Topf goss und dann umrührte. „Und nun schmeck das ab", forderte Honey ihn auf.

„Warum ich?"

„Weil du der Koch bist!", rief sie aus.

„Ich mag kein Chili", murmelte Steve mit zweifelnder Miene.

Honey griff seufzend nach einem Löffel. „Geh mal aus dem Weg." Die Konsistenz hatte sich eindeutig verändert; das Essen war viel zu flüssig und außerdem knallrot geworden, die Farbe erinnerte an ein überfahrenes Tier auf einer Landstraße. Honey hätte das nicht gern zum Abendessen serviert bekommen, und die Bewohner taten ihr jetzt schon leid. Sie tauchte den Löffel in den Topf und probierte vorsichtig, dann legte sie den Löffel langsam wieder hin und schüttelte den Kopf. „Das hat gar nichts gebracht", krächzte sie und griff hastig nach dem Wasserglas.

„Was sollen wir denn bloß machen?", flüsterte Skinny Steve ratlos. „Es ist fast zwei. Wenn ich ihnen um halb sechs nichts zu essen vorsetzen kann, werden sie mich lynchen!"

Honey erwog flüchtig, zu erwähnen, dass sie eigentlich gar nicht zum Küchenpersonal gehörte, und dann die Flucht zu ergreifen. Sie hatte jedoch vorhin miterlebt, wie schnell Skinny Steve rennen konnte; zweifellos hätte er sie eingeholt, bevor sie noch die Tür erreichen konnte. Außerdem war er verzweifelt und sie nicht kaltherzig genug, um ihn in seiner Not im Stich zu lassen. Damit standen sie beide vor einem riesigen Problem. In etwas mehr als drei Stunden mussten sie ungefähr dreißig Leuten das Abendessen servieren und hatten keine Ahnung, wie sie das schaffen sollten.

„Glaubst du, die Behörde könnte uns bis dahin einen Ersatz schicken?“, fragte Steve.

Honey bezweifelte das ernsthaft. Sie ging zum Kühlschrank und öffnete ihn; dabei befiel sie ein entmutigendes Déjà-vu-Gefühl. Als sie das das letzte Mal getan hatte, war ihr eine Art Geniestreich gelungen, aber es war ziemlich unwahrscheinlich, dass so etwas zweimal in ihrem Leben passierte. Der Inhalt des Kühlschranks war wenig inspirierend; es war eindeutig nichts darin, was … Obwohl, da lag tatsächlich Speck … „Mögen sie Speck und Würstchen?“

Steve rümpfte die Nase. „Manche von ihnen, aber Speck bleibt zwischen ihren falschen Zähnen hängen, und andere haben überhaupt keine Zähne mehr.“ Er sah sie bedauernd an.

„Was ist mit Würstchen?“

Seine Miene hellt sich ein wenig auf. „Ja, Würstchen wären eine Möglichkeit.“

„Und dazu …“ Honey versuchte, ihn dazu zu bringen, dass er sich ein richtiges Gericht ausdachte; schließlich war er der erfahrenere Koch von ihnen beiden, er machte so etwas täglich.

„… Kartoffelbrei!“, rief Steve aus und strahlte übers ganze Gesicht. „Würstchen mit Kartoffelbrei!“

Honey schmunzelte erleichtert, wieder einmal war eine Katastrophe verhindert worden. „So gefällst du mir. Hol die Kartoffeln, sie müssen geschält werden. Man schält Kartoffeln doch vor dem Stampfen, oder?“

Kennen Sie das warme Gefühl des Stolzes, wenn man etwas wirklich gut hinbekommen hat und alle einem sagen, man wäre wunderbar? Eigentlich war das Essen gar nichts so Besonderes, aber für Honeys und Steves Verhältnisse war das Festessen, bestehend aus Würstchen mit Kartoffelbrei und dem anschließenden, schon bewährten Eis ein Riesenerfolg. Erst als sie hinterher das Geschirr abräumten, fiel Steves Blick auf den Küchenkalender, und sein Gesicht nahm eine ungesunde grüne Farbe an. „Oh nein“, murmelte er.

Honey, die gerade die Teller stapelte, sah auf. „Was ist?“

„Old Don hat morgen Geburtstag. Um drei soll eine Party stattfinden.“

„Eine Party?“, wiederholte Honey und versuchte, ihr müdes Gehirn zu schnellerem Denken zu bewegen. „Die Art von Party, wo es typisches Partyessen gibt? Wie zum Beispiel Sandwiches, Würstchen im Schlafrock und ähnliche Dinge?“

„Und eine Geburtstagstorte“, stammelte Steve mit waidwundem Blick.

„Kannst du backen?“ Honey kannte die Antwort schon, bevor er den Kopf schüttelte. Sie konnte ebenfalls nicht backen, obwohl sie im Fernsehen jede Folge von *The Great British Bake Off* gesehen hatte, allerdings eher wegen der Attraktivität des moderierenden Starkochs – was sie nun bitter bereute. „Mist.“ Sie ließ sich auf einen Stuhl fallen. „Jetzt sind wir geliefert.“

Steve sah aus wie ein besiegter Boxer der Federgewichtsklasse. „Mir reicht’s“, murmelte er. „Es tut mir leid, Honey, ich weiß, es ist ein mieser Zug von mir, aber ich kündige. Ich kann das nicht mehr.“

„Wie bitte? Nein!“ Honey sprang auf und packte ihn bei den Armen. „Steve, das kannst du mir nicht antun! Und den Leuten hier schon gar nicht!“ Sie nickte in Richtung Speisesaal. „Bitte, uns fällt schon etwas ein. Ich kaufe eine fertige Torte. Und einen neuen Koch bekommen wir auch bald, das verspreche ich.“

„Honey, wir brauchen gleich morgen früh einen, und das schaffen wir nicht.“ Er sah entmutigt aus. „Die zahlen mir ohnehin nur einen Hungerlohn hier. Viel zu viel Ärger für viel zu wenig Kohle.“

Honey dachte fieberhaft nach, dann machte sie ihm ein überstürztes, verzweifeltes Angebot. „Und wenn ich dir verspreche, dass morgen früh ein Koch hier sein wird? Jemand, der hier die Verantwortung übernimmt und dir wieder etwas beibringen wird, so wie Patrick?"

Hoffnung flackerte in den grauen Augen des Teenagers auf, sodass Honey sich beinahe vorkam wie ein Kinderfänger, der seine Opfer mit Süßigkeiten anlockte.

„Das versprichst du?"

Sie nickte, schloss kurz die Augen und hoffte inständig, dass sie dieses Versprechen halten konnte. „Ja. Sei morgen früh einfach nur pünktlich hier, ja?"

Skinny Steve lächelte zaghaft und ließ sie allein in der Küche zurück, wo sie einen sehnsüchtigen Blick auf den Sherry zum Kochen warf.

Hal hörte Honey später am Nachmittag nach Hause kommen und lauschte, bis sie vor seiner Tür stehen blieb.

„Hal?", rief sie.

Die Tatsache, dass sie überhaupt nach ihm rief, überraschte ihn, aber noch mehr verblüffte ihn ihr neutraler Tonfall. Er hatte schon angefangen zu glauben, dass sie ihm für alle Zeiten böse sein würde.

„Hal!"

Da, schon wieder. Es war schwer, ihre Stimmung einzuschätzen; Honey klang gestresst, irgendwie aufgelöst. „Was gibt's?", fragte er und bemühte sich ebenfalls um einen versöhnlichen Tonfall.

„Ich muss mit dir reden", erwiderte sie.

Das, was sie nicht sagte, verriet ihm mehr als ihre Worte. Er spürte, dass sie müde war und eigentlich gar nicht vor seiner Tür stehen wollte, um irgendetwas mit ihm zu besprechen. „Ich höre."

Es klang, als tigerte sie vor seiner Tür auf und ab. „Ich brauche deine Hilfe."

Er konnte nur hoffen, dass sie ihn nicht wieder um denselben Gefallen bitten wollte wie in der vergangenen Woche. „Honey, ich glaube wirklich nicht, dass wir wieder davon anfangen sollten", teilte er ihr bemüht freundlich mit.

„Krieg dich wieder ein", schnaubte sie. „Es geht um Arbeit."

„Arbeit?", wiederholte er aufrichtig verblüfft. „Um deine Arbeit?"

Wieder bewegte sie sich, dann hörte er, wie sie sich vor seine Tür setzte. „Ja", erwiderte sie seufzend. „Ich habe dir doch von Patrick erzählt, dem Koch, der den Chef angegriffen und dann gekündigt hat? Nun, sein Nachfolger erwies sich als völlig unfähig, irgendetwas zu kochen, das nicht mindestens eine Million Chilischoten enthielt; die Bewohner waren in akuter Gefahr, innerlich zu verbrennen. Wie dem auch sei, ich versuchte, mit ihm darüber zu sprechen, er drehte durch und nahm den nächsten Flieger zurück nach Mexiko."

„Donnerwetter, der konnte dich offensichtlich nicht besonders gut leiden", stellte Hal beeindruckt fest.

„Ich ihn auch nicht sonderlich. Jedenfalls waren unser Lehrling und ich dadurch gezwungen, uns etwas zum Abendessen einfallen zu lassen, und das war gar nicht einmal so schlecht." Sie hielt kurz inne, um Luft zu holen. „Würstchen mit Kartoffelbrei, um deine Frage zu beantworten."

„Ich habe gar nicht gefragt."

„Ich tue mal so, als hättest du; ich möchte mich nämlich der Illusion hingeben, du wärst ein netter Mensch. Jedenfalls war es gar nicht so übel, aber ... Oh Gott, Hal, ich halte das nicht länger durch! Du weißt, wie schlecht ich in der Küche bin, und Steve, der Aushilfskoch, hat die Fantasie eines Goldfischs. Wenn ich das noch länger machen muss, bekomme ich einen verdammten Herzinfarkt; Lucille und Mimi müssen im Laden die Stellung halten, und das ist eigentlich viel zu viel verlangt in ihrem Alter. Und nun hat obendrein auch noch Old Don, einer unserer Hausbewohner, morgen Geburtstag, und wir müssen eine Party für ihn schmeißen, seine ganze Familie kommt. Ich brauche eine Torte! Wie backe ich eine Torte?" Sie klang geradezu panisch. „Und was können wir ihnen sonst noch zu essen anbieten? Steve hat gedroht zu kündigen, und ich kann es ihm nicht verübeln, also habe ich ihm gewissermaßen versprochen, dass morgen ein richtiger Koch da sein wird, der ihn anleitet, und, Hal, der einzige Koch, den ich kenne, bist du.“ Sie holte tief Luft, verstummte aber dann.

Hal ließ sich auf der anderen Seite der Tür auf den Boden sinken, die Hände vors Gesicht geschlagen. Er hatte bereits geahnt, in welche Richtung sich das Gespräch entwickeln würde, und wusste schon jetzt, dass er das nicht tun konnte. Es war unfair von ihr, ihn darum zu bitten. „Ich kann nicht, Honey. Ich kann es einfach nicht.“

„Bittebittebitte!“, sprudelte es wieder aus ihr hervor. „Ich weiß, das ist alles sehr kurzfristig, und du willst nicht gern aus dem Haus, aber ich bringe dich sicher hin und auch wieder nach Hause; du brauchst wirklich nur in der Küche zu sitzen und Steve zu sagen, was er tun soll. Ich habe zwar gesagt, dass er keine Fantasie hat, aber im Befolgen von Anweisungen ist er wirklich gut, ehrlich.“

Ihre unüberhörbare Verzweiflung ging ihm zu Herzen. Er musste sich entscheiden zwischen seinen Ängsten und ihren, und so groß ihre auch sein mochten, seine setzten sich durch. „Ich kann dir sagen, was ihr tun müsst, Honey“, versuchte er, einen Kompromiss einzugehen. „Ich kann dir Listen und Anleitungen mitgeben. All das kann ich. Wenn du willst, hol Papier und einen Stift. Ich warte.“

„Du verstehst nicht!“, erwiderte sie hastig. „Ich brauche keine Listen, Hal, ich brauche *dich*. Wenn ich dort morgen ohne einen Koch erscheine, dann nimmt Steve seinen nicht vorhandenen Hut, und dann bekommen diese alten Leute alle kein Frühstück. Kein Mittagessen und auch kein Abendessen! Und Old Don wird auch keine Party feiern können, dabei ist er ein verdammter Kriegsveteran!“ Ihre Stimme wurde immer schriller und klang beinahe tränenerstickt. „Nicht einmal die Demonstranten kriegen dann etwas zu essen!“

Sein Wunsch, ihr zu helfen, war größer, als er in Worte fassen konnte. Bei ihr hörte sich das alles so einfach an, dass er sich vermutlich gar nicht weigern konnte. Wahrscheinlich war es für sie auch einfach; sie sah die Welt nicht so, wie er sie gezwungenermaßen nach seinem Unfall sehen musste. Das konnte sie auch gar nicht, und er fand nicht die richtigen Worte, um es ihr zu erklären. Also wählte er bewusst taktlose, verletzende Worte, um keinen Zweifel daran zu lassen, dass er es ernst meinte. „Das ist nicht mein verdammtes Problem, Honeysuckle. Ich bin nicht dein Ansprechpartner für die Lösung aller deiner Probleme. Letzte Woche war es sexueller Frust. Diese Woche willst du meine beruflichen Fähigkeiten. Was ist nächste Woche an der Reihe? Komm bloß nicht zu mir, wenn jemand eine Spinne bei dir einfangen muss, denn ich bin verdammt noch mal nicht der Mann, den du dann brauchst." Er rechnete mit einer giftigen Antwort, erntete stattdessen Schweigen, und schließlich sagte sie ganz ruhig nur ein einziges Wort, das ihn viel mehr traf als alles andere, was sie hätte erwidern können.

„Feigling."

Kurz darauf hörte er, wie sie aufstand. Er konnte ihre Niedergeschlagenheit förmlich spüren. Dann fiel ihre Tür ins Schloss, und er verabscheute sich mehr denn je. Eines war er ganz bestimmt nie im Leben gewesen – ein Feigling.

Nicht mein verdammtes Problem, hatte er gesagt. *Ich bin verdammt noch mal nicht der Mann, den du brauchst.* In dieser Nacht wälzte sich Honey unruhig im Bett hin und her und vergoss bittere Tränen. Tränen, weil sie müde war. Tränen, weil sie so viel Verantwortung tragen musste und keine Ahnung hatte, wie lange sie das noch durchhalten konnte. Und Tränen, weil von all dem, was sie sich in letzter Zeit hatte anhören müssen, Hals Worte von vorhin sie am allermeisten verletzt hatten.

25. KAPITEL

Honeys Handy vibrierte am nächsten Morgen und weckte sie viel zu früh, was ärgerlich war, weil sie ohnehin kaum geschlafen hatte. Blinzelnd las sie Tashs Nachricht.

Pianist Nr. 3 geortet. Du kannst nicht Nein sagen. Er ist umwerfend, und du triffst dich Samstag mit ihm zum Mittagessen im Pub.

Honey schloss stöhnend wieder die Augen. Dann würde Tash die Verabredung wohl absagen müssen, denn das Pianisten-Projekt war endgültig vom Tisch. Selbst wenn Honey nie mehr eine Verabredung haben sollte, war das immer noch zu früh für irgendwelche romantischen Anwandlungen.

Sie hatte absolut keine Lust aufzustehen, denn das bedeutete den Beginn eines weiteren langen Tages, an dem sie versuchen musste, mit mehr Bällen zu jonglieren als ein Straßenkünstler in Covent Garden, und im Fangen war sie noch nie sehr gut gewesen.

Sich auf den eigenen Atem zu konzentrieren half ein paar Minuten lang; das entspannte sie körperlich, aber nicht geistig. Ihr Gehirn weigerte sich, zur Ruhe zu kommen. Zu viele Gedanken darüber, ob Lachshäppchen eine Erstickungsgefahr für Achtzigjährige darstellten und ob der mit Smarties bedeckte Kuchen in Form einer Raupe, den sie im Supermarkt gesehen hatte, gut ankommen würde. Allerdings würde einer davon bei Weitem nicht ausreichen, sie brauchte mindestens sechs, wenn nicht mehr. Und gab es einen Sammelbegriff für mehrere solche Raupen-Kuchen? Raupenkolonie? Raupenherde? All diese Gedanken und noch viele mehr überschlugen sich in Honeys Kopf, bis sie – wie eine Raupe – aus dem Bett kroch und unter die Dusche ging.

„Ich bin kein Feigling."

Honey hörte Hals Worte, als sie kurze Zeit später ihre Wohnungstür abschloss. Sie hielt inne. „Es tut mir leid, falls dich meine Wortwahl gekränkt haben sollte“, sagte sie, obwohl das einerseits nicht stimmte, andererseits aber schon. Ihr war klar, dass seine selbst gewählte Zurückgezogenheit zwar der leichtere Weg für ihn sein musste, trotzdem war er wahrscheinlich der tapferste Mann, dem sie je begegnet war. Sie hörte, wie er den Schlüssel im Schloss umdrehte, eine Sekunde später ging seine Tür langsam auf. Hal stand da und sah eigentlich aus wie immer, bis auf eines: Er trug einen Mantel.

„Mein Gott, Hal!“ Sie eilte zu ihm und küsste ihn spontan auf die Wange.

„Woher weißt du, dass ich nicht einfach nur einen kleinen Morgenspaziergang machen will?“, fragte er und spielte damit die Entscheidung herunter, mit der er die ganze Nacht gerungen hatte.

„Ich bezweifle, dass du schon jemals im Leben einen kleinen Morgenspaziergang gemacht hast“, erwiderte sie und wurde plötzlich unsicher. „So, und wie machen wir das jetzt?“

„Machen wir was?“

„Hast du einen Stock?“

Hal gab einen gereizten Laut von sich. „Nein.“

„Brauchst du denn keinen?“

„Doch, das finden sie jedenfalls.“

Honey konnte ihnen nur zustimmen, wer immer *sie* auch sein mochten. Sie suchte den Flur nach möglichen Stolperfallen ab, und ihre Augen leuchteten auf, als ihr Blick auf den Schirmständer fiel; genauer gesagt, auf den langen Stockschirm, den sie vor einem Jahr von Nell zu Weihnachten geschenkt bekommen hatte. Sie drückte ihn Hal in die Hand. „Willst du den benutzen?“

Er tastete den Schirm ab. „Regnet es?“

Honey unterstellte ihm, ganz genau zu wissen, dass es nicht regnete. „Ich wollte dir nur helfen.“

„Indem du mir einen Schirm gibst, der viel zu kurz und wahrscheinlich auch noch schrecklich bunt ist, damit alle sofort merken, dass ich verdammt noch mal blind bin?“

Honey rammte den Schirm zurück in den Ständer. „Er ist außerordentlich geschmackvoll. Nell hat ihn mir geschenkt, und sie ist die Verkörperung des guten Geschmacks."

„Wenn du mir wirklich helfen willst, dann stell dich einfach neben mich, sobald wir draußen sind. Dann hak dich zwanglos bei mir unter, als fänden wir uns tatsächlich sympathisch, und sag mir Bescheid, wenn irgendwelche Stufen oder Bordsteinkanten kommen. Meinst du, du schaffst das?"

„Ich bin keine Idiotin", erwiderte sie, allerdings ganz freundlich, weil sie auf keinen Fall wollte, dass er es sich wieder anders überlegte.

„Du tust aber ziemlich oft idiotische Dinge", stellte er fest und zog seine Tür ins Schloss. Honey entging nicht, wie sich seine Brust unter dem dunkelblauen Zweireiher schwer hob und senkte.

„Ich hab dich noch nie im Mantel gesehen", bemerkte sie, um das Gespräch nicht ins Stocken geraten zu lassen. „Erinnert irgendwie an einen … hm … sexy Seebären."

„An einen sexy Seebären?", wiederholte Hal ungläubig.

Honey öffnete die Haustür. „Zwei Stufen bis zum Bürgersteig, ziemlich flach." Sie ging vor Hal her. „Ja, du weißt schon, Käpt'n Iglo eben." Sie nahm ihn beim Ellenbogen und sah sich auf der am frühen Morgen noch menschenleeren Straße um. „Wir gehen jetzt nach links zur Bushaltestelle, außer uns ist niemand unterwegs."

„Verlange bloß nicht von mir, dass ich zum Bus *rennen* muss, damit wir ihn nicht verpassen. Käpt'n Iglo?"

Honey merkte wie gewöhnlich zu spät, dass sie etwas Dummes gesagt hatte. Ein Starkoch wie er griff wahrscheinlich niemals nach tiefgefrorenen Fertigprodukten. „Tut mir leid, das war Blödsinn."

„Mich kränkt eher die Tatsache, dass er ein ziemlich beleibter Mann um die Sechzig war."

Honey hörte den Anflug von Humor aus seiner Stimme heraus, aber auch seine enorme Anspannung. Das Beste, was sie jetzt für ihn tun konnte, war wohl, das sinnfreie Geplauder einfach fortzusetzen. Wenn es etwas gab, worauf Honey sich wirklich gut verstand, dann war das sinnfreies Plaudern. Ein leises Lächeln umspielte ihre Mundwinkel, als sie nun gemeinsam in ihren warmen Mänteln an der Bushaltestelle standen und Essenspläne für Old Dons Geburtstagsparty schmiedeten. Er wollte ihr helfen. Er kam tatsächlich mit.

„Skinny Steve, das ist Hal. Er ist Koch."

Honey hatte ihrem Begleiter geholfen, sich auf einen Küchenhocker zu setzen, und schwebte vor Stolz buchstäblich zwei Zentimeter über dem Boden, als Steve eine halbe Stunde später zur Arbeit erschien.

Der Lehrling machte beinahe einen Kniefall vor ihr. „Du hast es geschafft! Ich hab das für unmöglich gehalten, aber du hast es tatsächlich geschafft."

Einen flüchtigen Moment lang verstand Honey, wie man sich fühlen musste, wenn man der Weihnachtsmann war. „Ich habe es schließlich versprochen, nicht wahr?"

Steve nickte und streckte Hal die Hand entgegen. Honey schüttelte nachdrücklich den Kopf, und Steve ließ die Hand unsicher wieder sinken.

„Hallo, Steve, ich darf dich doch duzen?", fragte Hal. „Honey hat mir gesagt, du bist hier der Souschef."

Der Junge runzelte die Stirn. „Warum hast du ihm gesagt, ich könnte Suppe kochen?", zischte er Honey aus dem Mundwinkel zu.

Honey räusperte sich. „Würdest du uns bitte einen Moment entschuldigen, Hal?", bat sie und zerrte Steve in den Speisesaal. „Folgendes", begann sie und atmete tief durch. „Der Mann da drinnen ist einer der besten Küchenchefs des Landes. Er hatte einen Unfall und ist seitdem blind, aber er ist gekommen, um uns zu helfen, also vermassele es nicht, ja?"

„Du hättest ihm trotzdem nicht sagen dürfen, dass ich Suppe kochen kann." Wieder runzelte Steve die Stirn. „Was ist, wenn er mich auffordert, das heute zu tun?"

„Er hat nichts von Suppe gesagt“, zischte Honey. „Er sagte *Sous*chef. Das kommt von *sous*, ist französisch und heißt so viel wie … wie … Superchef“, log sie. „Ja, ich sagte ihm, du wärst ein toller Koch, und er freut sich wirklich darauf, dir etwas beibringen zu können, also reiß dich zusammen und tu einfach, was er dir sagt, ja?“

Sie schob ihn mit beiden Händen zurück in die Küche und sandte ein Stoßgebet zum Himmel.

Gerade war Honey dabei, einen Stapel Hemden mit Preisschildern zu versehen, als sie den Kopf hob und Tash und Nell auf sich zukommen sah. Sofort schrillten sämtliche Alarmglocken in ihrem Kopf. Einzeln waren die zwei während der Arbeitszeit immer eine willkommene Ablenkung, aber beide zusammen – das bedeutete für gewöhnlich nichts Gutes.

„Hallo, ihr beiden“, grüßte sie lächelnd. „Ein kleiner Überfall zur Mittagspause?“

„Ich betrachte das lieber als ein motivierendes Gespräch unter Freundinnen“, erwiderte Nell so sanft, wie das nur eine Lehrerin konnte, die den Umgang mit reizbaren Eltern gewohnt war.

Tash zog ein Handy aus ihrer riesigen Handtasche und schob sich die Sonnenbrille hoch. Nach ein paar Klicks hielt sie Honey das Display hin, die einen Blick darauf warf und sofort hastig wieder wegsah. „Grundgütiger! Ist das Yusef?“

„Nein.“ Tash schüttelte grinsend den Kopf. „Das ist deine Verabredung für Samstag zum Mittagessen. Ich hab dir ja gleich gesagt, dass er ein heißer Typ ist.“

„So heiß, dass er sich alle Kleider vom Leib reißen musste?“

„Wie bitte?“ Tash runzelte die Stirn und drehte das Handy wieder zu sich herum, dann lachte sie ohne jede Verlegenheit auf. „Ha! Tut mir leid, Honey. Nein, das ist tatsächlich Yusef. Beeindruckend gebaut, wie?“ Sie klickte die Fotos weiter durch und hielt Honey das Display erneut hin. „Christian.“

Honey sah die Profilaufnahme eines zugegeben gut aussehenden Mannes, der zum Glück vollständig bekleidet war.

„Ein besseres Foto konnte ich von ihm nicht machen, sonst hätte er es bemerkt. Verstehst du jetzt, was ich meine? In Fleisch und Blut ist er sogar noch attraktiver. Leuchtend blaue Augen und ein höfliches ‚Ja, Ma'am, nein, Ma'am' – ehrlich, es war, als unterhielte man sich mit Elvis, nur ohne diesen ganzen Strass- und Glitzerkram."

„Tash, ich bin dir ja wirklich dankbar, aber ich habe im Moment einfach furchtbar viel um die Ohren, verstehst du?"

Nell warf Tash einen Ich-hab-es-dir-ja-gleich-gesagt-Blick zu. „Es ist doch nur ein Mittagessen, ein klitzekleines Mittagessen", beschwichtigte sie. „*Jeder* muss etwas essen, Honeysuckle."

„Aber nicht mit irgendeinem zufällig aufgegabelten Typen, der sich nach Elvis anhört."

Tashs grüne Augen funkelten vor Entschlossenheit. „Was würdest du denn sonst machen? Deinem Psycho-Nachbarn hinterherschmachten?"

„Nein", erwiderte Honey finster. Sie hatte keine Lust zu berichten, wie schrecklich schief die Dinge mit Hal in der Hinsicht gegangen waren. „Ich würde mich wahrscheinlich mit euch in unserem Café treffen."

„Ich habe Samstag schon etwas vor", erklärte Nell rasch. „Ich auch", behauptete Tash, dann sahen sie Honey erwartungsvoll an.

Die Antwort blieb ihr erspart, weil draußen eine Sirene losheulte.

26. KAPITEL

Alle drei Frauen stürzten ins Freie, gefolgt von ein paar Kunden, die im Laden gewesen waren. Billy bildete das Schlusslicht; er hatte eine Rüschenschürze umgebunden, weil er sich freundlicherweise bereit erklärt hatte, den tropfenden Wasserhahn in der Teeküche zu reparieren.

„Oh mein Gott! Was ist passiert?“ Beim Anblick des Rettungswagens mit Blaulicht fing Honey an zu rennen; der Wagen stand bei den Demonstranten dieses Tages, Lucille, Mimi und mindestens sechs anderen, die Honey nicht kannte. Etwas Merkwürdiges war passiert, seit Titanias Zwillingsnichten in ihren provokanten T-Shirts die Titelseite der Lokalzeitung geziert hatten: Aus der ganzen Stadt kamen jeden Tag Leute zusammen, drei, vier oder fünf immer wieder andere, um die Anzahl der Demonstranten zu verstärken. Das Ganze entwickelte sich langsam zu einer Geschichte, die die Menschen voller Interesse verfolgten, und die Presse war mehr als dankbar dafür.

„Machen Sie bitte Platz!“, rief der Sanitäter und bahnte sich einen Weg durch die Menge zu Mimi auf dem Stuhl, den jemand für sie aus dem Haus geholt hatte.

An einem Handgelenk war die alte Dame immer noch an den Zaun gekettet, und sie zeterte herum, weil sie aus völlig falschen Gründen in den Mittelpunkt des allgemeinen Interesses gerückt war. „So eine Aufregung wegen nichts und wieder nichts! Es ist doch nur ein verstauchter Knöchel!“, murrte sie.

Honey schwankte zwischen Erleichterung, weil augenscheinlich nichts Schlimmeres passiert war, und Sorge, denn auch eine Verstauchung konnte scheußlich sein, und Mimi war nicht mehr die Jüngste.

Honey tätschelte ihr liebevoll die Schulter. „Lass ihn ruhig einen Blick darauf werfen, vielleicht ist es wirklich gar nicht so ernst. Was ist denn passiert?“

Mimi machte ein finsteres Gesicht und kräuselte die Lippen. „Wusstest du, dass meine werte Schwester Ernie besucht hat?“

„Oh. Nun ja. Es war nicht meine Aufgabe, mit dir darüber zu reden, Mimi, entschuldige. Sie hat es dir also gesagt."

„Gerade eben. Sie hat gewartet, bis ich am Zaun angekettet war, dann ist sie einfach so damit herausgeplatzt."

„Ah, ja … Und wie kam es dann dazu, dass du dir den Knöchel verstaucht hast?"

Mimi seufzte. „Ich wollte mich wohl auf sie stürzen, bin aber umgeknickt. Ich hätte sie auch erwischt ohne diese Dinger hier." Sie ruckelte an den flauschigen Handschellen.

„Wo ist Lucille jetzt?" Honey sah sich suchend um, während der Sanitäter Mimis Fuß hin und her bewegte, woraufhin sie das Gesicht verzog und dem Mann mit der freien Hand an die Schulter stieß.

„Wenn sie klug ist, versteckt sie sich vor mir", murmelte Mimi böse. „Wir hatten uns geeinigt, keinen Kontakt zu ihm aufzunehmen. Warum hat sie das gemacht?"

Honey streichelte noch immer Mimis Schulter, seufzte und wählte die nächsten Worte mit Bedacht. „Es ist ihr nicht leichtgefallen, Mimi. Ich glaube, sie konnte einfach nicht anders."

Mimi schüttelte den Kopf. „Sie hat doch mich. Sie braucht ihn nicht."

Honey hätte die Freundin am liebsten gleichzeitig umarmt und geschüttelt. „Es besteht wirklich kein Grund, sie vor die Wahl zu stellen. Du weißt, wie sehr Lucille dich liebt, und daran kann auch nichts und niemand etwas ändern. Kein Ehemann, kein Freund …", sie sah zu Billy hinüber, der seine Schürze abgebunden und sich auf die andere Seite neben Mimi gekauert hatte, „… und auch kein Bruder. Aber er sieht dir so unglaublich ähnlich! Es hat mir völlig den Atem verschlagen."

Eine Träne rann über Mimis Wange, und der Sanitäter sah sie besorgt an. „Tut das weh?" Er drückte vorsichtig auf ihren Knöchel, doch Mimi schüttelte den Kopf und wischte sich die Träne fort. „Also gut, ich glaube, es ist eine leichte Verstauchung." Der Sanitäter erlaubte Mimi, den Fuß wieder auf den Boden zu setzen. „Schonen Sie ihn in den nächsten Tagen und legen Sie ihn zwischendurch immer wieder hoch. Wenn Sie Schmerzen haben, kühlen Sie ihn mit einem Eisbeutel; wenn die Schmerzen schlimmer werden, nehmen Sie eine von Ihren sonst auch bevorzugten Schmerztabletten, ja?“ Er sah Mimi freundlich an. „Am besten ketten Sie sich jetzt los und nehmen sich ein paar Tage frei.“

Honey rechnete mit Mimis Protest, aber die alte Dame nickte nur und holte niedergeschlagen den Schlüssel aus ihrer Jackentasche. „Komm, ich helfe dir“, bot sie an; Mimis unerwartete Kapitulation machte sie ganz bedrückt. Sie gab Billy den Ladenschlüssel, öffnete die Handschellen und massierte Mimi das Handgelenk, während sie ihr beim Aufstehen half. In all den Jahren ihrer Freundschaft mit den beiden älteren Frauen hatte Honey sich nie Gedanken über den Altersunterschied zu ihnen gemacht, aber an diesem Tag war das anders. Mimi stützte sich schwer auf Honeys Arm, als sie langsam zum Heim zurückgingen. Beide achteten gar nicht auf das Blitzlichtgewitter hinter ihnen und auch nicht auf Christopher, der auf den Bürgersteig gekommen war und eine ölige Ansprache darüber hielt, dass die Protestaktionen aus Sicherheitsgründen hiermit beendet wären.

„Nun, das war's dann wohl“, sagte Mimi traurig und so leise, dass Honey sie kaum verstehen konnte. „Bitte, ich möchte auf mein Zimmer. Ich bin müde und muss mich hinlegen.“

Honey schloss leise Mimis Zimmertür und machte sich auf den Weg in die Küche. Sie hatte das Gefühl, als wären plötzlich alle Dämme in ihrem Leben gebrochen: Da waren Tash und Nelly, die sie in die nächste Verabredungs-Katastrophe stürzen wollten, die Kampagne zur Rettung des Heims drohte zu scheitern, und jetzt musste sie sich auch noch um die Sache mit Hal in der Küche kümmern.

Im Speisesaal blieb sie wie angewurzelt stehen und sah sich um. Er war völlig verändert, und es duftete köstlich, so als wäre sie von der Straße in ein Restaurant gekommen. Der Wanduhr nach war es kurz nach zwei, und die große Anzahl von Speisen ließ darauf schließen, dass hier bald eine Party stattfinden sollte.

Beim Anblick der Tische, die vor dem Fenster zu einem Buffet zusammengeschoben und mit blütenweißen Tischtüchern gedeckt worden waren, hätte Honey vor Erleichterung weinen können. Die Tür zur Küche schwang auf, und Lucille erschien, beladen mit einer riesigen Platte voller Käsebrötchen mit Zwiebeln.

„Die isst Old Don am liebsten", erklärte sie müde lächelnd, während sie auf dem Buffet Platz für die Platte machte. „Wie geht es Mimi?"

„Eigentlich gar nicht so schlecht. Der Sanitäter meinte, es wäre eine leichte Verstauchung. Ich habe sie in ihr Zimmer gebracht, sie wollte sich ein wenig ausruhen."

Lucille schüttelte den Kopf. „Ich hätte ihr das nie sagen dürfen, solange sie angekettet war. Ich dachte nur, dann könnte sie es vielleicht einfacher verkraften."

„Vielleicht solltest du jetzt zu ihr gehen und mit ihr reden. Die Lage hat sich inzwischen beruhigt, hier scheint ja auch alles unter Kontrolle zu sein."

Dieses Mal lächelte Lucille offen. „Der Mann da drinnen ist einfach wunderbar", schwärmte sie wie ein Teenager und legte die Hand auf den Ausschnitt ihres hellgrünen Kleids mit Blumenmuster. „Was für ein Charisma!"

Noch ein Opfer von Benedict Hallams ganz besonderem Charme. „Geh und sieh nach Mimi."

Während Lucille sich durch die eine Tür zu Mimi begab, kam Skinny Steve mit einer großen, kunstvoll verzierten Torte aus der, die zur Küche führte. So, wie er sich damit abmühte, schien die Torte auch noch ziemlich schwer zu sein. Er stellte sie auf den dafür vorgesehenen Beistelltisch, öffnete den Mund zu einem stummen Jubelschrei und riss dabei die Arme in die Höhe. *Opfer Nummer zwei.* Hals Erfolgsquote war beeindruckend.

Steve nickte in Richtung Küche. „Er ist richtig berühmt", sagte er ganz leise. „Und er hat mir beigebracht, wie man Würstchen im Schlafrock macht." Zum Beweis zeigte er auf eine Platte mit den goldbraunen Prachtstücken.

„Sieht so aus, als wäre das nicht alles, was er dir beigebracht hat.“ Honey ließ den Blick über die vielen Platten mit Sandwiches und anderen Köstlichkeiten schweifen. „Woher stammt die Torte?“

Steve zuckte die Schultern. „Keine Ahnung“, flüsterte er, und seine Augen leuchteten wie die eines Kindes, das gerade sein erstes Fahrrad zu Weihnachten bekommen hat. „Hal hat ein paar Anrufe gemacht, und zehn Minuten später wurde sie geliefert. Der Kerl ist wirklich erstaunlich.“ Er wurde plötzlich ernst. „Aber hör mal, Honey, du darfst niemandem verraten, dass er hier ist, ja? Das ist nämlich geheim. Glaubst du, er macht eine dieser Fernsehsendungen, in denen Promis sich für ganz normale Leute ausgeben?“

Die Begeisterung des jungen Kochs war absolut liebenswert, aber manchmal zweifelte sie an seinem Verstand. Sie lächelte. „Nein, das glaube ich nicht, aber sein Geheimnis ist bei mir gut aufgehoben. Ist er noch da drinnen?“

Steve nickte wortlos und verließ den Speisesaal für eine kurze Pause, und Honey starrte auf die Tür zur Küche.

„Es ist wirklich mehr als seltsam, dich hier zu sehen“, stellte sie in der Tür stehend fest. Hal saß am Küchentresen und aß einen Teller Suppe.

„Es ist mehr als seltsam, hier zu sein“, erwiderte er und schien gar nicht überrascht, ihre Stimme zu hören. „Im Topf ist noch Suppe, falls du nicht zu Mittag gegessen hast.“

Honey nahm sich einen Teller und schnupperte an der cremigen Suppe.

„Eine einfache Kartoffelsuppe mit Lauch. Steve hat sie gekocht.“

„Tatsächlich?“

„Sie hat beim Mittagessen einen Riesenanklang gefunden.“

„Das überrascht mich nicht. In den letzten fünf Jahren haben sie wahrscheinlich nur Suppen aus der Dose vorgesetzt bekommen.“ Honey nahm sich einen Löffel, schöpfte Suppe in den Teller und nahm Hal gegenüber am Tresen Platz. „Du hast also Lucille kennengelernt“, stellte sie fest und pustete, ehe sie die Suppe probierte. „Liebe Güte, die schmeckt ja himmlisch!“

Ihr entging der Ausdruck von Stolz nicht, der kurz über Hals Züge huschte. „Es ist einfach nur eine Suppe.“

„Sicher, und Brad Pitt ist einfach nur ein Mann. Nicht alle Männer kommen gleich zur Welt.“

Darüber musste Hal nachdenken. „Nun iss schon.“

Honey gehorchte nur zu gern und nutzte die Gelegenheit, sich ihr Gegenüber genauer anzusehen. Schließlich befand er sich zum ersten Mal, seit sie ihn kannte, außerhalb seiner Komfortzone. Er hatte sich zwar kaum von seinem Hocker fortbewegt, trotzdem schien er sich deutlich wohler zu fühlen als am Morgen, als sie ihn hier zurückgelassen hatte.

„Ja, ich habe Lucille kennengelernt. Eine prachtvolle alte Dame. Sie lobt dich in den höchsten Tönen.“

„Sie lobt jeden in den höchsten Tönen.“ Honey lächelte; es tat ihr gut, dass er Lucille sympathisch fand. „Vielen Dank übrigens, dass du auch das Problem mit Old Dons Party gelöst hast. Woher hast du die Torte?“

„Ich kenne da so ein paar Leute.“

Das war vermutlich die Untertreibung schlechthin, aber Honey kannte ihn mittlerweile gut genug, mit weiteren Erklärungen brauchte sie nicht zu rechnen.

„Zum Abendessen ist noch genug Essen und Suppe da für alle“, sagte er. „Außerdem haben wir einen Essensplan für die kommenden Tage erstellt.“ Er schob seinen Suppenteller von sich. „Steve hat gefragt, ob ich morgen wiederkomme.“

Honey wurde ganz still. „Und?“

Hal strich sich übers Kinn. „Ich denke darüber nach.“

Sie räumte die beiden leeren Suppenteller in die Spülmaschine und wandte sich zum Gehen. „Ich muss zurück in den Laden. Billy hält dort die Stellung; wahrscheinlich verschenkt er alles, wenn er nur dafür einen Kuss bekommt.“

Hal belohnte sie mit diesem etwas schiefen Lächeln, bei dem sie immer ganz schwach wurde. „Klingt nach einem gerechten Tausch", erwiderte er sanft. „Vergiss mich hier nicht, wenn du Feierabend hast, Honeysuckle."

„Ich werd mich bemühen", gab sie zurück und verließ selig die Küche. Ihn vergessen? – Von wegen!

Billy wartete schon auf sie, als sie den Laden betrat, und entgegen ihren Befürchtungen hatte er die Stellung ganz großartig gehalten.

„Wir müssen uns über die Kampagne unterhalten, Honey", sagte er, als er ihr zehn Minuten später eine Tasse Tee vorsetzte. „Ich fürchte, Mimis und Lucilles Prügelei hat uns in eine ziemlich missliche Lage gebracht."

Honey musste über Billys Wortwahl schmunzeln, aber er hatte ja recht. Drüben im Heim rieb Christopher sich bestimmt die Hände; sie hatten ihm mit ihrer Streiterei eine Steilvorlage geliefert. „Wer hat den Krankenwagen gerufen?", wollte sie wissen.

Billy sah aus dem Fenster. „Das geht aufs Konto des Establishments", erwiderte er, ganz der alte Anarchist, und warf einen verächtlichen Blick zum Heim hinüber.

Honey glaubte ihm aufs Wort. „Was hat er bei seiner Ansprache gesagt?"

„Er erwähnte ein paar Mal die Begriffe *bedauernswert* und *senil*, und dann habe ich meinen Schuh nach ihm geworfen."

„Wirklich?"

„Aber ganz gewiss, Liebchen." Billy zeigte auf seinen roten Wildlederschuh mit der dicken Kreppsohle. „Er dürfte jetzt ein ziemlich blaues Auge haben."

Nachdenklich nippte Honey an ihrem Tee. „Billy, meinst du, du könntest mich heute Nachmittag noch etwas länger im Laden vertreten? Ich muss mich noch mit jemandem treffen."

„Etwa mit diesem überaus attraktiven neuen Koch in unserer Küche, junge Dame?" Er zwinkerte ihr verschmitzt zu. „Er sieht sehr geheimnisvoll aus mit dieser dunklen Brille."

„Er ist blind, Billy."

Es kam nicht oft vor, dass Billy überrascht war, und noch seltener erlebte man ihn ernsthaft. Honeys Eröffnung bewirkte beides. „Also, das hätte ich nicht gedacht, es ist mir überhaupt nicht aufgefallen. Mein Bruder ist als Junge erblindet", sagte er, den Blick in die Ferne gerichtet. „Mit etwa vierzehn. Schlimme Sache."

„Lebt er noch?", fragte Honey, ohne nachzudenken. Billy hatte nie einen Bruder erwähnt.

„Er ist vor ungefähr zehn Jahren gestorben. Wenn du mich für chaotisch hältst, dann hättest du mal unseren Len kennenlernen sollen. Oder Leonard, wie es meiner Mutter lieber war." Er grinste breit. „Leonard und William. Len und Billy. Er hat mich ständig in irgendwelchen Ärger verwickelt." Billys Augen funkelten bei der Erinnerung. „Und einen Schlag bei den Frauen hatte er auch."

„Ganz im Gegensatz zu dir." Honey musste lachen. „Aber nein, ich treffe mich nicht mit dem Koch." Sie sah auf die Uhr, es war fast drei. „In etwa einer halben Stunde bin ich wieder da, damit du zu Old Dons Party gehen kannst."

„Braves Mädchen", sagte er und rieb sich die Hände. „Du kennst mich, eine ordentliche Sause lasse ich mir nie entgehen."

27. KAPITEL

Es war schon geraume Zeit nach sieben, als Honey und Hal nebeneinander im Bus saßen und nach Hause fuhren.

„Ich bin nicht mehr mit so einem Ding gefahren, seit ich sechzehn war", hatte er morgens beim Einsteigen in den Bus gesagt, und auf der Heimfahrt schien er sich genauso unwohl und deplatziert zu fühlen.

„Natürlich nicht." Das nahm sie ihm absolut ab. Menschen im Bus verschmolzen meist zu einer anonymen Masse. Doch Hal war niemand, der unterging. Selbst wenn er unbedingt Anonymität anstrebte, schien er sich deutlich von der Menge abzuheben, aber vielleicht reagierte sie auch nur ganz besonders feinfühlig auf ihn. Jedenfalls war Honey froh, dass der Feierabendverkehr bereits nachgelassen hatte und der Bus relativ leer war.

„Kannst du Auto fahren?", wollte Hal wissen.

„Rein technisch gesehen, ja, aber ich bin kaum noch gefahren, seit ich den Führerschein gemacht habe."

Er wandte den Kopf dem Fenster zu und dachte über ihre Worte nach. Vor dem Unfall war Fahren eine seiner Lieblingsbeschäftigungen gewesen. Autos. Motorräder. Je schneller, desto besser. Honeys lockere, unverbindliche Einstellung dazu, sich jederzeit und wann immer sie wollte ans Steuer setzen zu können, erfüllte ihn aus heiterem Himmel mit Zorn. „Du fährst wirklich lieber mit dem verdammten Bus? Wirst lieber gegen müffelnde Teenager gedrängt und vermeidest den Blickkontakt zu irgendeinem Blödmann, anstatt im Auto zu sitzen, wo du allein bestimmst, wo's langgeht?"

Das Bedürfnis, wieder das Vibrieren eines Motors spüren zu können, raubte ihm fast den Verstand – und seine Fähigkeit, taktvoll zu sein. Er versuchte es zu unterdrücken, aber es ließ ihn nicht los und pochte in ihm wie der Herzschlag eines wütenden Tieres. Er vermisste dieses Gefühl so unendlich, ja geradezu körperlich. Er vermisste, wer er war, wer er mit jeder Zelle seines Körpers gewesen war. Benedict Hallam, der Adrenalin-Junkie. Das war einer der Gründe, warum sich sein Leben seit dem Unfall nur noch innerhalb seiner vier Wände abspielte, denn wenn er nach draußen ging, stürmte all das auf ihn ein, was er nie wieder tun würde. Der süchtig machende Geruch der Abgase, das dumpfe Dröhnen eines Auspuffrohrs. Dieser Mann konnte er nicht mehr sein, und die schlichte Wahrheit war, er hatte keine Ahnung, wie er ein anderer sein sollte. Ihm war nur Schlechtes geblieben, nichts Gutes, und er hatte keine Ahnung, ob noch genug von ihm übrig sein würde, um daraus einen neuen Menschen erschaffen zu können. Schlimmer noch, er wusste nicht einmal, ob er es überhaupt versuchen wollte.

„Du hast heute Großartiges geleistet", durchbrach Honey seine trostlosen Gedanken.

„Ich habe auf einem Hocker gesessen und jemandem gesagt, was er tun soll. Das ist wohl kaum weltbewegend."

Honey lachte leise. „Du hast wirklich keine Ahnung. Hal, ohne dich hätte Steve gekündigt, etwa dreißig Bewohner wären hungrig geblieben, und ein Kriegsveteran hätte seinen Geburtstag nicht feiern können. Für dich mag es so aussehen, als hättest du nur herumgesessen, aber für uns alle hast du heute den Tag gerettet."

„Klingt verdammt nach Nicolas Cage", knurrte er.

„Musst du eigentlich in jedem Satz fluchen?", fuhr sie ihn an. „Es gibt auch noch andere Wörter, weißt du!"

„Ich würde ja gern im Wörterbuch lesen, aber ich bin verdammt noch mal blind!", schnauzte er zurück und verschränkte wütend die Arme vor der Brust.

Honey betrachtete die vorbeifahrenden Autos. „Ich mag Nicolas Cage."

„Ja, nun, das wirkliche Leben ist aber nun mal nicht wie in Filmen, Honey. Der Held schafft es nicht immer, die Welt zu retten, sein Augenlicht zu behalten, seine Lebensfreude oder seine Verlobte."

Sie schwieg für den Rest der Busfahrt und auch auf dem Weg zum Haus; nur vor möglichen Stolperfallen warnte sie ihn einsilbig. Er hasste es, wie sie sich in sich zurückgezogen hatte, noch ehe sie im Hausflur ohnehin getrennte Wege gingen.

„Es ist ziemlich gemein, einen Blinden mit Schweigen zu strafen!"

Honey schnaubte. „Ausgerechnet du wirfst mir vor, dich mit Schweigen zu strafen? Darin bist *du* doch der verdammte Meister!"

„Ein ganz schöner Absturz, von Nicolas Cage zum Meister der Schweiger", erwiderte er und versuchte, die Stimmung wieder etwas aufzulockern.

„Ich gehe jetzt hinein", sagte sie tonlos. „Danke für deine Hilfe heute."

Sie hörte sich an wie eine Lehrerin, die sich nach dem Elternsprechtag bei einem Elternteil bedankt. Höflich und mit professioneller Distanziertheit. Verärgert steckte er den Schlüssel ins Schloss, zog ihn aber wieder heraus, als er hörte, wie sie ihre Tür zuzog. „Was habe ich getan?", rief er und ging zu ihr hinüber. „Im einen Moment bin ich noch ein Held, und im nächsten bist du schlecht gelaunt. Was soll das?"

Sie öffnete ihre Tür. „Du hast deine Verlobte nie erwähnt." Sie sprach ganz ruhig, aber viele ungestellte Fragen schwangen in ihrer Stimme mit.

„Und?"

„Das hättest du tun sollen."

„Ist mir hier irgendwas entgangen? Ich *hatte* eine Verlobte. Jetzt nicht mehr. Aus welchem Grund ist das ein Problem für dich?"

„Warum habt ihr euch getrennt?"

„Verdammt, Honey, was soll das sein – die Inquisition?"

„Es ist eine ganz einfache Frage."

Er fuhr sich mit der Hand durch das Haar. „Also gut. Wir wollten heiraten. Nächsten Sommer, wenn du es genau wissen willst."

„Und jetzt nicht mehr?“

„Sie wollte keinen blinden Mann heiraten.“ Hal hörte, wie Honey scharf den Atem einsog, und bekam ein schlechtes Gewissen, weil er Imogen wie Cruella De Vil hatte aussehen lassen. In Wirklichkeit hatte sich die Trennung schrittweise angebahnt und war ganz und gar nicht einseitig gewesen. Der Unfall konnte definitiv als Auslöser gelten, aber die Folgezeit hatte letztlich den Ausschlag gegeben. Hal war zu einem Mann geworden, der nicht mehr viele Optionen hatte, und Imogen zu einer Frau, die sich für die schwerste davon entscheiden musste.

Er machte es ihr nicht zum Vorwurf. Oh ja, anfangs schon. Er war wütend auf sie gewesen, genau wie auf jeden anderen Menschen in seinem Leben. Auf seine Freunde, seine Familie … auf alle. Sie konnten schlecht nachvollziehen, was er durchmachte, und irgendwann war der Punkt gekommen, wo sich ihre gut gemeinte Freundlichkeit wie eine Bevormundung anfühlte, vor allem Imogens. Sie hatte versucht, den Veränderungen Rechnung zu tragen, die sich in ihr Zusammenleben gedrängt hatten wie ein Besen, der ihr schillerndes Luxusleben weggefegt und nur noch die Scherben eines gebrochenen Mannes übrig gelassen hatte. Es war nicht ihre Schuld; sie hatte sich in einen ganz bestimmten Menschen, eine ganz bestimmte Lebensweise verliebt, und über Nacht war sie mit einer völlig anderen Situation konfrontiert worden. Man konnte darüber streiten, ob sie ihn oder er sie schließlich verlassen hatte; die bittere Erkenntnis bestand darin, dass ein Zusammenleben für beide nicht mehr möglich war.

„Hal … es tut mir leid“, entschuldigte sich Honey. „Ich hätte nicht so neugierig fragen sollen.“

„Warum hast du es dann getan? Was spielt das für dich für eine Rolle?“ Sie stand so nah vor ihm, dass er den vertrauten Duft ihres Shampoos wahrnehmen konnte.

„Soll ich ehrlich sein? Ich weiß es nicht einmal.“ Sie seufzte schwer. „Vielleicht spielt es überhaupt keine Rolle. Ich hab nur manchmal das Gefühl, dass wir uns recht gut kennen, und dann merke ich, dass wir uns im Grunde fremd sind.“

Sie klang so verloren! „Kann ich auf einen Kaffee hereinkommen?“ Viel zu dicht vor ihm stand sie, er musste sie einfach berühren. Sanft strich er ihr über ihr weiches Haar.

Zunächst antwortete sie nicht und schmiegte sich nur leicht an seine Hand. „Es ist spät geworden“, sagte sie schließlich leise. „Ich glaube, Kaffee ist keine so gute Idee.“

Er wusste, er konnte sie überreden; wahrscheinlich änderte sie ihre Meinung, wenn er sie darum bat, und in diesem Moment wünschte er sich nichts sehnlicher. Er wollte nicht mehr an schnelle Autos oder an die Hochzeit mit Imogen im kommenden Sommer denken. Er wollte das alles ausblenden, sich mit Honey auf ihrem Bett wiederfinden und sich in ihren weichen Rundungen verlieren. Ihr Atem ging unregelmäßig, und er spürte die Wärme, die von ihrem Körper ausging. Er schluckte, dann senkte er den Kopf und spürte, wie sie das Gesicht abwandte.

„Gute Nacht, Hal“, murmelte sie und blieb noch eine Sekunde reglos stehen, ehe sie langsam zurückwich.

Seufzend akzeptierte er ihre Entscheidung und wandte sich zum Gehen.

Honey hielt einen Becher Kaffee in den Händen, der Dampf wärmte ihr Gesicht in dem dunklen Wohnzimmer. Sie saß mit hochgezogenen Beinen auf dem Sofa und versuchte, in der Stille aus den Ereignissen dieses turbulenten Tages schlau zu werden.

Voller Angst war sie aufgewacht, und Hal hatte ihre Ängste in einen Triumph umgewandelt. Dann wäre wegen des öffentlich ausgetragenen Streits zwischen Mimi und Lucille beinahe die Kampagne zur Rettung des Heims gescheitert. Sie hatte am Nachmittag erste Schritte unternommen, den Schaden zu beheben; jetzt konnte sie nur hoffen, dass das ausreichte.

Und dann waren da auch noch Tash und Nell, die versuchten, sie mit einem Typen zu verkuppeln, der Ähnlichkeit mit Elvis hatte – was zu absurd war, um sich weiter damit zu befassen angesichts der viel wichtigeren Dinge, die sie verarbeiten musste. Wie zum Beispiel der Tatsache, dass Hal eigentlich hatte heiraten wollen. Er hatte also eine Frau so sehr geliebt, dass er ihr einen Heiratsantrag gemacht hatte, und das offensichtlich vor noch nicht allzu langer Zeit. Liebte er sie immer noch, wer auch immer sie sein mochte? War das der Grund, warum er sich so zurückzog? Warum er sie, Honey, zurückgewiesen hatte? Andererseits, am letzten Abend hatte er sie nicht zurückgewiesen, nicht wahr?

Wenn sie ihn hereingebeten hätte, dann sicher nicht zum Kaffeetrinken. Sie wären im Schlafzimmer gelandet, nicht in der Küche, und dann wäre zweifelsohne all das passiert, was sie sich beim letzten Mal, als er ihre Wohnung betreten hatte, so sehr gewünscht hatte. Ihn an diesem Abend abzuweisen war eine Entscheidung ihres Herzens gewesen, nicht ihres Kopfes. Ihr Herz hatte gesagt: *Tu das nicht. Er ist zu düster, zu hart. Er ist ein gebrochener Mann, und du wirst auch an ihm zerbrechen.*

Irgendwie hatte er sie von ihrem Pfadfinderkomplex geheilt, von dem Bedürfnis, sich überall einzumischen und alles besser machen zu wollen. Irgendwie hatte der Mann, von dem sie geglaubt hatte, ihn zu brauchen, sich in den einzigen Mann verwandelt, den sie nicht zu nah an sich heranlassen durfte.

28. KAPITEL

Mit dem neuen Tag kamen auch neue Vorsätze. Sie würde ihre Bemühungen auf die Dinge konzentrieren, die sie unter Kontrolle hatte und die jetzt am dringlichsten waren. Das hieß erstens, die Kampagne wieder auf die Beine zu stellen; und zweitens, Tash und Nell unmissverständlich klarzumachen, dass es weder mit Elvis noch sonst jemandem eine Verabredung geben würde. Diese lächerliche Suche nach irgendeinem Pianisten hatte sie so durcheinandergebracht, dass sie tatsächlich versucht hatte, Hal fast gewaltsam dazu zu bringen, mit ihr zu schlafen. Jetzt, wo sie von seinem eigenen Liebeskummer wusste, kam sie sich ziemlich schäbig deswegen vor. Sie hatte sich in der Nacht schlaflos im Bett hin und her gewälzt und ihn schließlich in der richtigen Schublade untergebracht. Hal war ihr Nachbar und hoffentlich auch ihr guter Freund. Ja, es knisterte zwischen ihnen, aber alles in allem war es das Beste, das einfach zu ignorieren, bis es von allein aufhörte.

Als sie eine halbe Stunde später an seine Tür klopfte, um ihn abzuholen, war sie fest entschlossen.

„Guten Morgen, Hal", sagte sie munter, als er ihr öffnete. Er hatte schon seinen Mantel an.

„Honeysuckle", gab er freundlich zurück.

„Können wir gehen?", fragte sie fröhlich, obwohl ganz offensichtlich war, dass er bereit zum Aufbruch war.

Hal folgte ihr die Stufen zum Bürgersteig hinunter. „Warum bist du so komisch? Ist es wegen gestern Abend?", kam er ohne Umschweife zur Sache. „Also, wenn du mich fragst, du hattest völlig recht. Um nichts auf der Welt hätte ich heute Morgen in deinem Bett aufwachen wollen."

Honey blieb abrupt stehen. „Na, das ist ja sehr charmant."

„Ich bin kein charmanter Mann, Honey, sondern ehrlich. Es war für uns beide die richtige Entscheidung. Vielen Dank, dass du sie getroffen hast."

Der Bus kam, sie fanden ihre Plätze im Gedränge, und eine weitere Diskussion über dieses Thema erübrigte sich.

Gegen halb zehn humpelte Mimi in den Laden, gefolgt von Billy und einer etwas trübsinnig aussehenden Lucille. Bei einem überraschend exzellenten Frühstück mit Eiern Benedict und hausgemachten Blaubeermuffins hatten die beiden Schwestern einen brüchigen Waffenstillstand geschlossen.

„Mimi hat eingesehen, dass sie manchmal ein wenig herrisch sein kann", erklärte Billy, durchaus in Hörweite seiner Angebeteten. „Und Lucille hat akzeptiert, dass es vielleicht besser gewesen wäre, wenn sie das nicht heimlich getan hätte", fügte er hinzu, was ihm einen unheilvollen Blick von der betreffenden Dame eintrug.

„Schön", meinte Honey, „denn da gibt es etwas, worüber ich mit euch allen reden möchte." Nachdem sie sich vergewissert hatten, dass keine Kunden im Laden waren, versammelten sie sich an die Theke. „Ich habe über die Protestaktionen nachgedacht."

Lucille ließ die Schultern hängen. „Ich kann kaum glauben, dass sie meinetwegen aufhören mussten. Ich fühle mich schrecklich."

Mimi sah aus, als wollte sie ihr zustimmen, daher sprach Honey hastig weiter. „Genau darüber wollte ich mit euch reden. Habt ihr alle am Samstag Zeit?"

Billys Augen funkelten verschmitzt. „Nur weiter, Honeysuckle, nur weiter!"

Hal konnte es nicht fassen, wie sehr er es genoss, wieder in einer Küche zu sein. Sein Motto hatte immer „alles oder nichts" gelautet, daher hatte er seit dem Unfall dem Kochen rigoros abgeschworen und höchstens Toasts gemacht.

Als Koch war er ein Avantgardist gewesen, ein Küchenmagier; konfrontiert mit der Möglichkeit, nur noch zum Durchschnitt zu gehören, hatte er beschlossen, überhaupt nicht mehr zu kochen. Seine Messer waren eingepackt und sicher verstaut, und selbst das Kribbeln in den Fingern, irgendetwas Frisches zuzubereiten, hatte langsam nachgelassen. Nachts jedoch träumte er immer noch von Essen. Tagsüber war er recht geschickt darin geworden, solche Gedanken zu verdrängen, aber wenn er schlief, liefen sie förmlich Amok.

Komplizierte Menüs, wunderhübsch angerichtete Speisen, ganze Symphonien von Zutaten, die selbst den schärfsten Restaurantkritiker zu Tränen gerührt hätten. Er träumte von früheren Bekannten, die plötzlich in seinem jetzigen Leben auftauchten; von Honey, die in seinem Restaurant speiste; von Imogen, die darüber lachte, wie tief er gesunken war, dass er nun die Küche in einem Seniorenheim leitete. Er kämpfte gegen das Einschlafen, weil er nicht mitten in der Nacht mit tränenfeuchten Wangen und rasendem Puls aufwachen und auch nicht diesen schrecklichen Moment unmittelbar nach dem Wachwerden erleben wollte, wenn ihm klar wurde, dass das alles kein Albtraum gewesen war. Jedes Mal durchzuckte ihn ein ganz neuer Schmerz. Es war wirklich ein hartes Stück Arbeit, Benedict Hallam zu sein. Die Kluft zwischen seinen zwei Leben war viel zu breit, kein normaler Mann konnte sie überspringen. Dazu bedurfte es schon eines Mannes mit Nerven aus Stahl.

Der Donnerstag ging in den Freitag über, und endlich begann das Wochenende. Honey erwachte energiegeladen in der Morgendämmerung, zwang sich dann aber, doch noch länger zu schlafen. Den Großteil der Woche hatten sie damit verbracht, heimliche Pläne für den Sonntag zu schmieden. Jeder Kunde im Laden hatte einen hastig angefertigten Flyer mit der Bitte um Unterstützung in die Hand gedrückt bekommen, und Old Dons Sohn hatte einen Freund beim Rundfunk gebeten, dafür zu sorgen, dass sich die Nachricht am Sonntag möglichst schnell verbreitete. Sie waren bewusst heimlich vorgegangen, damit Christopher nichts davon mitbekam, und bis jetzt hatten sie Glück gehabt.

Honey legte sich zurück auf ihr Kopfkissen. Sollte sie einmal nachfragen, ob Hal Lust auf Frühstück hatte? In den letzten Tagen hatten sie schließlich gelernt, wie normale Menschen miteinander umzugehen. Sie sollten doch wohl in der Lage sein, auch ohne Publikum Eier und Speck zu braten, ohne zu streiten oder übereinander herzufallen. Vielleicht konnte er ihr ja auch beibringen, wie man diese amerikanischen Pfannkuchen machte, nach denen die Bewohner des Heims in den letzten Tag fast süchtig geworden waren.

„Leicht und fluffig wie kleine Wölkchen", hatte Lucille seufzend geschwärmt.

„Oder Daunenkissen", hatte Mimi nickend hinzugefügt.

Leichte, fluffige Pancakes – das hörte sich gut an. Honey setzte sich wieder auf, und im selben Moment verriet das Vibrieren ihres Handys, dass sie eine Nachricht erhalten hatte.

Brunch? schrieb Nell.

Um elf im Café? Das kam von Tash.

Honey ging in Gedanken ihre Optionen durch. Ein gemütliches Plauderfrühstück mit Nell und Tash, dazu eimerweise Cappuccino und ein Essen, das sie nicht selbst zuzubereiten brauchte; oder das Risiko, von Dr. Jekyll von gegenüber angefallen zu werden? Nur eine dieser beiden Möglichkeiten bot ansatzweise so etwas wie Sicherheit oder sogar eine Garantie, etwas zu essen zu bekommen.

Sie schrieb zurück: *Treffen uns dort in einer Stunde.*

Aus der Stunde wurden dann doch eine Stunde und fünfzehn Minuten, und als Honey das Café betrat, rechnete sie damit, dass Tash und Nell die erste Runde Kaffee bereits hinter sich hatten und sie wegen ihrer Verspätung zurechtwiesen. Aber seltsam, keine von beiden war zu sehen. Tash war nicht unbedingt berühmt für ihre Pünktlichkeit, aber Nell hasste nichts mehr, als zu spät zu kommen. Sie war die einzige Person, die Honey kannte, die den Handywecker zehn Minuten vor dem eigentlichen Wecker stellte, nur für alle Fälle. Honey wusste aber auch, wozu Simon diese zusätzlichen Minuten nutzte, dank eines beschwipsten Gesprächs, bei dem Nell viel zu viel von ihrem neu erwachten Liebesleben offenbart hatte.

Als sie am Tresen vorbeiging, bestellte Honey ihren üblichen Kaffee, dann ließ sie sich auf ein weiches, durchgesessenes Sofa fallen und stellte die Handtasche neben sich auf den Fußboden. Nachdem sie fünf Minuten lang in der Zeitung geblättert hatte, die Tür immer halb im Blick, beugte sie sich vor und kramte in der Tasche nach dem Handy.

„Ma'am, sind Sie vielleicht Honeysuckle?"

Sie hielt den Blick noch für ein paar Sekunden nach unten gerichtet, dann hörte sie auf zu suchen und begriff, dass sie hereingelegt worden war. Ohne hochzusehen wusste sie, dass soeben Elvis das Café betreten hatte.

Lächelnd legte sie ihr Handy auf den Tisch und stand auf. „Die bin ich", sagte sie und hielt ihm zaghaft die Hand hin. Krampfhaft versuchte sie, sich zu erinnern, wie er in Wirklichkeit hieß, denn sie war sich ziemlich sicher, dass es wohl kaum Elvis war.

Er schenkte ihr ein ansteckendes Lächeln, nahm ihre Hand in seine große, warme Pranke und küsste sie dann auf die Wange. Honey nahm den Duft von Rasierwasser und Waschpulver wahr. Wider Erwarten war sie beeindruckt, auch von seinem breiten, vertrauensvollen Lächeln.

„Christian", stellte er sich vor. „Sollen wir?" Er deutete zu einem Tisch für zwei am Fenster. „Ich habe einen Bärenhunger."

Er rückte ihr ihren Stuhl zurecht, holte ihren Kaffee zu dem neuen Tisch, und während er mit der Kellnerin sprach, tippte Honey rasch eine Nachricht für Tash und Nell ins Handy: *Ihr beide seid für mich gestorben!*

Die Kellnerin mit dem Block in der Hand sah sie fragend an.

„Ich nehme das Gleiche", sagte Honey strahlend, auch wenn sie gar nicht mitbekommen hatte, was Christian bestellt hatte.

Er schmunzelte bewundernd. „Ich mag Frauen mit einem gesunden Appetit."

Honey zuckte unbekümmert mit den Schultern. Schon so oft hatte sie in diesem Café gegessen; auf der Speisekarte stand nichts, was sie nicht mochte. „Also, Tash hat mir erzählt, Sie spielen Klavier?“ Sie eröffnete das Gespräch mit einer Aufforderung, erst einmal von sich zu erzählen, so wie es alle Ratgeber für eine erste erfolgreiche Verabredung empfahlen.

Er nickte und fuhr sich mit den Fingern durch sein kastanienbraunes Haar, eine liebenswerte, jungenhafte Geste. „Meine ganze Familie ist musikalisch. Meine Mutter ist eine brillante Cellistin; als sie jünger war, trat sie überall auf der Welt auf. So hat sie auch meinen Vater kennengelernt“, erzählte er, und als Honey seiner tiefen, wohlklingenden Stimme lauschte, fragte sie sich, ob er auch singen konnte.

„Ist er auch Musiker?“

Christian lachte. „Nein, er ist Chirurg. Er hat Mama erfolgreich operiert, als sie sich den Arm gebrochen hatte und befürchtete, nie wieder spielen zu können. Sie pflegt zu sagen, aus lauter Dankbarkeit hätte sie ihn dann geheiratet.“

Honey entspannte sich, als er ihr vom Rest seiner Familie erzählte. Sie schien eine geradezu beängstigend begabte Truppe zu sein; sein Bruder, der Geiger, und seine ältere Schwester, eine sehr talentierte Flötistin. „Da haben Sie ja ein vollständiges Orchester bei sich zu Hause“, stellte sie beeindruckt fest und lächelte.

„Ich weiß. Klingt fast wie die Trapp-Familie, nicht wahr? Aber – wollen wir uns nicht einfach duzen?“

„Gern“, erwiderte Honey.

Beide verstummten, als die Kellnerin mit einer Teekanne und Tassen erschien. „Hier ist schon einmal der Tee“, flötete sie. „Das Essen bringe ich gleich.“

„Tee?“ Honey zog die Augenbrauen hoch. „Keinen Kaffee, wie in Amerika üblich?“

Christian musste über die Anspielung auf seine Herkunft grinsen. „Ich dachte, du trinkst zum Essen vielleicht lieber Tee“, erwiderte er beinahe verlegen.

Honey sah ihn an, bevor sie antwortete, und war angenehm berührt von dieser umsichtigen Geste. „Vielen Dank“, sagte sie schlicht. „Ja, das tue ich wirklich.“

Mit seinen blauen Augen hielt er ihrem Blick stand, dann war der Moment verflogen, denn die Kellnerin kam zurück und brachte ihnen zwei riesige Teller. „Corned Beef und gewendetes Spiegelei", erklärte sie und lächelte Christian an. „Dazu Pfannkuchen, knuspriger Speck …", sie nahm Honeys leere Kaffeetasse weg und zeigte auf den kleinen Krug neben Christians Teller, „… und Ahornsirup. Dunkler."

Donnerwetter. Der Mann aß offenbar in der Tat wie ein Amerikaner. Die Kellnerin warf Honey einen Blick zu, der ganz deutlich besagte: *Wenn du ihn nicht willst, nehme ich ihn.* Dann ging sie, und Honey betrachtete staunend die riesigen Mengen Essen, die die Kellnerin auf dem winzigen Tisch untergebracht hatte. Erwartete er vielleicht noch seine ganze hochtalentierte Familie zum Brunch?

„Das sieht gut aus", stellte Christian fest und begann, mit großem Appetit zu essen. „Tash hat mir erzählt, dass du momentan so eine Art Berühmtheit in den Medien bist", er schenkte zuerst ihr Tee ein, ehe er sich selbst bediente.

Noch ein Sternchen für seine tadellosen Manieren; seine Cellisten-Mama hatte ihn gut erzogen. „So würde ich das nun nicht ausdrücken", erwiderte sie lachend, und ohne groß zu überlegen erzählte sie ihm, wie ihre Kampagne in den letzten paar Wochen immer mehr Unterstützung bekommen hatte. Er lachte an den richtigen Stellen und machte ein besorgtes Gesicht bei der Vorstellung, die Bewohner könnten gezwungen sein, ihr geliebtes Heim zu verlassen.

„Bei dir klingt das fast spielerisch, aber ich finde, was du da alles auf die Beine stellst, ist ziemlich erstaunlich", stellte er fest und schob ihr den kleinen Krug mit Ahornsirup hin. „Hier, probier den zu deinen Pfannkuchen und dem Speck. Vertrau mir."

Irgendetwas an Christian sagte ihr, dass sie das *wirklich* konnte. Sie konnte ihm vertrauen. Er strahlte Güte aus, das Gefühl, mit sich selbst im Reinen zu sein. Vielleicht, weil er das Glück gehabt hatte, ein privilegiertes Leben führen zu können, das ihm nicht die Ecken und Kanten verpasst hatte wie gewissen anderen Männern.

Lächelnd widmete sie sich wieder den Pfannkuchen. Sie ahnte schon jetzt, dass die Pancakes köstlich sein würden, und befolgte Christians Tipp mit dem Sirup. Ein guter Rat, auch wenn die eigens für ihn gebackenen amerikanischen Pfannkuchen nicht ganz so locker waren, wie sie hätten sein können. Nicht so luftig und locker wie die eines gewissen schlecht gelaunten Kochs.

„Ich glaube, sie hätten ruhig etwas mehr Backpulver vertragen können“, sagte er und fügte erklärend hinzu: „Ich koche leidenschaftlich gern.“

„Ich auch“, log sie. Obwohl, ihr erster eigenständiger Versuch mit Spaghetti Bolognese war schließlich ein ziemlicher Erfolg gewesen.

„Toll!“ Er strahlte, und das schlechte Gewissen überfiel sie, weil sie die Wahrheit so unverschämt geschönt hatte. Er trank einen Schluck Tee und sah sie über den Rand der Tasse hinweg an. „Ich könnte an einem der nächsten Abende etwas für dich kochen, hättest du Lust?“

Bei ihm klang das so leicht. Alles an Christian schien leicht und unkompliziert. Seine Gesellschaft. Sich mit ihm zu verabreden. „Oh ja, das wäre wirklich toll“, erwiderte sie ehrlich. Er schmunzelte, und sie stießen mit Teetassen darauf an.

Honey blieb noch auf einen Kaffee, nachdem Christian gegangen war. Sie wusste, sie sollte Tash und Nell eine Nachricht schicken und ihnen verzeihen, dass sie sie zu amerikanischen Pfannkuchen mit dem falschen Mann überlistet hatten. Mit den Fingern klopfte sie auf dem Tisch den Takt des Songs mit, der gerade im Hintergrund lief. Der Text, der sinngemäß in etwa bedeutete: „*Wenn du den einen nicht haben kannst, den du liebst, lieb einfach den, der an deiner Seite ist*“, kam ihr erstaunlich passend vor. Oder in Hals Fall – wenn sie nicht mit dem verrückten, schlecht gelaunten Jemand zusammen sein konnte, der sie beschimpfte und an den Rand des Wahnsinns trieb, dann eben mit dem, bei dem alles unkompliziert zu sein schien und der es geschafft hatte, ein langes Gespräch zu führen, ohne ein einziges Mal zu fluchen.

Sie schickte Tash und Nell eine SMS.

Elvis hat das Gebäude verlassen.

Hal rief nach ihr, als sie eine ganze Zeit später zu Hause eintraf. Nachdem sie das Café verlassen hatte, war sie in verschiedenen Geschäften gewesen, um noch ein paar Dinge für das große Ereignis am kommenden Tag einzukaufen; ein paar Flaschen, Farben und Familienpackungen mit Bonbons. Sie holte die Post und legte sie zu dem großen braunen und an Hal adressierten Umschlag, der vor Kurzem für ihn angekommen war.

„He, du. Lust, dich mit mir zu betrinken?"

Beängstigenderweise hörte es sich so an, als hätte er schon gründlich damit angefangen. Honey sah auf die Uhr. Es war kurz vor drei, also noch viel zu früh, sich derart gehen zu lassen. „Ist alles in Ordnung mit dir?", fragte sie und blieb unsicher vor seiner Tür stehen.

„Bestens! Heute ist mein verdammter Geburtstag!", brüllte er.

Honey zuckte zusammen. Hal und Christian – was für ein Gegensatz. „Das hättest du mir sagen müssen!"

„Warum? Hättest du mir dann einen Kuchen gebacken?"

„Wir wissen wohl beide, dass das keine gute Idee gewesen wäre." Sie hatte ein etwas schlechtes Gewissen, weil sie sich an diesem Tag so gut amüsiert hatte, ohne zu wissen, dass Hal sich an seinem Geburtstag ganz allein mit Whisky amüsiert hatte.

„Du bist … wirklich … eine lausige Köchin, lausig."

Honey hasste sein Lallen. „Machst du die Tür auf?"

Sie hörte, wie er fluchend mit dem Schlüssel herumhantierte. Als er endlich öffnete, sah er genauso schrecklich aus, wie er sich anhörte. Zerknitterte Kleidung. Ungekämmte Haare. Ein Glas Whisky in der Hand.

„Alles Gute zum Geburtstag“, sagte sie, und die Worte hallten hohl im Hausflur wider.

Er hob das Glas und leerte es. „Auf ein weiteres beschissenes Jahr.“

„Hal, geh ins Bett und schlaf deinen Rausch aus!“

Doch er schüttelte nur den Kopf und lachte halbherzig. „Ich hab doch gerade erst angefangen. Kommst du zu meiner Party?“

„Tu das nicht. Bitte.“

„Hätte nicht gedacht, dass du nicht trinkfest bist, Honeysuckle.“ Er hickste kurz. „Vielleicht hab ich ja sogar was zum Knabbern da. Wir wissen doch beide, wie gern du Knabbereien magst.“

Bei der Vorstellung, dass Hal Knabbereien bereitgelegt hatte, um sie dazu zu verleiten, mit ihm seinen Geburtstag zu feiern, schnürte sich ihr die Kehle zu. „Hör mal“, sie nahm ihm das Glas aus der Hand. „Leg dich jetzt hin, werd erst mal wieder nüchtern und komm dann später zu mir. Ich koche dir ein Geburtstagsessen.“ Sie nutzte es aus, dass ihm das vor Überraschung die Sprache verschlagen hatte, und gab ihm ganz schnell einen Kuss auf die Wange. Sie rümpfte die Nase. „Und geh duschen. Du muffelst wie jemand, der auf einer Parkbank haust.“

Er lehnte sich an die Wand und wurde plötzlich melancholisch. „Du ahnst nicht, wie kurz davor ich bin.“

„Hör auf, dich selbst zu bemitleiden, Geburtstagskind.“

„Jetzt benimmst du dich wieder wie eine Pfadfinderin“, knurrte er. „Ich will an meinem Geburtstag nicht mit einer Pfadfinderin zu Abend essen. Kannst du nicht wieder die Verführerische mit dem Freitags-Slip hervorzaubern?“

„Heute ist Samstag.“

Hal nickte und fuchtelte mit dem Zeigefinger in der Luft herum. „Das wusste ich.“

Honey sah ihn lange schweigend an. Dann befahl sie: „Geh hinein. Wir sehen uns später.“

29. KAPITEL

Sobald Hal die Tür geschlossen hatte, ging sie noch einmal einkaufen, und als er dann um kurz nach acht bei ihr anklopfte, war sie mit allem fertig. Abendessen? Abgehakt. Wohnung aufgeräumt und eine von Weihnachten übrig gebliebene Duftkerze angezündet? Abgehakt. Ihr bestes Kleid angezogen und die Haare frisch gewaschen und geföhnt? Abgehakt. Und dazu noch der Umschlag – hoffentlich eine Geburtstagskarte, die sie Hal vorlesen konnte.

Als sie am Morgen aufgestanden war, hätte sie sich nie träumen lassen, dass sie an diesem Tag gleich zwei Verabredungen erleben würde. Zwar war das jetzt nicht direkt eine Verabredung, aber Geburtstage waren etwas Besonderes, eine Art verwunschenes Land, in dem die üblichen Regeln außer Kraft gesetzt wurden und nur das Wohlwollen regierte. So wie in Narnia, in das man durch die Hinterwand eines großen Kleiderschranks gelangte – vorausgesetzt, man hielt die Regel ein und kam nur einmal im Jahr zu Besuch.

Als sie nach der Türklinke griff, zögerte sie plötzlich. Was war, wenn Hal ihren Rat nicht befolgt und seine einsame Party weitergefeiert hatte? Vielleicht stand er da draußen und schwankte, sturzbetrunken und übel riechend.

„Ich weiß, dass du da bist; ich kann riechen, wie etwas anbrennt", rief er und lallte Gott sei Dank nicht mehr.

Lächelnd öffnete sie die Tür. „Lügner. Ich hab hier drinnen alles unter Kontrolle."

Ein völlig anderer Mensch stand jetzt vor ihr. Ein frisch geduschter mit Oberhemd und Krawatte und, was am auffälligsten war, ein Mann, der beschlossen hatte, ohne den Schutz seiner dunklen Brille herüberzukommen.

Er folgte ihr durch den Flur zur Küche und schnupperte. „Knoblauch mit einem Hauch Fichtennadel. Ungewöhnlich, selbst für deine Verhältnisse", stellte er fest.

Hastig blies sie die Weihnachtsduftkerze aus und führte ihn

zum Esstisch. Während sie hinter dem Küchentresen weiterarbeitete, untersuchte er den gedeckten Tisch genauer. Sie sah, wie er ihr bestes Besteck abtastete und das Wachstuch der Tischdecke befühlte. Seinen hohen Ansprüchen für ein Restaurant wurde das gute Stück zweifellos nicht gerecht, aber wenigstens wusste er nicht, dass es mit kitschigen Weihnachtsmotiven bedruckt war. Honey hatte die Tischdecke vor einigen Jahren von Lucille geschenkt bekommen, eine andere besaß sie nicht.

Sie sah nach dem Blech mit den kleinen, knusprigen Kartoffeln und dem gebratenen Gemüse, dann schloss sie die Backofentür wieder. „Wenn du ein Filetsteak zubereiten wolltest, wie lange würdest du es dann braten?", fragte sie und beäugte die beiden rohen Fleischklumpen auf dem Schneidebrett skeptisch, als wären es ihre eigenen Nieren.

„Nicht sehr lange. Es kommt darauf an, wie dick sie sind und für wen ich sie brate." Er schob den Stuhl zurück und kam an den Küchentresen. „Lass sie mich mal anfassen." Routiniert prüfte er die Dicke des Fleisches zwischen Daumen und Zeigefinger.

Honey bemühte sich, nicht schmachtend auf seine Hände zu sehen. „Kommen die in den Backofengrill?"

„Um Gottes willen, nein!" Er machte ein entsetztes Gesicht. „Hol eine Bratpfanne. Und etwas Butter."

„Wird das jetzt meine zweite Kochlektion?"

„Ich kann nicht zulassen, dass du ein gutes Steak ruinierst", erwiderte er. „Und jetzt zerlässt du etwas Butter, bis sie schaumig wird."

Sie befolgte seine Anweisungen.

„Das hört sich gut an", sagte er nach etwa einer Minute. „Jetzt würze die Steaks und leg sie in die Pfanne."

„Beide zusammen?"

Er nickte schweigend.

Nach einer weiteren guten Minute stach sie mit einer Gabel in ein Steak, um dessen Unterseite zu begutachten.

„Lass das." Ein Befehl, kein Vorschlag. Wie hatte er das nur mitbekommen? Honey zog irritiert die Gabel aus dem Fleisch und trat zur Seite. Wieder eine gute Minute später sprach er weiter. „Jetzt übergieße sie mit der Butter und wende sie." Honey gehorchte. „Und jetzt rühr sie nicht mehr an, bis ich dir sage, dass sie fertig sind."

„Du hast mich gar nicht gefragt, wie durchgebraten ich mein Steak möchte."

„Das ist Filet. Du wirst es auf die einzige Art essen, wie es ausnahmslos gebraten werden sollte."

„Wie unhöflich", murmelte sie. Sie sah, wie er die Nase rümpfte über dem Glas Sekt mit Orangensaft, das sie ihm eben hingestellt hatte.

„Pfui Teufel. Was ist das denn?", fragte er stirnrunzelnd.

„Sekt mit Orangensaft. Um auf deinen Geburtstag anzustoßen."

„Bin ich plötzlich wieder vierzehn?"

„Nein, aber da du vor ein paar Stunden noch ziemlich angetrunken warst, dachte ich, wir gehen es langsam an", wies sie ihn sanft zurecht.

Hal stellte das Glas hin. „Nimm sie heraus, sie sind fertig."

Honey stutzte. Sie hätte die Steaks viel länger in der Pfanne gelassen. „Schon? Aber sie sind doch erst …"

Er seufzte übertrieben. „Erkläre ich dir, wie man alte, getragene Sachen oder Kleidung von Toten verkauft?"

Honey machte ein gekränktes Gesicht. „Besser gesagt, früher einmal sehr geliebte und schön wieder hergerichtete Kleidung."

„Nimm die Steaks aus der Pfanne. Jetzt." Er wartete ab, während sie das tat. „Wir können sie noch nicht gleich essen, sie müssen noch fünf Minuten ruhen."

Sie starrte die Steaks an. „Aber sie sind fertig, das hast du eben selbst gesagt! Sie werden doch kalt!"

Hal rieb mit der Hand über seinen Mund, als wolle er einen ganzen Schwall von Flüchen zurückhalten. „In der Zwischenzeit kannst du alles andere erledigen. Wärme die Teller vor. Schenk richtigen Wein ein. Mach Musik an. Sing ‚*Happy Birthday*'. Tu, was immer du willst, aber lass die Finger von den verdammten Steaks."

Honey streckte ihm die Zunge heraus und schämte sich sofort, denn eigentlich war das gemein.

„Es ist unhöflich, blinden Menschen die Zunge herauszustrecken", schnarrte er.

Sie fragte nicht einmal nach, woher er das nun schon wieder wusste. „Und, wie alt bist du heute geworden?" Sie schaltete die Temperatur des Backofens herunter und stellte zwei Teller zu den Kartoffeln und dem Gemüse. Dann nahm sie den Deckel von der Dose mit der schon fertigen Rotweinsoße und stellte sie in die Mikrowelle.

„Vierunddreißig", antwortete er nach einer Weile. „Vierunddreißig Jahre alt und schon außer Gefecht gesetzt."

Honey öffnete die Flasche mit dem Cabernet Sauvignon. Auf dem Werbeschild im Supermarkt hatte gestanden, dass er vorzüglich zu Steaks passte. „Sag so etwas nicht." Sie schenkte den Wein in die Gläser und schaltete im Hintergrund leise das Radio ein. „Setz dich schon mal an den Tisch. Das Essen ist fast fertig."

Hal hörte zu, wie Honey in der kleinen Küche umherwuselte. Das Klirren von Tellern, der Schwall Hitze, als sie die Backofentür öffnete, der Essensduft. All das war berauschend, berauschender noch als der recht ordentliche Rotwein, den sie ihm endlich eingeschenkt hatte. Er konnte ihren Stolz förmlich fühlen, als sie ihm seinen Teller vorsetzte.

„*Voilà*", sagte sie. „Filetsteak, kleine Kartoffeldinger, gebratenes Gemüse und Rotweinsoße."

„Selbst gemacht?"

„Stelle nie den Koch infrage", warnte sie ihn und nahm ihm gegenüber Platz.

„Stehen brennende Kerzen auf dem Tisch?", wollte er wissen.

„Aber sicher, weil ich so dumm bin und will, dass du dich verbrennst", gab sie zurück. „Natürlich sind hier *keine* Kerzen."

Er antwortete nicht, weil er tatsächlich gedacht hatte, ihr erstes selbst zubereitetes Steakgericht hätte durchaus romantischen Kerzenschein verdient.

„Oh. Mein. Gott", hauchte Honey plötzlich. „Dieses Steak! Hal, es ist perfekt!" Sie seufzte hingerissen. „Ich hatte befürchtet, es wäre innen noch richtig roh, aber du lagst völlig richtig."

„Stelle nie den Koch infrage", erwiderte er schlagfertig und stellte beim Probieren des eigenen Steaks fest, dass er ihr zustimmen musste. Es war kein Meisterwerk, aber nach seiner „Diät" in den letzten Monaten kam es auch ihm beinahe perfekt vor.

Leise Radiomusik begleitete das Klirren von Besteck auf Porzellan und ihre ungezwungene Unterhaltung über die für den kommenden Tag von Honey in aller Heimlichkeit geplante Veranstaltung im Heim.

„Kommst du auch?", fragte sie. „Es heißt, eine Armee marschiert nur mit vollem Magen erfolgreich, aber Skinny Steve ist nun mal nicht unbedingt der geborene Anführer."

„Ich mag ihn", verteidigte Hal ihn. Der junge Lehrling, dem er in dieser Woche einiges beigebracht hatte, mochte vielleicht kein Genie in der Küche sein, aber er war sehr fleißig und immer bereit, Anweisungen zu befolgen. „Eines Tages wird er ein recht ordentlicher Koch sein."

„Ja, aber nicht bis morgen! Sag, dass du kommst", bettelte sie.

„Also gut", gab er nach. „Ich werde da sein. Aber ich bleibe in der Küche, ja?"

„Abgemacht", sie schien zufrieden; er wusste, dass er ihr eine Freude gemacht hatte, weil er das Lächeln aus ihrer Stimme heraushörte. In Anbetracht der eher launischen Natur ihrer beider Beziehung war es tatsächlich ziemlich leicht, Honey eine Freude zu machen. Vor dem Unfall war er immer von hoch anspruchsvollen Leuten umgeben gewesen; von verwöhnten Kunden, seinen feierwütigen Freunden und, natürlich, Imogen. War er auch so gewesen? Wahrscheinlich. Wenn man ein Faible für teure Kleidung, ausgezeichnetes Essen und schnelle Autos hatte, gehörte man wohl auch zu diesem Personenkreis.

Nach einer Weile stand Honey auf und räumte die Teller ab. „Nachtisch gibt es nicht“, sagte sie. „Ich weiß nicht, warum, aber du kommst mir nicht vor wie einer, der Wert auf Nachtisch legt.“

Er widersprach ihr nicht, ihm war eine abschließende Käseplatte immer lieber gewesen als Käsekuchen. „Könnte ich bitte etwas Stilton haben?“, zog er sie auf.

„Du bist herzlich auf eine Schmelzkäseecke eingeladen“, erwiderte sie lachend.

„Danke, dann passe ich lieber.“ Er erhob sich und schob seinen Stuhl zurück.

„Wollen wir ins Wohnzimmer gehen?“

Er folgte Honey, setzte sich auf das Sofa und nahm dankend das nachgefüllte Weinglas entgegen.

„Ich habe etwas für dich.“ Er konnte den leichten Duft von Honeys Parfum wahrnehmen und fand, dass sie untypisch schüchtern klang. „Zu deinem Geburtstag.“

Er stellte sein Glas vorsichtig auf den Tisch. „Du hast mir ein Geschenk gekauft?“ In den vergangenen Jahren hatte er viele extravagante Präsente bekommen und auch selbst gemacht. In diesem Jahr hatte er sich nur gewünscht, den Tag möglichst unauffällig und schnell verstreichen zu lassen; warum er sich dann betrunken und Honey seinen Geburtstag verraten hatte, war ihm völlig schleierhaft. Die Tatsache, dass sie sich so viel Mühe gemacht und auch noch ganz kurzfristig ein Geschenk besorgt hatte, berührte ihn sehr. Obwohl, so wie er Honey kannte, sollte er wahrscheinlich jedem von ihr ausgesuchten Geschenk mit einem gewissen Bangen entgegensehen.

Sie setzte sich neben ihn auf das Sofa und legte ihm ein Päckchen in die Hände. „Es ist nichts Großes“, erklärte sie. „Ich wusste nicht, ob ich es einpacken soll oder nicht. Es befindet sich ohnehin in einer Schachtel, also habe ich es so gelassen.“

Er tastete die Schachtel ab, nahm den Deckel ab und fühlte mit den Fingern, bis sie sich um etwas Kühles, Metallisches schlossen.

„Es ist ein Flachmann", sagte sie. „Ich dachte, es fällt dir vielleicht leichter, weniger Whisky zu trinken, wenn er sich in einer kleineren Flasche befindet."

„Da ist sie wieder, die Pfadfinderin", erwiderte er, aber ohne jede Boshaftigkeit. „Danke, Honey, für alles. Du musstest das nicht tun."

„Ich wollte es aber", gab sie zurück. „Schließlich ist heute dein Geburtstag. Niemand sollte an seinem Geburtstag mit sich allein anstoßen."

Hal legte den Flachmann zurück in die Schachtel. „Ich habe nicht immer so viel getrunken. Früher war ich viel zu beschäftigt dafür."

Sie nahm ihm die Schachtel ab und legte sie auf den Tisch. „Ich denke deswegen nicht schlecht über dich, Hal."

Er schüttelte den Kopf. „Das solltest du aber. Ich mag den Kerl nicht, zu dem ich geworden bin, Honey. Ich mag auch mein jetziges Leben nicht." Er versuchte, sich so auszudrücken, dass sie ihn verstand. „Damit meine ich nicht das Materielle. Sicher, das fehlt mir schon manchmal, aber das ist es nicht. Es ist hier." Er klopfte sich auf die Brust. „Mein Herzschlag muss rasen. Es hat nie eine Rolle gespielt, was es war, Hauptsache, es brachte mich dazu, an meine Grenzen zu gehen. Schnellere Autos. Dickere Motorräder. Steilere Abhänge. Ich war ständig auf der Suche nach dem nächsten großen Nervenkitzel." Mit der Hand fuhr er sich über die Bartstoppeln. „Ich weiß nicht mehr, wer ich bin, ohne all das. Ich komme mir vor wie ein lebender Toter. Nichts bringt meinen Herzschlag mehr zum Rasen!"

„Vielleicht, mit der Zeit …", begann sie vorsichtig. „Es gibt so vieles, was du immer noch tun könntest, wenn du dazu bereit bist, meine ich. Tandem-Fallschirmsprünge, so etwas in der Art."

„Nun ja, es ist aber einfach so, dass ich gern der Hauptakteur bin, keiner, der *mit* jemandem springt."

Honey nahm einen Schluck Wein. „Ich wette, als Chef warst du ziemlich angsteinflößend."

„Du hättest mich nicht gemocht.“ Hätte sie ihn gemocht? Abgesehen von seinen Ärzten war Honey der erste Mensch, den er seit dem Unfall so nahe an sich herangelassen hatte, dass sie zu einer Freundin geworden war. Sie hatte ihn vorher nicht gekannt. Sie kannte nur diese blasse, verwässerte Ausgabe von ihm.

„Wahrscheinlich nicht“, erwiderte sie ehrlich. „Als ich dich das erste Mal gesehen habe, hast du mir einen Todesschrecken eingejagt.“

„Das glaube ich dir nicht. Du bist Honeysuckle Jones, die Freiheitskämpferin, Wonder Woman!“

Sie lachte leise. „Tash hat sich letztes Silvester als Wonder Woman verkleidet. Auf der Party hatte sie dann ein schreckliches Kostümproblem; Superman musste mit seinem Umhang ihre Tugend retten.“

Was Hal am meisten an Honey zu schätzen gelernt hatte, war die Tatsache, dass sie das Leben nicht allzu ernst nahm – und in diesem Moment nahm er diesen Zug an ihr mehr denn je wahr. Er lockerte sich die Krawatte und den Hemdkragen und lehnte sich zurück. „Verläuft dein Leben eigentlich immer so – abenteuerlich?“

Sie schwieg eine Weile. „Nicht immer. Allerdings deutlich mehr, seit du eingezogen bist.“

„Auf gar keinen Fall. Es ist nicht meine Schuld, dass du zu einem weiblichen Robin Hood mit einer Schar fröhlicher Rentner geworden bist oder dass deine verrückten Freundinnen absurderweise darauf bestehen, du solltest dich nur mit Pianisten verabreden.“

„Sie haben es heute übrigens schon wieder getan.“

„Was haben sie getan?“

„Tash und Nell haben mich zu einem Blind Date überlistet“, erzählte sie. „Ich sollte mich mit ihnen im Café treffen, stattdessen schickten sie an ihrer Stelle einen Pianisten.“

„Ach.“ Die Vorstellung, sie hätte ein Date gehabt und sei dann nach Hause zu seiner trunkenen Ach-ich-Armer-Hasstirade zurückgekehrt, ärgerte ihn über alle Maßen. „War er besser als die letzten beiden?"

Honey seufzte. „Ich denke schon, ja."

Weiter ging sie nicht darauf ein, und ihre Weigerung, ihm Einzelheiten zu berichten, frustrierte ihn. Er wollte sie lachen und sagen hören, es wäre schon wieder eine Katastrophe gewesen, aber das tat sie nicht. Enttäuscht griff er nach seinem Weinglas. Er wollte ihr Gesicht sehen und dort das erkennen können, was sie nicht vor ihm verbergen konnte, anstatt in ihren Worten mühsam nach Hinweisen zu suchen. Außerdem wollte er ihr Gesicht sehen, weil sie ihm in seinen Träumen immer nur undeutlich und verschwommen erschien, mehr ein Gefühl als ein Bild. Ein gutes Gefühl.

„Zwei Verabredungen an einem Tag, mein persönlicher Rekord", sagte sie leichthin und klang doch unsicher, als sie den Kopf an seine Schulter lehnte.

Hals Bedürfnis, immer und überall das Sagen zu haben, regte sich unmissverständlich. Er spürte die Wärme ihres Körpers. „Hat er dir … einen Abschiedskuss gegeben?", bohrte er nach.

„Es war Mittag, und ich hatte zu viele amerikanische Pfannkuchen gegessen. Er gab mir einen Kuss auf die Wange und seine Telefonnummer."

Selbst das klang viel zu positiv für seinen Geschmack. Plötzlich wollte er nicht, dass Honey diese Nummer wählte. Er wusste, das war unvernünftig, aber schließlich hatte er Geburtstag, und sie war, nun ja … im Moment war sie *seine* Verabredung, außerdem war nicht Mittag, sie hatten nicht zu viel gegessen und den Nachtisch sogar ganz weggelassen. Er hörte sie atmen, spürte, dass sie auf eine Antwort wartete. „Ich habe gar keine Telefonnummer, die ich dir geben könnte", sagte er und wickelte sich Strähnen ihres seidigen Haars um die Finger. „Und ich küsse nicht auf die Wange."

Sie schnappte nach Luft, als er ihr die Hand in den Nacken legte und ihren Kopf zu sich heranzog.

Er hatte sie an diesem Abend nicht küssen wollen – das hatte er sich jedenfalls felsenfest vorgenommen, als ihm vor wenigen Stunden beim Duschen der harte Wasserstrahl aufs Gesicht geprasselt war. Eine Beziehung war das Letzte, was er jetzt brauchte; allerdings war er auch nicht zu eingebildet, um zuzugeben, dass ihn Einsamkeit eingeholt hatte. Was er wirklich brauchte, war ein Freund. Er wünschte nur, sein Körper hätte die Botschaft von seinem Gehirn erhalten, denn in diesem Moment wollte er nicht Honeys Freundschaft. Er wollte ganz einfach nur sie.

Wenn sie auch nur für eine Sekunde Widerstand geleistet hätte, wäre auch schon wieder alles vorbei gewesen. Aber das tat sie nicht. Sie war anschmiegsam und warm und erwiderte den Kuss, anstatt sich zurückzuziehen.

Wenn er sie zuvor geküsst hatte, dann immer wild und voller Leidenschaft. Dieses Mal jedoch war es ganz bewusst weder das eine noch das andere. Sie kuschelte sich noch enger an ihn, und er strich mit dem Daumen über ihren Hals. Er ließ sich Zeit, denn sie war ein Luxus für ihn, und weil es in seinem Leben keinerlei Luxus mehr gab, konnte er jetzt gar nicht genug von ihr bekommen. Er spürte, wie ihre Lippen bebten, als sie seufzte.

„Ich bin froh, dass du nicht auf die Wange küsst", flüsterte sie.

Er merkte, dass sie an ihm vorbei den Arm ausstreckte und die Lampe neben dem Sofa ausschaltete, und plötzlich war es gar nicht mehr so leicht, langsam vorzugehen, denn ihre Hände fanden den Weg unter sein Hemd, und sein Puls beschleunigte sich. Er hatte sich vorhin geirrt. Es gab noch etwas, das seinen Herzschlag zum Rasen bringen konnte. *Das hier, hier und jetzt.* Er drückte sie sanft hinunter auf das Sofa, vielleicht zog sie ihn ja auch mit sich, so genau konnte er das nicht sagen, und es spielte auch keine Rolle. Er fand sich jedenfalls über ihr wieder, glaubte, in ihrer Weichheit zu versinken, und wollte sie so sehr, dass es beinahe wehtat.

Sie löste seine Krawatte und öffnete die Knöpfe seines Hemds, streifte es ihm von den Schultern und bedeckte die nackte Haut, die darunter zum Vorschein kam, mit Küssen.

„Warum hast du das Licht ausgeschaltet?“, fragte er, während er mit den Lippen ihr Gesicht liebkoste.

„Um gleiche Voraussetzungen zu schaffen“, erwiderte sie, obwohl sie beide wussten, dass es nie das Gleiche sein würde.

„Verrücktes Mädchen. Hat es funktioniert?“

„Nein, ich kann dich immer noch sehen“, flüsterte sie. „Du bist wunderschön, Hal.“

Niemand hatte ihn je wunderschön genannt, er war derjenige, der Komplimente machte. Deshalb tauchte er nun ganz in dieses magische Land ein, in dem er sich jetzt befand, hier, mit ihr, mit ihren warmherzigen Komplimenten und ihrem Bemühen darum, dass er sich gut fühlte – einfach weil er sich die meiste Zeit sonst so schrecklich vorkam. Es rührte ihn, dass sie das Licht ausgemacht hatte. Es rührte ihn, weil sie wollte, dass dieser Augenblick für ihn genauso schön wurde wie für sie. Er dachte zurück an den letzten, entsetzlich gescheiterten Versuch, Sex zu haben, und ihm fiel wieder ein, dass sie ihm gesagt hatte, sie hätte eine Augenbinde gekauft. Damals hatte er Honeys Angebot voller Verachtung ausgeschlagen und sie insgeheim verhöhnt, weil sie nicht die geringste Ahnung hatte, wie er sich fühlte, doch jetzt begriff er. Sie würde nie nachvollziehen können, wie es sich wirklich für ihn anfühlte, aber die Tatsache, dass sie es wenigstens versuchen wollte, war mit einem Mal ungemein erregend.

„Gib mir meine Krawatte“, bat er sanft. Honey hob sie vom Boden auf und gab sie ihm etwas verdutzt. „Bist du sicher, dass du gleiche Bedingungen möchtest?“, murmelte er und tastete die Krawatte ab, um die Mitte zu finden.

Ihre Fingernägel gruben sich in seine Schultern, und er hörte sie scharf einatmen, während sie sich ihm entgegenreckte.

„Verbinde mir die Augen, Hal.“

30. KAPITEL

Es war dämmerig im Wohnzimmer gewesen, doch Hals Krawatte beschwor völlige Dunkelheit herauf. Er hatte sie gut zugebunden, nicht der kleinste Lichtstrahl drang hindurch.

„Gut so?", flüsterte er.

Sie erforschte mit den Händen seinen Körper, die muskulösen Schultern, den glatten, samtweichen Rücken. In Gedanken sah sie seinen Bizeps vor sich, als sie die Finger darum wölbte, und spürte die Kraft seiner Hände an ihrem Gesicht.

„Sogar viel besser als gut." Sie fand seinen Mund in der Dunkelheit, fühlte so viel mehr, weil sie nichts mehr sah. „Ich habe diesen BH extra für dich gekauft", raunte sie.

Er ließ die schmalen Samtträger durch die Finger gleiten und strich dann über die Körbchen aus Spitze. Die empfindlichen Knospen darunter richteten sich auf. „Ich mag dich darin, aber das ist eindeutig zu viel." Begierig küsste er sie, während er den Verschluss öffnete. Es gelang ihm mühelos mit der Sicherheit eines Mannes, der genau wusste, was er tat.

Honey hob die Schultern an, damit er ihr den BH leichter abstreifen konnte, und genoss es, wie er die Arme um sie legte. Er besaß eine Verletzlichkeit, eine Zärtlichkeit, die sie von ihm nicht erwartet hätte; normalerweise verbarg er beides gut, aber nicht jetzt. Sie hörte sich selbst leise aufstöhnen, als er ihre Brüste berührte; mit der Zungenspitze fuhr er aufreizend die Kontur ihres Mundes nach, während er mit dem Daumen eine der sensiblen Knospen liebkoste.

„Rosa", murmelte er. „Wie ein Rosenblatt … oder die rosa Streifen am Himmel bei Sonnenaufgang."

Sie wusste, er malte sie sich gerade aus, und das Herz wurde ihr schwer bei dem Gedanken, dass er all das nie wieder sehen konnte, dass er *sie* niemals würde sehen können. Doch als er die zarte Knospen mit warmen Lippen zu liebkosen begann, vergrub sie überwältigt die Finger in seinem Haar. Er war nicht der erste Mann, der sie berührte, aber in diesem Moment fühlte es sich ganz neu und viel intensiver an, als sie es sich je hätte vorstellen können.

Andere Männer hätten jetzt vielleicht das Tempo gesteigert, aber Hal verlangsamte es eher. „Es ist eine Weile her", flüsterte er.

„Ewig", erwiderte sie leise, obwohl sie so etwas noch niemals zuvor empfunden hatte. „Welches Bild hast du gerade von mir im Kopf, Hal?"

Er lachte leise an ihrem Mund und verlagerte das Gewicht ein wenig. Sie hätte endlos weiter so daliegen können, sicher geborgen zwischen dem Sofa und Hals Körper. „Ich brauche dich nicht zu sehen, um zu wissen, wie schön du bist, Honey." Er ließ die Finger von ihrer Halsgrube bis zum Rand ihres Slips wandern, und der raue, aufrichtige Klang seiner gepressten Stimme verstärkte das Gefühl, das er in ihr auslöste, um ein Zehnfaches. „Meine Hände verraten es mir." Ihre Brüste bedeckte er mit den Händen, warm, fest, liebkosend, ehe er sich wieder darüberbeugte und abwechselnd über die beiden aufgerichteten Spitzen leckte. „Mein Mund verrät es mir", murmelte er und strich mit den Lippen wieder über ihren Hals. Honey fiel das Atmen schwerer, als Hal die Hand schließlich langsam zwischen ihre Schenkel legte. „Dein ganzer Körper verrät es mir", raunte er und schob die Hand in ihren Slip. Honey hielt die Luft an; ihr war, als befände sie sich plötzlich am Rande eines schmalen Pfades, hoch oben auf einer steil abfallenden Klippe.

Hal hielt inne und küsste sie sacht, bis sie wieder sicheren Halt gefunden hatte. Er hielt ihre Hand fest, als Honey nach dem Knopf seiner Jeans tastete. „Nicht hier. Nicht jetzt. Und das nicht, weil es nicht will oder es nie geschehen wird, sondern weil das dir gehören soll. Das alles ist nur für dich."

Einen besseren Mann als ihn hatte sie nie gekannt.

„Gut so?", fragte er sie zum zweiten Mal an diesem Abend, doch sie fand die Worte nicht, um ihm zu sagen, dass „gut" die Untertreibung schlechthin war. Er richtete sich ein wenig auf, um ihr den Slip abzustreifen, legte er sich aber gleich danach neben sie und zog sie in seine Arme.

Nackt im Dunkeln in Hals Umarmung zu liegen erwies sich als das Erregendste, was Honey je erlebt hatte. Hal selbst war ein Fest für die Sinne; sein leises, lustvolles Stöhnen, die Wärme seiner glatten Haut, die Bewegungen seines Körpers. Seine Hände schienen überall, während er Honey leidenschaftlich küsste. Als er sie mit dem Knie dazu brachte, sich ihm zu öffnen, und eine Hand zwischen ihre Beine schob, klammerte Honey sich unwillkürlich an seine Schultern und keuchte seinen Namen.

Während der ganzen Zeit hatte sie sich nicht ein einziges Mal gefragt, ob er vielleicht der erste Mann sein würde, dem es gelang, sie zum Gipfel zu bringen; oder ob jetzt der Zeitpunkt gekommen war, einen Höhepunkt vorzutäuschen, um dem Mann, mit dem sie zusammen war, eine Freude zu machen. Hal hatte es geschafft, dass ihr Kopf vollkommen frei, ihr Körper jedoch angespannt war wie eine Feder, ganz und gar im Hier und Jetzt, und es gab nur einen Weg, wie es weitergehen würde.

Er strich ihr das feuchte Haar aus der Stirn, küsste ihr Kinn und die Ohrläppchen, fand ihren Mund. Honey ließ sich von alldem überfluten; sie ließ es zu, dass er sie immer weiter vorwärts drängte, weiter, als sie je gewesen war. Das Blut pochte in ihren Adern, und da war nichts außer ihm, dem Augenblick und diesem immer intensiver werdenden, schwindelerregenden Gefühl, das seine Hand zwischen ihren Beinen auslöste. Selbst als sie merkte, dass die Augenbinde feucht von den eigenen Tränen wurde, ebbte das Gefühl nicht ab, es war wie eine Schraube, die immer fester gedreht wurde. Dann spreizte er ihre Beine weiter und stöhnte dunkel auf – der erregendste Laut, den sie je gehört hatte. Und plötzlich konnte sie nicht mehr an sich halten. Mit Anlauf sprang sie von dem Klippenpfad und klammerte sich Halt suchend im freien Fall an Hal.

„So einfach ist das, Honey“, flüsterte er und küsste sie ganz zart, als sie krampfhaft nach Luft rang.

Benedict Hallam hatte die Messlatte hoch angesetzt. Es war

die Art von Höhepunkt gewesen, die ein Mädchen dazu bringen konnte, für den Rest seines Lebens unrealistische Erwartungen zu hegen. „Oh mein Gott“, stammelte sie immer noch zitternd, als sie ein paar Sekunden später die Krawatte von den Augen zog. „Oh mein Gott.“

„Verdammt“, sagte er womöglich; sicher war sie sich nicht. Er schlang die Arme um sie, drückte sie an seine nackte Brust und strich über ihr Haar, bis ihr Atem wieder etwas regelmäßiger ging.

„Ich hatte ja keine Ahnung …“, flüsterte sie.

„Aber jetzt hast du sie.“

„Selbst wenn mir das nie wieder passiert, ich werde mich immer daran erinnern und wissen, wie es ist.“

„Es wird dir wieder passieren, Honey. Vertrau mir, es wird wieder passieren.“

„Jetzt werde ich etwas für dich tun, was ich noch nie für dich getan habe“, verkündete Honey etwas später, immer noch an Hals warme Brust geschmiegt.

Mit dem Finger malte er träge Kreise auf ihren Bauch. „Etwas richtig Unanständiges?“

Lachend schüttelte sie den Kopf. „Nein, ich werde dir eine Tasse Tee machen.“

„Du weißt wirklich, wie man sich um einen Mann kümmert“, erwiderte er, und sie konnte spüren, dass auch er lächelte.

„Ich will mir schließlich nicht nachsagen lassen, ich hätte keine guten Manieren. Du hast mir einen Höhepunkt geschenkt, ich schenke dir Tee. Wie möchtest du ihn?“

„Wäre von dir kniend serviert zu viel verlangt?“

„Zucker?“, fragte sie liebenswürdig und löste sich aus seiner Umarmung.

„Zwei Stücke“, bat er, setzte sich auf und streckte die Beine aus. Er war ein schlanker, großer Mann, groß, der zu den Menschen gehörte, die Unmengen an Eis essen konnten und mit vierunddreißig immer noch in die Jeans passten, die sie mit einundzwanzig getragen hatten.

Honey stand wohlig seufzend auf, schlang wenig später den Gürtel des Bademantels um ihre Taille und machte sich daran, Tee zuzubereiten; in Gedanken war sie noch immer bei Hal auf dem Sofa. Er hatte es ihr so leicht gemacht, einfach nur ihre inneren Blockaden mit sanften Berührungen und zärtlichen Lippen gelöst. Er, der sonst der zäheste Bursche war, den sie je gesehen hatte, hatte sich als unglaublich einfühlsamer Liebhaber erwiesen, sich selbst zurückgenommen und nur an sie gedacht, obwohl heute eigentlich *sein* Geburtstag war. Und genau das war es. Hal befolgte nur selten die üblichen Spielregeln. Deswegen machte seine Gesellschaft einen förmlich süchtig. Vielleicht hatte sie ihn deswegen als Vertrauten auserkoren, immer wieder draußen vor seiner Tür gesessen und ihm das Herz ausgeschüttet, auch wenn er kaum zu verstehen gegeben hatte, dass er ihre Anwesenheit überhaupt zur Kenntnis nahm.

Auf dem Weg zum Kühlschrank, um die Milch zu holen, fiel Honeys Blick auf den Brief, der vor Kurzem für Hal eingetroffen war. In schwarzer Tinte und einer geschwungenen Handschrift stand dort *Mr. Benedict Hallam* – eindeutig eher ein persönlicher Brief als die Rechnungen, aus denen Honeys Post für gewöhnlich bestand. Eine Geburtstagskarte? Die grünen Leuchtziffern der Uhr am Herd verrieten ihr, dass Hal noch eine gute Stunde Geburtstag hatte. Sie legte den Brief auf das Tablett zu den Tassen und der Packung Schokoladenkekse und kehrte ins Wohnzimmer zurück.

„Für dich ist ein Brief angekommen“, sagte Honey und spürte sofort, dass die Raumtemperatur sich rasant dem Gefrierpunkt näherte. Zum Glück hatte Hal sein Hemd wieder angezogen, während sie in der Küche gewesen war, sonst hätte er sich womöglich Erfrierungen zugezogen.

„Ein Brief?“ Seine angespannt gestrafften Schultern straften seinen betont gelassenen Tonfall Lügen. „Was für ein Brief?“

„Nun, er steckt in einem braunen Umschlag mit deinem Namen und deiner Adresse, geschrieben in einer schwungvollen Handschrift", erwiderte Honey und drehte den Brief um. „Wenn ich raten müsste, würde ich sagen, es ist die Handschrift eines Mannes, und es fühlt sich nach einer Geburtstagskarte an."

„Miss Marples Enkelin ist wieder im Hause", murmelte Hal.

Honey ging über die bissige Bemerkung hinweg. „Soll ich ihn aufmachen?"

Hal antwortete nicht sofort, sondern seufzte und lockerte Nacken und Schultern wie ein Boxer vor dem Kampf. „Der kommt bestimmt von meinem Bruder", sagte er und rieb sich die Schläfen. „Er ist der Einzige, der meine Adresse kennt."

War das denn so schlimm? Eine Geburtstagskarte von seinem Bruder? Hals Reaktion nach lautete die Antwort wahrscheinlich Ja.

„Mach ihn einfach auf", bat er so leise, dass sie sicherheitshalber noch einmal nachfragte.

„Bist du dir ganz sicher?"

Er schwieg.

Honey sah ihn an, spürte seine Angst und hoffte, dass der Brief vollkommen harmlos war, dann richtete sie den Blick wieder auf den Umschlag und riss ihn vorsichtig auf. Wie vermutet war es eine Geburtstagskarte aus schwerem cremeweißen Papier, und wie ebenfalls vermutet stand vorn in erhabenen bronzefarbenen Buchstaben das Wort „Bruder". Eine solche Karte hätte Honey ganz sicher nicht in dem Laden an der Ecke gefunden, sie schrie förmlich nach Geld und schlichter Eleganz.

„Und?", fragte er zähneknirschend.

„Nun ja, es ist … hm, eine Geburtstagskarte, auf der vorne *Bruder* steht, also hast du wahrscheinlich richtig vermutet."

„Und innen?"

Sie hatte die Karte noch nicht aufgeklappt, weil sie sich ehrlich gesagt davor fürchtete. Hal war wie vom Himmel gefallen in ihr Leben getreten, ohne Familie, ohne Freunde. Dadurch hatte Honey ihn vollkommen ungestört als Mann kennenlernen dürfen, nicht als Sohn, Freund oder Bruder anderer Menschen.

Die Ankunft dieser Karte betonte nun, dass sie ihn im Grunde gar nicht so gut kannte und dass es da draußen Menschen gab, die ihn sehr wohl kannten. Sie räusperte sich und klappte mit zittrigen Händen die Karte auf.

Es war nicht einfach nur eine Geburtstagskarte. Im Innern befand sich ein weiterer, kleinerer Umschlag, und auf dem stand mit rosa Tinte geschrieben nur sein Name. *Hal.* Honey wurde das Herz ganz schwer. Das hier war keine Karte, es war ein Brief, das Aufeinanderprallen zweier Welten, Hals altem Leben und seinem neuen.

„Was steht drin?“ Seine Angst äußerte sich in Gereiztheit.

Honey zwang sich, ihm die Karte vorzulesen. „Hier steht:

Hallo, Bruderherz,
konnte deinen Geburtstag nicht verstreichen lassen, ohne mich bei dir zu melden. Ich vermisse dich. Wir alle tun das, vor allem Imogen, der Anzahl ihrer Anrufe bei mir nach zu urteilen. Sie hat mich ständig wegen deiner Adresse gelöchert, also habe ich ihr gesagt, sie solle einen Brief schreiben, ich würde ihn dann an dich weiterleiten. Melde dich bei ihr, wenn du kannst. Ich hoffe, die Auszeit, die du dir genommen hast, hat dir auf eine Weise geholfen, auf die wir dir offensichtlich nicht helfen konnten.
Alles Liebe zum Geburtstag, großer Bruder. Damien.“

Nachdem Honey zu Ende gelesen hatte, saßen sie eine Weile schweigend da. Der ungeöffnete Brief brannte förmlich zwischen ihren Fingern. Ein Teil von ihr wollte unbedingt wissen, was darin stand, ein anderer wäre am liebsten Tausende von Meilen weit weggelaufen. Das hier ging sie nichts an, Hal gehörte nicht zu ihr. War er offiziell immer noch Imogens fester Freund? Auch darauf hatte sie noch keine Antwort, aber jetzt war sicher nicht der richtige Zeitpunkt, danach zu fragen.

„Verdammter Damien“, knurrte Hal schließlich, und die Verzweiflung in seiner Stimme tat Honey in der Seele weh.

„Er klingt sehr nett“, erwiderte sie vorsichtig, während sie sich gleichzeitig fragte, wie ein so farbloses Adjektiv auf einen Verwandten von Hal zutreffen konnte. Dieses Wort fiel einem in Bezug auf Hal ganz sicher nicht ein.

Er lachte rau. „Was zum Teufel soll ich denn mit ihrem Brief machen?“

Honey wusste genau, was Hal meinte. Die Situation war äußerst unangenehm. Vor einer halben Stunde hatten sie noch Sex gehabt, und nun musste sie ihm einen Brief von seiner Exverlobten vorlesen. War es ein Liebesbrief? Oder gab sie ihm endgültig den Laufpass?

Wie dem auch sein mochte, es würde auf jeden Fall ein sehr persönlicher Brief sein, und sie war wohl die Letzte auf der Welt, die ihn Hal vorlesen sollte. Andererseits war sie aber auch die Einzige, die das im Moment für ihn tun konnte. „Ich werde ihn dir vorlesen.“ Die Worte waren so schnell heraus, dass Honey keine Zeit gehabt hatte, über die Folgen nachzudenken. Absichtlich, denn hätte sie es sich genauer überlegt, hätte sie nie den Mut gehabt, ihm diesen Vorschlag zu machen.

„Auf gar keinen Fall. Auf gar keinen verdammten Fall.“

„Wer soll ihn dir denn sonst vorlesen?“

„Niemand. Niemand wird ihn vorlesen, weil mich auch nicht annähernd interessiert, was sie mir zu sagen hat.“

Die Tatsache, dass dieser Brief Hal so wütend gemacht hatte, sprach für Honey eine andere Sprache. Natürlich interessierte es ihn – und sie auch, auf eine perverse selbstzerstörerische Weise. Sie war gefühlsmäßig involviert, und sie musste wissen, wie involviert Imogen noch war.

„Hal, lass mich ihn vorlesen. Vielleicht ist es wichtig. Bestimmt sogar, denn sonst hätte sich dein Bruder nicht die Mühe gemacht, ihn dir zu schicken.“

„Er hat das getan, um Imogen abzuwimmeln. Das hat er selbst angedeutet. Nicht mehr und nicht weniger.“

„Bitte, Hal. Bringen wir’s einfach hinter uns, ja?“

Er seufzte schwer, aber weil er nicht protestierte, fasste Honey das als Zustimmung auf. Eine widerwillige zwar, aber dennoch eine Zustimmung.

Der kleine weiße Umschlag sah völlig harmlos aus, dennoch öffnete Honey ihn, als enthielte er eine Bombe. Eine, deren Explosion die beiden Menschen in unmittelbarer Nähe eindeutig schwer schädigen würde. Das Papier knisterte, als sie den Briefbogen auseinanderfaltete. Mehr von dieser geschwungenen rosa Schrift kam zum Vorschein, hübsch und weiblich, wahrscheinlich ein Abglanz der Frau, die ihn geschrieben hatte. Plötzlich bereute Honey, dass sie Hal gedrängt hatte, sie vorlesen zu lassen. Wenn die folgenden Worte erst einmal in ihrem Kopf waren, würde sie sie nie wieder loswerden.

„Du musst das wirklich nicht tun", flüsterte er.

„Das weiß ich", erwiderte sie. „Es ist in Ordnung. Gib mir nur einen Moment Zeit." Sie atmete tief durch. Sie würde es schaffen. Als sie anfing zu lesen, versuchte sie, möglichst neutral und emotionslos zu klingen, denn schließlich waren es nicht ihre Gefühle, die sie wiedergab.

„Liebster Hal,
ich hasse es, dass es so weit gekommen ist. Ich muss dich sehen … Gott, ich weiß nicht einmal, ob und wie meine Zeilen dich erreichen, ich hoffe nur, du hast einen Freund oder Nachbarn, der sie dir vorliest. Von mir aus auch die Putzfrau – ich weiß ja, wie sehr du es hasst, selbst zu putzen!"

Honey hielt einen Moment inne; schon jetzt war ihr diese Vertrautheit verhasst, die in den Zeilen mitschwang. Sie war nicht Hals Putzfrau, sie war sich nicht einmal sicher, ob sie überhaupt seine Freundin war. Vielleicht passte ja die Bezeichnung „Nachbarin mit gewissen Vorzügen"?

„Ich vermisse dich so sehr. Komm nach Hause, Baby! Komm zurück, dein Leben ist nicht da, wo auch immer du dich versteckt hast. Deine Familie, deine Freunde, wir alle müssen

wissen, dass es dir gut geht, Hal. Es ist nicht fair, uns völlig aus deinem Leben zu streichen. Was machst du den ganzen Tag? Ich weiß, ich bin mit der Situation schlecht umgegangen, aber ich hatte Zeit zum Nachdenken und würde heute vieles anders machen. Gib mir noch eine Chance, wir können uns immer noch ein Leben aufbauen. Wir könnten zusammen ein neues Restaurant eröffnen und einen Küchenchef einstellen, der das Kochen übernimmt. Aber die Speisekarte würdest du zusammenstellen und überhaupt der kreative Kopf sein …
Es würde funktionieren, Hal, ich verspreche es dir. Das hier muss nicht das Ende sein, wir können noch immer das Leben führen, das wir uns erträumt haben. Du, ich, ein Restaurant, prominente Gäste … weißt du noch? Wir haben fantastische Dinge zusammen erlebt, nicht wahr? An unsere Zeit in Venedig kann ich nicht denken, ohne dass mir die Tränen kommen. Hal, das war das allerschönste Wochenende meines Lebens. In meinem Schlafzimmer hängt immer noch diese schreckliche Zeichnung, die der Straßenkünstler von uns gemacht hat. Erinnerst du dich, wie wir darüber gelacht haben, weil wir darauf eher wie Charles und Camilla aussehen?“

Honey legte eine Atempause ein, all die intimen Einzelheiten setzten ihr sehr zu. Hal hielt den Kopf gesenkt, um seinen Gesichtsausdruck vor ihr zu verbergen.

„Ich behaupte nicht, dass alles wieder so wie früher wird, das kann es gar nicht, aber es wird auf jeden Fall besser sein, als alles aufzugeben, oder? Weiß Gott, mir ist vollkommen klar, wie schrecklich der Unfall für dich war, und ich möchte wieder an deiner Seite sein, als deine Freundin … und sogar deine Frau. Soll ich dir ein Geheimnis verraten? Ich habe die Hochzeit nicht abgesagt, Hal. Ich konnte es einfach nicht über mich bringen. Es ist noch alles vorbereitet, wenn du

mich noch willst. Komm zurück. Komm zu mir nach Hause, ich flehe dich an! Komm dorthin zurück, wo du hingehörst, ins Rampenlicht. Du hast viel zu hart gearbeitet, um jetzt nur wegen des Unfalls darauf zu verzichten. Oder auf mich zu verzichten.
Ich warte immer noch auf dich und liebe dich immer noch, trotz allem, was passiert ist.
Imogen."

Honey schlug die Hand vor den Mund, als die letzten Worte verklungen waren; fast als wünschte sie, sie alle wieder zurückzudrängen und ihm nicht einmal zu sagen, dass er Post erhalten hatte.

„‚Trotz allem'", wiederholte Hal finster. „Sie meint damit, *ich liebe dich immer noch, trotz der Tatsache, dass du blind bist.* Sie hat immer mir die verdammte Schuld gegeben, schon von dem Moment an, als ich im Krankenhaus die Augen aufschlug."

Honey war restlos überfordert. Sie konnte ihm wirklich keinen Rat geben, schließlich hatte sie die Frau noch nie gesehen. Dem Brief nach klang Imogen allerdings wie ein launenhafter Teenager, eine junge Frau, die verzweifelt ein Plan zusammenschusterte, um den Lebensstil beibehalten zu können, den sie sich von Hal erhofft hatte. „Tee?", fragte sie hilflos und streckte die Hand nach seiner Tasse aus.

Hal schnaubte und schüttelte den Kopf. „Ich brauche jetzt etwas Anständiges."

Ihre von Weihnachten übrig gebliebenen härteren Alkoholbestände hatte er längst ausgetrunken. „Es ist noch etwas Wein da", bot sie an.

„Falte den Brief zusammen und wirf ihn weg", sagte Hal, ohne auf ihr Angebot einzugehen. Mit sichtlichem Kraftaufwand nahm er sich zusammen. „Ich sollte jetzt gehen."

„Bitte, Hal, du brauchst nicht schon zu gehen!"

„Wir wissen wohl beide, dass ich das tun muss", erwiderte er säuerlich.

„Es ist alles in Ordnung, wirklich“, beteuerte Honey und fühlte sich ganz und gar nicht so.

„Sei nicht dumm, verdammt“, erwiderte er und klang plötzlich todmüde. „Natürlich ist nichts in Ordnung. Es ist alles gründlich schiefgelaufen, und das weißt du auch. Ich sollte gar nicht hier sein.“

Honey überlegte, was sie sagen sollte. Es stimmte, alles war schiefgelaufen und völlig verrückt, aber was meinte er damit, dass er nicht hier sein sollte? Bereute er den Abend bereits? War er noch in seine Ex verliebt? Es war ein einziges riesiges Durcheinander, und Honey hatte nicht die leiseste Ahnung, wie sie das Chaos wieder beseitigen sollte. Sie sah, dass Hal im Begriff war zu gehen, spürte seine emotionale Distanz und wünschte erneut, das Rad der Zeit zurückdrehen zu können. „Es tut mir leid“, sagte sie leise.

„Was sollte dir denn leidtun?“

Sie sah ihn gequält an. „Ich … weiß nicht …“

„Dann muss dir auch nichts leidtun“, erwiderte Hal mit leiser, ausdrucksloser Stimme. „Wenn überhaupt, dann bin ich derjenige, dem all das hier leidtun muss. Ich hätte dich nicht in meinen ganzen Dreck hineinziehen sollen.“

„Bitte, sag das nicht!“, flehte sie und legte ihm die Hand auf den Oberarm, weil sie ihn einfach berühren musste und ihm wenigstens etwas körperlichen Trost bieten wollte anstelle einer Umarmung. Hal war kein Mann, der sich leicht in den Arm nehmen ließ, sie war schon dankbar, dass er ihre Hand nicht abschüttelte. Doch schon nach kürzester Zeit legte er seine Hand über ihre und hielt sie fest.

„Es tut mir entsetzlich leid, dich so weit in meinen Dreck mit hineingezogen zu haben, dass du dich nie wieder ganz davon säubern kannst. Glaub mir, Honey, niemand, der Zeit mit mir verbracht hat, trägt hinterher noch seine rosarote Brille.“ Kurz rieb er ihre Hand, als wolle er sie wärmen. „Sieh mal“, fuhr er seufzend fort, „Tatsache ist, dass du ein nettes Mädchen bist, aber ich kein sehr netter Mann. Ich habe dich dazu gebracht, mich heute Abend zu dir einzuladen, indem ich die einzige Karte ausspielte, die mir zur Verfügung stand – die des armen einsamen Betrunkenen an seinem Geburtstag. Darauf bin ich nicht stolz, und wenn ich das noch einmal versuchen sollte, schlag mir bitte die Tür vor meinem dummen, jämmerlichen Gesicht zu, ja?“

„Was ist, wenn ich aber will, dass du das tust?“, fragte Honey mit tränenerstickter Stimme. „Was ist, wenn ich dich in diesen Momenten am liebsten habe, in denen du dich mir öffnest, aus welchem Grund auch immer?“ Er war inzwischen so nervös und gereizt wie ein betrügender Ehemann, der es nicht mehr erwarten konnte, das Bett seiner Geliebten zu verlassen. Das machte sie ratlos, sie wusste nicht, was sie empfinden, wie sie reagieren sollte. Zu viele Gefühle lagen in ihr im Widerstreit. Sie war wütend – auf ihn, weil er ging, auf sich selbst, weil sie unbedingt wollte, dass er blieb. Auf Imogen, weil sie ihm den Brief geschrieben und damit eine Brücke zu Hal geschlagen hatte, die er überqueren konnte oder auch nicht. Sie war voller Kummer; schon jetzt vermisste sie das schwindelerregende Gefühl, in seinen Armen zu liegen. Und sie weinte innerlich. Um sich selbst, ja, aber auch um ihn. Hal sah furchtbar einsam aus, wie er so dastand.

„Ich weiß nicht, was ich dir sagen soll.“ Er hob bedauernd die Schultern.

Und in diesem Moment siegte der Zorn, denn er bot Honey den größten Schutz vor seinem sichtlichen Unbehagen. „Wie wäre es, wenn du mir sagst, was du wirklich denkst, Hal? Oder soll ich dir die Mühe ersparen? Du bist dankbar für das Abendessen und die kleine Geburtstagsfummelei auf dem Sofa, aber nun hast du ein besseres Angebot bekommen und verdrückst dich.“

Er reagierte mit Schweigen auf den Wutausbruch. Erst sah es so aus, als wollte er etwas sagen, doch dann blieb er stumm, verließ die Wohnung und zog leise die Tür hinter sich ins Schloss.

Hal lag auf dem Rücken und begrüßte die Benommenheit, die ihm der Whisky bescherte, den er direkt aus der Flasche in sich hineingeschüttet hatte. Ihm war immer schon klar gewesen, dass das Leben ihn früher oder später einholen würde, aber er hatte nicht damit gerechnet, dass das voller Wucht geschehen und Honey und ihn selbst dabei zermalmen würde. *Verdammte Imogen.* Sie war sein Ein und Alles gewesen, und ihr Brief hatte ihm in vielerlei Hinsicht wehgetan. Warum schrieb sie *jetzt*? Wie konnte sie sich zurückmelden und ihre gemeinsame Zukunft in ein paar dürren Worten umreißen? *Stell einen Koch ein.* Kannte sie ihn überhaupt? Verstand sie denn nicht, wie qualvoll es für ihn sein würde, ein Restaurant zu besitzen, aber nicht kochen zu dürfen? Sie hatte ganz klar vorausgesetzt, dass er dazu nicht mehr in der Lage war, und vielleicht stimmte das ja auch – aber hatte *sie* das Recht, das zu beurteilen? Er wollte seinen früheren Ruf nicht aufs Spiel setzen, indem er sich an einen Lebensstil klammerte, der ihm eigentlich nichts mehr bedeutete. Das Leben war ganz allgemein ziemlich bedeutungslos, doch in den letzten Tagen hatte er ein paar Lichtstrahlen in seiner Dunkelheit zugelassen. Er hatte Augenblicke der Hoffnung erlebt, als er Skinny Steve im Heim das Kochen beigebracht hatte, und das Lachen wiederentdeckt, wenn Honey ihn durch die geschlossene Wohnungstür mit Ereignissen aus ihrem chaotischen Leben beglückt hatte. Und an diesem Abend hatte er sich auf Honeys Sofa zum ersten Mal seit langer Zeit wieder wie ein vollständiger Mann gefühlt.

Und dann der Brief. Zuhören zu müssen, wie die Frau, mit der er eben noch Sex gehabt hatte, ihm eine Nachricht von der Frau vorlas, die er hatte heiraten wollen – das hatte ihm endgültig den Rest gegeben. Er hasste sich dafür, dass er Honey erlaubt hatte, den Brief vorzulesen. Es war egoistisch und herzlos gewesen, dennoch hatte er es zugelassen, weil er sich verzweifelt gewünscht hatte, den Inhalt zu erfahren. Erst seine Bedürfnisse, danach ihre. Ein Höhepunkt im Tausch für einen seelsorgerischen Gefallen. Wahrlich, kein fairer Tausch.

31. KAPITEL

Der Morgen brach erschreckend schnell an, und noch nie hatte Honey sich schlechter vorbereitet gefühlt, ihre Truppen in die Schlacht zu führen. Mit müden Augen und schwerem Herzen öffnete sie um kurz nach sieben die Wohnungstür und erschrak, als sie Hal an der gegenüberliegenden Wand lehnen sah. Sie hatte angenommen, sie würde ihn nun tagelang nicht zu Gesicht bekommen.

„Was treibst du dich hier im Flur herum?"

„Ich hab dir doch gesagt, ich würde heute helfen, die Protestler mit Essen zu versorgen. Daran hat sich nichts geändert."

Das war aber auch das Einzige, woran sich nichts geändert hatte. „Wir kommen auch ohne dich zurecht", behauptete Honey, obwohl das natürlich nicht der Wahrheit entsprach.

„Sei nicht albern. Es kommt zum Aufruhr, wenn du Skinny Steve in der Küche allein walten lässt." Er senkte die Stimme. „Es gibt keinen Grund für Befangenheit. Wir sind Erwachsene, keine Schulkinder."

So wollte er also damit umgehen – ganz kühl und vernünftig, nach dem Motto: So etwas passiert ständig. Nun, dazu würde sie niemals in der Lage sein. In einer Hinsicht hatte er jedoch leider absolut recht: Ihre kleine Armee konnte nicht mit leerem Magen losmarschieren, und Skinny Steve war kein Oberstabsfeldwebel. Sie hatte wirklich nicht die geringste Lust, den Tag in Hals Nähe zu verbringen, aber so viele Menschen hatten so viel Zeit und Mühe, ganz zu schweigen von Hoffnungen, in diesen Tag gesteckt, da musste sie ihre eigenen Bedürfnisse hintanstellen. „Also gut", sagte sie widerstrebend. „Bringen wir's einfach hinter uns, ja?"

Es war ein herrlicher Tag im Frühherbst; das Laub färbte sich bereits bunt, aber es war noch angenehm warm draußen, und die Sonne würde auch scheinen. Aus reiner Notwendigkeit heraus hakte Honey sich bei Hal unter und versuchte, nicht an die Gefühle zu denken, die er in der vergangenen Nacht in ihr geweckt hatte, besser gesagt, *vdB*, wie sie das in Gedanken nannte. *Vor dem Brief.* Jetzt mussten sie ihr Verhältnis den veränderten Umständen anpassen, jetzt war *ndB* oder *nach dem Brief*. Sie waren Nachbarn mit gewissen Vorzügen. Anders formuliert: Es würde ein langer, langer Tag werden.

Im Laden standen die Truppen schon bereit. Er war sonntags geschlossen, es waren keine Kunden da, trotzdem wimmelte es von Menschen. Die Mehrheit der Bewohner hatte sich drinnen versammelt; sie trugen übergroße T-Shirts mit aufgemalten Parolen über Wolljacken und Pullovern, zweifellos Billys Werk. An diesem Tag würden sich nicht nur ein, zwei Bewohner an den Zaun ketten. Jetzt sollte es heißen, alle Mann an Deck; eine Menschenkette aus möglichst vielen Teilnehmern – Bewohnern, deren Familien, Freunden, Kunden … Jeder, der seine Zeit dafür opfern wollte, war willkommen. Der Aufruf dazu war so heimlich wie möglich verbreitet worden, und Old Dons Sohn hatte der Presse den Tipp gegeben, sich auf etwas Berichtenswertes gefasst zu machen. Sie verließen sich darauf, dass Christopher für gewöhnlich nicht am Wochenende arbeitete. Ohne seine Argusaugen konnten sie vielleicht einen letzten verzweifelten Versuch unternehmen, das Heim zu retten.

„Honeysuckle, unsere Jeanne d'Arc der Neuzeit!", rief Billy und hob die Arme, um sie zu begrüßen. Er stand hinter der Ladentheke und verteilte fleißig flauschige Handschellen aus dem großen Karton, den er aus dem Lagerraum herbeigeschafft hatte. Mimi und Lucille umringten ihn, beide trugen gepunktete Kopftücher.

„Hübsche Tücher, meine Damen", meinte Honey schmunzelnd.

Mimi fasste sich an die dunklen Locken, die darunter hervorlugten. „Einmal *Land Girl*, immer *Land Girl*."

„Fühlt sich auch ein bisschen an wie damals, nicht wahr?" Lucille lächelte sie liebevoll an, der rote Lippenstift passte perfekt zu ihrem Kopftuch.

„Wollen wir nur hoffen, dass wir diesen Kampf auch gewinnen“, murmelte Billy ungewohnt ernst. Sonst gab er sich immer so betont fit und heiter, da vergaß man leicht, dass er im Grunde auf die Neunzig zuging und Angst davor hatte, sein Zuhause zu verlieren.

Honey sah sich im Laden um. Das Stimmengewirr und das Klirren der Teetassen wirkten tröstlich, während die Bewohner sich auf den geplanten Start um zehn Uhr vorbereiteten. Sie hatten gewissenhaft geplant, mit der Aktion nach dem Frühstück und der Medikamentenausgabe zu beginnen, also in der unverdächtigen Zeit, wenn sich die Bewohner auf die Zimmer zurückzogen oder in den Park. „Das werden wir, Billy, das werden wir.“ Sie tätschelte seine faltige, wettergegerbte Hand, und er drückte ihre ein paar Sekunden lang ganz fest. Seine Augen schimmerten verdächtig.

„Lass sie los, alter Schwerenöter“, tadelte Mimi ihn sanft. Billy gehorchte grinsend und ging sofort wieder zur Tagesordnung über, als wäre nichts geschehen. Honey drehte sich um, damit ihr niemand anmerkte, wie bewegt sie war. Männer wie Billy gab es heutzutage nicht mehr, auch keine Frauen wie Mimi und Lucille – die dank widriger Zeiten aus härterem Holz geschnitzt und an Entbehrungen gewöhnt waren. Und daran, für das zu kämpfen, woran sie glaubten. Sie waren tatsächlich in jeder Hinsicht – außer dem körperlichen Aspekt – besser für den heutigen Tag gerüstet als Honey.

Ein paar Minuten vor zehn gingen Mimi und Billy wie gehabt hinaus zum Zaun, wenig später gesellte Lucille sich zu ihnen. Ein Trio angeketteter alter Herrschaften. Honey beobachtete sie durchs Schaufenster, und Billy zwinkerte ihr zu. Er genoss das Ganze sichtlich. Überhaupt schienen alle bester Laune zu sein; Kameradschaftsgeist einte sie im Kampf für die gemeinsame Sache. *Sicherheit durch Überzahl,* hatte Lucille gesagt, als sie die Pläne für diesen Tag durchgesprochen hatten, und daraus war dann der inoffizielle Slogan für die Protestaktion geworden. Honey verfolgte, wie alle paar Minuten ein weiterer Bewohner nach draußen ging, um sich den anderen anzuschließen, und ihr

Puls beschleunigte sich. Die Operation „Sicherheit durch Überzahl“ hatte begonnen.

Um elf waren alle da; stehend, wer dazu in der Lage war, sitzend, wer das nicht konnte. Insgesamt waren es dreiunddreißig, alle mit flauschigen Handschellen an den Zaun gekettet, oder, wie im Fall von Old Dons Rollstuhl, mit seiner altmodischen Krawattensammlung festgebunden.

Honey schloss den Laden ab und ging zu den Mitstreitern. So gern sie sich auch am Zaun zu ihnen gesellt hätte, aber die Bewohner brauchten sie für andere Aufgaben. Sie war die offizielle Sprecherin und, was fast genauso wichtig war in Anbetracht des hohen Alters der Demonstranten, auch zuständig für ihr Wohlergehen. Honey war dafür verantwortlich, dass es allen gut ging; sie musste Stühle holen für die, die schwächelten, Decken um Schultern legen und dafür sorgen, dass alle ausreichend zu essen und zu trinken bekamen.

„Hallo, Honey!“ Sie drehte sich um und sah Tash vor sich stehen, einsatzbereit im Trainingsanzug, und Nell, die mit Jeans, Gummistiefeln und Wetterjacke bekleidet war und sogar eine Trillerpfeife dabeihatte.

„Ihr seid gekommen!“, rief Honey strahlend aus, sie war mehr als froh darüber. Die Verantwortung, dass dieser Tag reibungslos vonstattenging, hatte schwer auf ihren Schultern gelastet, aber mit den besten Freundinnen an ihrer Seite war die Last plötzlich viel leichter geworden.

„Wir hätten heute nirgendwo anders sein wollen.“ Nell legte ihr den Arm um die Schultern. „Was können wir tun?“

„Wir müssen sicherstellen, dass niemand friert und alle satt und zufrieden sind“, erklärte Honey die Basisvoraussetzungen. Die ganze Aktion war umsonst, wenn sie Christopher auch nur den kleinsten Anlass boten, gegen sie vorzugehen. Honey hatte zur Seite blicken und ihr Schmunzeln verbergen müssen, als Mimi und Lucille ernsthaft von Billy ermahnt worden waren, es nicht wieder auf der Straße zu Rangeleien kommen zu lassen. Fest stand jedoch, dass sie sich nicht leisten konnten, anders in der Öffentlichkeit wahrgenommen zu werden als das, was sie waren – eine Gruppe großartiger alter Menschen. „Dort drüben am Gartentor steht ein Karton mit Decken.“ Honey zeigte auf den großen Karton, den Mimi und sie am vergangenen Tag im Laden zusammengestellt hatten. Decken gehörten zu den Dingen, die reichlich gespendet wurden, und bestimmt würden sie von großem Nutzen sein. „Und dort, neben der Ladentür, sind Stühle aufgestapelt. Im Grunde müssen wir dafür sorgen, dass es jedem Einzelnen jederzeit gut geht, versteht ihr?“

Tash nickte. „Kinderspiel.“

Nell überflog die Gruppe mit geschultem Blick. „Dreiunddreißig. Elf für jede von uns“, stellte sie resolut fest. „Honey, du übernimmst die zehn, die nach Billy kommen. Ich kümmere mich um die mittlere Gruppe. Tash, du nimmst die letzten elf. Alles klar?“

Sie sah die beiden erwartungsvoll an, die nur nicken konnten und große Augen machten. Nicht umsonst hatte Nell die letzten fünf Jahre damit zugebracht, ganze Schulhöfe voller rauflustiger Kinder zu beaufsichtigen.

„Benutzt du deine Trillerpfeife, wenn einer von ihnen Unsinn macht?“, erkundigte Tash sich unschuldsvoll.

Nell schmunzelte. „Wahrscheinlich kommt sie eher bei euch zum Einsatz, zack, zack!“ Sie reckte den Hals, als die Eingangstür des Heims aufging und Skinny Steve mit einem großen Tablett erschien, auf dem Plastikbecher, eine Thermoskanne mit Tee und eine Platte mit einem Berg von Muffins standen. „Ist er heute allein in der Küche?“ Nell runzelte die Stirn, denn Honey hatte ihr alles von den Küchensorgen erzählt.

Honey betrachtete eingehend ihre Fingernägel. „Er hat Hilfe.“

„Wenn dieser Chili-Koch aus Mexiko wieder da ist, lasse ich meine elf nicht an die Muffins heran“, verkündete Tash und hob ihre perfekt manikürten Hände. „Diese Schätzchen hier sind nicht dafür gemacht, Rentnerpopos abzuwischen.“

„Du kannst unbesorgt sein. Es ist nicht der Chili-Koch.“

Tash stibitzte einen der Zitronen-Mohn-Muffins vom Tablett, als Steve an ihr vorbeiging. „Liebe Güte, die sind ja noch warm! Hast du die selbst gebacken? Wenn ja, nehme ich dich danach mit nach Hause, Mister.“

Skinny Steve lief unvorteilhaft dunkelrot an, und seine Hände begannen so zu zittern, dass das Geschirr auf dem Tablett klapperte. „Hm … d…das war ich ni…nicht allein“, erwiderte er stotternd. „Hal hat die m…meiste Arbeit übernommen.“

„Hal?“, murmelte Nell, als Steve weitergegangen war.

„Hal wie der sexy Nachbar, der offiziell für gesundheitsschädlich für dich erklärt worden ist?“ Tash brach ein Stück von ihrem Muffin ab.

„Er ist ein guter Koch“, gab Honey ruhig zurück.

Tash nickte mit vollem Mund. „Himmlisch.“ Sie schluckte das Stück herunter und sah Honey gebannt an. „Solange das das Einzige ist, was er für dich tut. Ich habe mir ein Bein ausgerissen, um den perfekten Pianisten für dich zu finden!“ Sie grinste. „Er ist toll, nicht wahr?“

Honey hatte ein wenig Mühe, Christians Bild vor sich heraufzubeschwören. So vieles war in den Stunden danach geschehen, dass es ihr vorkam, als wäre es schon Tage her, seit sie mit ihm im Café gesessen hatte. „Er ist wirklich nett“, erwiderte Honey unverbindlich.

„Nett?“, ahmte Nell die Freundin nach. „Hört sich ja nicht sonderlich beeindruckend an.“

„Warum nicht? Nett sein ist doch … gut.“ Honey hätte jetzt liebend gern das Thema gewechselt, denn in ihrem Kopf hörte sie nur Hal, wie er sagte, sie sei ein nettes Mädchen, aber er kein sehr netter Mann. Tatsächlich hatte er damit gar nicht so unrecht gehabt. Nett, das passte zu Christian, aber ganz sicher nicht zu Männern wie Hal.

„Sieht so aus, als trifft nun die Kavallerie ein“, stellte Nell fest, und als Honey zum Zaun blickte, sah sie, dass Tante Titanias ältliche Nichten sich dem Ende der Reihe angeschlossen hatten. Sie trugen wieder die T-Shirts zu Ehren ihrer Tante.

„Das bringt deine Zahlen jetzt ganz durcheinander", sagte Tash. „Wie viele Leute habe ich denn jetzt zu betreuen?"

Nell runzelte die Stirn, und Honey sprang für sie ein. „Kümmert euch wie geplant vor allem um die Bewohner und behaltet den Rest nebenbei im Auge, ja?" Auch sie schnappte sich einen Muffin vom Tablett, als Steve zurückkam, und zog ihn für einen Moment zur Seite. „Wie läuft's in der Küche?"

„Brillant!" Steve strahlte. „Hal hat alles fest im Griff. Diese Muffins – in zwanzig Minuten, und das ohne Fertigbackmischung! Er ist ein Genie!" Sein vor Begeisterung leicht kieksender Tonfall erinnerte Honey daran, wie jung er noch war; außerdem zeugten seine Worte davon, dass er Hal geradezu wie einen Gott verehrte. Nun, irgendjemand musste das ja tun. Sie lächelte Steve ermutigend an, obwohl ihre Meinung von dem großen Meisterkoch deutlich weniger klar umrissen war. Zum Teil stimmte sie zu, zum Teil begehrte sie heftig gegen Steves Lobeshymne auf. Momentan würde es eher schwierig sein, sich in Hals Nähe aufzuhalten. Während der Busfahrt am Morgen hatten sie kaum miteinander gesprochen, und Honey hätte sich am liebsten ins andere Ende des Busses zurückgezogen, wenn das nicht so kindisch ausgesehen hätte. Eine Zeit lang hatte sie sich ihm in der vergangenen Nacht bedenkenlos anvertraut, doch an diesem Morgen hatte sie ihm nur noch andere Leute anvertrauen können. Aber er war nun einmal hier, und wenn sie sich die Reihe der Bewohner ansah, die alle glücklich ihre Muffins aßen, dann sollte sie ihm wohl dankbar sein. Skinny Steve war jedenfalls dankbar für zwei.

„Hal hat gesagt, er hilft mir, eine Stelle in einer Restaurantküche zu finden, wenn ich will", berichtete er aufgeregt.

Honey runzelte die Stirn und ärgerte sich, weil Hal den Horizont des Lehrlings offenbar über die Heimküche hinaus erweitern wollte. Gut, womöglich war das ein egoistischer Gedanke. „Sag nur nicht, dass du sofort kündigen willst. Wir brauchen dich hier", erwiderte sie lächelnd.

„Ich bleibe, solange er bleibt." Steve befand sich offenbar

immer noch in der Heldenverehrungs-Phase. „Ich kann es gar nicht glauben, dass ich ihn ganz für mich habe."

Ja, aber verlass dich nicht darauf, dass du ihn auch behältst, dachte Honey finster. *Er gehört dir nur so lange, bis er ein besseres Angebot bekommt.* Sie schwieg jedoch diplomatisch und sah dem Jungen nach, als er zurück zum Heim, zur Küche und zu seinem Idol wanderte.

„Sieht so aus, als müsstest du Steve sagen, dass er die Anzahl der Mittagessen erhöhen soll", sagte Nell und zeigte auf das Ende der Reihe, wo sich gerade sieben Jugendliche in Kapuzenpullovern der Aktion anschlossen. Honey sah, wie einer sich die Kapuze abstreifte, das Handy wegsteckte und die Hand eines Heimbewohners schüttelte.

„Mein Großvater hat früher hier gewohnt", erklärte der Jüngere. „Es wäre schrecklich, wenn das Heim geschlossen werden würde."

Die beiden begannen, miteinander zu plaudern, und Honey ging zu Mimi und Lucille am anderen Ende der Reihe.

„Bis jetzt läuft alles ziemlich gut, nicht wahr?" Billys blaue Augen funkelten verschmitzt.

Honey nickte. „Es sieht ganz so aus, ja." Sie sah hinunter zu Mimi, die auf einem Stuhl neben ihm saß. Ihr verbundener Knöchel war unter dem Saum ihres Kleides gut zu sehen. „Und? Wie kommst du zurecht, Mimi?"

„Ohne diesen verdammten Stuhl würde ich mich besser fühlen", grollte Mimi, die zu stolz war zuzugeben, dass sie darauf angewiesen war.

„Ehrlich gesagt, Mimi, ich finde, dass der Stuhl den optischen Eindruck der Protestaktion durchaus verbessert." Honey drückte ihr die Schulter. „Du hast eine sichtbare Verletzung, doch das hat dich nicht davon abgehalten, heute hierherzukommen. Das zeigt, wie viel dir das hier bedeutet."

Mimi schnaubte, aber ihr besänftigter Gesichtsausdruck verriet, dass es Honey gelungen war, ihren verletzten Stolz wieder aufzurichten.

„Protestler Nummer fünfzig hat sich soeben angekettet!", rief Tash wenig später vom anderen Ende des Zauns herüber, und Jubel brach in der Reihe aus, dazu ertönte das Klirren der Handschellen gegen Metall.

„Korrigiere das lieber auf sechzig!", rief eine bekannte Stimme, und Honey erblickte Robin, der auf sie zutänzelte, seine Haare wippten mit. Ihm folgte, was man nur als Rugbyteam von höchst zweifelhaftem Charakter beschreiben konnte: eine Gruppe von Männern, allesamt von riesiger Gestalt.

„Robin!" Honey lachte und freute sich, ihn zu sehen. „Woher wusstest du von der Aktion?"

„Vielleicht hat es mir ein kleines Vögelchen gezwitschert", meinte er augenzwinkernd, dann zuckte er zusammen beim schrillen Pfiff einer Trillerpfeife.

„War das zufällig ein kleines Vögelchen mit einer lauten Pfeife?" Honey sah zu Nell hinüber, die gerade gut gelaunt Neuankömmlingen ihre Plätze zuwies.

Robin nickte. „Und diese großartigen Jungs sind meine Studenten", erklärte er, wobei er das Wort „Studenten" mit einem verschwörerischen *Du-weißt-schon-was-ich-meine*-Tonfall hervorhob. „Eigentlich sollte ich den Unterricht im Gemeindesaal geben, um die Vorschriften einzuhalten, aber heute ist meine Tanztruppe auf Tournee, Schätzchen!" Den mittleren Teil des Satzes sprach er leise, um die auf Bewährung entlassenen Männer nicht in Verlegenheit zu bringen, den Rest dafür umso lauter. Er schlug laut die Absätze seiner Cowboystiefel zusammen und tänzelte dann zu Nell und ihrer Pfeife.

Honey lächelte jedem von Robins Schützlingen zu, als sie an ihr vorbeigingen; wahrscheinlich waren sie ganz erleichtert, den Tag nicht mit Countrymusik verbringen zu müssen. Ein warmes Gefühl der Hoffnung breitete sich in ihr aus. Das alles passierte wirklich! Der Tag entwickelte sich viel besser, als sie zu hoffen gewagt hatte.

Skinny Steve erschien wieder mit noch mehr Tee und Muffins, um die Truppen zu stärken; freundlich plaudernd schritt er die Reihe ab. Honey beobachtete ihn und war verblüfft, wie sehr er sich verändert hatte, seit Hal zu ihnen gekommen war. Der junge Bursche strahlte ein ganz neues Selbstbewusstsein aus, eine Miniaturausgabe seines neuen Herrn und Meisters. Es stand ihm gut.

„Lassen Sie mich los!"

Eine brüllende, leicht panisch klingende Männerstimme ertönte vom Ende der Reihe. Als Honey stirnrunzelnd hinübereilte, sah sie, wie Tash gerade dem laut fluchenden Christopher flauschige violette Handschellen anlegte und ihn neben den tanzenden Exknackis an den Zaun kettete.

Er sah Honey wütend an. „Honeysuckle Jones! Befreien Sie mich *auf der Stelle*, oder Sie sind entlassen!"

Laute Buhrufe ertönten, und Robins Tänzer machten finstere Gesichter, die keinen Zweifel daran ließen, dass sie alle nur zu gern gegen ihre Bewährungsauflagen verstoßen hätten.

Tash grinste und wedelte mit dem kleinen Schlüssel vor ihrem Gesicht herum. „Das kann sie gar nicht. Ich habe den Schlüssel." Sie schüttelte ihn noch einmal kurz, dann ließ sie ihn genau über dem Gully fallen, wo er mit einem leisen Platschen im Wasser darunter verschwand. Die Menge stand vollkommen hinter ihr und lachte laut, als sie in gespieltem Entsetzen die Hände an ihre Wangen legte. „Hoppla. Das tut mir aber leid."

Honey nutzte den Tumult, um zu Lucille und Mimi am entgegengesetzten Ende der Reihe zu huschen.

„Christopher ist gerade erschienen", berichtete sie mit sorgenvoller Miene.

„Das hat uns gerade noch gefehlt." Lucilles blaue Augen nahmen einen beunruhigten Ausdruck an. „Wo ist er?"

„Tash hat ihn eben am anderen Ende an den Zaun gekettet."

Billy fing laut an zu johlen. „Ich liebe diese junge Dame!"

„Ich dich auch, Billy!" Tash stellte sich lachend neben Honey. „Das macht Spaß! Ich hab ihn erkannt, als er gerade aus einem Taxi stieg, und ehe er noch den Fahrer bezahlen konnte, hatte ich ihm schon die Handschellen angelegt."

„Was ist, wenn er seine Vorgesetzten anruft?“ Honey geriet ins Schwanken. Wenn der Vorstand Wind von dieser Aktion bekam, würde er sicher hart durchgreifen, um zu verhindern, dass sie noch größere Ausmaße annahm. Und so, wie man bisher erahnen konnte, würde sie sehr schnell noch größere Ausmaße annehmen.

„Womit soll er denn anrufen?“ Tash schmunzelte. Sie zog ein Handy aus der Tasche und blickte lässig drein. „Es ist ihm sozusagen aus der Tasche gefallen, als ich ihn angekettet habe.“ Honey kannte Tash gut genug, um zu wissen, dass dies sicherlich eine großzügige Auslegung der Wahrheit war. „Mach nicht so ein besorgtes Gesicht“, sagte Tash. „Ich bewahre es sicher für ihn auf. Er hat verdammtes Glück, dass ich es nicht zusammen mit dem Schlüssel in den Gully habe fallen lassen.“

Honey wünschte sich oft, sie wäre so mutig wie Tash oder so tüchtig wie Nell. Beide hatten heute ihre jeweiligen einzigartigen Fähigkeiten zum Einsatz gebracht, und ihnen war es zu verdanken, dass alles so reibungslos funktionierte.

„Du solltest jetzt wirklich in der Küche Bescheid sagen, wie schnell die Zahl der Teilnehmer ansteigt“, sagte Mimi und sah Honey mit jenem wachsamen Blick an, dem so schnell nichts entging.

„Das kann ich erledigen“, bot Tash freiwillig an. Vor Erleichterung, Hal nicht sehen zu müssen, hätte Honey sie schon beinahe in Richtung Heim geschoben.

Billy hatte jedoch anderes im Sinn und hielt Tash mit der freien Hand am Arm zurück, als sie an ihm vorbeigehen wollte. „Liebchen, meine Schulter ist ganz steif. Könntest du sie vielleicht schnell etwas massieren? Du siehst so aus, als hättest du die perfekten Hände dafür.“

Tash spreizte die Finger. „Also los. Diese Hände haben viel Übung.“

Mimi, die sonst eifersüchtig über Billy wachte, lächelte nur heiter. „Ab in die Küche, Honeysuckle.“

Honey seufzte resigniert und machte sich auf den Weg zum Heim. Zur Küche. Zu Hal.

Drinnen hatte sich das Sonntagspersonal verwirrt versammelt. Ohne ihre Pfleglinge waren sie vollkommen planlos, und sie drehten sich zu Honey um, als diese hereinkam.

„Was sollen wir jetzt tun?", fragte Nikki, eine der Pflegerinnen, die Honey flüchtig kannte.

„Nun, das liegt ganz bei euch. Ihr könnt hierbleiben, aber ihr könnt auch hinausgehen und eure Stimmen zu Gehör bringen. Euer Arbeitsplatz ist bedroht, genau wie dieses Heim. Ihr habt also auch ein Wörtchen mitzureden."

Sie ließ das Personal stehen und straffte die Schultern, als sie zustimmendes Gemurmel hörte. Vielleicht färbte allmählich doch etwas von Tash auf sie ab. Vor der Küchentür zwang sie sich, ruhig durchzuatmen, und hoffte, die überlegene Haltung zumindest in den nächsten fünf Minuten beibehalten zu können. Gott sei Dank war Skinny Steve ebenfalls da. „Sicherheit durch Überzahl" war wirklich das geeignetste Motto für diesen Tag.

32. KAPITEL

Zu Hause zu bleiben war für Hal an diesem Morgen gar keine Option gewesen. Er hatte Honey und Steve versprochen, da zu sein, aber seine Gründe, mit ins Heim zu gehen, waren auch durchaus egoistisch. Er wollte an diesem Tag nicht mit seinen Gedanken allein sein, mit ihnen befand er sich in schlechter Gesellschaft und traf womöglich noch schlechtere Entscheidungen. Sein Gehirn war im Belagerungszustand, es wurde von der Vergangenheit als Geisel gehalten. Wie war es nur dazu gekommen, dass sich die Dinge alle dermaßen in die falsche Richtung entwickelt hatten? Gestern noch war er mit dem Vorhaben aufgewacht, seinen Geburtstag unbemerkt verstreichen zu lassen, und dann war daraus irgendwie der einschneidendste Geburtstag seines Lebens geworden.

Er konnte dem Whisky die Schuld geben. Oder Honey. Er konnte seinem Bruder die Schuld geben. Oder aber Imogen. Tatsache war, er hätte Gott und der Welt die Schuld geben können, aber er tat es nicht. Hal machte sich allein für diesen ganzen Schlamassel verantwortlich, und langsam näherte er sich dem Punkt, wo er es nicht mehr ertragen konnte, noch mehr Unheil anzurichten. Das war der wahre Grund, warum er jetzt hier war. Es schien das Einzige zu sein, was er wirklich gut konnte. Imogens Brief hatte Türen geöffnet, die er schon lange zugeschlagen hatte, und nur die stille Freude des Kochens ersparte es ihm vorerst, zu entscheiden, welche Türen er offen lassen und welche er wieder schließen wollte.

„Ich fange mal damit an, die Suppe nach draußen zu bringen“, sagte Steve und ging zur Hintertür. „In zehn Minuten bin ich zurück.“

Hal nickte und drehte sich um, als er hörte, wie die Tür zum Speisesaal geöffnet wurde. Er wusste, wer es war, noch ehe sie etwas sagte. Erdbeerduft, ihr leicht unregelmäßiges Atmen, das Knistern zwischen ihnen, die komplizierten Emotionen.

„Wo ist Steve hin?“, fragte sie anstelle einer Begrüßung.

„Honeysuckle“, er nickte freundlich. „Er ist gerade nach unten gegangen, um den Demonstranten Suppe zu bringen. Brauchst du ihn?“ Er hatte kaum ausgesprochen, da bereute er bereits, seine Worte nicht anders gewählt zu haben. Er wollte von ihr nicht hören, dass sie jemand anderen brauchte.

„Es ging nur um die Anzahl der Leute draußen“, erwiderte sie leicht stockend. „Es sind jetzt schon mehr als siebzig, und es kommen ständig neue hinzu. Wir werden, hm, sehr viel Suppe brauchen.“

Die Anzahl bereitete Hal kein Kopfzerbrechen. Er hatte genug Essen für eine große Menschenmenge eingeplant. Was ihn viel mehr beunruhigte, war die wachsende Kluft zwischen ihm und Honey, und er hatte keine Ahnung, wie er sie jemals wieder überwinden sollte. „Honey, wegen gestern Abend …“

„Suppe! Wir brauchen ganz viel Suppe, bitte!“, fiel sie ihm ins Wort, wobei sich ihre Stimme fast überschlug.

„Es muss nicht so sein zwischen uns.“

„Ich denke, wir sollten mit weit über hundert rechnen, wenn nicht sogar mit noch mehr“, gab sie hastig zurück, offenbar noch immer fluchtbereit an der Tür stehend.

„Wir haben genug Suppe für die ganze Stadt, falls es nötig wird, Honey. Es wird also kein Problem geben, klar?“

Er hörte, wie sie schluckte. „Gut. Na, das ist wirklich eine gute Neuigkeit, das mit der Suppe.“ Ihre Stimme verlor sich. „Dann gehe ich jetzt mal wieder.“

„Honey, warte. Nur eine Minute“, bat er, obwohl er nicht wusste, was er tun oder sagen sollte, um die Lage zu verbessern. Sie ging tatsächlich nicht fort. Das war doch schon wenigstens etwas, oder? „Komm her.“ Er wollte sie näher bei sich wissen. Sie trat schweigend ein Stück näher, berührte ihn aber nicht. „Honey, ich muss dir ein paar Dinge sagen, aber ich weiß nicht, wie ich das tun soll, ohne dich zu verletzen.“ Er streckte die Hand nach ihrer Schulter aus, da er sie neben sich atmen hörte, und ertastete stattdessen ihren Hals. Sie hatte das Haar im Nacken zusammengebunden, und er konnte ihren Puls spüren.

„Hal, muss das wirklich sein?“

„Ja. Ja, das muss sein. Ich möchte nicht, dass du glaubst, ich hätte ein *besseres* Angebot als dich bekommen. Darum handelt es sich nicht bei diesem Brief. Es ist ein *anderes* Angebot, aber ich will nie wieder von dir hören, dass du irgendjemanden für die bessere Alternative zu dir hältst, ja?“ Eine lose Haarsträhne streifte seine Finger, und er schob sie ihr wieder hinter das Ohr, dann strich er ihr übers Haar, er konnte einfach nicht anders.

„Was willst du, Hal?“, fragte sie, und er verstand, was sie eigentlich gefragt hatte: *Wen* willst du, Hal?“

„Ich weiß es nicht“, antwortete er. Er hatte das Gefühl, jetzt nur noch mit Ehrlichkeit weiterkommen zu können. „Ich habe keine verdammte Ahnung. Ich weiß nur, dass ich nicht vernünftig denken kann, bis wir uns nicht wieder vertragen haben. Ich kann nicht behaupten, dass ich bereue, was gestern geschehen ist, denn ich habe mich zum ersten Mal seit dem Unfall wieder richtig lebendig gefühlt. Mit dir zusammen zu sein fühlt sich so …“ Hal seufzte. „Es fühlt sich einfach so leicht an, so natürlich.“ Er konnte hören, wie ihr Atem kurz ins Stocken geriet. „Zuzuhören, wie du diesen Brief von Imogen vorgelesen hast, war, als würde man mir die Haut bei lebendigem Leib abziehen.“ Bei der Erinnerung erschauerte er erneut. „Welcher verdammte Idiot tut einer Frau so etwas an?“

Auch sie seufzte. „Das spielt keine Rolle. Von irgendjemandem musstest du es ja hören.“

„Wirklich? Ich bin mir da noch nicht einmal sicher. Von jedem anderen hätte ich es mir vorlesen lassen können, aber nicht von dir.“

„Welchen Unterschied macht das schon? Vielleicht war ich sogar genau die Richtige dafür, und vielleicht war es auch genau der richtige Zeitpunkt. Wir sind sozusagen quitt, nicht wahr? Du hast mir geschenkt, was ich mir gewünscht habe, und nun bekommst du dein altes Leben zurück. Wir haben beide gewonnen.“

Nur, dass Gewinner nicht weinten. Honeys Stimme hörte man die Tränen deutlich an. Und Gewinner hatten nicht das Gefühl, einen Stich ins Herz versetzt bekommen zu haben. „Wir wissen beide, dass du das nicht so meinst", sagte er und wusste, er sollte eigentlich die Hand von ihrer Wange nehmen.

„Es spielt wohl nicht einmal eine Rolle, ob ich es so meine oder nicht, denn Tatsache ist, dass du am Ende nach Hause zurückkehren wirst. Das weißt du, und ich weiß es auch. Es gibt gewiss bereits Hochzeitseinladungen mit deinem Namen darauf, und ein Restaurant wartet ebenfalls darauf, deinen Namen zu tragen. Dein Leben ist irgendwo da draußen und wartet auf dich."

Sie traf ins Schwarze. Es würde zwar nie mehr so sein wie früher, trotzdem konnte er versuchen, die Scherben aufzuheben und sie zu einem ähnlichen, wenn auch leicht veränderten Bild wieder zusammenzufügen. Wie war es nur dazu gekommen, dass er im einen Moment sicher gewesen war, auf ihn warte eine Zukunft ohne Romantik – und schon im nächsten der Liebhaber einer Frau und gleichzeitig quasi der Verlobte einer anderen war? „Ich weiß nicht, ob ich dieses Leben überhaupt wiederhaben will", gestand er.

„Das kannst nur du entscheiden." Sie klang müde. Erschöpft.

„Was sollte ich deiner Meinung nach tun?", fragte er sie, obwohl ihm klar war, dass er gar nicht das Recht dazu hatte.

„Was immer du nicht lassen kannst, vermutlich." Eine typische Honey-Antwort. „Ich muss wieder nach draußen."

Er spürte ihre warmen Tränen. „Was immer auch als Nächstes geschieht – ich schwöre dir, ich wollte dich nicht verletzen." Er atmete ihren Duft ein und widerstand dem verzweifelten Bedürfnis, sie zu küssen.

Sie lachte leise und schüttelte den Kopf. „Betrachten wir das Ganze einfach als einen Kollateralschaden."

Nachdem Honey die Küche verlassen hatte, ertastete er sich den Weg zur Hintertür und blieb ein paar Minuten auf der Schwelle stehen, um sich von der Sonne wärmen zu lassen. Verdammt, wie viele verdammte Kollateralschäden würde dieser Unfall denn noch nach sich ziehen?

Ein paar Minuten später kam Skinny Steve im Laufschritt in die Küche zurück, um seine Thermosgefäße mit Suppe nachzufüllen. „Das da draußen ist der Wahnsinn", berichtete er atemlos. „Wir müssen noch mehr Suppe kochen."

„Ja. Honey war eben hier und hat es mir gesagt."

„Honey war hier?" Seine Stimme klang so unmissverständlich enttäuscht, dass bei Hal der Groschen fiel. *Steve war in Honey verliebt.* Hal war sich sicher, dass seine Nachbarin davon keine Ahnung hatte. Sie war völlig arglos, was ihre Wirkung auf andere Menschen betraf.

Steve legte schweigend das Suppengemüse zurecht, damit Hal zu arbeiten anfangen konnte. Eine Weile hackten sie einträchtig nebeneinander Zwiebeln, dann hielt er plötzlich inne. „Hast du schon mal Fotos von Marilyn Monroe gesehen? Ich meine, vor deinem Unfall?"

Hal nickte, er merkte, dass Steve ihn ins Vertrauen ziehen wollte. „Natürlich."

„Und kennst du diese Schauspielerin, die Bridget Jones gespielt hat? Renee Soundso?"

„Ich glaube, ja, die kenne ich. Warum?"

Steve zögerte. „Weil Honey genauso ist. Kurvenreich wie Marilyn und immer in Schwierigkeiten wie diese Bridget Jones. Sie ist auch blond, aber irgendwie ... handfester."

„In etwa wie Uma Thurman in *Kill Bill*?"

„Mann, ich würde Honey gern mal in diesem hautengen gelben Overall sehen", murmelte Steve, dann räusperte er sich und schien sich zusammenzunehmen. „Ja, in etwa so."

Erstaunlicherweise passten alle Frauen, die Skinny Steve genannt hatte, zu dem Bild, das Hal sich von Honey gemacht hatte. Sie hatte ganz sicher Marilyns Kurven, das wusste er aus eigener Erfahrung. Jedes Detail ihres Körpers hatte sich ihm so unauslöschlich eingeprägt, dass er sie aus Ton hätte modellieren können. Und eine Neigung, in Schwierigkeiten zu geraten? Im Vergleich zu Honey war Bridget Jones eine absolute Amateurin. Von ihrer ersten Begegnung im Hausflur an – vor einer halben

Ewigkeit, wie es ihm inzwischen vorkam – hatte Honey das Unheil angezogen, und es folgte ihr auf Schritt und Tritt. Sie zog Probleme geradezu magisch an.

Und handfest? Oh ja. Sie selbst glaubte das zwar nicht von sich, aber dieses Mädchen konnte die ganze Welt regieren, wenn es nur wollte. Die Welt würde sich zwar ständig am Rande einer Katastrophe befinden, doch Honey würde das immer gerade noch zu verhindern wissen und alle Menschen ohne ihr eigenes Zutun dazu bringen, sie zu vergöttern. Hal persönlich konnte auf den gelben Overall verzichten, aber alles in allem hatte Skinny Steve mit seiner Beschreibung den Nagel ziemlich genau auf den Kopf getroffen.

„Reich mir die Möhren, Steve."

23. KAPITEL

„Liebe Güte, Honey, hier sind schon mehr als zweihundert Leute!“, rief Tash. „Wir haben schon seit einiger Zeit keine Handschellen mehr, die Leute benutzen inzwischen alles Mögliche. Ich habe gerade vier Männer mit ihren Hosengürteln an den Zaun gebunden. Die Frauen neben ihnen fingen an zu jubeln, sie dachten, sie bekämen jetzt einen Männerstrip präsentiert!“

Honey schüttelte den Kopf, ganz überwältigt von den Ereignissen. Am ganzen Zaun gab es jetzt keine freie Stelle mehr, sodass neu hinzukommende Demonstranten sich einfach auf der Rückseite anketteten. Auch diese Seite nahmen sie mittlerweile fast ganz ein; zwei lange Reihen, gebildet von Bewohnern, Angehörigen, Freunden und Einheimischen, die von der Aktion gehört hatten und gekommen waren, um sie zu unterstützen. Fahnen wurden geschwenkt, Spruch-T-Shirts stolz zur Schau gestellt, und die Zahl der Reporter war fast ebenso schnell gestiegen wie die der Demonstranten.

„Geht es den Bewohnern gut?“, fragte Honey, als Nell zu ihr herüberkam.

„Bestens. Sie haben jetzt alle einen Stuhl und eine Decke, und wir haben dafür gesorgt, dass jeder sein Mittagessen bekommen hat. Wir hatten auch Hilfe, alle haben ihre Medikamente erhalten.“ Sie nickte zu Nikki, der Pflegerin, hinüber, die neben Old Dons Rollstuhl hockte und über irgendetwas lachte, das er gesagt hatte.

Als sie sich umsah, entdeckte Honey auch andere Mitglieder des Pflegepersonals; manche hatten sich angekettet, andere kümmerten sich um die Bewohner. Diese Aktion hatte etwas, das der jungen Frau immer wieder die Tränen in die Augen trieb, was eigentlich ganz passend war, da sie sich ohnehin hundeelend fühlte. Sie war fest entschlossen, sich ausschließlich darauf zu konzentrieren, dass sie hier draußen ihr Bestes gab, und nicht auf den Mann, der alle Teilnehmer mit Essen versorgte. Hal hatte sein eigenes Leben und musste seine Entscheidungen selbst treffen, aber in ihrem Innern wusste Honey bereits, welche Richtung er einschlagen würde. Wie viel Zeit er dafür brauchte, lag allein bei ihm.

„Honey, Liebes, komm mal rüber!“, rief Billy und winkte sie zu sich an den Zaun. Er schlang den freien Arm um ihre Schultern und drehte Honey zu sich, sodass ihr Gesicht den Dutzenden von Kameras zugewandt war. „Lächeln, Liebchen“, raunte er ihr ins Ohr.

Folgsam brachte Honey ein gezwungenes Lächeln zustande, das wahrscheinlich eher einer Grimasse glich, zu etwas Besserem war sie im Moment nicht in der Lage. Ihr verweintes Gesicht würde der Sache nur zusätzliche Dramatik verleihen. Wer hätte gedacht, dass Liebeskummer so hilfreich sein konnte? Sie wurde plötzlich ganz still und fühlte sich hundert Meilen entfernt von den aufflammenden Blitzlichtern. Hatte sie etwa Liebeskummer? Doch dafür musste man verliebt sein, und sie liebte Hal nicht, nicht direkt. *Oder doch?* Nur weil sie ihn immer vermisste, wenn er nicht in ihrer Nähe war; weil sie von ihm träumte, sich nach seinen Berührungen sehnte, sein viel zu seltenes Lachen liebte; weil sein Glück ihr wichtiger war als ihr eigenes und sie den Gedanken nicht ertragen konnte, dass er aus ihrem Leben verschwand … Das hieß doch noch lange nicht, dass sie ihn liebte, oder? All diese Gefühle hatte sie auch schon für … *Nein.* Wenn sie es recht bedachte, hatte sie solche Gefühle noch keinem Menschen zuvor entgegengebracht. Noch nie.

„Könntest du meine Handschellen für einen Augenblick aufschließen, Liebes?“, flüsterte Billy ihr zu. „Ich habe ein Megafon in meinem Zimmer; ich glaube, das werden wir noch brauchen.“

Honey nickte und öffnete mit zitternden Fingern seine Handschellen; ihre private Erkenntnis hatte sie stumm und benommen gemacht. Sie wollte Hal nicht lieben. Er war der schwierigste, störrischste Mann der Welt, und er erwiderte ihre Liebe nicht. Ein verdammt beschissenes Gefühl, jemanden zu lieben, der im kommenden Sommer eine andere heiraten würde.

Billy machte mit dem Megafon in der Hand einen Umweg über die Küche, wo Hal und Skinny Steve gerade Berge von Sandwiches zubereiteten.

„Ich bringe die ersten schon mal nach draußen“, verkündete Steve und spähte über den Stapel von Sandwiches auf dem großen Tablett. „Ach, Billy, hast du Hal schon kennengelernt? Er ist unser neuer Küchenchef, und er ist ein Genie. Hal, das ist Billy.“ Damit verschwand er durch die Hintertür und ließ die beiden allein.

„Billy.“ Hal hatte die Gegenwart des älteren Mannes schon gespürt, noch ehe Steve sie einander vorgestellt hatte. „Honey hat mir schon viel von Ihnen erzählt.“

„Mir hat sie nicht besonders viel von Ihnen erzählt, mein Junge, außer dass Sie blind sind“, erwiderte der Ältere von beiden. „Verdammtes Pech, muss ich schon sagen.“

Hal schluckte, Billys Offenheit brachte ihn etwas aus der Fassung. „So könnte man es auch nennen“, sagte er trocken.

„Meinem Bruder ist das auch passiert“, fuhr Billy fort.

„Ach ja?“

„Er war damals noch ein halbes Kind. Dadurch wurde er natürlich nicht ruhiger, er blieb weiterhin der Schrecken meiner Mutter. Wurde höchstens noch umtriebiger.“ Billy schmunzelte bei den aufkeimenden Erinnerungen. „Schwimmen oder untergehen, lautete die Devise. Er war ein Schwimmer.“

Hal setzte sich abrupt auf den Hocker vor der Arbeitsplatte und fragte sich, ob er auch ein Schwimmer war. An den meisten Tagen kam er sich nicht so vor, eher wie ein Kind mit Schwimmflügeln, das Angst hatte, den Beckenrand loszulassen. Er war überrascht, als er plötzlich Billys Hand auf der Schulter spürte.

„Das kommt noch, mein Sohn. Sie haben ja noch das ganze Leben vor sich.“

Draußen war inzwischen tatsächlich ein Streifenwagen aufgetaucht, alarmiert vom Umfang der Protestaktion, über die fast ununterbrochen im lokalen Radiosender berichtet wurde.

„Wer ist hier der Verantwortliche?", fragte der Polizist Tash, die gerade mit einem Radiogerät aus dem Laden kam und es auf die Erde stellte, damit alle die Übertragung mitverfolgen konnten.

Tash führte ihn zu Honey, die sich auf Billys frei gewordenen Stuhl neben Mimi und Lucille hatte fallen lassen, um ein wenig zu verschnaufen.

„Sind Sie hier zuständig?", wollte der Polizist wissen, zog einen Notizblock aus der Tasche und sah Honey gestreng an.

Sie stand auf, wischte sich die Handflächen an der Jeans ab und reckte ihm die Hand hin, im Versuch, halbwegs professionell zu wirken. Ihr verweintes Gesicht und das wirre Haar wirkten dabei nicht gerade förderlich, aber zum Glück war ihr nicht bewusst, dass sie haargenau so aussah wie eine Frau, die innerhalb von fünf Minuten die Liebe ihres Lebens gefunden und wieder verloren hatte. Sie nickte. „Ja, das bin ich."

„Und ich nehme an, Sie haben die nötigen Genehmigungen eingeholt und sich auch an den Gemeinderat gewandt, damit die Straße gesperrt wird?"

Honey machte den Mund auf und gleich wieder zu. Es gab keine Genehmigungen und keine Anträge auf Sperrung der Straße. Natürlich hatten sie gehofft, dass viele die Aktion unterstützen würden, aber dabei hatten sie eher an vierzig bis fünfzig Leute gedacht, nicht an Hunderte. Die Versammlung war friedlich, aber unbestreitbar riesig, und der Verkehr war zusammengebrochen, als Autofahrer angehalten hatten, um zu sehen, was da los war. Manche hatten ihre Autos dann einfach stehen gelassen und sich der Aktion angeschlossen. Ein lautes Hupkonzert war die Folge gewesen, sodass Nell irgendwann ein Schild gebastelt und es am Ende der Straße aufgestellt hatte mit der höflichen Bitte, sich entweder dem Protest anzuschließen oder eine andere Strecke zu fahren.

„Sind Sie von der Polizei?", brüllte jemand am Zaun. Es war Christopher, der sich, so weit er konnte, nach vorn beugte und mit dem freien Arm in der Luft herumruderte, um auf sich aufmerksam zu machen. „Ich bin der Leiter dieses Heims, und ich fordere …"

Sein Ansatz, etwas zu fordern, verklang jedoch ungehört, übertönt von Robins lautem Händeklatschen. „Fünf, sechs, sieben, acht!", rief er in theatralischem Singsang, schwang ein imaginäres Lasso über seinem Kopf und fing an, auf dem Bürgersteig zu tanzen. Die Bewährungstruppe bildete mit ihm eine geschlossene Reihe und nahm seine Schrittfolge auf, sodass Christopher nicht mehr zu sehen war. Die Menge jubelte begeistert; immer mehr versuchten, die Schritte nachzumachen, bis fast die Hälfte der Demonstranten mit den Absätzen stampfend mittanzte, während die Bewohner sie von ihren Stühlen aus anfeuerten und den Takt klatschten.

Honey schlug die Hände vors Gesicht, und ihr kamen erneut die Tränen, als sie den kleinen, quirligen Robin mit dem voluminösen Haar beobachtete. In ihm hatte sie wirklich einen Freund fürs Leben gewonnen.

Der Polizist räusperte sich. „Was ist nun mit den Genehmigungen?"

Honey wollte gerade ein Geständnis ablegen, da kam Billy mit dem Megafon zurück und rief hinein: „Officer Nigel Thomson, wie er leibt und lebt! Ich kenne dich schon, seit du so klein warst wie ein Grashüpfer und deine Mutter noch das *Cock Inn* betrieb!"

Honey sah, wie der Polizist Billy mit schmalen Augen entgegensah, dann ging ein Leuchten über sein Gesicht. Mit einem breiten Grinsen steckte er das Notizbuch wieder ein, die Genehmigungen waren vergessen.

„Onkel Bill!" Er streckte die Hand aus, schüttelte Billys Rechte enthusiastisch und umarmte ihn dann ungestüm.

„Bin gar nicht sein richtiger Onkel", formte Billy über die Schulter des Polizisten hinweg mit den Lippen und zwinkerte Honey zu.

Als der gewiefte Alte Officer Thomson kurz darauf zu dessen Streifenwagen begleitete, stieß Honey einen erleichterten

Seufzer aus. Wieder war eine Beinahe-Katastrophe abgewendet worden. Wenn dieser Tag vorbei war, musste sie unbedingt einen langen Urlaub an einem ruhigen Ort einlegen, am liebsten allein auf einer einsamen Insel mit einem großen Kühlschrank voller Wein und Unmengen an Schokolade.

„Oh, Honeysuckle, Liebes“, ließ Lucille sich vernehmen und nickte mit dem Kopf zum Ende der Straße. „Ist das ein Übertragungswagen vom Fernsehen?“

Es hatte den Anschein, dachte Honey, als müsste das Ticket ins Paradies noch eine Weile länger warten.

„Troy Masters würde ich auch nicht von der Bettkante schubsen“, murmelte Tash, als sie den Vorbereitungen eines Kameramanns zusahen, während der bekannte Sprecher vom Nachrichtenkanal der *BBC* locker mit den Menschen in der Menge plauderte.

Nell wollte etwas darauf erwidern, aber Honey kam ihr zuvor. „Das ist jetzt unwichtig. Sie wollen in einer halben Stunde ein Live-Interview mit mir machen, und uns ist doch wohl allen klar, dass das in einer Katastrophe enden wird!“

Nell und Tash tauschten einen besorgten Blick. „Hast du zufällig dein Kosmetiktäschchen dabei?“, fragte Tash eine Spur zu lässig.

Honey schüttelte den Kopf. An diesem Morgen hatte sie wirklich anderes im Kopf gehabt.

„Haarspray? Einen Kamm?“ Nell strich ihr das wirre Haar hinter die Ohren.

„Nichts. Ich habe gar nichts dabei und keinen blassen Schimmer, was ich sagen soll.“

Nach einer Weile nahm Nell die Sache in die Hand. „Wo ist der Ladenschlüssel?“

Fünf Minuten später lag der Inhalt von Tashs Kosmetiktäschchen ausgebreitet auf der Ladentheke, und Honey saß brav auf einem Hocker davor. Tash betrachtete sie kritisch von allen Seiten.

„Sparen wir uns doch einfach die Mühe." Honey seufzte und fühlte sich plötzlich, als säße sie in einem Kosmetikstudio, in dem sie gleich von einer dauergebräunten Angestellten gestylt werden sollte, die noch etwas Übung brauchte.

„Machst du Witze?", gab Tash unverblümt wie immer zurück. „Du siehst aus wie Draculas Braut! Hast du dir heute Morgen aus Spaß mit Wimperntusche Streifen auf die Wangen gemalt?"

Nell wühlte in ihrer Handtasche und zog eine Packung Baby-Feuchttücher hervor. „Mir graut schon vor dem Tag, an dem ich die nicht mehr zu kaufen brauche. Letzte Woche habe ich damit vor lauter Panik unseren Fernseher abgestaubt, als Simons Mutter unangemeldet bei uns auftauchte." Sie wischte sanft über Honeys Wange und schürzte die Lippen. „Ich verstehe, was du meinst, Tash. Verdammt, Honey, hast du heute wirklich so oft geweint?" Sie rubbelte fester über die Streifen, bis Honey das Gesicht verzog und ihr das Tuch wegnahm, um es selbst zu versuchen. Nell nahm einen Spiegel, den sie benutzten, um Kundinnen zu zeigen, wie ihnen Halsketten standen, und hielt ihn der Freundin hin.

Das Gesicht, das Honey daraus entgegensah, war nicht mehr das, das sie morgens beim unklugen Auftragen der Wimperntusche gesehen hatte. Sicher, es war ihm ähnlich; dieselben Gesichtszüge, dieselben Wangen, die jetzt allerdings dank Nellys Behandlung feuerrot waren. Doch die Augen waren nicht mehr dieselben. Das waren die Augen einer Frau, nicht die eines Mädchens. Hal hatte nicht nur gestern Abend auf dem Sofa eine Frau aus ihr gemacht, sondern schon seit dem ersten Tag ihrer Begegnung.

Als Kind war sie mit ihrer Mutter jeden Sonntag in die Kirche gegangen, und plötzlich erinnerte sie sich wieder an einen oft wiederholten Spruch aus der Bibel: *Da ich ein Kind war, da redete ich wie ein Kind, dachte wie ein Kind und urteilte wie ein Kind; da ich aber ein Mann ward, tat ich ab, was kindisch war.*

An diesem Tag hatte Honeysuckle Jones endlich abgetan, was kindisch war. Sie nahm Nelly den Spiegel weg und legte ihn auf die Theke, dann hielt sie Tashs Hand fest, um sie daran zu hindern, die Schminksachen zu sortieren. „Vergiss das Make-up, Tash“, sagte Honey sanft. „Und die Feuchttücher auch“, fügte sie halb lachend hinzu und hielt auch Nellys Hand fest. „Es ist mir gleich, wie ich im Fernsehen aussehe. Wichtig ist nur, was ich da draußen sage.“ Plötzlich senkte sich eine unerwartete, vollkommene Ruhe über sie. „Wenn ich die richtigen Worte finde, könnte das zu einer echten Chance werden, das Heim tatsächlich zu retten. Das ist ziemlich beeindruckend, nicht wahr?“

Nell nickte und drückte ermutigend Honeys Hand, während Tash die Augen verdrehte.

„Vielleicht ist Troy Masters in seiner Freizeit ja ein begnadeter Pianist. Ich mein ja nur …“

Als Honey neben Troy Masters stand und der Kameramann noch einmal Beleuchtung und Ton überprüfte, war sie doch wieder das reinste Nervenbündel. Neben ihr standen Lucille, Mimi und Billy, dann folgte Old Don in seinem Rollstuhl. Seine Kriegsorden hatte er sich stolz ans T-Shirt geheftet.

„In fünf Minuten gehen wir auf Sendung, Leute“, verkündete Troy und lächelte Honey beruhigend an; durch die vielen Fernsehsendungen war ihr seine volltönende Stimme so vertraut wie die eines alten Freundes.

Honey nickte und schluckte krampfhaft. Das Innere ihres Mundes war trocken wie Sandpapier. Der Kameramann hatte beschlossen, das Interview in der Nähe des Ladens und mit den Demonstranten im Hintergrund stattfinden zu lassen, was hoffentlich zur Folge hatte, dass die Zuschauer Honey nicht nur deutlich verstehen, sondern auch eine Ahnung vom Ausmaß der Aktion bekommen konnten. Selbst jetzt kamen immer noch neue Menschen dazu; inzwischen brachten sie ihre eigenen Hilfsmittel zum Anketten mit, wie es im Radio empfohlen worden war. Halstücher waren offensichtlich sehr beliebt, genau wie lange Lametta-Stränge, die jemand vom Heimpersonal im Lagerraum gefunden hatte. Natürlich war Lametta nicht geeignet, jemanden wirkungsvoll zu fesseln, nicht einmal die vielen Kinder, die fröhlich auf dem Rasen spielten, locker an die Handgelenke ihrer Eltern gebunden.

Um das Anketten als solches ging es ja auch gar nicht – dazu hätte auch ein Wollfaden gereicht, der die gleiche optische Wirkung erzielt hätte. Es war vielmehr ein Symbol: *Wir halten zusammen*, besagte es, das galt für jede einzelne Fessel ebenso wie für die bunten Bänder, mit denen ein Kinderwagen festgebunden war, und bis hin zu Old Dons altmodischer Krawattensammlung.

„Kann mal jemand dafür sorgen, dass der Krach von diesem Eiswagen aufhört?", brüllte der Kameramann, und der weißhaarige italienische Eisverkäufer rannte über den Rasen, um die Musik abzustellen. Er hatte im Radio von der Protestaktion gehört und war vor etwa einer Stunde erschienen, um kostenlos Eis an die Kinder zu verteilen. Das hätte beinahe erneut schwarze Streifen auf Honeys Wangen verursacht, aber es war keine Wimperntusche zum Verschmieren mehr übrig.

„Noch eine Minute", rief der Kameramann, und alle stellten sich in Positur.

Troy eröffnete die Sendung mit einer erklärenden Einführung über die Aktion, dann wandte er sich mit dem Mikrofon in der Hand seiner Interviewpartnerin zu. „Nun, Miss Jones, haben Sie damit gerechnet, dass die Aktion so großen Zulauf bekommen würde?"

Honey lächelte. „Wir hatten das natürlich gehofft, aber nein, ich hätte nie gedacht, dass so viele Menschen hier zusammenkommen, um uns zu unterstützen. Wir sind über alle Maßen dankbar dafür und hoffen, dass dadurch die Eigentümer des Heims zum Nachdenken gebracht werden. Mehr als dreißig Menschen wohnen in diesem Heim, und die Idee, dass sie womöglich ausziehen müssen, hat die meisten in Angst und Schrecken versetzt."

Troy nickte ernst. „Und Ihre Stelle ist vermutlich auch gefährdet?"

„Meine und die aller anderen, die hier ebenfalls arbeiten", bestätigte Honey. „Das Personal besteht aus mehr als fünfzig Angestellten, das sind viele Arbeitsplätze, die verloren gehen. Aber ganz ehrlich, hier geht es in erster Linie um die Bewohner, nicht um das Personal. Wir jungen Leute können neue Arbeitsplätze finden, aber möchten Sie mit neunzig ohne ein Dach über dem Kopf dastehen? Oder würden Sie so etwas Ihren Eltern oder Großeltern wünschen?" Honey spürte, dass sie langsam warmlief, ihre ganze Frustration entlud sich nun in diesem für alle so wichtigen Augenblick. „In diesem Heim wohnen lauter erstaunliche Menschen. Kriegsveteranen. Frauen, die ihre Kinder im Krieg allein großgezogen haben. Eine Generation, die schon mehr Härten erduldet hat, als die meisten von uns das je erleben werden. Wie kann es richtig sein, sie auf die Straße zu werfen wie eine Zeitung von gestern oder sie über das ganze Land verteilt irgendwo unterzubringen wie ein Rudel streunender Hunde?"

Troys Miene verriet ihr, dass sie ihm schon viel mehr geliefert hatte als erhofft, trotzdem konnte sie einfach nicht aufhören zu sprechen, und, schlimmer noch, sie hatte schon wieder Tränen in den Augen.

„Diese Menschen …", sie sah zu Lucille und Mimi hinüber, „… diese Menschen haben sich für uns eingesetzt, wenn wir sie gebraucht haben. Heute setzen wir uns für sie ein." Eine Träne lief über ihre Wange, und Honey wischte sie mit dem Handrücken fort. „Wir erheben uns für sie, und wir bitten alle da draußen, die das jetzt sehen, sich mit uns zu erheben. Erhebt euch in euren Wohnzimmern, auf Twitter, auf Facebook, ja, sogar in diesem Moment in eurer Stammkneipe!"

Troy machte ein erschrockenes Gesicht, und der Kameramann zog mit der Handkante einen Strich über seine Kehle. Honey konnte das verstehen, aber ihr war es völlig gleichgültig, ob sie sich zum Narren gemacht hatte. Sie stand steif neben den anderen, als Troy zurück ins Studio schaltete, der Kameramann die Hand hob und das Licht der Kamera löschte.

Erst jetzt wurde Honey bewusst, dass die Demonstranten ganz still geworden waren, um ihr zuzuhören. Als sie sich ihnen nun zuwandte, setzte der Beifall ein, erst verhalten, doch dann immer lauter. Schließlich brandete donnernder Applaus auf. Troy Masters schüttelte ihr begeistert die Hand; Billy ergriff ihren anderen Arm, den er in die Höhe zog, als wäre die Rednerin die Siegerin eines Boxkampfes. Der Lärm um sie herum war ohrenbetäubend, und Honey ertappte sich dabei, dass sie halb lachte und halb weinte. Noch hatten sie nicht gewonnen. Aber vielleicht, ja, vielleicht waren sie dem Sieg gerade einen Schritt näher gekommen.

Im Speisesaal hatte Skinny Steve den Fernseher eingeschaltet, um die Sendung mitzuverfolgen, und er saß neben Hal an einem Tisch, als Honeys Bild auf dem Monitor erschien.

„Sie sieht umwerfend aus, nur damit du's weißt", murmelte Steve.

„Sie klingt nervös", stellte Hal fest, als sie zu sprechen anfing.

Schweigend hörten sie zu, wie ihre Rede immer schneller und leidenschaftlicher wurde; sie hörten auch, wie die Menge draußen zu applaudieren begann, bevor Steve den Fernseher wieder ausschaltete.

Hal schüttelte lachend den Kopf. Honeysuckle Jones, die Drachentöterin, eine Svengali der Massen. Er erhob sich, schob den Stuhl zurück und stand auf. „Ich glaube, wir werden noch eine zusätzliche Hilfe in der Küche benötigen, Steve."

Ungefähr einen Kilometer entfernt verfolgten die Sonntagnachmittagszecher im *Cock Inn* Honeys leidenschaftlichen Appell live im Fernsehen, und wie ein Mann standen alle auf und erhoben die Gläser.

34. KAPITEL

Um drei am Nachmittag gab Nell es auf, die Neuankömmlinge zählen oder ihnen Plätze zuweisen zu wollen. Der Bürgersteig war voller Leute, der Rasen auch, und selbst auf der Straße saßen sie dicht an dicht auf dem Asphalt. Fremde schlossen sich fröhlich der Menschenkette an und benutzten dazu, was immer ihnen in die Hände fiel. Honey hatte sogar ein paar kleine Mädchen gesehen, die Old Dons Rollstuhl nach dem Fernsehauftritt wieder an den Zaun banden – mit Kränzen aus Gänseblümchen.

Tash zwinkerte ihr zu, während sie unaufhörlich Handyfotos schoss, damit alle sich die Bilder dieses Tages hinterher noch einmal ansehen konnten, wenn alles vorbei sein würde. Sie war bei Weitem nicht die einzige Fotografin. Die Presse beschäftigte sich jetzt ernsthaft mit der Aktion, nachdem das Fernsehen darüber berichtet hatte; die Redakteure fotografierten und interviewten so viele Demonstranten wie möglich. In regelmäßigen Abständen brachte der lokale Radiosender Countrymusik eigens für Robin und seine Bewährungsjungs, die damit die Menge zum Tanzen brachten und bei Laune hielten. Dummerweise war Christopher gleich hinter ihnen angekettet und wurde so zu seinem Leidwesen immer wieder gezwungen, wenigstens mit den Füßen und dem freien Arm „mitzutanzen“; er wirkte dabei eher wie eine wütende Marionette.

Auch das Küchenpersonal hielt sich tapfer und orderte neue Vorräte bei einem Supermarkt in der Nähe, die innerhalb von einer halben Stunde prompt geliefert wurden. Dort hatte man nämlich schnell erkannt, dass es eine großartige und noch dazu kostenlose Werbung für sie sein würde, wenn ihre Lieferwagen bei der Aktion eintrafen. Sie verteilten sogar Werbegeschenke, Süßigkeiten und Gebäck, was dem Ganzen eine „Sonntagspicknick“-Atmosphäre verlieh, obwohl es draußen gar nicht so besonders warm war. Alles verlief heiter und friedlich, und weil der Fernsehsender den Bericht in regelmäßigen Abständen wiederholte, kamen immer mehr Menschen dazu.

„Ich fürchte, wir müssen bald anfangen, eintreffende Leute wieder heimzuschicken“, zeigte Nell sich besorgt.

„Auf gar keinen Fall“, widersprach Tash. „Wenn diese Straße hier voll ist, gehen wir einfach um die Ecke und füllen die nächste.“

Honey schüttelte den Kopf. „Ich kann nicht fassen, was aus unserer Aktion geworden ist. Was für eine Menschenmenge!“

„Verdammt gewaltig“, pflichtete Tash ihr bei und nickte. „*Und* wir haben Troy Masters kennengelernt.“

Sie sahen auf, als jemand sich einen Weg durch die Menge bahnte. „Nell?“

Nells Gesicht leuchtete auf, als sie ihren Mann sah. „Simon, du hast es doch geschafft! Ich wusste es!“

Honey war überrascht, als Simon seine Liebste in die Arme zog und so ausführlich küsste, bis sie ihn lachend von sich wegschob.

Tash räusperte sich hinter ihnen. „Sucht euch gefälligst ein Zimmer, Kinder.“

„Simon, wir haben keine Handschellen mehr.“ Honey lächelte ihn warm an und küsste ihn leicht auf die Wange.

Er tauschte einen Blick mit Nell, fasste in seine Tasche und zog ein Paar silberne Handschellen heraus. „Macht nichts, ich bin gut gerüstet“, erwidert er und errötete tatsächlich ein wenig.

In all den Jahren, die sie Nells Ehemann nun schon kannte, hätte Honey ihn nie als Schelm bezeichnet, doch wie er sich jetzt mit jungenhafter Verlegenheit von seiner Frau in Handschellen wegführen ließ, passte dieses Bezeichnung am allerbesten. Sie fragte sich unwillkürlich, wie es sich wohl anfühlen mochte, mit jemandem zusammen zu sein, der einen so instinktiv verstand wie Simon seine Nell; mit jemandem, der stolz auf die Stärken seiner Partnerin war und sie ermutigte, über sich selbst hinauszuwachsen.

Tash war weitergegangen und unterhielt sich mit jemandem, daher schob Honey sich durch die Menge, bis sie bei Mimi und Lucille angekommen war. Dankbar ließ sie sich auf Billys leeren Stuhl zwischen den beiden fallen und sah zwischen den noch immer perfekt geschminkten Schwestern hin und her.

„Wie schafft ihr es bloß, blühend wie Rosen auszusehen, während ich aussehe, als hätte ich einen Marathonlauf hinter mir?“, grollte sie, löste ihr Haargummi und band sich den Pferdeschwanz neu.

„Weil wir nur einfach hier gesessen haben, während du die ganze harte Arbeit hattest, Liebes.“ Lucille tätschelte Honeys Knie.

„So mancher würde das auch *stinkfaul* nennen.“ Honey musste lachen. „Wie geht es deinem Knöchel, Mimi?“

Mimi machte eine wegwerfende Handbewegung. „Mit einundzwanzig habe ich tagsüber Felder gepflügt und bin trotzdem abends noch mit den GIs tanzen gegangen. Meinem Knöchel geht es wunderbar, vielen Dank.“

„Sie hat Nikki vorhin um eine weitere Schmerztablette gebeten, das habe ich mitbekommen“, ergänzte Lucille, und Mimi warf ihr einen vernichtenden Blick zu. Seit dem Unfall mit Mimis Knöchel hatte eine leichte Machtverschiebung zwischen den beiden Schwestern stattgefunden; das Verhältnis war ausgewogener, und das stand Lucille gut.

Honey sah sich um. „Wo ist Billy denn nun schon wieder?“

„Der alte Schwerenöter“, murrte Mimi. „Gib ihm ein Publikum, und der Mann muss den Clown spielen. Den ganzen Tag war er mal hier, mal da – überall.“

Honey lockerte ihre Schultern und streckte die Beine aus. Jetzt, wo sie sich endlich eine kurze Verschnaufpause gönnte, merkte sie plötzlich, wie weh ihr die Füße taten. Sie verzieh es Billy nur zu gern, dass er seinen Posten verlassen hatte, denn dadurch konnte sie sich fünf Minuten zwischen den beiden liebsten Personen ausruhen, für die sie das alles in erster Linie tat.

Als sie die Straße hinaufsah, erblickte sie eine dunkelhaarige

Frau, die einen Rollstuhl in ihre Richtung schob. Die Frau erkannte Honey, fing an zu strahlen und winkte ihr zu. Honey spürte, wie Lucille neben ihr den Atem anhielt und sie beim Handgelenk packte.

„Ich weiß." Honey lächelte und winkte zurück. „Ich habe sie schon gesehen."

„Wen?" Mimi beugte sich vor und spähte an ihnen vorbei.

Aus der Entfernung hätte es Mimi sein können, die da im Rollstuhl saß; die Ähnlichkeit war überwältigend. Honey nahm Mimis Hand; ihr entging nicht, dass sie leicht zu zittern angefangen hatte. Lucille hielt immer noch das andere Handgelenk der Schwester umklammert, und so saßen die drei schweigend da, bis die beiden Besucher vor ihnen stehen blieben.

„Nun, es lässt sich wohl nicht leugnen, wessen Bruder du bist, nicht wahr?", stellte Mimi rau fest.

„Ernie!" Lucille sprang auf und küsste ihn auf die Wange.

„Ich habe euch beiden in den Nachrichten gesehen und musste einfach herkommen", sagte er und drückte Lucilles Hand ganz fest. „Ihr Mädchen seid so tapfer, da fand ich, ich sollte es auch sein." Er sah unsicher zu Mimi. „Ist das in Ordnung für dich?"

Honey stand auf und nahm ihren Stuhl zwischen Mimi und Lucille weg.

Mimi seufzte. „Parke am besten hier ein." Sie deutete auf den frei gewordenen Platz und sah dann die Jüngste unter ihnen an. „Honey, holst du Ernie eine schöne Tasse Tee?"

Billy spielte nicht den Clown und unterhielt auch kein Publikum. Mit hochgekrempelten Ärmeln und umgebundener Schürze arbeitete er fieberhaft neben Hal und Skinny Steve und machte sich wieder mit seinen eingerosteten, einst in Armeeküchen erworbenen Fähigkeiten vertraut. Irgendetwas an dem neuen Küchenchef faszinierte ihn. Vielleicht weil der ihn bisweilen an seinen Bruder erinnerte, den er so vermisste. Vielleicht weil Billy Hals große Melancholie spürte und instinktiv nachvollziehen konnte. Vielleicht war es reiner Egoismus, weil Billy es ab und zu einfach brauchte, die Rolle des Spaßvogels mal für eine Weile abzulegen. Vielleicht wollte er Hal aber auch als möglichen Verehrer von Honey in Augenschein nehmen, denn es stand der Kleinen unübersehbar ins Gesicht geschrieben, dass sie vom Scheitel bis zur Sohle in ihn verliebt war.

Vielleicht war es eine Mischung aus allem, die Billy in die Küche geführt hatte, aber was immer es auch sein mochte, Hal war dankbar für seine Hilfe und seine Gesellschaft.

Bis um halb vier war ein weiterer Fernsehsender vor Ort gewesen und wieder abgezogen. Die Protestaktion hatte es nicht nur in die Lokalsender geschafft, landesweit wurde darüber in den Nachrichten berichtet. Es war genau die Art von Geschichte, die jeden in ihren Bann schlug, und Honeys leidenschaftliche Rede hatte einen wahren Ansturm auf Twitter ausgelöst; #erhebteuchmituns war im ganzen Land *das* Thema. Ohne Make-up vor die Kameras zu treten hatte sich als unbeabsichtigter Geniestreich entpuppt; Honey war zum tränenüberströmten Vorzeigemädchen geworden, das jeder beschützen und unterstützen wollte.

„Fünfhundert Teelichter", verkündete Nell und ließ die Plastiktasche auf den Boden plumpsen. Es würde bald dunkel werden, und niemand machte Anstalten, nach Hause zu gehen, also hatten sie beschlossen, gegen jede Gesundheits- und Sicherheitsvorschrift zu verstoßen und Teelichter zu verteilen.

„Kerzen verschaffen Atmosphäre", hatte Tash vernünftig erklärt. „Sie machen die Leute sentimental. Stell dir vor, wie das im Fernsehen herüberkommen wird, Honey; wie eine dieser Spendengalas, die die Leute dazu bringt, sofort zum Hörer zu greifen und Geld zu spenden, das sie gar nicht übrig haben."

„Habt ihr schon etwas von den Eigentümern des Heims gehört?", fragte Simon, den Arm um Nell gelegt.

Nell schüttelte den Kopf. „Im Fernsehen hieß es nur, sie hätten eine Stellungnahme verweigert. Nun, damit stehen sie ziemlich allein da." Sie sah schmunzelnd von ihrem Handy auf. „Unseren Hashtag haben dank Phillip Schofields letztem Eintrag jetzt über drei Millionen Follower gesehen!“

„Ach, ich liebe diesen Phillip!“, rief Lucille und tastete hastig nach ihrer Frisur, als würde der berühmte Moderator jeden Moment auf der Bildfläche erscheinen. „Was ist ein Hashtag?“

„Oh mein Gott, sieh nur!“ Tash zeigte Honey auf ihrem Handy das unter *#erhebteuchmituns* gepostete Foto von einer beliebten Schauspielerin und Moderatorin, die filigrane silberne Handschellen trug. „Wenn das nicht der Durchbruch ist, weiß ich es auch nicht.“

Skinny Steve hätte nie im Leben geahnt, dass jemand ausgerechnet ihn interviewen wollte, deshalb geriet er auch ins Stottern, weil eine Reporterin von der überregionalen Presse ihm auflauerte, als er gerade leere Kaffeekannen in die Küche zurückbringen wollte.

„Sie leisten hier heute ganz fantastische Arbeit, Glückwunsch!“, säuselte die hübsche Reporterin.

„Vielen Dank“, stammelte Steve. „Aber das ist nicht allein mein Verdienst. Wenn Hal mir nicht gesagt hätte, was ich tun muss, hätte ich nicht einmal gewusst, womit ich anfangen soll.“

Die Frau lächelte gewinnend, und Steve gefiel die Art, wie ihre freundlichen blauen Augen funkelten. „Hal?“, wiederholte sie.

Steve nickte. „Er ist unglaublich. Ich kann es gar nicht glauben, dass mir so eine Berühmtheit wie er das Kochen beibringt.“

Die Reporterin neigte den Kopf zur Seite. „Glauben Sie, wir könnten auch mit ihm reden?“

Steve runzelte die Stirn und merkte, dass er womöglich schon zu viel gesagt hatte. „Nein, wohl kaum. Hal möchte nicht, dass jemand von seiner Anwesenheit hier erfährt.“ Er biss sich auf die Unterlippe. „Sie werden es doch keinem verraten, nicht wahr?“

Die Reporterin legte die Finger mit den rosa lackierten Fingernägeln auf ihre Brust. „Hand aufs Herz.“ Sie fasste in ihre Bluse, zog eine Visitenkarte aus ihrem BH und steckte sie in

Steves Schürzentasche. „Falls Ihnen noch etwas einfällt, was Sie mir erzählen wollen“, sagte sie und stöckelte auf hohen Absätzen davon.

Steve atmete erleichtert auf und lief los, um noch mehr Kaffee zu holen.

Als es um kurz vor sechs allmählich dunkel wurde, verwandelten die Teelichter den Bürgersteig in einen flackernden Lichterteppich, und Honey kehrte zu ihrem Lieblingsplatz zwischen Mimi und Lucille zurück.

„Ernie ist also schon wieder weg?“

Lucille nickte und lächelte. „Er ist ungefähr zehn Minuten geblieben, aber dann war er ziemlich erschöpft. Er hat uns jedoch versprochen, uns bald wieder zu besuchen.“

Mimis Gesichtsausdruck war unergründlich, deshalb beschloss Honey, sie in dieser Angelegenheit lieber nicht zu bedrängen. „Immer noch keine Spur von Billy?“

„Er ist vor einer Weile mit einem Tablett voller Würstchen im Schlafrock aufgetaucht“, berichtete Lucille. „Wirklich merkwürdig.“

„An diesem Mann überrascht mich gar nichts“, sagte Mimi. „Er ist völlig unberechenbar.“

Honey lachte leise. „Das ist er in der Tat.“

„Wie geht es deinem gut aussehenden Freund in der Küche?“, erkundigte Lucille sich und sah sie scharf an.

Honey bemühte sich um einen gleichgültigen Gesichtsausdruck. „Jeder hat etwas zu essen bekommen, also vermute ich mal, dass es ihm gut geht.“

„Hast du zwischendurch nicht einmal nach ihm gesehen?“, fragte Mimi streng, und Honey hatte plötzlich das Gefühl, bei einem „Guter Bulle, schlechter Bulle“-Verhör gelandet zu sein. „Heute Nachmittag nicht, nein. Ich war hier draußen zu beschäftigt und hatte keine Zeit.“

„Jetzt hast du aber Zeit“, bemerkte Lucille vernünftig. „Nimm dir die fünf Minuten.“

Honey zupfte an einem Fussel auf ihrem Ärmel. „Vielleicht später."

„Das habe ich früher auch immer gesagt", wandte Mimi ein. „Und dann bist du auf einmal alt, es gibt kein Später mehr, und du wünschst dir, du hättest es früher getan."

„Als es um das Treffen mit Ernie ging, hast du das aber nicht gesagt", meinte Lucille verletzt.

Mimi warf ihr einen bösen Blick zu, wie wenn die Schwester sich nicht ans Drehbuch hielt, und überhörte die Spitze. „Ich lasse Honey nur an meiner Altersweisheit teilhaben. Wenn etwas ausgesprochen werden muss, sollte man sich nicht von seinem Stolz davon abhalten lassen."

Lucille nickte und legte die Hand auf Honeys Arm. „Sie hat recht, Liebes. Wir glauben beide, dass du dich in ihn verliebt hast. Du solltest es ihm sagen."

Honey legte den Kopf in den Nacken und betrachtete die Sterne. „So einfach ist das nicht." Sie gab sich gar nicht die Mühe, es abzustreiten. Mimi und Lucille kannten sie in- und auswendig, und außerdem war es eine Erleichterung, einmal darüber reden zu können.

„Die Situation ist immer nur so schwierig, wie du sie machst", befand Lucille sanft.

Honey seufzte schwer. „Nicht *ich* habe Schwierigkeiten, Lucille, sondern er. Er muss ein paar Entscheidungen treffen, und ich kann nur abwarten, in welche Richtung das Pendel ausschlägt."

„Ich finde, das hört sich nicht besonders fair an", meinte Mimi. „Gib keinem Mann die ganze Macht über dich, Honeysuckle. Sie wissen nicht, was sie damit anfangen sollen, und dann ist das Feuer aus, bevor es überhaupt richtig gelodert hat."

„Seine Exverlobte will, dass er zu ihr nach London zurückkehrt. Sie hat ihm einen Brief geschrieben, in dem sie ihn bittet, sein früheres Leben wieder aufzunehmen." Honey verschränkte die Arme vor der Brust und sah weiterhin unverwandt zum Himmel. „Sie wollten eigentlich nächsten Sommer heiraten."

Mimi und Lucille schwiegen, während sie diese Neuigkeit verarbeiteten. „Die Menschen ändern sich“, meinte Lucille schließlich. „Manchmal ist es nicht möglich zurückzugehen.“

„Geh sofort in die Küche und sag ihm, er soll sich für dich entscheiden!“, forderte Mimi sie plötzlich temperamentvoll auf. „Oder soll ich das für dich übernehmen?“

Honey lachte leise und drückte Mimis Arm. Sie war sich ziemlich sicher – so temperamentvoll Hal auch sein konnte, gegen Mimis Temperament hätte er keine Chance. „Ich glaube, diese Schlacht muss ich allein schlagen“, erwiderte sie. Sie wusste, Mimi und Lucille hatten die Wahrheit gesagt, jede auf ihre Art. Sie musste sich einen Ruck geben und Hal ehrlich gestehen, was sie für ihn empfand, ehe er seine Entscheidung traf, denn sonst bekam sie vielleicht nie mehr die Gelegenheit dazu. Es würde ihr leichter fallen, sich mit seiner Zurückweisung abzufinden, als ihr restliches Leben darüber nachzugrübeln, was gewesen wäre, wenn … „Ich werde es ihm sagen. Sobald wir diesen Tag hinter uns haben, sage ich es ihm.“

Skinny Steve hatte Berge von noch warmen Würstchen im Schlafrock auf sein Tablett gestapelt und wollte sich wieder auf den Weg nach draußen machen.

„Pass auf, dass dir nicht wieder die Paparazzi auflauern, mein Junge“, warnte Billy.

Hal schmunzelte. „Wirst du da draußen auch langsam zur Berühmtheit, Steve?“

„Das ist nicht komisch“, brummte Steve. „Ich hätte vorhin beinahe auffliegen lassen, dass du inkognito hier bist.“

Hal hielt inne, ein Schauer der Angst überlief ihn. „Aber nur *beinahe*, oder?“

„Ja, ich redete nur von Hal, dann fiel mir wieder ein, dass ich nichts verraten sollte, und nannte ihr nicht deinen vollständigen Namen.“ Steve stellte das Tablett wieder ab und suchte in seiner Schürzentasche nach der Visitenkarte der Reporterin. „*Alicia Caughton-Black*“, las er vor. „Was ist denn das für ein Name?“, meinte er lachend, dann nahm er sein Tablett und verschwand kopfschüttelnd.

„Verdammt." Hal rieb sich über das Gesicht. Er wusste genau, was das für ein Name war, denn er war Alicia Caughton-Black bereits mehrfach begegnet. Als Reporterin, die sich gern in Promikreisen bewegte, hatte sie schon öfter in seinem Restaurant gegessen; er erinnerte sich gut an sie, weil sie jedes Mal von Neuem betont hatte, Veganerin zu sein, und darauf bestanden hatte, dass er sie persönlich bei der Zusammenstellung ihres Menüs beraten sollte. Er hatte damals gewusst, dass sie eher Klatschgeschichten erfahren wollte als Einzelheiten über das Essen, aber er hatte dem wenig Beachtung geschenkt; er wusste, gar keine Werbung wäre schlechte Werbung für das Restaurant. In ihren Löwenkrallen wäre Skinny Steve hilflos wie Bambi gewesen, er hätte nicht die geringste Chance gehabt, sie auszutricksen.

„Was ist los, mein Sohn?"

Billy.

„Ich muss hier weg, Billy." Hal merkte selbst, dass seine Stimme nicht so ruhig klang wie sonst.

„Sie meinen, Sie brauchen frische Luft? Eine Zigarette?"

„Nein, ich meine damit, dass Sie mir ein Taxi rufen und niemandem etwas davon verraten sollen."

„Sie können jetzt nicht gehen. Wir brauchen Sie!"

Hal war außer sich vor Wut und trat gegen den Sockel der Arbeitsfläche. „Warum jetzt? Warum ausgerechnet jetzt, verdammt noch mal?"

„Sagen Sie mir, was los ist. Vielleicht kann ich Ihnen helfen."

Hal schüttelte den Kopf. „Das Einzige, was Sie im Moment für mich tun können, ist, mir ein Taxi zu rufen. Ich werde Ihnen genau sagen, was Sie und Steve tun müssen, damit hier alles reibungslos weitergeht, aber ich kann nicht hierbleiben. Es tut mir leid, aber ich kann einfach nicht."

35. KAPITEL

Zur selben Zeit saßen Honey, Tash und Nell nebeneinander auf dem Rasen; sie waren satt von Hals köstlichem Essen und genossen nun den Gesang der vielen Leute. Lucille und Old Don hatten wieder ihre Rollen als Chorleiter übernommen und als erstes Lied *Morning Has Broken* angestimmt. Langsam und textsicher waren ihnen die Demonstranten gefolgt. Heimbewohner, Familien und Freunde sangen oder summten mit, ihre Gesichter leuchteten im Schein der vielen Teelichte. Die Bewährungsjungs machten dann weiter mit einer zu Herzen gehenden Version von *You'll Never Walk Alone*; sie waren zwar kein walisischer Chor, aber sie brachten die Menge dazu, den Refrain inbrünstig mitzusingen.

Es war eine Szene, die sich für immer in Honeys Herz einbrannte – und sie war pures Gold für die Fernsehsender. Troy Martens war mit seinem Kameramann noch einmal zurückgekommen, und sie hatten gefilmt, wie die Aktion immer größere Dimensionen annahm.

„Ich finde immer noch, du solltest ihn dir angeln, Honey", sagte Tash, ohne den Blick von Troys knackiger Kehrseite abzuwenden. „Du bist ja jetzt praktisch auch eine Berühmtheit. Ihr könntet eins dieser niedlichen Fernsehpärchen sein, so wie die vom Frühstücksfernsehen."

„Halt die Klappe." Honey stieß Tash den Ellenbogen in die Rippen.

„Ich glaube, sie braucht gar nicht mehr von uns verkuppelt zu werden", meinte Nell. „Nicht wahr, Süße?"

Honey hatte geahnt, dass die Freundinnen viel zu scharfsinnig waren, um nicht zu bemerken, was sich vor deren Nasen abspielte.

„Sag jetzt nichts", bat Tash plötzlich. „Ich weiß, du glaubst, du liebst ihn, aber das geht vorbei."

Honey drehte sich zu ihr um. „Es ist noch gar nicht so lange her, da hast du mir geraten, ihn zu verführen."

„Sehr richtig, ihn zu verführen. Richtig tollen Sex mit ihm zu haben. Aber ich habe dir nie gesagt, du sollst dich in ihn verlieben, richtig?"

„Wir können uns nicht aussuchen, in wen wir uns verlieben, Tash", schalt Nell.

„Quatsch. Der Mann bringt nur Scherereien. Er hat ihr schon das Herz gebrochen, bevor er überhaupt weiß, dass sie ihn liebt."

Die drei verfielen in Schweigen.

„Ich glaube nicht, dass er das absichtlich getan hat", sagte Honey nach einer Weile mit dünner Stimme. Tash lehnte sich an ihre eine Schulter, Nell legte den Kopf auf die andere, und so saßen sie eine ganze Weile stumm da. Honey spürte, wie ihr Atem wieder gleichmäßiger ging und ihr Herzklopfen sich beruhigte. Was immer auch geschehen mochte, sie musste es wenigstens nicht allein durchstehen.

„Nell! Bring Honey her, rasch!", rief Simon ein paar Minuten später. „Troy Masters braucht sie sofort vor der Kamera!"

Simon neigte nicht zur Dramatik, deshalb bewirkte sein Tonfall, dass die drei aufstanden und über den Rasen zu dem Moderator eilten.

Troy winkte Honey an seine Seite, schaltete sein professionelles Lächeln ein und sprach in die Kamera. „Vielen Dank, Sarah", antwortete er der Moderatorin im Nachrichtenstudio. „Ja, wir melden uns erneut aus Greyacres mit einer Eilmeldung. Neben mir steht wieder Honeysuckle Jones, die Anführerin der Protestaktion."

Honey lächelte verwirrt. Eine Eilmeldung? Sie sah zu Nell und Tash hinüber, die neben dem Kameramann standen, und beide machten ahnungslose Gesichter; sie waren offensichtlich auch nicht klüger.

Troy sah auf seinen Tablet-PC und dann wieder in die Kamera. „Diese Aktion hat heute wirklich große öffentliche Aufmerksamkeit erregt, aber nirgends so sehr wie auf dem Online-Nachrichtendienst Twitter", begann er. „Der Hashtag #erhebteuchmituns war den ganzen Nachmittag *das* Thema, und in den letzten zehn Minuten ist etwas noch nie Dagewesenes passiert – eine Art Prominenten-Auktion hat begonnen." Er lächelte wieder sein perfektes Kameralächeln. „Wie es aussieht, konkurrieren mindestens drei Stars darum, das Heim für die Bewohner zu kaufen, Honeysuckle." Er hielt ihr das Mikrofon hin.

„Wirklich?", brachte sie nur mühsam hervor; die Neuigkeit hatte ihr die Sprache verschlagen, und ihre Augen füllten sich schon wieder mit Tränen.

Troy war dieses Mal vorbereitet und reichte ihr schmunzelnd ein Taschentuch. „Mick Jagger hat das Angebot als Erster gemacht, danach warf Jamie Oliver seinen Hut in den Ring."

„Seine schicke weiße Kochmütze", flüsterte Honey staunend, was ihr einen warnenden Blick vom Kameramann eintrug.

Sie sah, wie Tash sich zu Nell beugte. „Ich lache mich verdammt noch mal tot, wenn der Dritte Michael Bublé ist", flüsterte die Freundin viel zu laut.

Der Kameramann riss ruckartig den Kopf herum. Tash hatte soeben live in den Wohnzimmern von Tausenden von Zuschauern im ganzen Land geflucht.

Troy hustete, um das Ganze bestmöglich zu überspielen, und gab hastig zurück zu Sarah ins Studio, während Tash und Nell die Arme um eine völlig benommene Honey schlangen und anfingen, ausgelassen mit ihr im Kreis zu tanzen.

„Du lieber Herr Gesangsverein", hauchte Honey, als Tash ihr Handy herausholte und Twitter aufrief.

„Sieh dir doch nur die Liste von Leuten an, die jetzt gerade etwas posten!" Mit dem Finger scrollte Tash die Liste durch. #erhebteuchmituns stand natürlich an erster Stelle, dicht gefolgt von #tollvondirmick und #jamierettetdentag.

Honey starrte auf das Display und konnte es kaum glauben. Sie hatten es geschafft. Sie hatten es tatsächlich geschafft! Ihr tat bereits das Gesicht weh vom vielen Lächeln, doch dann verflog dieses Lächeln plötzlich schlagartig. Sie deutete auf das Display und hob dann langsam den Kopf. „Warum steht da #benedicthallam, Tash?"

Honey rannte. Sie rannte durch die Menge, konnte es kaum erwarten, ins Heim zu gelangen, und wurde doch bei jedem Schritt von Leuten aufgehalten, die ihr gratulieren, die Hand schütteln oder sie umarmen wollten. Es war nicht zu übersehen, dass ein paar von ihnen den Anbruch der Dunkelheit und die vielen Kerzen zum Anlass genommen hatten, Weinflaschen zu öffnen; es lag eindeutig Partystimmung in der Luft. Alle befreiten sich fröhlich von den Handschellen und feierten, doch Honey war absolut nicht in der Laune, sich ihnen anzuschließen. Dankbar öffnete sie die Eingangstür des Heims und atmete auf, als sie hinter ihr wieder zufiel und einen Großteil des Lärms von draußen ausblendete.

Sie musste schleunigst nachdenken. Noch dringender aber musste sie Hal sehen. Keine Ahnung, was sie ihm sagen sollte – ihn warnen, dass er enttarnt worden war? Ihm berichten, dass das Heim gerettet war, oder ihm gestehen, dass sie ihn mehr liebte als irgendwen je zuvor? Eigentlich musste sie ihm *all das* sagen. Ihr Herz klopfte zum Zerspringen, als sie die Küchentür aufstieß und hoffte, dass er allein war.

Billy saß in der Küche, ohne Skinny Steve. Und ohne Hal. Auf der Arbeitsplatte vor ihm standen eine Flasche Whisky und zwei Gläser. Honey wunderte sich gar nicht, dass Billy in der Küche war, entscheidend für sie war nur, dass Hal *nicht* da war.

„Wo ist er?", flüsterte sie.

„Komm und setz dich zu mir, Honey", erwiderte Billy freundlich und klopfte auf den freien Stuhl neben seinem.

Sie blieb wie angewurzelt stehen und presste die Hand auf ihre Brust. „Wo ist er?"

Billy seufzte. Er wirkte bedrückt, von dem sonstigen Funkeln war nichts zu sehen. „Er ist weg, Liebes."

„Weg? Wie kann er weg sein?", rief sie. „Er geht *mit mir* nach Hause! Wir gehen zusammen nach Hause!"

„Dieses Mal nicht", erklärte ihr Gegenüber so taktvoll wie möglich. „Er hat mich vor ungefähr einer Stunde gebeten, ihm ein Taxi zu rufen."

„Ein Taxi? Du hast ihm ein Taxi gerufen?“ Vor lauter Panik wurde ihre Stimme ganz schrill. „Um Gottes willen, das macht er nicht! Er kann nicht … er hat nicht …“ Sie verstummte atemlos.

„Doch, das kann er“, erwiderte Billy ruhig. „Er ist kein Kind mehr, Honey, er ist ein erwachsener Mann, also lass ihn auch einer sein.“

Sie lehnte sich matt an den Türrahmen. „Hat er gesagt, wohin er wollte?“

Der alte Mann sah zu Boden und schüttelte traurig den Kopf. „Ihm ist eine Menge durch den Kopf gegangen, weißt du.“

Honey wischte sich mit dem Handrücken über die Wange. „Ja, das weiß ich. Welchen Eindruck hat er gemacht?“

Billy antwortete nicht gleich. „Nun, er wirkte ein wenig, nun ja … so, als ob er etwas Abstand brauchte, vielleicht?“

„Wovon?“, fragte sie verblüfft. „Von mir?“

In dem Moment, so dachte Billy, wirkte sie wie ein verlassenes Kind; ein einsames kleines Mädchen, dem man plötzlich den Menschen genommen hatte, den es am meisten liebte. Es brach ihm fast das Herz, dass ihr Tag so enden sollte.

Es war schon weit nach Mitternacht, als die letzten Demonstranten, die zum Partyvolk geworden waren, zusammenpackten und nach Hause gingen. Honey setzte sich in das kühle Gras und schlang die Arme um die angezogenen Knie. Die Leute waren so nett gewesen, ihre Abfälle mitzunehmen, nur ein paar vereinzelte Lamettafäden glitzerten im Mondschein. Als sie mit der Hand über das Gras strich, fand sie einen weggeworfenen handgroßen Gänseblümchenkranz; die Blüten hatten sich geschlossen und vergilbten bereits. Honey hob ihn auf, ließ sich von Tash beim Aufstehen helfen und steckte den Kranz vorsichtig in die Tasche.

„Klopf dir den Schmutz von der Hose, Supergirl“, sagte die Freundin, ohne Honeys Hand loszulassen. „Komm, ich bring dich nach Hause.“

36. KAPITEL

Jemand schlug ihr auf den Kopf. So musste es sein, denn es war erbärmlich laut, und es tat weh. Honey setzte sich auf dem Sofa auf; sie trug noch immer die Kleidung vom Vortag und war ganz und gar nicht ausgeschlafen. Sobald sie am vergangenen Abend zur Tür hereingekommen war, hatte sie sich aufs Sofa fallen lassen und sich nicht einmal mehr die Mühe gemacht, die Schuhe auszuziehen. Die Tatsache, dass sie jetzt barfuß war und ein Kissen und eine Decke um sich hatte, verriet ihr, dass Tash sich noch um sie gekümmert haben musste, bevor sie gegangen war. Die Welt konnte mehr Menschen wie Tash gebrauchen, es sei denn, sie war diejenige, die jetzt gerade an die Tür hämmerte. Wer auch immer das sein mochte, er war eindeutig respektlos.

„Aufhören, ich komme ja schon!“ Sie stand auf und fuhr sich mit den Fingern durchs Haar, im halbherzigen Versuch, es etwas zu bändigen. Im Grunde war das aber unnötig, denn sie hatte nicht vor, an diesem Tag irgendwohin zu gehen, ausgenommen ihr ging der Wein aus oder das Haus brannte ab. Vielleicht auch nicht am kommenden oder übernächsten Tag. Honey hatte den Laden offiziell geschlossen und die Fensterläden auf unbestimmte Zeit zugeklappt. Sie würde ganz einfach mal eine Weile nicht erreichbar sein. Sie war völlig erschöpft und konnte sich weder darauf verlassen, dass ihre Beine sie trugen, noch darauf, dass ihr Kopf einen Satz zustande bringen konnte, in dem das Wort „Hal“ nicht vorkam.

„Hal!“

Honey runzelte die Stirn. Das Hämmern hatte nicht aufgehört, aber inzwischen war sie einigermaßen wach und begriff, dass da gar nicht an ihre Tür gehämmert wurde, sondern an Hals, und der Stimme nach eindeutig von einer Frau.

„Ich weiß, dass du da bist, Hal! Damien hat mir deine Adresse gegeben.“

Honey schlich durch den Flur, von der ganzen Situation magisch angezogen wie eine Kobra im Weidenkorb von der Flöte ihres Schlangenbeschwörers.

„Komm schon, Hal. Mach die verdammte Tür auf!“

Wer immer das war, sie klang nicht so, als würde sie sich abweisen lassen. Offensichtlich bedachte sie dabei nicht, wie stur Hal sein konnte. Honey öffnete ihre Tür lautlos einen Spalt weit, in der Hoffnung, sich die Besucherin ansehen zu können, bevor die merkte, dass sie da war.

Donnerwetter, was für teure Schuhe! Honey unterdrückte ihren Neid auf diese Pumps und ließ den Blick langsam nach oben wandern, zu den schmalen Hüften in der schmal geschnittenen schwarzen Jeans und zu der weichen Lederjacke, die sich an den zierlichen Körper der Frau schmiegte, als hätte man das Leder einem neugeborenen Kalb abgezogen und direkt an ihre Figur angepasst. Glänzendes, honigblondes, glattes Haar fiel der Fremden bis zu den Schultern und schwang heftig hin und her, als die Frau erneut gegen die Tür hämmerte.

„Um Himmels willen, Hal“, rief sie. „Ich weiß, du kannst mich hören! Wahrscheinlich kann das die halbe Straße inzwischen!“

„Er wird nicht aufmachen“, sagte Honey und überraschte damit nicht nur Hals Besuch, sondern auch sich selbst.

Die Unbekannte fuhr herum, und ein paar Sekunden lang musterten sich die beiden Frauen prüfend. Die Dame war von vorn ebenso aufsehenerregend wie von hinten, alles an ihr schrie förmlich nach Geld. Sie sah aus wie eine Frau, die dafür geschaffen war, Champagner an Deck der Luxusjacht eines Starfußballers zu schlürfen; hier im Flur wirkte sie völlig fehl am Platze.

Sie betrachtete Honey mit kühlen grauen Augen, dann schien ihr etwas zu dämmern. „Sind Sie nicht die aus dem Fernsehen gestern?“

Honey zuckte die Schultern. „Hal wird nicht aufmachen. Das tut er nie.“

„Ihnen vielleicht nicht“, erwiderte die Frau und verschränkte die Arme vor dem kleinen, aber perfekt geformten Busen. „Mir aber ganz sicher. Wahrscheinlich ist er noch im Bett."

„Oder betrunken", murmelte Honey.

Die Augen der Frau wurden schmal. „Haben Sie keinen Wohnungsschlüssel von ihm?", fragte sie. „Für den Notfall?", fügte sie hinzu, um überflüssigerweise zu betonen, dass sie nie im Leben einen anderen Grund in Betracht zöge, warum Honey einen Schlüssel haben sollte.

Honey schüttelte den Kopf. „Haben Sie denn keinen?", konterte sie unfreundlich, denn sie war sich inzwischen sicher, dass das nur Imogen sein konnte. Die Unsicherheit, die flüchtig in Imogens Blick aufflackerte, machte Honey lange kein so schlechtes Gewissen, wie das an einem normaleren Tag der Fall gewesen wäre. „Ich kann ihm gern ausrichten, dass Sie da waren." Honey lehnte sich gegen den Türrahmen und verschränkte ebenfalls die Arme vor der Brust.

„Ich gehe nirgendwohin."

Honey hob nur leicht eine Schulter an und täuschte Gleichgültigkeit vor, obwohl diese Frau gekommen war, um ihr Hal wegzunehmen. Sie sah kurz zu seiner Tür hinüber und fragte sich, was dahinter wohl vorgehen mochte. Wie sie Hal kannte, hatte er sich nach seiner Flucht aus dem Heim in der vergangenen Nacht im Whisky ertränkt. Sie war ausnahmsweise einmal froh, dass seine Tür geschlossen blieb. „Dann machen Sie sich auf ein langes Warten gefasst", säuselte sie und trat einen Schritt zurück, um ihre Wohnungstür zu schließen.

„Warten Sie."

Gegen ihr besseres Wissen schloss Honey die Tür nicht. Sie war müde und gereizt, aber sie brachte es nicht über sich, derart unhöflich zu sein. Sie sah Imogen an und wartete darauf, dass diese weitersprach.

„Ich habe ihm einen Brief geschickt." Die Unsicherheit, die Honey im Blick der Frau wahrgenommen hatte, spiegelte sich jetzt auch in deren Stimme wider. „Wissen Sie, ob er ihn bekommen hat?"

Honey bereute, dass sie nicht in ihre Wohnung zurückgegangen war, denn sie wusste nicht, ob sie die Kraft für ein solches Gespräch hatte. „Ja, das hat er." Sie schluckte.

Die Dame nickte. „Wie geht es ihm?"

Ärger stieg in Honey auf. Sie hatte kein Recht, das zu fragen, nachdem sie sich monatelang nicht darum gekümmert hatte. „Mal besser, mal schlechter. Er ist ziemlich einsam." Sie empfand keinen Triumph angesichts Imogens betroffener Miene, aber sie hatte auch ganz sicher nicht damit gerechnet, dass die andere plötzlich in Tränen ausbrach. „Mist", murmelte sie und zog ein paar zerknitterte Papiertaschentücher aus ihrer Bademanteltasche. „Hier."

Als die im Flur Stehende sich damit die Wangen abtupfte, fiel Honey das Fehlen von zerlaufener Wimperntusche auf, und sie beneidete die Luxuslady insgeheim, sich für eine wasserfeste Variante entschieden zu haben.

„Er sollte nicht hier in diesem Loch hausen", schluchzte Imogen, und Honey verlor schlagartig wieder ihre vorübergehende Sympathie für die Frau. „Wissen Sie, wer er ist? Aber nach gestern haben Sie das bestimmt erfahren."

Honey nickte. „Ich weiß, wer er ist."

Kopfschütteln folgte. „Vor dem Unfall war er ein völlig anderer Mensch", erklärte sie. „Humorvoll. Sexy. *Das* Stadtgespräch. Oh ja, er war schwer im Kommen." Sie zerpflückte das Taschentuch zu kleinen Schnipseln, die wie Konfetti zu Boden fielen.

Honey versuchte, keine weichen Knie zu bekommen, als sie den riesigen glitzernden Stein am linken Ringfinger der Fremden bemerkte. „Sie hätten ihn in der Küche sehen müssen, er war ein Zauberer", schniefte Imogen. „Er war schon immer der coolste Typ der Stadt."

Honey spürte Zorn durch die Finger rinnen wie Sand in einer Eieruhr. „Er ist gestern mit mir Bus gefahren", sagte sie, in Fahrt kommend.

Imogen stieß einen spitzen Schrei aus. „Hal ist mit dem Bus gefahren? Mit einem *Linien*bus?"

Honey nickte. „Und er ist immer noch ein Zauberer in der Küche. Er leitet schon seit einer Weile die Küche im Seniorenheim. Die Bewohner sind ganz verrückt nach seinem Shepherd's Pie."

Entsetzt griff sich Imogen an die Kehle, doch dann erkannte Honey an ihrem vorgereckten Kinn, dass ihre Gegnerin die bewusste Provokation durchschaut hatte. „Ich bin mir sicher, Sie waren alle ganz reizend zu ihm", da war es wieder, das Divenlächeln. „Wir wissen das auch sehr zu schätzen, aber jetzt muss er nach Hause kommen und sein altes Leben wieder aufnehmen."

Honey bezweifelte nicht, dass er das auch tun würde, aber sie wollte dieser Frau nicht die Genugtuung verschaffen, gesiegt zu haben. „Er ist humorvoll, wahrscheinlich der humorvollste Mann, dem ich je begegnet bin", sagte sie ruhig. „Und unglaublich sexy. Und immer noch *das* Stadtgespräch. Nur einfach nicht mehr in Ihrer Stadt."

„Sie haben ihn vorher nicht gekannt", flötete Imogen überlegen.

„Und Sie kennen ihn jetzt nicht."

Sie starrten einander an, die eine tadellos elegant, die andere zerzaust und mit dunklen Rändern unter den Augen.

„Ich liebe ihn. Ich liebe den Mann, der er jetzt ist", sagte Honey. Sie hatte wenig zu verlieren und nichts zu gewinnen, aber sie sprach es trotzdem aus und sah, wie Imogens Züge sich vor Wut verhärteten.

„Er wird mich heiraten."

„Ich weiß."

„Er würde sich niemals, hören Sie, *niemals* in jemanden wie Sie verlieben", spie Imogen förmlich aus, bis zur Weißglut gereizt wegen Honeys Ehrlichkeit.

„Auch das weiß ich."

Imogen schüttelte empört den Kopf. Sie hatte allen Grund, empört zu sein. Der Mann, auf den sie alle ihre Hoffnungen gesetzt hatte, war in einen Abgrund gestürzt und hatte ihre Träume mit sich gerissen. Und jetzt besaß eine unscheinbare Blondine die Frechheit, ihr ein schlechtes Gefühl einzuflößen, nur weil sie, immerhin seine Verlobte, die Beziehung wieder aufleben lassen wollte!

„Ich sage ihm, dass Sie da waren", sagte Honey zum zweiten Mal, und dieses Mal stöckelte Imogen auf ihren schicken hohen Absätzen aus dem Haus, ohne sich noch einmal umzusehen. Sie ließ nur einen Hauch ihres Parfüms im Flur zurück – und bei Honey einen schalen Geschmack im Mund.

Ob Hal sie gehört hatte? Honey ließ sich ein Bad ein, versank im warmen Wasser und wünschte, sie könnte für alle Zeit dort bleiben, für immer in dieser warmen, friedlichen Einsamkeit schwelgen. Das Leben war in letzter Zeit wie eine Achterbahnfahrt gewesen; hier, unter den Schaumblasen kam es endlich zum Stillstand. Keine Protestaktion. Keine Rivalinnen. Keine Blind Dates. Und kein Hal. In Ermangelung einer einsamen Insel würde ihre Badewanne wohl ausreichen müssen.

Während der Morgen in den Nachmittag überging, beantwortete sie Nachrichten von Tash und Nelly, um die zwei davon abzuhalten, bei ihr mit Wein und Schultern zum Ausheulen aufzukreuzen. Seltsamerweise brauchte sie heute keine Schultern. Was sie wirklich brauchte, war, auf eigenen Beinen zu stehen und zu beweisen – in erster Linie sich selbst –, dass sie ihr Leben meistern konnte wie eine erwachsene Frau. Sie war stolz darauf, wie sie mit Imogen umgegangen war, und mehr als stolz auf das Ergebnis der Protestaktion.

Viele Menschen hatten am vergangenen Tag versucht, ihr in Bezug auf Hal Ratschläge zu erteilen, aber tatsächlich hatten im Grunde alle das Gleiche gesagt, nur auf unterschiedliche Weise. *Sag es ihm. Er muss erfahren, dass du ihn liebst, ehe er fortgeht.* Und sie hatten gewusst, was sie da sagten. Oh nein, Honey würde nicht passiv abwarten, bis er einen Entschluss gefasst hatte. Auch sie spielte eine Rolle in diesem Stück, auch wenn es wahrscheinlich nicht die der Hauptdarstellerin war.

Entschlossen öffnete sie ihre Wohnungstür und ging hinüber.

„Hal“, flüsterte sie und klopfte bei ihm an. Es überraschte sie nicht, als er nicht antwortete.

„Hal“, sagte sie etwas lauter. „Es gibt da etwas, das ich dir sagen muss, aber dieses Mal möchte ich das nicht durch deine geschlossene Tür tun.“

Totenstille.

Honeys Gelassenheit geriet ins Wanken. „Mach die gottverdammte Tür auf! Ich meine es ernst.“

Nichts. Sie wartete eine geschlagene Minute und zählte in Gedanken die Sekunden mit, um nicht die Nerven zu verlieren. Also gut, das war es wohl zum Thema Gelassenheit. Allmählich geriet sie in Panik. Selbst in ihrer Anfangszeit hatte er sie kaum dermaßen ignoriert. Er hatte geflucht, sie beschimpft, sogar bisweilen Gegenstände an die Tür geworfen, aber sie hatte wenigstens gewusst, dass mit ihm alles in Ordnung war. Es jetzt auch nach mehreren Versuchen nicht zu wissen, war nicht in Ordnung.

„Bring mich nicht dazu, dass ich die Tür einschlage“, rief Honey laut und erwartete, dass er darüber zu lachen anfing. Als sie sich zum ersten Mal begegnet waren, hatte sie es nicht einmal geschafft, den Feuermelder abzuschalten; die Chance, dass sie seine Tür einschlagen konnte, war gleich null. In Anbetracht der Tatsache, dass ihr das bewusst war, hätte sie eigentlich nicht Anlauf von ihrer eigenen Wohnungstür nehmen und es trotzdem versuchen sollen. Alles, was ihr das einbrachte, waren eine geprellte Schulter, eine immer noch verschlossene Tür und eine immer größer werdende Panik.

„Hal!“, schrie sie und hämmerte mit den Fäusten an seine Tür. Großer Gott, er musste verletzt sein, denn ihr Geschrei hätte selbst Tote wecken können. Sie öffnete die Haustür, trat barfuß auf den Bürgersteig und versuchte, durch sein zur Straße hinausgehendes Fenster zu sehen. Die Fensterläden waren halb geöffnet, sodass sie einen Blick in sein klinisch sauberes Wohnzimmer werfen konnte. Aufatmend lehnte sie sich mit dem Rücken ans Fenster; sie fühlte sich ganz schwach vor Erleichterung, dass er nicht hilflos auf dem Fußboden gelegen hatte. Sie drehte sich um und sah erneut eine Weile in das leere Zimmer. „Komm schon, Hal", flüsterte sie. „Komm völlig verschlafen und mit einem Whisky in der Hand ins Zimmer. Komm herein und mach ein finsteres Gesicht. Nur, bitte, bitte, lass dich blicken."

Die Möglichkeit, dass er im Bad ausgerutscht war und sich den Kopf angeschlagen hatte oder betrunken im Schlaf erstickt war, ließ ihr keine Ruhe. Sollte sie die Polizei rufen, um die Tür aufbrechen zu lassen? Würden die sich überhaupt die Mühe machen, nach einem erwachsenen Mann zu suchen, den man vor weniger als vierundzwanzig Stunden noch lebend gesehen hatte?

Sie ging um das Haus herum und stieß das kaum genutzte Tor zum Hinterhof auf. Noch nie im Leben hatte sie solche Angst gehabt. Der Rollladen seines Schlafzimmers war heruntergezogen und sein Badezimmerfenster aus Milchglas, aber der Knauf seines Hintereingangs ließ sich mühelos mit der Hand drehen. *Bittebittemachdass …*

Nicht abgeschlossen.

„OhmeinGott, ohmeinGott, ohmeinGott", flüsterte sie beim Eintreten; zu Tode verängstigt wie die Heldin in einem Horrorfilm, obwohl es helllichter Tag war und sie auch nicht den in solchen Filmen typischen Fehler beging, irgendwelche Treppen hinaufzulaufen. Sie warf rasche Blicke ins Wohnzimmer und in die Küche, die bestätigten, was sie bereits wusste: Hier war er nicht. Honey drehte sich im Flur um und betrachtete die Türen zum Bad und zum Schlafzimmer. Sie waren beide geschlossen.

Nervös legte sie die schweißnasse Hand auf die Klinke der Schlafzimmertür, drückte sie ganz langsam nach unten und riss die Tür erst im letzten Moment weit auf.

Leer.

Honey wurde beinahe übel vor Erleichterung, und die schrecklichen Visionen von ihm, leichenblass im Bett liegend, zerplatzten. Doch dann fiel ihr wieder das Bad ein. Sie trat zurück in den Flur und blieb still vor der letzten Tür stehen. „Bitte, lieber Gott, mach, dass er nicht da drin ist", sagte sie laut vor sich hin.

Sie drückte die Klinke und schob die Tür ganz langsam auf; jeden Moment rechnete sie mit dem Widerstand seines Körpers auf dem Fußboden in dem kleinen Raum. Doch die Tür ging ganz leicht auf, bis zum Anschlag. Erst als Honey zu hundert Prozent sicher war, dass Hal sich nicht im Bad befand, ließ sie den Atem ausströmen, den sie unbewusst angehalten hatte, und brach in Tränen aus.

Sie hatte die letzte halbe Stunde panische Angst gehabt, dass sie ihn irgendwo finden würde. Und jetzt, wo sie zumindest wusste, dass er nicht tot war, hatte sie noch größere Angst davor, ihn womöglich nirgendwo zu finden.

37. KAPITEL

Ein paar Tage später fuhr ein silbernes Rollstuhltaxi vor dem Heim vor, und eine dunkelhaarige Frau schob ihren Schützling in das Gebäude.

„Könnte ich bitte mit Lucille und Mimi sprechen?", fragte der Mann im Rollstuhl die Pflegerin an der Rezeption.

Nikki lächelte. „Selbstverständlich. Wen darf ich ihnen denn ankündigen?"

Der Mann straffte die Schultern. „Bitte sagen Sie ihnen, ihr Bruder sei da."

Und so saßen Mimi, Lucille und Ernie an jenem Morgen zum ersten Mal in ihrem Leben zusammen und tranken Tee.

Mimi verspürte keinerlei Abneigung oder Zorn mehr angesichts dieses freundlichen, gebrechlichen Mannes, der ihr so ähnlich sah, und als er die Hände seiner Schwestern in seinen hielt und mitten im Gespräch einnickte, ließ Mimi ihn nicht los, bis er wieder aufwachte und sich für seine schlechten Manieren entschuldigte.

„Nicht du musst dich entschuldigen, sondern ich", sagte sie. „Ich war eine dumme alte Närrin, weil ich dich nicht schon früher kennenlernen wollte." Es tat ihr weh zu sehen, dass die Zeit ganz offensichtlich nicht Ernies Freund war. Was hatte sie sich bloß gedacht? Sie schämte sich entsetzlich.

„Ich konnte es nicht glauben, als ich euch beide gestern in den Nachrichten gesehen habe", meinte er lächelnd. „Dich zuerst, Lucille, und dann natürlich dich, Mimi. Dich hätte ich überall erkannt."

„Ihr seht beide aus wie unsere Mutter", fand Lucille.

Ernie machte ein wehmütiges Gesicht. „Ich habe vorher noch nie jemandem ähnlich gesehen."

„Ihr gleicht euch wie ein Ei dem anderen." Lächelnd schenkte Lucille ihnen allen Tee nach.

„Ich bin gekommen, weil ich euch etwas geben möchte." Ernie sah sich nach Carol um, die sich taktvoll mit einer Zeitung ans andere Ende des Wintergartens zurückgezogen hatte. Sie fing seinen Blick auf und ging zu ihm, um ihm einen Ordner zu geben, der sich in einer Tasche hinter seiner Rollstuhllehne befunden hatte. Sobald Carol wieder fort war, legte Ernie den Ordner in Lucilles Hände.

„Was ist das?" Sie blickte auf den beigefarbenen Ordner und wünschte, sie hätte ihre Lesebrille dabei.

„Das sind meine Ersparnisse. Ich möchte, dass ihr beiden sie bekommt."

„Ernie, nein!", wehrte Mimi gequält ab. „Bitte, wir wollen dein Geld nicht. Lass uns einfach noch eine Tasse Tee trinken, und dann treffen wir uns schon bald wieder. Eigentlich können wir das doch jede Woche machen, nicht wahr, Lucille?" Sie wandte sich um Rückendeckung bittend an ihre Schwester, die sich beeilte zu nicken.

„Aber natürlich!"

Ernie seufzte. „Ich weiß schon seit vielen, vielen Jahren, dass ich zwei Schwestern habe. Dutzende von Geburtstagen und Weihnachtsfesten, ohne dass ich euch etwas schenken konnte. Das ist die Entschädigung für all diese Jahre."

„Du musst uns für gar nichts entschädigen!", beteuerte Lucille hastig. „Wenn wir nur von deiner Existenz gewusst hätten, Ernie, dann wäre alles ganz anders gekommen."

„Daran ist niemand von uns schuld, seid nicht traurig." Er drückte sanft ihre Hand. „Jetzt sind wir ja zusammen, und ein Nein von euch werde ich nicht akzeptieren."

„Wie wäre es, wenn wir uns ein anderes Mal darüber unterhalten?", schlug Mimi vor, doch er schüttelte den Kopf.

„Ich war heute Morgen bereits auf der Bank."

Lucille wusste, dass Ernie so gut wie nie aus dem Haus ging. Er musste ihm wohl wirklich ein großes Bedürfnis gewesen sein, zur Bank zu gehen. „Was hat das zu bedeuten?"

Ein Funkeln lag in seinen Augen, und er lächelte verschmitzt, wobei er Mimi ähnlicher denn je sah. „Haltet euch fest: Ich habe Mick Jagger geschlagen."

Beide Schwestern sahen ihn stirnrunzelnd an.

„Und Jamie Oliver auch."

Lucille starrte verständnislos auf den Ordner.

Ernie zeigte stolz darauf. „Darin ist genug Geld, um dieses Heim zweimal kaufen zu können."

Mimi und Lucille stockte der Atem. „Wie um alles in der Welt ...?", stammelte Mimi.

Ernie sah für einen sterbenskranken Mann ausgesprochen fröhlich aus. „Ich spiele Online-Poker", verriet er flüsternd und mit lachenden Augen sein Geheimnis. „Gegen irgendwelche jungen Asse in Las Vegas – und das alles bequem von meinem Wohnzimmer aus!"

„Nein!" Lucille war schockiert, musste aber dennoch lachen. „Ich fasse es nicht, wie aufregend!"

„Liebe Güte, erzähl bloß Billy nicht, dass du so etwas kannst ...", murmelte Mimi und schüttelte verblüfft den Kopf.

„Ich möchte, dass ihr von meiner Gewinnsumme dieses Heim kauft", sagte Ernie. „Ich möchte, dass ihr euch das Dach über dem Kopf kauft."

Sowohl Mimi als auch Lucille waren vorübergehend sprachlos vor Rührung.

„Du bist der beste große Bruder, den ich je hatte", meinte Lucille nach einer Weile und wischte sich mit dem Taschentuch, das Ernie ihr reichte, eine Träne aus dem Augenwinkel.

„Den *wir* je hatten", verbesserte Mimi.

„Also abgemacht." Ernie nickte zufrieden. „Ich mochte die Rolling Stones sowieso nie."

38. KAPITEL

Es war ein Schock für Honey, dass das Leben trotz allem weiterging und man immer noch von ihr erwartete, daran teilzunehmen. Wo war der Schalter, um die Welt anzuhalten und auszusteigen, wenn man ihn brauchte?

Im Laden musste alles weiterlaufen wie bisher. Tash und Nell waren immer noch ihre besten Freundinnen und machten viel Aufhebens um sie; sie sorgten sogar dafür, dass sie genug aß, obwohl sie kaum einen Bissen hinunterbekam. Die Sonne ging immer noch auf, die Busse fuhren immer noch, und erstaunlicherweise funktionierten Honeys Beine immer noch, auch die Worte schienen ihren Mund auf halbwegs Sinn ergebende Weise zu verlassen. Wie konnte das sein, ohne Hal?

Die Nachricht von seiner zu erwartenden Rückkehr in die Londoner Gastronomieszene stand in allen Zeitungen; in manchen Klatschspalten war die Rede davon, man hätte ihn bereits dort gesehen. Ein unscharfes Foto von einem Kerl mit Beaniemütze und dunkler Brille, der jeder x-beliebige Mann hätte sein können, neben einer elegant gekleideten Imogen. Honey brütete über dem Foto und versuchte, den Fremden, der im Blickpunkt der Öffentlichkeit stand, mit demjenigen in Einklang zu bringen, den sie ein paar kostbare Wochen lang ganz für sich allein gehabt hatte.

„Sie sieht aus wie eine richtige Zicke." Tash zog die Illustrierte über den Cafétisch zu sich herüber, um sich das Foto genauer anzusehen. „Ist er das überhaupt?"

Honey schüttelte den Kopf. „Ich bin mir nicht sicher."

„Er weiß ja gar nicht, was er verloren hat."

Teilnahmslos sah Honey aus dem Fenster, draußen regnete es. Nein, nicht Hal hatte etwas verloren, sondern sie selbst. Sie hatte ihren Seelenfrieden verloren, zusammen mit ihrem Herzen. Liebesfilme und Romane hatten sie nicht darauf vorbereitet, dass der Held das Happy End bisweilen richtig vermasseln konnte. Vielleicht war ein Happy End mit Hal für sie aber auch einfach nicht vorherbestimmt. Jedenfalls würde sie nie wieder ins Kino gehen, außer in einen Psychothriller, wo zum Schluss alle ermordet wurden und niemand überglücklich im Sonnenuntergang tanzte. „Christian hat mich übrigens gestern angerufen“, sagte sie.

Tash nahm einen Löffel von ihrer heißen Schokolade. „Gut so. Gleich wieder zurück aufs Fahrrad, das ist das einzig Richtige.“

„Ich habe ihm die Wahrheit gesagt.“

„Nämlich dass du knallhart von einen Riesenidioten abgewiesen worden bist und dich auf eine Verabredung mit ihm freust, weil er spitzenmäßig aussieht und noch dazu ein äußerst freundlicher Typ ist. Das hast du doch zu ihm gesagt, stimmt's?“

Honey sah Tash über den Tisch hinweg ruhig an. „Du weißt genau, dass ich das nicht gesagt habe.“

„Es ist eine Woche her, und er hat sich nicht bei dir gemeldet, Honey. Er ist weg und kommt auch nicht zurück.“

Honey war noch nicht imstande, so nüchtern wie die Freundin mit dem Thema umzugehen. „Eine Woche. Sieben Tage. Das reicht mir nicht, ich brauche mehr Zeit.“

Tash verdrehte die Augen. „Gott hat die Welt in sieben Tagen erschaffen. Du hast in der Zeit wahrscheinlich noch nicht einmal dein Bett gemacht.“

„Das ist ein unfairer Vergleich“, murmelte Honey.

„Von mir aus. Du lebst. Du bist hier, und das ist *dein* Leben.“ Tash tippte wieder auf das Foto in der Zeitschrift. „Und er ist da, und das ist *sein* Leben.“ Sie klappte das Magazin wieder zu, warf es in den Papierkorb neben dem Sofa und stand auf. „Los, Leute. Lasst uns was Ordentliches trinken.“

„Ich kann nicht glauben, dass ihr beide nun meine neuen Chefinnen seid!“ Honey lächelte Lucille matt an, während sie eine Tasse Tee für sie auf die Ladentheke stellte. „Werdet ihr größere Veränderungen vornehmen?“

„Nun ja …“ Lucille sah sich im Laden um. „Vielleicht könnten wir das Bücherregal in die andere Ecke stellen.“

Honey nippte schmunzelnd von ihrem Tee. „Ich glaube, damit kann ich leben."

Sie sahen auf, als Billy mit einem schwarzen Hemd in der Hand auf sie zukam. Er hielt es vor sich hin, als würde er darinstecken, und sah sie alle fragend an.

„Ist es nicht ein bisschen zu düster für dich?", meinte Honey vorsichtig und sah auf Billys senfgelbe Röhrenjeans.

„Ich dachte mir, ich ziehe mal etwas Dunkles, Geheimnisvolles an, um Mimi zu betören." Er nahm eine entsprechende Pose ein. „Meinst du, das funktioniert?"

Honey setzte ein Lächeln, allerdings ein gequältes, auf und hoffte, ihre Freunde damit täuschen zu können.

„Dann pack es mir ein." Er sah blinzelnd auf das Preisschild. „Zwei Pfund, das ist sie mir wert."

Honey faltete das Hemd zusammen und schob es für Billy in eine Plastiktüte; eine andere trug er bereits in der Hand. „Kauf ihr doch ein paar Blumen."

„Schwertlilien mag sie am liebsten", verriet Lucille und drapierte kunstvoll Modeschmuckketten um den Hals einer Schaufensterpuppe.

„Und Schokolade", fügte Honey hinzu. „Schokolade liebt Mimi auch."

Billy schmunzelte und tat so, als notierte er sich das auf der Handfläche. „Registriert, meine Damen. Ich werde mich jetzt in mein Zimmer zurückziehen und Pläne schmieden." Er verbeugte sich tief mit einer schwungvollen Handbewegung und tippte beim Gehen an eine imaginäre Hutkrempe.

Tatsächlich zog Billy sich nicht in sein Zimmer zurück. Nachdem er sich verstohlen umgesehen hatte, ging er um das Heim herum und einen Pfad entlang bis zu den Bäumen am Ende des Gartens. Dahinter stand ein großer alter Schuppen. Er war schon seit langer Zeit Billys heimliches Versteck, und im Laufe der Jahre hatte er verschiedene ausrangierte Dinge dorthin gebracht, um den Schuppen zu einem gemütlichen Zufluchtsort zu machen. Ein paar alte Sessel mit verstellbarer Rückenlehne, die aus dem Heim ausgemustert worden waren, weil sie nicht mehr den Brandschutzbestimmungen entsprachen. Eine Kommode, die er wieder zum Leben erweckt hatte, und ein kostbares Radio, das ihm schon an so manchem Nachmittag Gesellschaft geleistet hatte. Trotz seiner geselligen Art sehnte Billy sich manchmal nach ein paar Stunden Ruhe und Frieden, und hier, in dem alten Gartenschuppen, hatte er beides gefunden.

Er stieß die Tür auf, trat ein und legte die Morgenzeitung auf die Kommode. „Keine Sorge, Hal. Ich bin's nur."

Später am Abend schlug Honey die Haustür zu, um den Regen auszusperren, und schleppte sich müde in den Flur, wobei sie wie immer Hals Tür im Blick behielt, nicht ihre eigene. Alte Gewohnheiten ließen sich nur schwer ablegen.

„Hal?", rief sie, obwohl sie genau wusste, dass er nicht da war. Immer noch in Mantel und Schal, legte sie eine Hand an seine Tür. „Das war heute ein langer, grauer Tag", sagte sie, erschöpft vom Leben. Spielte es wirklich eine Rolle, dass er nicht auf der anderen Seite der Tür war? Sie hatte sich so an die einseitigen Gespräche und an den Fußboden vor seiner Wohnung gewöhnt; es grenzte fast an ein Wunder, dass sie noch keine Mulde in die Fliesen gesessen hatte. Sie setzte sich an die vertraute Stelle und schlang fröstelnd die Arme um die Knie. Seit dem Tag, an dem er gegangen war, war ihr nicht mehr richtig warm gewesen; eine innere Kälte hatte von ihr Besitz ergriffen, die nichts mit dem Wetter zu tun hatte.

„Kannst du es fassen, dass Ernie am Ende das Heim gekauft hat?" Sie lehnte sich schwer an die Tür. „Ich freue mich so für Mimi und Lucille. Nun ja, für alle Bewohner natürlich, aber für die beiden am meisten. Ich glaube, seitdem hat Lucille keinen einzigen Satz gesagt, in dem der Name ihres Bruders nicht vorgekommen ist." Bei der Vorstellung, dass die beiden Damen die neuen Eigentümer des Heims waren, huschte ansatzweise ein Lächeln über ihr Gesicht. Sie war sich ziemlich sicher, dass sie ihre Arbeit behalten konnte, solange sie wollte, obwohl Mimi und Lucille bereits andere Möglichkeiten angedacht hatten.

„Sie haben mich heute gefragt, ob ich mir vorstellen könnte, Nachfolgerin von Christopher zu werden“, meinte sie. Was Hal wohl geantwortet hätte, wenn er wirklich hinter der Tür gewesen wäre? Bestimmt irgendetwas mit vielen Flüchen.

„Ich hab dich heute vermisst“, flüsterte sie. „Ich hab dich heute Morgen beim Aufwachen vermisst. Ich hab dich während der Busfahrt zur Arbeit vermisst und auf der Rückfahrt eben gerade auch. Wann hört das bloß auf, Hal?“

Das Schlimmste war, sie war sich gar nicht sicher, ob sie wollte, dass es aufhörte. Denn das würde bedeuten, dass sie im Leben wieder einen Schritt nach vorn machte, und der Gedanke, sich immer weiter von ihm zu entfernen, schmerzte unerträglich. Sie schloss die Augen und merkte kaum, dass eine Träne sich ihre Bahn suchte.

Ein Rascheln. Honey wischte sich hastig die Tränen fort, ihr Herz setzte einen Schlag aus und wurde dann bleischwer, als ihr klar wurde, dass das Geräusch von draußen kam und nicht aus Hals Wohnung. Die Stimmen von Tash und Nell wurden hörbar, besorgte Gesprächsfetzen, während die zwei an die Tür klopften und dann ihren Namen riefen. Honey antwortete nicht, sie hatte nicht die Kraft dazu.

„Warte“, hörte sie Nell sagen, „ich glaube, ich hab immer noch einen Schlüssel.“

„Warum hast du ihren Schlüssel und ich nicht?“

„Vielleicht weil sie von mir weiß, dass ich keine wilden Partys in ihrer Wohnung feiere, wenn sie nicht da ist?“ Ein paar Sekunden später musste Nell den Schlüssel gefunden haben, denn sie drückten die Tür auf.

„Verdammter Regen“, schimpfte Tash, klappte den Schirm zusammen und wich erschrocken einen Schritt zurück, als sie plötzlich Honey vor Hals Tür kauern sah. „Meine Güte! Ich hätte beinahe einen Herzanfall bekommen!“

Nell ging neben Honey in die Hocke, sah sie besorgt an und

strich ihr über den Kopf. „Was machst du denn hier draußen, Kleines?“

Honey hob matt die Schultern, die Tränen wollten nicht versiegen. „Ich spreche mit Hal.“

Nell sah hoch zu Tash, die runzelte die Stirn und setzte sich neben Honey auf den Fußboden. „Er ist nicht da. Das weißt du doch, oder?“

Honey nickte. „Er hat mir ohnehin meist nicht geantwortet, so viel anders als sonst ist es also gar nicht. Ich …“ Sie schluckte krampfhaft. „Ich fühle mich ihm hier einfach nahe.“

Nell ließ sich auf der anderen Seite nieder. „Dann bleiben wir eben eine Weile bei dir, wenn dir das recht ist?“

Tash zog eine Flasche Wein aus ihrer riesigen Wildledertasche. „Den wollten wir eigentlich wie ganz normale Leute aus Gläsern trinken, aber was soll's, hier im Flur geht das auch.“ Sie schraubte den Drehverschluss auf, trank einen Schluck und reichte die Flasche weiter.

Honey nahm die kühle Flasche seufzend an und hob sie an die Lippen. Ob es falsch sein würde, sie in einem Zug leer zu trinken, in der Hoffnung, dann nichts mehr zu fühlen? „Was soll ich denn bloß tun?“, fragte sie, und Nell rieb ihr den Arm.

„Genau das, was du immer machst. Aufstehen. Zur Arbeit gehen. Atmen. Mehr kannst du jetzt nicht tun, aber eines Abends wirst du zu Bett gehen und feststellen, dass du den ganzen Tag nicht an ihn gedacht hast.“

„Ich denke die ganze Zeit an ihn“, flüsterte Honey und trank noch einen zweiten Schluck, ehe sie Nell die Flasche hinhielt. „Alles erinnert mich an ihn. Er verkörpert eigentlich alles, was mir an einem Mann nicht gefällt, und trotzdem liebe ich ihn so sehr, dass ich das Gefühl habe, jemand hätte mir das Herz herausgerissen und verkehrt herum wieder eingesetzt.“ Ihre Stimme klang dünn und hilflos in dem stillen Flur. „Es tut so weh!“ Sie lehnte sich Tashs Schulter. „Im Grunde überall, wisst ihr? Es tut so weh, dass ich morgens kaum die Kraft habe aufzustehen.“

„Ich würde ihm zu gern das hübsche Gesicht ruinieren", murmelte Tash böse. „Er mag ja eine angesagte Berühmtheit sein, aber deine Tränen hat er nicht verdient."

„Ich habe ihn offenbar überhaupt nicht gekannt." Honey versuchte zu verstehen, wie der einsame Kerl, der hier gewohnt hatte, gleichzeitig eine gefeierte Berühmtheit sein konnte, die mir nichts, dir nichts in das alte Leben zurückgekehrt war.

Was hatte ihm dieses Intermezzo bedeutet? War es eine Auszeit von der Wirklichkeit gewesen und seine Nachbarin der Ferienflirt? Honey war klug genug, um zu wissen, dass er gewiss auch nicht schreiben würde. Er war aus ihrem Leben so schnell wieder verschwunden, wie er gekommen war – und hatte ihr Herz mitgenommen.

„Doch, ich glaube, das hast du", Nell reichte ihr den Wein zurück. „Nach dem, was du von ihm erzählt hast, hatte ich den Eindruck, dass er mit dir zusammen angefangen hat zu lernen, wer er jetzt ist."

„Meinst du?" Honey war bereit, sich an alles zu klammern, was ihn nicht wie einen oberflächlichen, selbstsüchtigen Herzensbrecher aussehen ließ.

„Vielleicht habt ihr euch ja auch zu einem völlig falschen Zeitpunkt in eurem Leben kennengelernt", philosophierte Tash. „So etwas passiert manchmal. Du begegnest deinem Seelenverwandten während deiner Flitterwochen, oder deine beste Freundin stellt dir die Liebe ihres Lebens vor, dabei ist er eigentlich deine. Es hat nicht funktioniert, aber an einem anderen Ort, zu einem anderen Zeitpunkt hättet ihr es vielleicht geschafft."

„Wirklich besser geht es mir jetzt nicht", meinte Honey leise lachend, aber sie wusste, Tash gab sich alle Mühe, ihr zu helfen. Außerdem hatte die Freundin nicht ganz unrecht – vielleicht war Hal wirklich der richtige Mann zum falschen Zeitpunkt gewesen. Doch der Gedanke daran, wie alles hätte sein können, brach ihr schon wieder das Herz. „Wie kommt man bloß darüber hinweg?"

„Mit der Zeit", erwiderte Nell. „Das klingt banal, aber Zeit ist das Einzige, was dir helfen wird. Und dann, eines Tages, wenn du gar nicht damit rechnest, lernst du jemanden kennen, und der setzt dir dein Herz wieder richtig herum ein. Du wirst dich nicht für immer so fühlen, das verspreche ich dir."

Sie verfielen in Schweigen und ließen die Weinflasche kreisen.

„Seit wann seid ihr beide überhaupt so weise?", fragte Honey.

„Ich hatte selbst schon genug Liebeskummer", sagte Tash. „Obwohl …"

„Was?" Nell und Honey sahen Tash an.

Ein bedächtiges, ungewohnt scheues Lächeln breitete sich auf Tashs Zügen aus. „Yusef hat mir gestern Abend einen Heiratsantrag gemacht."

„Donnerwetter!" Honey drückte Tash lächelnd die Hand, und Nell meinte schmunzelnd: „Das ist ja großartig!"

Tash lachte. „Ich weiß. Und *er* ist es auch."

„Du hast hoffentlich Ja gesagt?", fragte Honey, obwohl das Leuchten in den Augen ihrer Freundin schon alles sagte.

Tash nickte. „Nächsten Sommer in Dubai." Sie sah von Honey zu Nell. „Brautjungfern?"

„Im Moment würde mir nicht der Sinn danach stehen." Honey lächelte für Tash und weinte um sich selbst. „Aber versuch mal, mich daran zu hindern!"

Nell trank einen großen Schluck Wein, ihre Wangen waren gerötet. „Ich weiß gar nicht, ob Simon und ich überhaupt durch den Zoll kommen, ohne verhaftet zu werden." Sie kicherte auf eine für sie ganz ungewohnte Art. „Darf man mit einem Koffer voller Sexspielzeug in Dubai einreisen?"

Tash hob die Hand in Richtung Nell. „Schlag ein, Süße! Hut ab, Simon ist in den letzten Wochen in meiner Achtung sehr gestiegen!"

„Aber verlieb dich bloß nicht in den Mann deiner besten Freundin", murmelte Honey in Anlehnung an das, was Tash vorhin gesagt hatte.

„Oder in den Verlobten einer anderen", ertönte eine sarkastische Stimme von der Tür her, die Tash und Nell nur angelehnt gelassen hatten. Imogen kam näher. „Ist das hier eine private Party, oder kann jeder mitmachen?"

Alle drei Frauen auf dem Fußboden starrten die blonde Amazone schweigend an. Nell überlegte, wer das sein mochte; Tash war völlig perplex, weil plötzlich jemand erschienen war, den sie nur aus der Illustrierten kannte, und Honey war erstarrt beim Anblick der Frau, die Hal gewiss niemals so lieben konnte wie sie selbst und trotzdem den Kampf gewonnen hatte. Als Honey sie jetzt so ansah, die langen Beine und das glänzende Haar, da wusste sie, dass es niemals ein fairer Wettbewerb gewesen war. Gegen ein Vollblutpferd konnte ein Pony nicht ankommen.

„Sie haben genau dreißig Sekunden, danach schlage ich Ihnen die Zähne ein", verkündete Tash.

Imogens Fassung schien vorübergehend ins Wanken zu geraten. „Ist er da?" Sie nickte zu Hals Tür.

Honey machte schmale Augen. Imogen musste doch ganz sicher wissen, wo er war! Die Kombination von Wein, schlaflosen Nächten und Liebeskummer machte es ihr schwer, vernünftig zu denken.

Tash verschränkte die Arme vor der Brust. „Haben Sie ihn etwa schon wieder verloren?"

Imogen sah gereizt von einer zur anderen, dann stieg sie über das Gewirr von Beinen und hämmerte an die Tür. „Hal!", rief sie mit verzweifelter Stimme. „Hal, ich bin's, Liebling. Bitte, lass mich rein."

„Er ist nicht da", sagte Honey matt und betrachtete die Pfennigabsätze von Imogens Stiefeln. „Er ist schon seit Tagen nicht mehr hier gewesen."

Und dann verstummten alle und drehten sich zu Hals Wohnung um, weil es im Schloss klickte und die Tür anschließend quälend langsam geöffnet wurde.

Die drei Frauen auf dem Fußboden waren blitzschnell auf den Beinen.

„Hal", hauchte Honey. „Du bist wieder da!" Sie wagte nicht,

den Blick von ihm abzuwenden, aus Angst, er könnte wieder verschwunden sein, wenn sie erneut hinsah. „Oh mein Gott", hörte sie Tash neben sich murmeln. Honey konnte sie verstehen; als sie ihm zum ersten Mal genau hier an dieser Stelle begegnet war, hatte er dieselbe Wirkung auf sie gehabt, und seitdem verschlug es ihr immer wieder den Atem, wenn sie ihn ansah.

„Warum bist du hier, Imogen?", fragte er.

Honey hatte seine Verlobte völlig vergessen, und es schmerzte sie, dass Hal zuerst sie ansprach.

„Ich wollte dich sehen", erklärte Imogen; in Hals Gegenwart wirkte sie deutlich selbstsicherer. „Können wir drinnen reden?"

Hal trat nicht zur Seite; stattdessen hob er eine Reisetasche auf, kam aus seiner Wohnung und schloss die Tür ab. „Geh nach Hause, Imogen", sagte er freundlich. „Du hättest nicht herkommen sollen."

Honey sah, wie die Blondine den Arm ausstreckte und die perfekt manikürte Hand auf Hals Arm legte. „Ich gehe nur, wenn du mit mir kommst."

Hal seufzte und wich zurück. „Ich kehre nicht mehr nach London zurück."

Imogen warf Honey einen raschen Blick zu. „Nun, hier kannst du nicht bleiben."

„Als ich es das letzte Mal überprüft habe, konnte ich verdammt noch mal tun, was ich wollte", gab Hal scharf zurück. „Aber nein, hier werde ich auch nicht bleiben."

Honey fragte sich, wie viel ein menschliches Herz ertragen konnte, bis es endgültig aufhörte zu schlagen. Er war hier. Er war nicht in London bei Imogen. Er wollte wieder fortgehen. All das, und er hatte noch nicht einmal zu verstehen gegeben, ob er ihre Anwesenheit überhaupt bemerkt hatte. „Du könntest bleiben." Endlich hatte sie ihre Sprache wieder. „Ich meine, wenn du willst."

„Honey." Er drehte sich zu ihr um, und sie hielt den Atem an, als er ihren Namen nannte.

„Ich bin so froh, dich zu sehen“, flüsterte sie. Sie wünschte, die anderen würden gehen, und hatte gleichzeitig Angst, er würde es tun.

„Ich kann nicht bleiben“, antwortete er. „Du weißt, dass ich es nicht kann.“

Panik stieg in ihr auf. „Doch. Doch, und wie du kannst. Bleib hier, bei mir.“

Er holte tief Luft und wandte sich dann an Imogen. „Weißt du, ich schulde dir eigentlich etwas Besseres, als das hier und jetzt zu sagen, aber es geht wohl nicht anders“, sagte er und trat einen Schritt auf seine Verlobte zu. „Ich habe mich verändert, Imogen, zwangsläufig. Du hast recht, möglicherweise könnten wir in unser altes Londoner Leben zurückkehren und irgendwie versuchen, da weiterzumachen, wo wir aufgehört haben. Das könnten wir, aber ich will es nicht.“ Sein Gesicht wirkte eingefallen. „Ich kann das nicht so sagen, dass es nicht verletzend wird, daher werde ich es auf die einzige Weise sagen, die ich kenne, auf die ehrliche. Wir hatten ein wunderbares Leben zusammen, aber dieses Leben möchte ich nicht mehr. Ich möchte weder London noch den Lebensstil eines Promis und auch nicht – es tut mir leid – dein Ehemann sein. Oder dein Verlobter oder sonst irgendetwas für dich.“ Er atmete tief durch. „Es ist aus, Imogen. Es ist schon vorbei, seit ich mein Augenlicht verloren habe.“

Honey sah zu Boden und empfand keinen Triumph wegen der Niederlage der anderen. Hals Worte trafen sie, als wären sie an sie selbst gerichtet gewesen, und ihr eigenes Gefühl des Verlusts spiegelte sich in Imogens tränenüberströmtem Gesicht. Auf ihre Art hatten sie Hal beide geliebt, und nur weil der erste Schlag Imogen vernichtet hatte, hieß das noch lange nicht, dass Hal nicht noch einen weiteren austeilen würde.

„Dann lasse ich euch jetzt wohl besser allein“, sagte Imogen und sah Honey an.

Honey hielt ihrem Blick stand, obwohl sie selbst am Boden zerstört war. Sie sah der anderen Frau nach, sah, wie die Haustür hinter ihr ins Schloss fiel, und ahnte, dass diese Frau vermutlich nicht die Einzige sein würde, die an diesem Abend fortging. Sie drehte sich zu Tash und Nell um und ergriff deren Hände.

„Sollen wir lieber gehen?“, fragte Nell besorgt.

„Wir können auch bleiben, wenn du das möchtest“, bot Tash an.

Honey schüttelte den Kopf und küsste beide auf die Wange. „Danke, dass ihr heute Abend da wart. Ihr seid wirklich meine besten Freundinnen.“

„Kämpfe um ihn“, flüsterte Tash, als sie Honeys Kuss erwiderte.

„Lass ihn um dich kämpfen“, raunte Nell, und mit einem traurigen Lächeln schob Honey die beiden in Richtung Haustür.

„Hier sind wir also wieder“, sagte Hal, nachdem Honeys Freundinnen gegangen waren. „Nur du und ich in diesem Hausflur.“

Honey lehnte sich an die Tür. „Hier hat es mit uns angefangen. Vermutlich ist es nur passend, wenn es hier auch endet“, erwiderte sie, denn trotz der guten Ratschläge von Tash und Nell zum Abschied wusste sie, dass Hal in dieser Nacht unweigerlich fortgehen würde. „Nun ja, einen Vorteil hast du mir gegenüber“, fügte sie hinzu. „Du hast wahrscheinlich alles gehört, was ich vorhin gesagt habe, nicht wahr?“ Sein Schweigen bestätigte es ihr. Sie lachte spröde, ein trauriges Geräusch, das im Flur widerhallte. „Also gut, ja, ich liebe dich, trotz der Tatsache, dass du der schwierigste, unhöflichste Mann bist, den ich kenne. Du hast nichts getan, um sie dir zu verdienen, dennoch gehört meine Liebe dir.“ Sie hielt kurz inne. „Nimm sie an. Behalte sie. Wirf sie weg. Mach damit, was du willst, ich habe sie dir geschenkt.“

Er machte ein gequältes Gesicht und wirkte ganz und gar nicht wie ein Mann, der über eine Liebeserklärung froh war. „Ich hatte nie die Absicht, es so weit kommen zu lassen“, gestand er. „Ich habe versucht, es dir zu erklären. Ich habe versucht, es zu beenden. Liebe mich nicht, Honey. Ich liebe mich ja selbst nicht einmal. Verdammt, ich *kenne* mich kaum, dann kannst du mich erst recht nicht kennen.“

So leicht kam er ihr nicht davon. „Du irrst dich. Ich kenne dich. Wahrscheinlich kenne ich dich sogar besser als du dich selbst in diesem Moment. Vielleicht steckt noch etwas vom alten Hal in dir, aber ich kenne nur den neuen, und er ist der Mann, den ich liebe", entgegnete sie. „Bin ich dir nicht genug? Ist es das? Ist das Leben hier zu langweilig im Vergleich zu dem schillernden in London? Damit kann ich nicht konkurrieren. Ich werde es nicht einmal versuchen."

Hal kam langsam auf sie zu und legte die Hände auf ihre Schultern. „Honey, es gibt keinen Wettbewerb. Du gewinnst. Du gewinnst haushoch! Das Leben mit dir ist nicht langweilig. Es ist wie ein verdammter Regenbogen in allen Farben."

Was sagte er da? Sie versuchte, sich einen Reim auf seine Worte zu machen, erst recht, als er mit dem Daumen über ihr Schlüsselbein strich.

„Du bist keine zweite Wahl. Du bist die erste Wahl. Die beste Wahl. Das außergewöhnlichste Mädchen, dem ich je in meinem Leben begegnet bin."

„Warum bleibst du dann nicht bei mir?", flüsterte sie, denn trotz allem, was er gesagt hatte – sie wusste immer noch, dass er sie verlassen würde.

Er schüttelte den Kopf und nahm dann langsam seine dunkle Brille ab, um sie in seine Tasche zu stecken. „Deswegen", erwiderte er schroff. „So ein Leben will ich dir nicht zumuten. Es ist mein Leben, aber ich lasse nicht zu, dass du dort mit hineingezogen wirst."

Honey wurde immer verzweifelter. „Weißt du was? Ich glaube nicht, dass ich den Mann geliebt hätte, der du früher einmal warst. Ich liebe dich genau so, wie du jetzt bist. Warum hast du nicht den Mut, meine Liebe zu erwidern?"

„Weil hier drin kein Platz ist für außergewöhnliche Regenbogen-Mädchen." Er tippte sich an den Kopf. „Hier drin ist es dunkel, Honey. Ich selbst bin dunkel, und das wird auf dich abfärben, wenn du bei mir bleibst."

„Das ist völliger Quatsch, Hal."

Er schüttelte den Kopf. „Deine Freundinnen haben recht. Du wirst jemand anderen kennenlernen. Jemanden, der fröhlich und unbeschwert ist, der dich richtig lieben kann, der der Ehemann sein kann, den du verdienst und der dir wunderhübsche, ziemlich verrückte Kinder schenkt. Dieser Mann bin nicht ich."

„*Du* hast mich richtig geliebt", widersprach sie, und die Tränen liefen ihr über die Wangen. „Niemand hat mich *so* richtig geliebt wie du."

Er schloss die Augen und lehnte seine Stirn an ihre, sodass sie seinen Atem auf ihren Lippen spüren konnte. Seine Hände lagen noch immer auf ihren Schultern, noch immer streichelte er mit dem Daumen ihre Halsgrube. „Ich werde bald fortgehen", sagte er langsam.

„Nein!", rief sie angstvoll. „Bitte, Hal, geh nicht für immer fort!"

„Ich werde nicht gehen, ohne mich vorher zu verabschieden, in Ordnung?" Er trat einen Schritt zurück. Ich versuche nur, dir nicht wehzutun, Honey. Wenn ich bleibe, verletzte ich dich noch mehr."

Honey packte ihn am Revers seines Mantels. „Ich bin eine erwachsene Frau, Hal. Ich treffe meine Wahl selbst – und die fällt auf dich."

Für einen zufällig hereinschauenden Fremden hätten sie ausgesehen wie ein verliebtes, Abschied nehmendes Paar auf einem Bahnsteig.

„Und ich treffe meine Wahl, Honey", sagte er ruhig, schüttelte ihre Hände ab und ging an ihr vorbei zur Tür. „Sie fällt nicht auf dich."

Es hätte weniger wehgetan, wenn er sie geschlagen hätte.

39. KAPITEL

Das Leben im Gartenschuppen erwies sich als die besinnlichste Zeit in Hals ganzem Leben. Erst war er skeptisch gewesen, als Billy das als Alternative zum Rufen eines Taxis am Tag der Protestaktion vorgeschlagen hatte, doch diese spontane Entscheidung war tatsächlich genau das gewesen, was er gebraucht hatte. Er war nur einmal nach Hause gegangen, um seine Sachen zu holen, sonst hatte er seine Tage völlig abgeschieden von der Welt im Sessel verbracht und Radio gehört; er hatte nicht einmal Billys Lieblingssender verstellt. Er hörte nächtliche Gruselgeschichten, wurde vertraut mit den Helden verschiedener Hörspiele und fühlte sich seltsam getröstet, wenn er den Seewetterbericht verfolgte. Es war, als wäre sein Leben in der Wohnung gegenüber von Honey eine gute Vorbereitung auf diese extremere Version davon gewesen.

„Heute gibt es Stilton und Weintrauben, alter Junge“, verkündete Billy. „Außerdem konnte ich dazu eine Flasche Portwein für uns auftreiben.“

„Das klingt ja richtig anspruchsvoll.“ Hal stellte lächelnd die Lehne seines Sessels hoch und setzte sich die dunkle Brille auf. Anschließend faltete er seine Decke zusammen und hörte zu, wie Billy das Essen auspackte.

„Ich habe gerade eben nach Honey gesehen“, sagte Billy.

Hal fieberte diesem täglichen Bericht entgegen und fürchtete sich im gleichen Maß davor. „Wie geht es ihr heute?“

Billys Zögern machte ihn nervös. „Die Arme sieht aus, als müsste sie mal wieder etwas Ordentliches zu essen bekommen. Sie hat überhaupt keine Farbe mehr im Gesicht.“

„Aber sonst ist alles in Ordnung mit ihr?“ Jeden Tag wartete Hal auf irgendwelche beruhigenden Neuigkeiten von Honey, und jeden Tag wurde er enttäuscht. *Sie hält sich tapfer* oder *sie ist sehr still* oder *sie ist zu blass.* Wann würde Billy endlich berichten, dass sie wieder lachte oder gar ein Chaos anrichtete, wie nur Honey das konnte?

„Ich glaube, es ginge ihr deutlich besser, wenn sie wüsste, dass du hier bist“, erwiderte Billy. Im Laufe der Wochen hatten die beiden ungleichen Männer sich angefreundet und waren zum Du übergegangen.

„Nein, bestimmt nicht“, widersprach Hal und nahm den Teller, als Billy ihn ihm in die Hand reichte. Seit er in den Gartenschuppen gezogen war, hatte der Ältere ihn mit abwechslungsreicher Kost versorgt, und Hal hatte sich schon fast daran gewöhnt, nachts heimlich in Billys Badezimmer zu schleichen, um zu duschen.

„Ich habe nie geheiratet, Hal“, sagte Billy plötzlich. „Nie eine Familie gegründet.“

„Du machst auf mich trotzdem einen glücklichen Eindruck“, erwiderte Hal sanft.

„Ich habe das Beste daraus gemacht, mein Sohn, wie wir alle. Das heißt aber nicht, dass ich ein paar meiner im Laufe der Jahre getroffenen Entscheidungen nicht bereue.“ Hal vernahm das angenehme Gluckern des Portweins, den Billy in die Plastikbecher einschenkte. „Zurücknehmen kann ich sie jedoch nicht“, sinnierte Billy. „Und du verbringst vielleicht auch den Rest deines Lebens damit, dir zu wünschen, du könntest es.“

„Willst du mir damit durch die Blume sagen, dass ich deiner Meinung nach die falsche Entscheidung getroffen habe?“ Hal hob den Becher an die Lippen und genoss die tröstliche Wärme, die der Port in seinem Mund hinterließ.

„Ich bin alt, Hal. Komm in meine Jahre, dann weißt du, worauf es wirklich ankommt im Leben.“

„Und was wäre das?“

Ein Schnauben war zu hören. „Menschen. Halt zu finden bei denen, die einen glücklich machen.“

Das knackende Geräusch verriet Hal, dass Billy die Lehne seines Sessels nach hinten verstellt hatte. „Bei dir klingt das so leicht.“

„Weil es leicht ist, mein Sohn. Kinderleicht. Du findest heraus, wer dich glücklich macht, und dann setzt du alles daran, diesen Menschen ebenfalls glücklich zu machen.“

„Wir sind zu verschieden.“ Hal seufzte, und das Herz wurde ihm schwer. „Honey … ist freundlich, sanft und lacht mehr als jeder andere, den ich kenne.“

„Nicht mehr.“ Billy beschloss, mit härteren Bandagen zu kämpfen.

„Das kommt schon wieder.“

„Hast du nicht nur dein Augenlicht, sondern auch den Verstand verloren, Junge?“, brauste Billy auf. „Man muss nicht zwangsläufig elend durchs Leben gehen, und du tust ihr keinen großen Gefallen, wenn du dir – und ihr – die Chance verweigerst, glücklich zu sein.“

Hal war nicht gekränkt wegen Billys Worten, er musste sie sogar hören. Seit er vor über einer Woche Honey verlassen hatte, war ihm zumute gewesen, als wäre er scheintot. Er wusste genau, dass er eigentlich fortgehen sollte, doch er unternahm nichts diesbezüglich. Er konnte nicht für immer in Billys Gartenschuppen hausen, aber er war sich auch nicht sicher, ob er für immer ohne Honey leben konnte.

Billy räusperte sich. „Du hast dich lange genug treiben lassen. Es wird Zeit, unterzugehen oder zu schwimmen.“

„Was ist, wenn sie mit mir untergeht, Billy?“

„Das wird sie nicht, Hal. Sie ist deine Schwimmweste.“

40. KAPITEL

Billy gibt eine Halloween-Party?", fragte Honey ein paar Tage später und sah Mimi unglücklich an. Alles, was mit dem Wort *Party* zusammenhing, war strikt aus ihrem Vokabular gestrichen. Sie konnte nicht dorthin gehen. Partys – das bedeutete Spaß und Ausgelassenheit, und so etwas fiel einem schwer, wenn einem vor weniger als drei Wochen das Herz aus dem Leib gerissen worden war. Sie konnte von Glück reden, dass sie überhaupt noch atmete.

„Es ist doch nur für eine Stunde, nach Ladenschluss", beschwichtigte Mimi sie. „Tu ihm den Gefallen, sonst macht er uns ewig Vorwürfe."

Lucille erschien mit einem schwarzen Kleid mit aufgenähten Spinnennetzen in der Hand aus dem hinteren Zimmer, wo sie gerade eine neue Lieferung durchgesehen hatte. „Du könntest das hier anziehen", schlug sie vor und schüttelte es aus.

„Jetzt sagt bloß nicht, es ist eine Kostümparty!" Honey stöhnte auf.

„Nicht direkt, obwohl Billy sagt, er würde sich gern als Straßenräuber verkleiden", erwiderte Mimi.

Honey sah auf ihre Jeans und das rosa T-Shirt. Sie war nicht gerade passend gekleidet für eine Senioren-Halloween-Party, aber wann war man das schon? Eigentlich wollte sie sich nach der Arbeit mit Nell und Tash einen richtig guten Horrorfilm ansehen; eine praktische Ausrede also, nicht zu der Party gehen zu können. Theoretisch, hätte ihr Handy ihr nicht den Erhalt einer neuen SMS angekündigt. Tash sagte das Treffen ab, gleich darauf Nell ebenso. Großartig.

„Eine Stunde, dann gehe ich nach Hause", murrte Honey. „Her mit dem Kleid."

Sie schloss den Laden um fünf Uhr ab und wurde förmlich im Polizeigriff von Lucille und Mimi über den nassen Rasen geführt, besser gesagt, von zwei Hexen mit lila und schwarz geringelten Strümpfen und hohen, spitzen Hexenhüten.

„Nur eine Stunde“, warnte Honey erneut und versuchte, das schwarze Kleid etwas dezenter nach unten zu ziehen, was aber nur zur Folge hatte, dass der Ausschnitt tiefer wurde. „Wo gehen wir denn hin?“, fragte sie, als die beiden sie seitlich am Heim vorbeiführten, anstatt den Haupteingang anzusteuern.

„Zur Party“, erwiderte Mimi.

„Eine Gartenparty? Wir haben fast November!“ Honey wünschte verzweifelt, sie könnte schon im Bus nach Hause sitzen.

„Sie findet nicht im Garten statt.“ Lucille lachte, drückte Honeys Arm und führte sie weiter in die Dunkelheit hinein.

„Aber da ist doch gar nichts“, wunderte Honey sich und blieb plötzlich stehen, als eine stumme, schemenhafte Gestalt am Ende des Gartens Laternen anzündete, um ihnen den Weg zu zeigen – oder sie anzulocken.

„Gut, das war jetzt ziemlich gruselig“, gab Honey zu. „Was gibt es als Nächstes, *Süßes oder Saures*?“

Eindeutig eher Süßes. Winzige weiße Lichterketten flammten in den Bäumen auf und spendeten genug Licht, dass man einen alten, niedrigen Schuppen unter dem Geäst erkennen konnte.

„Er gibt ’ne Party im Schuppen?“, murmelte Honey verwirrt, als sie näher kamen. Die schemenhafte Gestalt von vorhin erschien jetzt neben ihnen – Billy, oder besser gesagt, der Straßenräuber Billy, seinem Kostüm und seiner Maske nach.

„Meine Damen.“ Er verneigte sich vor Mimi und Lucille, die Honey losließen und vor Billy ihre Hexenhüte zogen. „Du siehst göttlich aus, Liebes“, sagte er, und auch die Maske konnte nicht verbergen, wie anerkennend er Honey von Kopf bis Fuß musterte.

Sie verdrehte die Augen, als er ihr galant den Arm bot, seufzte dann aber und ließ sich von ihm zu seiner eindeutig bizarren Schuppenparty führen. Sie brauchte unbedingt einen Schnaps, wenn sie nach Hause kam; die Bewohner des Heims zeigten sämtliche Anzeichen, nicht mehr alle Tassen im Schrank zu haben.

Als sie den Schuppen betrat, zog sie unwillkürlich den Kopf ein, um möglichen Spinnennetzen auszuweichen. Sie hätte sich deswegen keine Sorgen machen müssen. Das war nicht der staubige Schuppen ihres Großvaters aus ihren Kindheitserinnerungen. Das hier sah eher aus wie … ein Saloon oder ein Dreißigerjahre-Speisewagen aus einem alten Spielfilm. Leise Klaviermusik ertönte im Hintergrund, und jemand stand hinter zu einer Art Bar umgewandelten Kommode. Honey musste zweimal hinsehen, um zu erkennen, dass die herrliche rote Haarmähne der Hexe keine Perücke war.

„Tash!“ Sie ließ Billys Arm los und rannte fast die wenigen Schritte bis zur Bar.

„Etwas zu trinken, Madam?“ Tash spielte bis auf ein kaum wahrnehmbares Augenzwinkern ihre Rolle weiter und reichte ihr ein Glas mit irgendeinem grün eingefärbten Getränk.

„Wenn Sie so weit sind, führe ich Sie zu Tisch“, sagte jemand neben ihr – ihre Zombie-Kellnerin für diesen Abend, tadellos bekleidet mit einem schwarzen Kleid und einer weißen Rüschenschürze. Der durch Nells schlanken Hals „gebohrte“ Bolzen und die komplett geschwärzten Augenhöhlen waren großartig gemacht. Sie hätte wirklich ziemlich furchteinflößend ausgesehen, wenn sie nicht über das ganze Gesicht gestrahlt hätte.

„Was geht hier vor?“ Honey packte die Freundin am Arm.

Nell warf einen Blick auf ihre nicht vorhandene Armbanduhr. „Sie sind auf die Minute pünktlich, Madam. Bitte, hier entlang.“ Sie führte Honey zu einem kleinen, elegant gedeckten Esstisch mit Kristallgläsern und funkelnden Bestecken, rückte ihr den Stuhl zurecht, und Honey nahm Platz. Das hier war vollkommen unwirklich. Überall im Schuppen brannten Kerzen, und weitere Lichterketten waren um die Dachsparren gewickelt worden.

„Ich komme sofort wieder, Madam“, murmelte Nell, und als Honey hörte, wie die Tür geschlossen wurde, merkte sie, dass alle anderen auch gegangen waren.

Liebe Güte, das war wirklich höchst merkwürdig. Hatte sie

sich womöglich schon einen Rausch angetrunken und bildete sich das alles nur ein?

Die Musik war verstummt, als Nell gegangen war, doch jetzt, als Honey dasaß und sich vor Angst kaum zu bewegen wagte, setzte sie wieder ein. Verhalten, einfache Noten und eine hübsche Melodie, die Honey seltsam bekannt vorkam, aber nicht einzuordnen wusste. Erst als ein falscher Ton erklang, begriff sie, dass die Musik nicht vom Band kam. Jemand saß hinter dem alten Klavier in der Ecke des Schuppens, und so, wie sich das anhörte, war dieser Jemand nicht sehr geübt im Klavierspiel.

Sie stand auf, ging langsam auf das Klavier zu, um nachzusehen, wer da spielte, und tat es dann doch nicht, weil sie befürchtete, die Enttäuschung nicht überleben zu können.

Die Musik verstummte erneut, Honey hielt den Atem an, und die Zeit blieb stehen, bis er endlich sagte: „Billy hat es mir beigebracht."

Hal.

Er stand auf und kam um das Klavier herum. Honey sah ihn einfach nur an, als könne sie von seinem Anblick gar nicht genug bekommen. Sie erkannte das schwarze Hemd wieder, das Billy vor ein paar Tagen bei ihr gekauft hatte.

Er hatte nur für sie gelernt, diese Melodie auf dem Klavier zu spielen. Allein bei der Vorstellung schnürte sich ihr vor Rührung die Kehle zu.

„*Call Off the Search*", sagte sie leise, dachte an das berühmte Lied der zarten Katie Melua und versuchte zu verstehen, was da soeben geschah. „Wo warst du, Hal?"

Er stellte sich vor sie und legte den Arm um ihre Taille. „Ich bin nirgendwohin gegangen, Honey."

„Du warst die ganze Zeit hier?" Es kam ihr unmöglich vor, dass er die ganze Zeit über in ihrer Nähe gewesen war und sie nichts davon gewusst hatte.

Er nickte. „Es tut mir leid, dass ich einfach weggelaufen bin", sagte er und strich ihr über die Wange. „Ich musste nachdenken."

„Du denkst zu viel", flüsterte sie, als er sie an sich zog und ihr

Haar mit Küssen bedeckte. „Bist du zu irgendeinem Entschluss gekommen?"

Er hielt sie ganz fest umschlungen. „Ja", erwiderte er, und sie streifte mit den Lippen die warme Haut über dem offenen Kragen seines Hemdes. Es fühlte sich an, als käme sie nach Hause. „Meine Wahl fällt auf dich, wenn du mich noch willst. Ich bin ein sehr selbstsüchtiger Mann. Dein verrücktes Regenbogenleben bringt Licht in mein Dunkel, und ich kann einfach nicht fortgehen. Ich liebe dein Erdbeerhaar, deine Wochentags-Slips und deine Kleidergröße siebenunddreißig, die sich so himmlisch anfühlt." Sie schmiegte sich voller Sehnsucht an ihn. „Du bringst mich zum Lachen und manchmal zur Weißglut. Du bist so verdammt furchtlos, Honey." Er atmete tief durch. „Eines ist mir klar geworden: Ich kann nicht glücklich sein, wenn du nicht bei mir bist", fuhr er fort. „Ich möchte versuchen, auch dich glücklich zu machen, wenn du das willst."

Sie konnte nur nicken, und endlich, endlich küsste er sie. Honey hörte sein und ihr eigenes Seufzen, als sie die Arme um ihn schlang und die Augen schloss. Er küsste sie, als würde die Welt stehen bleiben; es war die Art von Kuss, die einem Soldaten Kraft und Stärke mitgeben sollte, wenn er in den Krieg zog. Doch das hier war kein Abschiedskuss, sondern ein Begrüßungskuss, ein *Gott sei Dank, dass es dich gibt*-Kuss.

„Ich hab dich so schrecklich vermisst", hauchte sie. „Wirst du wieder verschwinden, wenn ich dir sage, dass ich dich liebe?"

„Nur wenn du mit mir zusammen verschwindest." Er küsste sie sacht auf den Hals. „Ich liebe dich auch, mein Erdbeermädchen. Ich liebe verdammt noch mal alles an dir."

Honey lachte leise, weil sein ständiges Fluchen noch nie so sexy geklungen hatte. Beinahe verschlug es ihr den Atem, als Hal sanft seine Hände auf ihren Busen legte. „Ich glaube nicht, dass wir für immer in Billys Gartenschuppen leben können", raunte sie hoffnungsvoll. „Bring mich nach Hause, Hal."

– ENDE –

„In Touch“ mit MIRA!
Das **Verlagsprogramm** elektronisch abrufbar
Interaktiv dabei sein: **Buchbesprechungen**, **Gewinnspiele**, **Aktionen**, **Leseproben** und vieles mehr.
Folgen Sie uns auf **Twitter**, **Facebook**, **Instagram**, **Pinterest** und **google+**
www.mira-taschenbuch.de
MIRA TASCHENBUCH

Deutsche Erstveröffentlichung

Sarah Morgan
Einmal hin
und für immer

Puffin Island vor der Küste Maines ist der perfekte Ort, um abzutauchen – und der denkbar schlechteste, wenn man sich wie Emily panisch vor dem Ozean fürchtet. Überall blaues Meer! Doch um ihre kleine Nichte vor dem Hollywood-Wahnsinn zu schützen, stellt sie sich ihrer größten Angst. Bald verfällt sie selbst dem Charme der Insel – sowie ihrer charismatischen Bewohner. Insbesondere dem Yachtclub-Besitzer Ryan Cooper. Ob er alle Frauen so verführerisch küsst, die einen Sommer hier verbringen? Eines weiß Emily bestimmt: Dieser Mann ist mit allen Wassern gewaschen …

Band-Nr. 25929
9,99 € (D)
ISBN: 978-3-95649-567-0
eBook: 978-3-95649-543-4
400 Seiten

Band-Nr. 25920
9,99 € (D)
ISBN: 978-3-95649-295-2
eBook: 978-3-95649-538-0
336 Seiten

Susan Mallery
Halbzeit
oder Hochzeit

Dellina Hopkins stolpert seit Jahren endlich wieder wild knutschend in ihren Flur, und dann das: Sam, der heißeste Ex-Footballspieler, den man sich erträumen kann, sieht die Brautkleider aus der Boutique ihrer Freundin und stürzt Hals über Kopf aus dem Haus – splitterfasernackt. Seitdem wechselt er sogar die Straßenseite, wenn er Dellina sieht. Doch als sie ein Event für seine Firma organisieren soll, muss er sich den Tatsachen stellen: Zwischen ihnen knistert es einfach zu stark, als dass man es ignorieren könnte … Dellina hat jedenfalls fest vor, bei ihm einen Touchdown zu landen.

Deutsche Erstveröffentlichung

Band-Nr. 25934

9,99 € (D)

ISBN: 978-3-95649-572-4

eBook: 978-3-95649-547-2

304 Seiten

Susan Andersen

Küss mich und träum weiter

Sich von einem Mann retten lassen? Magdalene Deluca spielt nicht gern das Fräulein in Not. Aber als ihre Eltern spurlos in Südamerika verschwinden, ist sie verdammt froh, Finn Kavanagh an ihrer Seite zu haben. Er ist mutig, charismatisch und so heiß, dass die Nächte im Regenwald vergleichsweise kühl wirken. Während Finn sie zu beschützen versucht, kommen sie sich gefährlich nah … Doch das Ziel ist klar: Die Vermissten retten und brenzligen Situationen aus dem Weg gehen. Und das schließt die wilde Affäre mit Finn ausdrücklich ein.

„Überzeugende Charaktere, eine sexy Romance – ein frecher Lesespaß."

Romantic Times Bookreviews